W0214711

Über dieses Buch

Am Hofe des Königs Salomo tritt eine Kommission hochgestellter Beamter zusammen. Der Historiker Ethan aus Esrah soll Rechenschaft ablegen über seine Arbeit am König-David-Bericht. Wird er sich den Riten des Personenkultes beugen und David, der über seinen Tod hinaus verherrlicht werden muß, entsprechend preisen? Oder wird er die Wahrheit sagen, die er von Soldaten und Huren, von Davids Frauen und von Wahrsagerinnen erfahren hat?
Die Wahrheit: König David, der Erwählte Gottes, der über Leichen ging, um zur Macht zu gelangen, der Machtpolitiker, der kein Verbrechen scheute, der Mann der Leidenschaft, der Träumer, der zum Opfer seiner Ziele wurde. Wie immer Ethan sich entscheidet – das Netz des Geheimdienstes zieht sich um ihn zusammen. Der Tyrann Salomo verlangt seine Geliebte Lilith, der Polizeiminister sein Leben. Das Urteil Salomos aber ist wahrhaft salomonisch: Ethan, der die Wahrheit weiß und sie zu sagen versucht hat, soll nicht totgeschlagen, sondern totgeschwiegen werden ...

Der Autor

Stefan Heym, geboren am 10. April 1913 in Karl Marx-Stadt, emigrierte 1933 in die Tschechoslowakei, studierte später in Chicago. 1943 wurde er eingezogen und nahm als amerikanischer Offizier, zuständig für psychologische Kriegsführung, an der Invasion in der Normandie teil. Die ersten Besatzungsjahre verbrachte er in München, wurde dann wegen prokommunistischer Einstellung in die USA versetzt und aus der Army entlassen, worauf er Offizierspatent und Kriegsauszeichnungen zurückgab und 1952 nach Ostberlin übersiedelte. Träger des Nationalpreises der DDR.
Romane: »Hostages«, 1942 (dt. »Der Fall Glasenapp«, 1958); »The Crusaders«, 1948 (dt. »Kreuzfahrer von heute«, Leipzig 1950); »Bitterer Lorbeer«, München 1966; »The Lenz Papers«, 1963 (dt. »Die Papiere des Andreas Lenz«, Leipzig 1963); »Lenz oder die Freiheit«, München 1965; »Uncertain Friend«, 1968 (dt. »Lassalle«, 1969); »Die Schmähschrift oder Königin gegen Defoe«, 1970; »Der König David Bericht«, 1972.

Stefan Heym

Der König David Bericht

Roman

Fischer
Taschenbuch
Verlag

Fischer Taschenbuch Verlag
Oktober 1974
Ungekürzte Ausgabe

Umschlagentwurf: Jan Buchholz/Reni Hinsch

Titel der amerikanischen Originalausgabe: The King-David-Report
Die Übertragung besorgte der Autor

Fischer Taschenbuch Verlag GmbH, Frankfurt am Main
Lizenzausgabe mit freundlicher Genehmigung
des Kindler Verlages, München
© 1972 der deutschsprachigen Ausgabe by Kindler Verlag GmbH, München
© 1972 by Stefan Heym
Gesamtherstellung: Hanseatische Druckanstalt GmbH, Hamburg
Printed in Germany
ISBN 3 436 01970 4

*Mein Dank gebührt Herrn Dr. Walter Belz,
dem Religionshistoriker und wissenschaftlichen Mitarbeiter
der Universität Halle,
für seine guten und hilfreichen Vorschläge
Stefan Heym*

I

Gepriesen sei der Name des HErrn, unsres GOttes, der dem einen Weisheit verleiht, dem andern Reichtum, dem dritten aber soldatische Tugenden.
Ich, Ethan, der Sohn des Hoshaja, aus der Stadt Esrah, ward heute zu König Salomo bestellt. Die königlichen Schreiber Elihoreph und Ahija, die Söhne Shishas, führten mich in seine Gegenwart; und ich fand allda den Kanzler Josaphat ben Ahilud, den Priester Zadok, den Propheten Nathan und Benaja ben Jehojada, der über das Heer gebietet.
Und ich warf mich dem König zu Füßen, und er befahl mir, mich zu erheben. So geschah es, daß ich den König Salomo sah wie ein Mensch den andern, von Angesicht zu Angesicht; und ob er gleich auf seinem Thron saß zwischen den Cherubim, erschien er mir von geringerer Statur, als ich ihm zugemessen, kleiner noch als sein verstorbener Vater, König David; seine Haut aber war von gelblicher Farbe. Und der König musterte mich mit stechendem Blick und sprach: »Du also bist Ethan ben Hoshaja, aus der Stadt Esrah?«
»Der bin ich, Herr König. Und Euer Diener.«
»Ich höre, es heißt von Dan an bis gen Beer-Sheba, du seiest einer der Weisesten in Israel?«
Ich aber erwiderte ihm: »Wer kann von sich sagen, er sei weiser als der Weiseste der Könige, Salomo?«
Worauf er die feingeschnittenen Lippen verdrossen schürzte und sprach: »Ich will dir den Traum erzählen, Ethan, den ich neulich nachts träumte, nachdem ich Opfer dargebracht und Weihrauch verbrannt auf der Höhe zu Gibeon.« Und sich dem Kanzler Josaphat ben Ahilud zuwendend und den Schreibern Elihoreph und Ahija, den Söhnen Shishas: »Merkt euch den Traum, denn er wird in die Annalen aufgenommen.«
Da zogen die Brüder Elihoreph und Ahija Griffel und Wachstäfelchen aus ihren Gewändern und harrten der königlichen Worte, zwecks Niederschrift. Dies aber ist der Traum des Königs Salomo.
»Zu Gibeon des Nachts erschien mir GOtt, und Jahweh sprach: Bitte, was ich dir geben soll. Und ich sprach: Du hast an meinem Vater David, deinem Knecht, große Barmherzigkeit getan, wie er denn vor dir gewandelt hat in Wahrheit und Gerechtigkeit und ehrlichen Herzens; und hast ihm deine Gnade erhalten und einen Sohn gegeben, der auf seinem Throne säße, wie es denn jetzt ist.«

Der König, der mit den Nasen der Cherubim gespielt hatte, ließ von diesen ab und schob die Füße vor, welche in roten Sandalen aus feinstem Ziegenleder staken.
»Und nun, HErr, mein GOtt, sprach ich zu Jahweh, hast du mich, deinen Knecht, zum König gemacht an meines Vaters Statt; und ich fühle mich wie ein kleiner Knabe, weiß nicht weder meinen Ausgang noch Eingang. Und dein Knecht soll über das von dir erwählte Volk gebieten, ein Volk so groß, daß niemand es zählen noch beschreiben kann.«
Der König richtete sich auf; ein Lichtstrahl vom Fenster her ließ die goldbestickte Kappe auf dem schon schütter werdenden Haar aufleuchten.
»Darum, HErr, mein GOtt, sprach ich zu Jahweh, wollest deinem Knecht geben ein verstehend Herz, daß er dein Volk richten möge, und unterscheiden, was gut und böse ist. Denn wer vermag dies dein mächtig Volk zu richten? Und GOtt sprach zu mir: Weil du solches bittest, und bittest nicht um langes Leben, noch um Reichtum, noch um deiner Feinde Vernichtung, siehe, so habe ich dir ein weises und verständiges Herz gegeben, so daß deinesgleichen vor dir nicht gewesen ist und nach dir nicht erstehen wird.«
Der König erhob sich, warf einen prüfenden Blick auf seine Minister und stellte fest, daß ihre Mienen Ernst und Ergebenheit ausdrückten. Befriedigt schloß er: »Und ich werde dir auch das geben, sagte Jahweh noch, worum du nicht gebeten hast, nämlich Reichtum und Ehre, daß deinesgleichen keiner ist unter den Königen zu deinen Zeiten. Und so du wirst in meinen Wegen wandeln, wie dein Vater David gewandelt hat, und meine Gesetze und Gebote einhältst, so will ich dir ein langes Leben gewähren.«
Da klatschten der Priester Zadok und der Prophet Nathan verzückt in die Hände, während die Schreiber Elihoreph und Ahija, die Söhne Shishas, voller Bewunderung die Augen verdrehten. Und der Kanzler Josaphat ben Ahilud rief aus, noch nie im Leben sei ihm ein markanterer Traum begegnet, ein Traum, der besser geeignet sei, dem Volke Herz und Hirn zu rühren. Benaja ben Jehojada jedoch verharrte in Schweigen, und seine mächtigen Kinnbacken mahlten, so als wiederkäute er einen Klumpen Bitteres. König Salomo stieg vom Thron herab, trat auf mich zu, legte mir seine kurze, fette Hand auf die Schulter und fragte: »Nu?«
Ich erwiderte, der königliche Traum sei in einer Art ein wirkliches Juwel, von außerordentlicher Schönheit, reich an poetischen Formulierungen und Gedanken, und ein Beweis für das tiefe persönliche Gefühl, welches der König unserm HErrn Jahweh und Jahwehs unergründlichen Zwecken und Absichten gegenüber hege.
»So spricht der Dichter«, erwiderte der König. »Aber was sagt der Historiker? Ich höre von meinen Amtleuten in Esrah, daß du an einer Geschichte des Volkes Israel arbeitest.«
»Ein Traum, o Weisester der Könige«, ich verbeugte mich tief,

»kann ebenso zur historischen Kraft werden wie eine Sintflut oder ein Heer oder ein Fluch GOttes – besonders ein Traum, der so glänzend erzählt und dokumentiert ist wie der Eure.«

Der König, unsicher geworden, blickte wieder auf mich; darauf verzog er den Mund zu einem breiten Lächeln und sagte: »Ich habe Messerschlucker und Feuerfresser gesehen, noch nie aber einen Mann, der so geschickt auf der Schneide des Schwertes tanzte. Was ist deine Meinung, Benaja ben Jehojada?«

»Worte«, knurrte Benaja. »Was habe ich schon alles für Worte gehört in den Tagen Eures Vaters, König David, gescheite und fromme, bittende, drohende, prahlende, schmeichelnde – und die sie sprachen, wo sind sie heute?«

König Salomos Gesicht verdüsterte sich. Vielleicht gedachte er des Schicksals seines Bruders Amnon, oder seines Bruders Absalom, oder des Hauptmanns Uria, des ersten Gatten seiner Mutter, oder verschiedener anderer Persönlichkeiten, bei deren Ableben Benaja ben Jehojada mitgewirkt hatte.

Josaphat ben Ahilud jedoch, der Kanzler, warf ein, daß ich gerade wegen meiner bekannten Fähigkeit im Gebrauch der Worte vor des Königs erhabenes Antlitz zitiert worden sei; und der Prophet Nathan gab Benaja zu bedenken, daß die einen wohl durchs Schwert lebten, die andern aber durch das Wort, wie denn unser HErr Jahweh in seiner grenzenlosen Weisheit mehr als eine Art Tiere schuf, Fische wie auch Gefleuch, die Tiere der Wildnis und das zahme Schaf, über sie alle aber den Löwen setzte, welcher gleichermaßen stark und weise ist. Womit er eine Verbeugung vor König Salomo verband, während der Priester Zadok ergänzte, daß unbeschadet dessen die Schlange es gewesen sei, die dem Menschen den Pfad zur Hölle wies; weshalb man sich hüten möge vor der glatten Zunge und dem süßklingenden Wort. Ich entnahm all dem, daß unter den mächtigen Herren in der Umgebung König Salomos gewisse Differenzen bestanden, und daß es für einen Außenstehenden ratsam sei, sich in diesem Kreis mit äußerster Vorsicht zu bewegen.

Und König Salomo begab sich zurück zu seinem Thron und ließ sich nieder zwischen den Cherubim. Ihre Nasen streichelnd, redete er zu mir wie folgt: »Es wird dir wohl bekannt sein, Ethan ben Hoshaja, daß mein Vater, König David, höchstpersönlich mich, seinen geliebten Sohn, zum Thronnachfolger bestimmt hat und veranlaßte, daß ich das königliche Maultier bestieg und nach Gihon ritt, um dort zum König gesalbt zu werden, und daß er auf seinem Sterbebett sich vor mir beugte und zu unserm HErrn Jahweh betete, GOtt möge meinen Thron noch größer machen denn seinen eignen.«

Ich versicherte dem König, diese Tatsachen seien mir bekannt und ich sei überzeugt, unser HErr Jahweh habe das letzte Gebet König Davids erhört und werde entsprechend verfahren.

»Du wirst also erkennen, Ethan«, fuhr der König fort, »daß ich dreifach erwählt worden bin. Erstens erwählte HErr Jahweh das Volk Israel von allen anderen Völkern; sodann erwählte er meinen Vater, König David, zum Herrscher über das solcherart erwählte Volk; und schließlich erwählte mein Vater mich, um an seiner Statt zu herrschen.«

Ich versicherte König Salomo, seine Logik sei unangreifbar, und HErr Jahweh ebenso wie König David hätten keine bessere Wahl treffen können.

»Zweifellos«, antwortete der König mit einem seiner Blicke, die alles mögliche bedeuten konnten. »Doch wirst du mir zustimmen, Ethan ben Hoshaja, daß Erwählung Nummer drei nur Gültigkeit haben wird, wenn Nummer zwei unumstößlich erwiesen ist.«

»Ein Mann, der von einer Schafhürde in Bethlehem aufstieg zum Herrscher in Jerusholayim«, bemerkte Benaja ben Jehojada grimmig, »der seine sämtlichen Feinde schlug und ihre Städte unterwarf, der nicht nur den König von Moab und die Könige der Philister, sondern auch die höchst widerspenstigen Stämme Israels seinem Willen beugte: ein solcher Mann braucht weder Priester noch Prophet, noch Schreiber, um zu beweisen, daß GOTT ihn erwählt hat.«

»Aber dieser Mann ist tot!« Der aufwallende Ärger verfärbte das königliche Antlitz. »Und vielerlei Geschichten über ihn sind im Umlauf in Israel, nutzlose, und sogar schädliche. Und so wie ich unserm HErrn Jahweh einen Tempel baue, damit das Beten und Opfern auf jedem Hügel hinter jedem Dorf aufhört und die Beziehungen zwischen Mensch und GOtt unter ein einheitliches Dach kommen, so auch benötigen wir einen autoritativen, alle Abweichungen ausschließenden Bericht über das Leben, die großen Werke und heroischen Taten meines Vaters, König David, welcher mich erwählt hat, auf seinem Thron zu sitzen.«

Sogar Benaja ben Jehojada erschrak ein wenig angesichts des königlichen Temperamentsausbruchs, obwohl er doch eine Schlüsselfigur gewesen war bei der Erwählung Salomos zum Nachfolger seines Vaters. Der König aber gebot dem Kanzler Josaphat ben Ahilud, zu sprechen.

Josaphat ben Ahilud trat vor, zog ein Tontäfelchen aus der Ärmelfalte und verlas: »Mitglieder der königlichen Kommission zur Ausarbeitung des *Einen und Einzigen Wahren und Autoritativen, Historisch Genauen und Amtlich Anerkannten Berichts über den Erstaunlichen Aufstieg, das Gottesfürchtige Leben, sowie die Heroischen Taten und Wunderbaren Leistungen des David ben Jesse, Königs von Juda während Sieben und beider Juda und Israel während Dreiunddreißig Jahren, des Erwählten GOttes und Vaters von König Salomo*; Josaphat Sohn Ahiluds, Kanzler; Zadok, Priester; Nathan, Prophet; Elihoreph und Ahija Söhne Shishas, Schreiber; Benaja Sohn Jehojadas, der über das Heer gesetzt ist. Redaktor, jedoch ohne Stimmrecht: Ethan Sohn Hoshajas, aus der Stadt Esrah, Autor und Historiker. Der *Bericht über den Erstaunlichen Aufstieg* und so fort trägt den Arbeitstitel *König-David-Bericht*; und ist zusammenzustellen durch sorgfältige Auswahl aus und durch zweckentsprechende Benutzung von allem vorhandenen Material über den Erstaunlichen Aufstieg und so fort des verstorbenen Königs David, als da sind königliche Akten, Korrespondenz und Annalen, wie auch verfügbare mündliche Zeugnisse, ferner Legenden und Überlieferungen, Lieder, Psalmen, Sprüche und Prophezeiungen, insbesondere solche bezüglich der großen Liebe und Bevorzugung, die König David seinem geliebten Sohn und Nachfolger König Salomo erwiesen; und soll besagter Bericht für unsere und alle kommenden Zeiten *Eine Wahrheit* aufstellen und dadurch *Allem Widerspruch und Streit* ein Ende setzen, *Allen Unglauben* an die *Erwählung Davids ben Jesse durch unsern HErrn Jahweh* beseitigen, sowie *Allen Zweifel* an den *Glorreichen Verheißungen* ausmerzen, welche unser HErr Jahweh betreffs *Davids Samen und Nachkommenschaft* gemacht.«

Josaphat ben Ahilud, der Kanzler, verbeugte sich. König Salomo sah befriedigt aus. Er winkte mich heran und sagte: »Natürlich werde ich dir helfen, Ethan ben Hoshaja, solltest du straucheln oder im Ungewissen sein, wo Irrtum liegt und wo die Wahrheit. Wann kannst du anfangen?«

Ich aber warf mich König Salomo zu Füßen und dankte ihm für das große Vertrauen, durch das er mich geehrt. Keiner von Dan an bis gen Beer-sheba hätte mehr überrascht sein können als ich, sagte ich, und wäre mir der Engel des HErrn im Traum erschienen, um mir diese Ernennung anzukündigen, ich hätte ihn verlacht, wie es einst Sara tat, die Frau Abrahams. Und ich sei viel zu unbedeutend, erklärte ich weiter, für eine so schwere und verantwortungsvolle Aufgabe; wenn es sich um ein paar Psalmen handelte oder um einen kurzen Geschichtsabriß eines der minderen Stämme oder um eine neue Fassung von der Erzählung von Moishe im Schilf, stünde ich selbstredend gern zur Verfügung; das entspräche ungefähr meinem Format als Autor; schließlich verlange man auch nicht von der bescheidenen Ameise, sie möge Pyramiden bauen.

Darüber lachte der König Salomo herzlich und sprach zu den Anwesenden: »Der ist wahrhaftig ein Weiser, der in Erkenntnis der Gefahren des Weges es vorzieht, in seiner Hütte zu bleiben.« Mit aber sagte der König: »Ich kann deine Söhne nehmen zu meinen Kampfwagen oder Reitern, oder zum Fußvolk, das vor den Wagen hertrabt. Ich kann deine Töchter nehmen, daß sie Zuckerbäckerinnen oder Köchinnen oder Serviererinnen seien. Oder ich kann dir deinen Acker und deinen Weinberg, und deinen Ölgarten nehmen. Oder ich kann dich nehmen zum Ausmisten meiner Ställe, oder um meinen Fächer zu wedeln. Aber ich ziehe es vor, dich als Historiker zu verwenden, unter der Anleitung meiner Kommission, denn ein Jeglicher unter GOtt hat seinen Platz, der Schafhirt bei seiner Herde und der Schreiber bei seinen Tontäfelchen.«

So beugte ich mich denn tiefer in den Staub und wies darauf hin, daß ich ein kranker Mann sei, mit schwachem Herzen und unregelmäßiger Verdauung, und daß ich womöglich bei meinen Vätern in Esrah zur Ruhe gelegt werden möchte, bevor noch der *König-David-Bericht* zur Hälfte gediehen sei, daß ich aber mehrere jüngere Kollegen empfehlen könnte, sämtlich bei besserer Gesundheit als ich und von biegsamerer Denkungsart, gerade also was gebraucht würde zur Abfassung von Büchern, die *Eine Wahrheit* enthalten und *Allem Widerspruch und Streit* ein Ende setzen sollten.

Darauf erwiderte König Salomo: »Mir scheinst du ganz gesund auszusehen, Ethan ben Hoshaja. Deine Haut ist prächtig gebräunt, dein Fleisch läßt nichts von der Erschlaffung des Alters erkennen, das Haar auf deinem Kopf ist voll und kräftig, du hast alle Zähne im Mund, und die Augen glänzen dir vom Genuß des Weins und der Frauen. Ferner habe ich hier die besten Ärzte in ganz Israel und den angrenzenden Königreichen, bis gen Sidon und Tyrus, und habe eine vertragliche Abmachung mit der Königin von Saba für die Entsendung eines Spezialisten, welcher die Steine schneidet, die in der Niere stecken. Auch wirst du gelegentlich an meiner Tafel speisen und teilnehmen an der wohlschmeckendsten Küche diesseits des Negev, und entlohnt wirst du werden wie einer der minderen Propheten, was dich in die Lage versetzen sollte, deine beiden Frauen und deine junge Kebse nach Jerusholayim zu bringen und hier in einem schönen Backsteinhaus mit festem Dach und schattigem Hintergärtchen zu wohnen.«

Da wurde mir klar, daß der König Salomo alles bedacht hatte und daß es nicht möglich war, mich seiner Gunst zu entziehen. Ebenso erkannte ich, daß die Sache böse für mich enden mochte, wie es so manchem Schriftgelehrten geschehen war, dem man den Kopf abschlug und den Rumpf an die Stadtmauer nagelte, daß ich andererseits aber auch fett dabei werden und prosperieren könnte, wenn ich nur die Zunge hütete und meinen Griffel weise benutzte. Mit einem Glück und mit der Hilfe unseres HErrn Jahweh mochte es mir sogar gelingen, ein Wörtchen hier und eine Zeile dort in den König-David-Bericht einzufügen, aus denen spätere Generationen ersehen würden, was wirklich in diesen Jahren geschah und welch ein Mensch David, Jesses Sohn, gewesen: der zu ein und derselben Zeit einem König und des Königs Sohn und des Königs Tochter als Hure diente, der als Söldling gegen sein eignes Volk focht, der den eignen Sohn töten und seine treuesten Diener umbringen ließ, ihren Tod aber laut beweinte, und der einen Haufen elender Bauern und widerspenstiger Nomaden zu einer Nation zusammenschweißte.

Also erhob ich mich und erklärte dem König, seine Worte voll unendlicher Weisheit hätten mich überzeugt und ich nähme die Stellung, wenn auch mit Zittern und Zagen, an; eingerechnet die Zeit, welche ich für die notwendigen Gebete und Opfer brauchen würde und für den Umzug von Esrah nach Jerusholayim mitsamt zwei Frauen und einer jungen Kebse und deren Gepäck und meinen Archiven, sei ich bereit, die Arbeit am zweiten Tag nach dem Passahfest aufzunehmen. Aber, fuhr ich fort, da ich es für richtig hielt, das Eisen zu schmieden, solange es heiß ist, es sei da noch die bescheidene Frage der Erziehung meiner beiden Söhne zu klären, um die ich mich bislang selbst gekümmert, und für die ich nun weder Muße noch Gelegenheit haben würde. Könnte der Weiseste der Könige, Salomo, nicht so gütig sein ...

»Zadok!« sagte der König.

Zadok verbeugte sich.

»Veranlasse, daß die beiden Söhne des Ethan ben Hoshaja in einer guten levitischen Schule untergebracht werden.« Und da Zadok die Brauen hob, fügte der König mit großer Geste hinzu: »Schul- und Kostgeld zahlt das königliche Schatzamt.«

Denn König Salomo verfuhr wahrhaft großzügig mit den Steuergeldern des Volkes.

2

Nächtliche Gedanken des Ethan ben Hoshaja nach seiner Rückkehr aus Jerusholayim, auf dem Dach seines Hauses zu Esrah und in Anwesenheit seiner Kebse Lilith, welche sich zärtlich um ihn zu bemühen bereit ist.

Keine Geschichte beginnt mit ihrem Anfang; die Wurzeln des Baums sind dem Auge verborgen, aber sie reichen hin bis zu den Wassern.

Andere Völker hatten Könige, die Götter zu sein behaupteten; das Volk Israel aber hatte GOtt zum König – einen unsichtbaren König, denn Jahweh ist ein unsichtbarer GOtt. Es gibt auch kein Bildnis von ihm, weder in Stein noch in Bronze; er verbot, Bildnisse herzustellen. Unsichtbar saß König Jahweh zwischen den Cherubim auf seinem Thron, welcher die Bundeslade ist, und ließ sich von Ort zu Ort tragen; wohin das Volk zog, zog auch er, wohnte im Zelt und in Laubhütten, wie das Volk. Auf den Anhöhen oder unter einer alten Sykomore nahm er die Opfer entgegen: ein Feldstein genügte ihm als Altar. Er sprach, wenn er sich zu sprechen entschloß, im Donner der Wolken oder im

Flüstern des Windes, durch das Rasen eines Propheten oder den Traum eines Kindes, durch den Mund eines Engels oder das Gerassel des Orakels Urim und Tummim. Er verkündete Gesetze, war selbst aber oft ungerecht; war jähzornig zu Zeiten oder langmütig; hatte seine Günstlinge; und häufig widersprach er sich selbst: er ähnelte einem jener Stammesältesten, denen man heute noch in einsamen Gebirgstälern begegnen kann.

»Lilith, meine Liebste, bring mir den Krug Wein, den du in der Kühle des Kellers finden wirst, Rotwein aus den königlichen Weingärten zu Baal-hamon, eine Gabe des Königs. Lilith, meine Liebste, deren Brüste sind wie zwei junge Rehzwillinge, wir werden nach Jerusholayim ziehen, und ich werde dir ein buntes Kleid kaufen, wie des Königs Töchter tragen, und süß duftende Essenzen, und ich werde dich verlieren. Bring mir den Wein ...«

Warum dann wurde König Jahweh ersetzt durch Saul, den Sohn des Kish?
Ein sichtbarer König, mag er noch so ansehnlich sein in Jugend und Mannesjahren, altert und wird schwach; HErr Jahweh aber, König von Israel, blieb allzeit gekleidet in Pracht und Herrlichkeit. Doch sein Wille konnte sich nur zeigen in der Deutung durch andere, und die ihn deuteten, waren Menschen. Sie konnten irren. Sie mochten den eignen Wunsch in die göttlichen Zeichen hineinlesen, und es war ruchbar geworden, daß mehr als einer der heiligen Männer Jahwehs Botschaft nach recht weltlichen Interessen zurechtschneiderte.
Gewiß konnte man Samuel, den Priester, Seher und Richter, solchen nicht zurechnen. Ich habe das Buch studiert, das er uns hinterließ, und ich bin überzeugt, er war ein ehrenhafter Mann, erfüllt von den höchsten Grundsätzen. Nur ein völlig redlicher Mensch konnte vor eine Volksversammlung treten, wie er es zu Mizpa tat, und erklären: Siehe, hier bin ich; antworte wider mich vor dem HErrn und seinem Gesalbten, ob ich jemandes Ochsen oder Esel genommen habe; ob ich jemandem Gewalt oder Unrecht getan; ob ich von jemandes Hand ein Geschenk genommen habe, und mich habe blenden lassen ... Doch kann just so einer mehr Unheil durch seine Geradheit anrichten als irgendein Sohn Belials durch seine Schurkerei.

»Trinke, Ethan mein Freund. Die Nacht duftet so süß. Warum solltest du mich verlieren? Ich verlasse dich nicht, du verstießest mich denn. Ich will dir vorsingen, wie du mich gelehrt hast.

Ich bin eine Rose zu Sharon, und eine Lilie im Tale.
Wie eine Blüte unter den Dornen, so ist meine Liebste
unter den Töchtern.
Wie der Apfelbaum unter den wilden Bäumen, so ist mein
Liebster unter den Söhnen ...
Aber du hörst mir nicht zu ...«

Die Priester zu Rama, deren Väter unter ihm dienten, die Wanderpropheten, die seiner Schule entstammen, sie alle beschreiben Samuel so: ein langer, hagerer Mensch, die graue, strähnige Mähne und der schüttere Bart unberührt vom Messer des Baders, Eifererblick, der Mund ohne Güte – ein Mann, der einen Gegner sah in jedem, der nicht sofort bereit war, sich seinem überlegenen Willen und der Macht GOttes zu beugen, denn GOtt war König in Israel und Samuel sein Bevollmächtigter vor dem Volke.
Samuel rechtete mit dem Volk, da dieses nach einem König verlangte, der mit eigner Stimme antwortete und mit dem eignen Schwert zuschlug. In harten Worten beschrieb er das Wesen der Herrscher, die da kommen würden, und sagte voraus, wie die ungezügelte Macht eines Mannes seinen Charakter verändert. Aber das Volk Israel stellte sich taub.
Ich glaube nicht, daß Samuel je begriff, warum das Volk auf seiner Forderung nach einem König aus Fleisch und Blut verharrte, und warum ausgerechnet er, nicht der Geringste in der langen Folge von Richtern in Israel, sein Amt aufgeben und einen Menschen zum König salben mußte.

»Lilith, meine Liebste, koste vom Wein des Königs. Und streichle mir die Schläfen, denn mein Kopf schmerzt. Woher kommen die Stürme, die die Welt verändern, was verursacht sie? Wenn eines Tages ein Mann sein wird, der ihre Richtung vorauskennt, dieser wird für weiser gelten als selbst der Weiseste der Könige, Salomo ...«

Und Samuel rechtete mit HErrn Jahweh; und in dem Buch, das er schrieb, zitierte er die Worte, die GOtt zu ihm sprach: Gehorche der Stimme des Volkes in allem, das diese Menschen zu dir gesagt haben; denn sie haben nicht dich, sondern mich verworfen, daß ich nicht soll König sein über sie.
Welch Ton der Entsagung aus dem Munde Eines, der das Licht von der Finsternis schied und die Wasser von den Wassern.
Mag sein, daß Jahweh sprach, um Samuel zu trösten; aber nach allen Berichten besaß Samuel genügend Härte, um auch ohne göttlichen Zuspruch zu überleben. Mir scheint vielmehr, daß hier

der Deuter der Worte des HErrn die eignen Gefühle ausspricht: es ist Samuel, der empfindet, daß er verworfen wurde, und der sein verwundetes Ich in die Brust GOttes verlegt.
Und doch enthalten die Worte, die Samuel vernimmt, eine Antwort. Man lausche den Tönen, die da mitklingen. Ist es nicht, als hörte man die Stimme eines alten Mannes? Er ist das Oberhaupt eines kleineren Stammes; er hat seine Schwächen wie auch seine guten Seiten, hat versucht, Gerechtigkeit walten zu lassen nach bestem Gewissen, hat versucht, den Seinen zu helfen: nun aber ist eine neue Zeit angebrochen ...
Eine neue Zeit.

»Deine Stimme, Lilith, meine Liebste, ist wie das Bächlein im Frühling; die Worte, die ich dich lehrte, sind voller Wohlklang auf deinen Lippen:

Denn siehe, der Winter ist vergangen, der Regen ist weg
und dahin;
Die Blumen sind hervorgekommen aus der Erde;
die Zeit, da die Vögel singen, ist hier, und die Turteltaube
läßt sich hören in unserm Lande ...«

Doch wann begann sie, diese neue Zeit mit ihrer neuen Wirrnis, die eine neue Macht verlangte in Israel? Als die letzte wandernde Familie des letzten wandernden Stammes ihr Stück Acker zugewiesen bekam? Als Eisen die Bronze ersetzte? Als auf dem Markt des einen Wolle nicht mehr getauscht wurde gegen des anderen Korn, sondern verkauft wurde für kleine Silberstücke? Als der ehrliche Schäfer zum Marktschreier wurde, zum Händler, zum Geldverleiher?
Die neue Zeit brach herein über Samuel, und ob er gleich ein Seher war, sah er sie nicht. Er reiste durchs Land, alljährlich die gleiche Runde über Beth-el nach Gilgal und Mizpa, und hielt Gericht über Israel an all diesen Orten, und kehrte darauf zurück nach Rama, denn dort befand sich sein Haus, und dort richtete er den Rest des Jahres, und dort erbaute er dem HErrn einen Altar und glaubte, alles werde so bleiben bis zum Ende seiner Tage. Es geschah jedoch, daß die Stimme des Volkes sich nicht mehr überhören ließ, und auch GOtt sprach zu Samuel, und Samuel machte sich auf und wählte Saul ben Kish, aus dem Stamme Benjamin, der um ein Haupt länger war denn alles Volk und der auszog, seines Vaters Eselinnen zu suchen, und ein Königreich fand.
Oder so berichtet uns Samuel in seinem Buche, und der Sinn seiner Worte ist klar: Saul ist König über Israel von Samuels, des Oberpriesters, Richters und Propheten Gnaden, ist Samuels Geschöpf, Samuel verpflichtet.

Aber es gibt eine andere Überlieferung über die Einsetzung Sauls. Vieles bleibt da im Dunkel. Die Zeitgenossen sind gestorben, die Dokumente vernichtet durch König David: ein Mann, der seines Vorgängers letzte lebende männliche Nachkommen aufhängen läßt, muß auch das Gedenken an ihn auslöschen.
Die Geschichtenerzähler auf den Marktplätzen und in den Toren der Städte berichten, daß Saul vom Felde kam, hinter den Rindern her, und das Jammern des Volkes vernahm: Nahash, erfuhr er, der Fürst von Ammon, belagerte die Stadt Jabesh in Gilead und drohte, allen in der Stadt das rechte Auge auszustechen zur Schande von ganz Israel. In diesem Augenblick, so heißt es, geriet der Geist GOttes über Saul. Er nahm das Joch Ochsen und zerstückte sie und sandte die Stücke durch Boten in alle Grenzen Israels. Jedenfalls schlossen sich ihm genügend Leute an, daß er sie in drei Haufen teilen konnte; mit diesen zog er gen Jabesh in Gilead und griff die Ammoniter an um die Morgenwache; bis der Tag heiß ward, hatte er den Feind geschlagen und Jabesh entsetzt.
Hier war auf Jahwehs Geheiß ein neuer Führer erstanden in Israel: wie Gideon, wie Jephta, wie der langhaarige Samson. Aber jetzt brauchte das Volk einen König. Und sie zogen mit Saul zu dem Heiligtum in Gilgal, und dort wurde Saul, nachdem die notwendigen Opfer gebracht worden, zum König gesalbt.
Vom Volk, nicht von Samuel.

»Du fröstelst, Ethan, mein Freund.«
»Die Stürme, welche die Welt verändern, wehen kalt.«
»Meine Schenkel sind voll Wärme für dich, Ethan; ich will mich öffnen meinem Liebsten.«
»Honig und Milch sind unter deiner Zunge, Lilith, meine Liebste, und der Duft deiner Kleider ist wie der Duft des Libanon. Wie schön ist die Liebe, wieviel besser denn Wein ...«

3

Seit unser Urvater Abraham aus Ur in Chaldea nach dem Land Kanaan zog, ist unser Volk oft gewandert. Erfahrung hat uns gelehrt, leicht bebürdet zu reisen und auf GOtt zu vertrauen.
Meine Archive und Notizen aber bestanden aus zahlreichen Tontäfelchen und Lederrollen, welche alle mitgeführt werden mußten. Und wie sollte ich angesichts der Schar von Eseln, die die Kisten mit meinen Archiven trugen, Esther, meiner Frau, verwehren, ihre Truhen und Teppiche mitzunehmen, Hulda, der Mutter

meiner Söhne, ihr geliebtes Geschirr, und meiner Kebse Lilith, ihre Döschen und Tränkchen und Puderbeutelchen? Gepäck aber heckt Gepäck, denn auf je zwei Esel mit Nutzlast kommt ein dritter, der Proviant trägt für Tier und Treiber. Ich fluchte meines Leichtsinns, denn ich hatte versäumt, die Frage der Reisekosten mit König Salomo zu klären.

Die Tage verstrichen. So oft ich zurückblickte und die Karawane sah auf sandiger Straße – vierzig Esel samt Treibern und die Familie! – gedachte ich des langen Marsches durch die Wüste Sinai. Wohl mochten die Kinder Israels, auf den Mann gerechnet, weniger Güter mitgeschleppt haben aus Ägypten denn wir aus Esrah; aber harrte unser in Jerusholayim nicht ebensoviel Ungewisses, wie ihrer geharrt hatte im verheißenen Land?

Esther saß auf ihrem Reiteselchen, schwankend unter der gnadenlosen Sonne, dunkle Flecke unter den Augen; sie stützte sich auf Shem und Shelep, meine Söhne von Hulda, die neben ihr einhergingen. Mein Herz wandte sich Esther zu, und ich ließ Halt machen im Schatten eines großen Steins, auf dessen Spitze ein Terebinthenbaum stand.

Esther aber sprach: »Ich weiß, wie eilig du es hast, nach Jerusholayim zu gelangen, Ethan.«

Ich sah ihr verfallenes Gesicht und hörte, wie sie keuchte beim Atmen, und ich erinnerte mich ihrer, wie sie einst gewesen: eigenwillig und lebensvoll, geistsprühend und heiter, und von großer innerer Schönheit. Und ich sagte: »Ich ziehe es vor, mit dir zusammen dort einzutreffen, Esther, meine Liebe.«

Sie antwortete: »So der HErr will, werde ich leben. So der HErr aber nicht will, wird ein Engel des HErrn kommen und mir seine Hänge ums Herz legen, so daß es stille steht.«

Und Jahweh gewährte Esther Schlaf dort im Schatten, bis der Abendwind kam und es Zeit war, weiterzuziehen. Der Weg wurde uns lang, und wir kamen nur schlecht voran, denn wir rasteten jedesmal, wenn Esther schwach wurde. Doch am siebenten Tag erreichten wir den Kamm der Anhöhe über dem Bach Kidron, von wo aus man Jerusholayim erblickte: seine Wälle und Tore und die Türme über den Toren; seine funkelnden Dächer; das Tabernakel, ein purpurner Farbfleck neben dem Weiß von Palast und Festung.

Da warf ich mich nieder vor dem HErrn und dankte ihm, daß er mich und die Meinen ins Angesicht Jerusholayims geführt, und ich gelobte, ein fettes Lamm und ein zartes Ziegenböcklein auf dem Altar zu opfern, den der König David auf der Druschtenne Ornans, des Jebusiters, errichtet hatte, das Lamm als Zeichen des Danks für die Vollendung der Reise und das Böcklein als Hilfe im Gebet um göttlichen Schutz in der Stadt Davids und am Hofe König Salomos.

Doch standen da Posten auf den Zinnen und den Türmen, die uns von weitem beobachteten und uns im Auge behielten, während wir uns dem großen Tore näherten. Der krethische Wachposten hielt uns an, und da ich ihm meine Ausweise zeigte, rief er den Hauptmann herbei.

»Historiker, eh?« Der Torhauptmann war des Lesens mächtig. »Wir brauchen Steinmetzen, Maurer, Mörtelträger in Jerusholayim; sogar ein Schuster wäre von Nutzen; aber siehe, zu uns kommt ein Historiker.«

Ich wies auf das königliche Siegel.

»Dieses Volk braucht eine Geschichte«, fuhr der Hauptmann fort, »wie ich ein Geschwür brauche an meinem Geschlecht. Sie werden als Dummköpfe geboren und sterben als solche, sie treiben Unzucht mit ihren Müttern und ihren Schafen, und du willst ihnen eine Geschichte geben. Haben sie es nicht ohne Geschichte schon schwer genug?« Er legte den dicken schmutzigen Finger auf eine der Kisten: »Was ist da drin?«

»Teil meiner Archive«, sagte ich.

»Aufmachen.«

»Aber die Täfelchen werden herausfallen. Alles wird durcheinandergeraten.«

»Aufmachen, hab ich gesagt.«

Der Knoten wollte sich nicht lösen. Ich zerrte an dem Riemen. Auf einmal klappte die Kiste auf und meine kostbaren Tontäfelchen fielen in den Staub. Das Volk am Tor kicherte. Das Blut stieg mir in den Kopf; ich wollte die Stimme erheben gegen den Hauptmann, aber mein Blick fiel auf die Menge. Es war eine sonderbare Menge, ganz anders als in einer Kleinstadt wie Esrah. Diese hier waren Diebe, Müßiggänger, Vagabunden, entlaufene Sklaven; Halsabschneider allesamt, und alle in Lumpen gekleidet; auch Krüppel, die ihre eitrigen Stümpfe, ihr verklebtes Haar, ihre kranken Augen zur Schau stellten. Dies war der Sumpf, auf dem das neue Jerusholayim erbaut wurde, die Kehrseite des Glanzes, der Salomos war: Auswurf der neuen Zeit, zu langsam, zu faul, oder einfach zu schwach, den neuen Geist, die neuen Wege zu begreifen. Und sie verhöhnten und bedrohten mich, vielleicht wegen der vierzig Esel beladen mit meinem Besitz, oder weil ich Historiker war; und sie warteten nur auf das Kopfnicken des Hauptmanns, um über uns herzufallen wie Hyänen über ein Stück Aas.

Aber der Hauptmann riß eine Peitsche aus dem Gurt und ließ ihr Leder über den Köpfen knallen. Hastig sammelten Shem und Sheleph die Täfelchen ein. Ich tat sie zurück in die Kiste und verschnürte diese, so gut ich konnte.

So betraten wir die Stadt.

Ah, dieser Sommer! Dieser Sommer in Jerusholayim!

Ein sonnengreller Tag verschwimmt mit dem nächsten. Esther leidet. Hulda döst, wobei ihr der Schweiß über das geschwollene Gesicht läuft. Sogar Lilith ist matt und lustlos.

Ich hätte an die Hitze hier denken sollen, an die Fliegen, an den Gestank der Stadt, bevor ich mich verpflichtete, am zweiten Tag nach dem Passahfest für die Arbeit an dem *Bericht über den Erstaunlichen Aufstieg* und so fort zur Verfügung stehen.

Wer irgend kann, ist aus der Stadt geflohen. Der König und der Hof, mitsamt dem Harem, sind in die königlichen Landhäuser am See Kinnereth gezogen, dort die erfrischenden Wässer zu genießen; nur die zehn Kebsen Davids, die sein revoltierender Sohn Absalom vor den Augen des Volkes in Besitz nahm, und die seitdem brachliegen müssen, diese durften nicht mit, arme Wesen. Ich habe noch Glück: Josaphat ben Ahilud, der Kanzler, ist aus dienstlichen Gründen in Jerusholayim aufgehalten worden; daher kann ich ihm Nachricht zukommen lassen. Er verweist mich an den Verwalter der königlichen Liegenschaften. Dieser Ehrenwerte, der auch nur danach strebt, die Stadt so rasch wie möglich zu verlassen, empfängt mich kurz und weist mir den einzigen Wohnraum zu, den er angeblich greifbar hat, No. 54 in der Königin-von-Saba-Gasse, ein Haus mit drei Gemächern in einer Siedlung für Regierungsbeamte und Leviten des zweiten und dritten Ranges. Obwohl die Bauleute gerade abgezogen sind, zeigen sich bereits Risse im Putz, Strohhalme hängen aus der Zimmerdecke, das Dach senkt sich bedenklich. Außerdem ist das Haus viel zu klein; ich müßte mir einen Arbeitsraum anbauen lassen. Auf Grund meiner Stellung als Redaktor des König-David-Berichts erklärt sich ein Geldverleiher bereit, die Bausumme zu einem Wucherzins vorzuschießen; aber woher Maurer und Zimmerleute nehmen in Jerusholayim? Alle verfügbaren Handwerker arbeiten von Sonnenaufgang bis Sonnenuntergang, Sabbat ausgenommen, am Bau des Tempels, des königlichen Palasts, der Stallungen und Remisen für des Königs neue Kampfwagen, der Unterkünfte für seine Krethi und Plethi, der Amtsgebäude für die ständig sich mehrenden Behörden. Shem und Sheleph, deren Schule des Sommers wegen geschlossen ist, durchstreunen die Straßen wie herrenlose Hunde; sie berichten, daß in Jerusholayim alles zu haben ist, man muß nur die richtigen Leute kennen und die richtigen Hände schmieren. Ich habe nichts dagegen, Verbindungen zu benutzen und ein paar Silberlinge wirken zu lassen; aber ich bin noch fremd in der Stadt, meine Stellung ist zu neu und zu ungewiß, die allgemeine Lage zu undurchsichtig; ich kann mir keinen falschen Schritt leisten.

Also bin ich gezwungen, meine bescheidenen Baupläne aufzugeben. Außerdem droht mir das Geld auszugehen. Im königlichen Schatzamt, südlich der Baustelle des Tempels, sind kaum noch

Amtleute, und diese wenigen entschwinden aus ihren Diensträumen, so oft sie können; nach stundenlangem Warten gelingt es mir, einen gewissen Penuel ben Mushi zu finden, Sachbearbeiter dritten Grades, der mich geduldig anhört. Dann, nachdem er Haufen staubiger Tonscherben und Lederfetzen durchwühlt hat, teilt er mir mit, daß kein Zahlungsauftrag für mich eingegangen sei, auch keine Anweisung oder ein anderer Beleg; vor dem Laubhüttenfest, welches König Salomo und seine Mächtigen wieder in Jerusholayim feiern würden, sei auch kaum etwas zu erwarten.
Ich breche in Wehklagen aus und frage, ob denn gar niemand in Jerusholayim sei, der die Vollmacht habe, eine Vorauszahlung zu genehmigen, und bewegt werden könnte, solches zu tun?
Darauf Penuel, die Fliegen von seinem runzligen Gesicht verscheuchend: selbst wenn ein so mächtiger Mann sich in Jerusholayim befände, wird seine Unterschrift genügen? Heute unterschreibt einer, morgen vielleicht ist er schon nicht mehr da, die Unterschrift wertlos. Wisse man denn, welche Namen noch auf der Liste stünden, die König David auf seinem Sterbebett seinem Sohn Salomo übergab? Darum eben seien Gegenzeichnung und königliches Siegel unerläßlich für jede Zahlungsanweisung.
Darauf ich, Informationen von Wert witternd: wohl hätte ich von der Liste gehört, aber habe sie je einer gesehen? Vielleicht sei die berüchtigte Liste nichts als ein Gerücht, in Umlauf gesetzt, Maßnahmen des Benaja ben Jehojada zu rechtfertigen?
Darauf Penuel, in der Befürchtung, daß das Gespräch zu weit gehen möchte: ob es nicht Zeit sei zu einem leichten Imbiß, da die Sonne hoch am Himmel stehe und der Mittag nahe?
Darauf ich, nicht achtend meiner geschrumpften Geldbörse: ob er mir nicht bei einem bescheidenen Mahl Gesellschaft leisten wolle; vielleicht wisse er ein ruhiges Lokal außerhalb der Stadtmauer, wo wir Schatten fänden und einen Wein, der nicht verfälscht ist, und ein saftiges Stück Lammbraten?
Denn das Studium der Geschichte besteht nicht nur aus der Beschäftigung mit gebrannten Tontäfelchen.

Geschichte der Parteien Israels zur Zeit der Thronbesteigung Salomos, des Sohnes Davids, unter Einbeziehung der Mitteilungen des Penuel ben Mushi, Sachbearbeiters dritten Grades im königlichen Schatzamt; mit einigen seiner Betrachtungen, da er gesprächig geworden durch den Braten und den Wein, wortgetreu wiedergegeben und in Klammern gesetzt

Nun war König David schon alt und wohlbetagt, und er konnte nicht warm werden, ob ihm gleich Abishag von Shunam zur Seite war, ein schönes Fräulein und wohlgestaltet, und sich zärtlich um ihn bemühte. Und er wußte, daß seine Tage gezählt waren; aber wenn er eine Vorliebe besaß für Adonia, oder für Salomo, oder für einen anderen unter seinen Söhnen, so schwieg er darüber.

(Da lag der König nun und starrte zur Decke und spürte, wie die Macht seinen Händen entglitt. Und er sah wohl, wie sie ihn belauerten, und auf ein Wort von ihm warteten, um es zu benutzen im Kampf um die Nachfolge; dies Wort war alles, was ihm geblieben war von seiner Herrlichkeit.)

Es war aber Adonia, der Sohn Davids von dessen Frau Haggith, ein weidlicher Mann, und sein Vater hatte ihn gezeugt nächst nach Absalom. Und Adonia sprach: Ich werde König sein; und er verschaffte sich Wagen und Reiter und fünfzig Mann, die vor ihm herliefen und riefen: Aus dem Weg, Gesindel! Straße frei für den Thronfolger, den Erwählten König Davids! Und selbst als der König den Lärm hörte, schwieg er und unterließ es, Adonia zur Rede zu stellen.

(Sie kümmerten sich schon nicht mehr um ihn. Ihm blieb nichts, als zu warten, bis HErr Jahweh die Waagschale neigte, so oder so. Er hatte nur noch sein Wort, das Wort eines Sterbenden; und wenn er, GOtt behüte, das Wort für den Falschen sprach, und der unterlag, was würde dann bleiben von ihm? Denn das Urteil der Menschen liegt bei den Künftigen, und vom Sohn hängt es ab, wie der Vater weiterlebt im Gedächtnis des Volkes.)

Und Adonia beriet sich mit Davids Feldhauptmann Joab, um sich der Hilfe des Heeres zu versichern, und mit dem Oberpriester Abiathar, hinter welchem die Priester im Lande standen, die ihre kleinen Heiligtümer und die Altäre auf den Höhen und ihre Einkünfte daraus zu erhalten strebten: und beide unterstützten Adonia. Da opferte Adonia Schafe und Ochsen und gemästetes Vieh bei dem Stein Soheleth, welcher nahe dem Brunnen von En-rogel liegt, und lud alle seine Brüder, des Königs Söhne, und alle Männer des Stammes Juda, des Königs Beamte, dazu ein. Nur seinen Bruder Salomo lud er nicht ein.

(Der Kleine, Bath-shebas Zweitgeborener, wird er sich gedacht haben, der sterbende König: der Kleine, berühmt schon in jungen Jahren ob seiner weisen Sprüche, GOtt hatte Salomo sichtbar begünstigt, nur wußte man nie genau, was der im Herzen trug. Adonia hatte das Heer; aber das Heer mußte erst aufgeboten werden; und Abiathars Dorfpriester waren zerstreut im Lande und schwer beweglich, nur beim Fressen und Saufen und Huren, da waren sie rasch bei der Hand. Entscheidend war, wie sich Benaja verhielt, den er über die Krethi und Plethi gesetzt hatte, die königliche Garde, denn das war die einzige sofort verfügbare Truppe.)

Der Prophet Nathan aber und Zadok, der andere Oberpriester,

der für ein großes Hauptheiligtum war mit straffer Gewalt über alle Priester und Leviten, sie beide gehörten nicht zur Partei Adonias und fürchteten sich sehr. Und Nathan sprach mit Bath-sheba, damit sie ihr Leben und das ihres Sohnes Salomo rette. Er riet ihr, zu König David zu gehen und ihm zu sagen: Hast du nicht, mein Herr König, mir, deiner Magd, ausdrücklich geschworen, daß mein Sohn Salomo soll nach dir König sein und auf deinem Thron sitzen? Wieso tut dann Adonia, als wäre er König? Und Nathan versprach Bath-sheba, nach ihr hineinzukommen zum König und ihm ihre Worte zu bestätigen. Bath-sheba aber ging hinein zum König in die Kammer, und sprach zu ihm, wie der Prophet Nathan ihr vorgesprochen, und fügte hinzu: Mein Herr König, die Augen ganz Israels blicken auf dich, daß du ihnen anzeigst, wer auf dem Thron nach dir sitzen soll; sonst mag es geschehen, wenn mein Herr König zu seinen Vätern entschlafen ist, daß ich und mein Sohn Salomo es büßen müssen.

(Da lag er nun auf seinem Bett mit der Jungfer Abishag, die sich zärtlich um ihn bemühte, und dieses Weib redete auf ihn ein. Hatte er ihr tatsächlich ein solches Versprechen gegeben? Die letzte Leidenschaft eines Mannes ist seine stärkste: er hatte gemordet dafür, und Salomo war das Kind der Sühne. Aber Adonia war, nach Amnons blutigem Tod und nach Absalom, der da in dem Eichbaum hing an seinen Haaren, der nächste in der Erbfolge. Die alte Frau, die für ihren Sohn sprach, und die junge, die sich an ihn schmiegte, es war ihm schon zuviel: wir sind Durchreisende auf Erden, und er war nahe dem Ziel seiner Reise.)

Und siehe, während Bath-sheba noch redete mit dem König, trat auch der Prophet Nathan ein und sprach: Mein Herr König, habt Ihr gesagt, Adonia soll nach mir König sein und auf meinem Thron sitzen? Denn er hat alle Söhne des Königs geladen und Joab und die Hauptleute des Heers, dazu den Priester Abiathar; und sie essen und trinken mit ihm und rufen: Glück zu dem König Adonia! Aber deinen Sohn Salomo hat er nicht geladen, und mich nicht, deinen ergebenen Knecht, und den Priester Zadok nicht, und auch nicht Benaja ben Jehojada. Der König jedoch wandte sich um zu Abishag, und betrachtete sie, und sagte: So wohlgestaltet und so begabt, und nichts will sich rühren. Zu Nathan aber: Habe ich richtig vernommen – den Benaja auch nicht? Und der Prophet Nathan erwiderte: Es ist, wie ich es Euch sagte, mein Herr König; Benaja ben Jehojada und die königliche Garde sind von Adonia nicht nach Enrogel geladen worden. Da richtete sich König David auf und sprach zu Bath-sheba: So will ich denn heute tun, wie ich dir geschworen habe bei dem HErrn GOtt Israels. Und er sagte: Ruft mir den Priester Zadok und Benaja, den Sohn Jehojadas. Und da

sie hintraten vor den König, sprach dieser zu ihnen: Nehmt die Krethi und Plethi, und setzt meinen Sohn Salomo auf mein Maultier, und führt ihn hinab gen Gihon; und der Priester Zadok samt dem Propheten Nathan salbe ihn daselbst zum König über Israel; und dann blast die Posaunen und ruft: Glück zu dem König Salomo! Benaja ben Jehojada aber sagte: Amen und möge der HErr, der GOtt meines Herrn Königs, auch ja und amen dazu sagen.
(Er sank zurück in die Kissen. Die Waagschale HErrn Jahwehs hatte sich gesenkt, deutlich, und das Wort GOttes war zu ihm gekommen. Aber es war anstrengend gewesen, und er mußte ausharren, bis der Kleine zurückkam aus Gihon: da war noch die Liste, die er ihm geben wollte, damit bereinigt werde, was er zu bereinigen nicht die Kraft gehabt hatte. Wie viele hatten schon gesucht nach dieser Liste, in seinen Gemächern und in der Kammer der geheimen Aufzeichnungen. Narren, wird er gedacht haben, der sterbende König. Es gab keine Liste, die einer finden könnte. Er hatte die Namen im Kopf. Alle.)
Und Nathan und Zadok und Benaja taten, wie König David ihnen geboten, und da sie Salomo gesalbt hatten, bliesen sie die Posaune. Da rief alles Volk: Glück dem König Salomo! und spielten auf Flöten und Pfeifen, und zogen zurück nach Jerusholayim, und jubelten freudig, daß die Erde widerhallte von ihren Rufen. Adonia aber, und alle, die er geladen hatte zu seinem Festmahl, vernahmen den Lärm. Und Joab fragte, was bedeutet das Geschrei in der Stadt und das Getümmel. Siehe, da kamen schon Boten gelaufen, darunter der Sohn des Priesters Abiathar, und berichteten über die letzten Entwicklungen. Und alle, die mit Adonia waren, erkannten, daß Joab, der über das Heer war, von seinen Heerscharen keine bei sich hatte, und die Hauptleute der Hundertschaften und der Tausendschaften hatten keine ihrer Hundertschaften und Tausendschaften bei sich; aber Benaja ben Jehojada hatte seine Krethi und Plethi bei sich, die königliche Garde. Da erschraken die Gäste und nahmen sich nicht einmal Zeit, den Mund zu wischen nach dem Essen, sondern erhoben sich und gingen, ein jeglicher seinen Weg. Adonia aber flüchtete sich ins Tabernakel und klammerte sich an die Hörner des Altars. Nun war Salomo seiner neuen Macht noch nicht sicher; darum sagte er: Wenn Adonia sich wohl verhält, soll ihm kein Haar gekrümmt werden, so er aber Übles plant, wird er sterben. Also kam Adonia und beugte sich vor König Salomo; und Salomo sagte ihm: Geh in dein Haus. Und der Kanzler Josaphat ben Ahilud, der während des ganzen Durcheinanders krank lag in seinem Landhaus am Libanon, kehrte zurück nach Jerusholayim und huldigte dem neuen König, und erfreute sich der Gnade Salomos. Benaja jedoch, der Sohn Jehojadas, wurde über das Heer gesetzt an Joabs Stelle.

Aber die Unzufriedenen in Israel, und die, welche sich unterdrückt fühlen, diese erheben den Blick zu Adonia und warten, daß Joab die Posaune blase; und König Salomo hat Benaja geheißen, tausend Ohren zu haben; und die Stimme Israels ist leise geworden wie ein Lüftchen im Kornfeld.

Gegen Ende seines Berichts war Penuel ben Mushi, mein Gewährsmann, im Zustand leichter Trunkenheit. Er umarmte mich und vertraute mir an, daß ein König sei wie der andere, Adonia oder Salomo; Leuteschinder, nimmersatte; und das ganze Haus Jesses sei verflucht von Jahweh wegen des reichlichen Bluts an Davids Händen und wegen dessen, was er dem Volk getan.
Da wir zwei aber gegen Abend durchs Stadttor zurückkehrten, siehe, da erscholl Hufschlag und Rädergerassel, und der Lärm der Läufer, welche riefen: »Aus dem Weg, Gesindel! Platz da für Benaja ben Jehojada, der über das Heer ist und über die Krethi und Plethi, des Königs Garde!« Und mein neuer Freund verschwand, als hätte Sheol ihn geschluckt; ich aber stand allein und verdutzt da. Und eine Stimme aus der Höhe sagte: »Brrr, ihr Biester!«
Die Räder kreischten, und Funken flogen auf unter den Hufen, und die Stimme sprach weiter: »Gott tue mir dieses und jenes, wenn ich nicht Ethan vor mir habe, den Sohn des Hoshaja und Redaktor des *Berichts über den Erstaunlichen Aufstieg* und so fort.«
Ich hätte mich in den Staub geworfen, wäre nicht die Hand gewesen, die mir gebot, den Wagen zu besteigen.
»Ich fahre dich nach Hause, Ethan, sofern das dein Ziel ist«, sagte Benaja. »Ich hörte schon, du bist in Jerusholayim. Warum hast du mir keinen Besuch abgestattet?«
Ich kletterte auf den Wagen. »Ich war des Glaubens, mein Herr befände sich gleichfalls in einem der königlichen Landhäuser«, sagte ich, »oder am Ufer des Meers, oder an den Hängen des Libanons, wo der ewige Schnee die rauschenden Zedern bewässert.«
»Rauschende Zedern.« Benaja fuhr plötzlich an, und ich mußte mich festhalten. »Wer wird das streunende Lamm vor dem Bär und dem reißenden Löwen beschützen, und auch vor dem Schakal, wenn ich Jerusholayim verlasse?«
Vor mir sah ich die glatten Flanken der schnellen Pferde und die weißen Stöcke der zahllosen Läufer; um mich herum erscholl immer wieder der Name Benaja ben Jehojada. Da geriet der Geist des HErrn über mich, und ich verstand, welche Lustgefühle die Macht dem Menschen vermittelt.
Die Hand Benajas aber, welche die Zügel hielt, war breit und grobgeädert; und er lachte tief aus der Brust heraus, und sprach: »Mein Vater war ein Leibeigener in Israel, und grub in den Bergen nach Kupfer, und hustete sich die Lunge aus dem Leib und starb. Ich

aber, Benaja, sein Sohn, habe zu lesen gelernt, und deine Täfelchen bergen keine Geheimnisse vor mir. Ich will dich auch schützen, Ethan, solange du schreibst, was gefällig ist in meinen Augen und in den Augen König Salomos; aber wenn du aufsässige Gedanken hegst oder sie gar hineinschreibst in eins deiner Täfelchen, werde ich deinen Kopf auf einem hohen Pfahl zur Schau stellen und deinen Rumpf an die Mauer dieser Stadt nageln lassen.«

Worauf ich Benaja versicherte, daß nichts mir ferner läge denn das Hegen aufsässiger Gedanken; weiter, daß ich ein Familienvater sei mit einer durchaus bejahenden Haltung zum Staat und dessen Einrichtungen, seien sie militärischer, administrativer oder religiöser Natur.

Der Wagen hielt an.

»Von hier an mußt du laufen, Ethan.« Benaja wies auf die Straße, die sich verengte und kaum zuließ, daß zwei Esel einander passierten. »Die Stadt ist nicht für Wagenverkehr gebaut.«

Ich sprang ab, bedankte mich bei Benaja und wünschte, Jahweh möge ihm Gesundheit und Reichtum gewähren; er schien es nicht zu hören. Er ließ die Pferde rückwärts gehen und brachte es irgendwie fertig, den Wagen zu wenden; dann war da wieder der Lärm der Läufer, das Getrappel der Pferde, das Rattern der Räder. In der darauf folgenden Stille fiel mir ein, daß ich vergessen hatte, ihn um Geld zu ersuchen. *Seine* Unterschrift hätte doch wohl gegolten.

4

Die Hitze ließ nach.

Das Laubhüttenfest begann, und die Stadt war trunken vom neuen Wein und vom Rauch des Opferfleisches, das auf den Altären schmorte.

In den Weingärten des Königs zu Baal-hamon, in den Laubhütten, welche errichtet waren zum Gedenken an den Auszug aus Ägypten, lagen Liebespaare, oft gleichen Geschlechts, in vertrauter Umarmung. Es war, als feierten die Götter Kanaans, die Baalim und Ashtaroth, ihre Auferstehung. Auf girlandenumwundenem Sessel, die Stirn mit Weinlaub bekränzt, thronte Amenhoteph, der königliche Obereunuch, und gefiel sich als Oberpriester des Ganzen. Mit seinen eleganten ägyptischen Handbewegungen wies er die vollbusigen jungen Mädchen, die schmalhüftigen Jünglinge in diese oder jene Laube, sandte ihnen wohl auch Diener nach mit frischen Häuten voll Wein und Tellern voll Süßigkeiten.

Ich nahte mich ihm.

»Ethan ben Hoshaja?« fragte er in dem kehligen Ton der Leute vom Nil; und da ich bejahend nickte: »Du brachtest keine von deinen Frauen?«

Amenhoteph, so war mir berichtet worden, war eine neue Errungenschaft am Hofe, ein Geschenk des Pharao an König Salomo: Fachmann im Umgang mit Frauen, war er sehr geschätzt im königlichen Harem wegen seiner erlesenen ausländischen Manieren, die angenehm von dem rüden Benehmen der alten Aufseher abstachen.

»Ich fühle mich äußerst geehrt durch das Königs Gebot«, erwiderte ich, »und war sehr überrascht, und vermutete, daß die Einladung nur mir galt.«

»Es ist in der Tat eine außerordentliche Einladung. Eine höchst vornehme Persönlichkeit wünscht, dich kennenzulernen.«

Er lächelte ein wenig, das Profil dem Schein einer Fackel zugekehrt. Er war eine Seltenheit unter seinesgleichen, ein magerer Eunuch; nur das schlaffe Fleisch unterm Kinn und sein gelegentlicher Diskant bezeugten den Eingriff, der an ihm vorgenommen worden war.

Er winkte den Fackelträger heran, und ich folgte diesem. Die Nacht war voller Stimmen, der Duft der reifen Trauben war überall. Jemand sang, von einer Flöte begleitet, falsch, aber mit viel Gefühl; ein anderer lachte, dann hörte das Lachen auf.

Ich stolperte; fast wäre ich gestürzt. Ich befand mich in einer der Laubhütten. Darin saß in niedrige Polster gelehnt eine Frau, schlank, das dunkle Gewand am Hals streng geschlossen. Der Fackelträger war verschwunden, doch eine Öllampe verbreitete einiges Licht, und der Mond sandte dünne Silberstreifen durch die Blätter des Dachs. Die Frau wandte mir ihr Gesicht zu, ein Gesicht von den Jahren gezeichnet, mit großen bemalten Lippen und großen bemalten Augen.

Ich warf mich zu Boden. »Prinzessin Michal!«

Ich war ihr noch nie begegnet, hatte aber wie jedermann viel von ihr gehört: Sauls Tochter, die erleben mußte, wie einer nach dem andern all ihrer Angehörigen bis auf den Krüppel Mephibosheth erschlagen wurden; zweimal die Frau Davids, die ihn verlachte, und darum kinderlos blieb.

»Euer ergebener Diener ist nichts als ein Hund, der Euch zu Füßen kriecht, o Licht, o Sonne!« Die Worte flossen mir leicht von den Lippen; diese Frau hatte etwas an sich, das zur Demut zwang. »Meine Herrin hat mich rufen lassen, zu dieser Stunde, und hierher?«

Sie stützte sich auf den Ellbogen und richtete sich auf. Sie war noch älter als die Fama mich hatte glauben lassen; ihre Hände waren Haut und Knochen, die Zähne, oder was davon übriggeblieben, lang und verfärbt.

»Du also sollst die Geschichte Davids schreiben?« Die Stimme hatte etwas von ihrem jugendlichen Klang bewahrt.

»Bestenfalls, Prinzessin, werde ich zusammenstellen, was andere mir zukommen lassen; und selbst das nur mit Billigung des Weisesten der Könige, Salomo.«
Eine herrische Bewegung. »Was weißt du von David?«
»Ausgenommen den jetzigen Inhaber des Throns, Salomo, war David unstreitig der bedeutendste Mann in Juda und Israel, der Erwählte des HErrn, unsres GOttes, welcher einen Bund schloß mit David und Davids Feinde schlug und alle seine Hasser zuschanden werden ließ, und welcher ferner versprach, daß Davids Samen sollte ewig währen.«
»Mit anderen Worten«, wieder die Handbewegung, »du weißt überhaupt nichts.«
Ich schwieg.
»Wie kannst du dir dann anmaßen, über ihn schreiben zu wollen oder auch nur zusammenzustellen, was andere dir zukommen lassen?«
»Ein Mann ist seine Legende.«
Sie verzog das Gesicht.
»Ihr wünscht die Legende zu zerstören, Herrin?«
»Ich will, daß jemand um ihn weiß, wenn ich nicht mehr da bin.«
Ich wartete.
»Er war von schöner Gestalt«, sagte sie, »nicht hochgewachsen wie mein Vater oder wie Jonathan, eher zierlich; dazu das rötliche Haar über dem tiefgebräunten Gesicht; und er kam zu uns mit seiner Musik und seinen Versen ...«

AUSSAGE DER PRINZESSIN MICHAL AUF FRAGEN DES ETHAN BEN HOSHAJA, IN DER LAUBHÜTTE IN DEN WEINGÄRTEN DES KÖNIGS ZU BAAL-HAMON

Frage: Sicher war der Hof Eures Vaters König Saul nicht die umfangreiche und prächtige Einrichtung, die wir heute haben. Dennoch: hier kommt der Sohn eines gewissen Jesse aus Bethlehem. Selbst wenn wir annehmen, daß Jesse ein wohlhabender und angesehener Mann war ...
Antwort: ... was er nicht war. Später wurde um des guten Eindrucks willen verbreitet, Jesse habe viele Herden und ein großes Haus besessen, und seine Stimme sei im Rat Judas von Gewicht gewesen, und seine Sippe ginge zurück auf die Gründer des Stammes. In Wahrheit war Jesse ein unbedeutender, armseliger Bauer mit mehr Söhnen, als er ernähren konnte. Drei von ihnen gingen zum Heer; und David würde noch lange die paar elenden Schafe seines Vaters gehütet haben, hätten die Priester zu Bethlehem nicht den Zauber seines Leibes und die Eigenart seiner Stimme entdeckt.
Frage: Die Priester schulten ihn?

Antwort: Als er zu uns kam, wußte er sich zu bewegen. Er sprach nicht mehr wie ein Schafhirt. Er spielte die Laute. Er kannte die traditionellen Gesänge, und er verfaßte neue. Und er verstand es, mit meinem Vater König Saul umzugehen.
Frage: Weiß meine Herrin noch, wer es war, der ihn empfahl, ihn auswählte, ihn einlud?
Antwort: Das hat mir David nie gesagt. Es gab Fragen, denen er sich entzog.
Frage: Hat auch kein andrer Euch davon gesprochen, damals?
Antwort: Ich erinnere mich nicht. Ich war zu der Zeit noch nicht dreizehn Jahre alt und verliebt in meinen Bruder Jonathan; das Hofgeschwätz berührte mich nicht.
Frage: Erzählt Eurem Diener, was Euch in der Erinnerung geblieben ist.
Antwort: Eine schwere Krankheit vom HErrn befiel meinen Vater König Saul. Wir riefen die Ärzte, und die Männer GOttes, und die Beschwörer. Wir versuchten es mit Kräutern, mit Aderlässen, Opfern, Zaubersprüchen. Dann schlug jemand Musik vor.
Frage: Gab es denn keine Musikanten am Hofe?
Antwort: In großer Zahl. Und sie klimperten, sie bliesen, sie zupften, sie schmetterten, sie paukten, bis mein Vater König Saul sie mit einem Fluch und einem Fußtritt davonjagte. Davids Musik war anders. Seine Weisen und Worte, und wie er sie sang, lösten den Schmerz und füllten das Herz mit Sehnsucht. Friede kehrte zurück in den Blick meines Vaters König Saul und verbreitete sich über sein Angesicht; seine Hände entspannten sich; und nach tagelangem Wahn fand er Schlaf.
Frage: Was eigentlich war seine Krankheit?
Antwort: Der Geist des HErrn wich von ihm, und ein böser Geist vom HErrn beunruhigte ihn.
Frage: Könnt Ihr die Wirkung des bösen Geistes beschreiben?
Antwort: Es war fürchterlich. Noch heute, nach so vielen Jahren, verfolgt es mich. Dieser riesige Mann, der in der Schlacht stand wie ein Turm, verkroch sich in der Ecke seines Zelts, stammelte vor Angst und biß sich in die Knöchel, oder brütete vor sich hin, stundenlang, lauschte Stimmen, die nur er hören konnte, oder zitterte und raste mit Schaum vor dem Munde.
Frage: Ließ sich eine gewisse Regelmäßigkeit feststellen? Machte sich der böse Geist in mehr oder weniger gleichen Abständen bemerkbar?
Antwort: Die Sterndeuter überprüften die Phasen des Mondes und die Runden der Sterne, konnten aber keinen Zusammenhang mit der Krankheit entdecken. Anfangs waren es Monate, die zwischen den Anfällen verstrichen; später trat der Geist immer häufiger auf, und mein Vater König Saul fand nur wenige Tage Ruhe.
Frage: Erinnert Ihr Euch, wann der böse Geist ihn zum erstenmal beunruhigte?

Antwort: Ich glaube, das war nach dem Sieg über Amalek. Durch Samuel, den Propheten, ließ Jahweh meinem Vater König Saul gebieten, Mann und Weib, Kinder und Säuglinge, Ochsen und Schafe, Kamele und Esel in Amalek zu töten. Mein Vater schlug alles Volk mit der Schärfe des Schwerts; das Vieh aber schonte er. Er war ein Bauer, und das sinnlose Abschlachten von Vieh widerstrebte ihm; außerdem verlangten seine Männer ihre Beute, und er war *ihr* König.
Frage: Er schonte auch Agag, den König von Amalek.
Antwort: Man kann seine Macht zeigen durch Tod, aber auch durch Milde.
Frage: Doch diese Macht lag bei Jahweh.
Antwort: Jahweh war nicht mehr König. Mein Vater war König.
Frage: Jahweh war GOtt.
Antwort: Und Samuel war seine Stimme. Samuel kam zu meinem Vater König Saul zu Gilgal, und machte ihm Vorwürfe, und sprach: Ungehorsam gegen GOtt ist wie Zaubereisünde, und Widerstreben wie Abgötterei und Götzendienst. Samuel sprach: Du hast des HErrn Wort verworfen, und der HErr hat dich auch verworfen, daß du nicht König seist über Israel. Als Samuel sich zum Gehen wandte, ergriff mein Vater König Saul ihn bei einem Zipfel seines Rocks; und der Rock riß. Da sprach Samuel zu ihm: So hat denn der HErr das Königreich Israel heute von dir gerissen und deinem Nächsten gegeben, der besser ist denn du.
Frage: Und Euer Vater glaubte das?
Antwort: Er fiel aufs Knie vor Samuel und bat ihn, umzukehren vor den Ältesten des Volkes und vor Israel, daß er den HErrn GOtt anbete. Samuel aber sprach: Bring mir Agag, den König der Amalekiter. Agag trat vor meinen Vater – ich sah es mit diesen Augen – er trat getrost vor ihn und sagte: Also ist die Bitterkeit des Todes vorüber. Mein Vater König Saul aber stand da und sah zu, wie Samuel, der Prophet, den Agag in Stücke zerhieb vor dem HErrn in Gilgal.
Frage: Und danach begann der böse Geist, ihn zu beunruhigen?
Antwort: Ja.

Die Prinzessin lehnte sich zurück. Ein bläuliches Äderchen pulsierte an ihrer Schläfe. Das Geschehen, das sie geschildert hatte, bedrückte mich, und ich fror trotz der linden Luft der Nacht.
»Durstig, Ethan?«
Die Prinzessin klatschte in die Hände. Und zu einem Diener: »Wein. Früchte. Gebäck.« Und wieder zu mir: »Ich weiß, ich bin eine alte Frau, und mein Gedächtnis ist vollgestopft mit tausend Erinnerungen, die häufiger, als mir lieb ist, durcheinandergeraten. Aber das Bild des jungen David ist mir ganz deutlich.
Es wird berichtet, daß er sich weise verhielt auf all seinen Wegen.

Ich würde eher sagen, er besaß eine natürliche Anmut. Er gewann die Menschen mit ein paar Worten, einem Blick, einer Handbewegung. Er schien so herzlich, so ohne Arg zu sein. Wenn all das erkünstelt war, dann war er der beste Heuchler seit der Schlange, die Eva überredete, die Frucht vom Baum der Erkenntnis von Gut und Böse zu essen.
Von uns allen war ich es, die ihm am längsten widerstand. Es war kein Geheimnis, daß er noch in der gleichen Nacht, da seine Musik den bösen Geist vertrieb, das Bett meines Vaters König Saul teilte. Abner ben Ner, der zu Zeiten meines Vaters über das Heer war, behauptete sogar, es sei weniger Davids Musik denn sein Hinterer, welcher dem König Erleichterung verschaffte. Aber ich weiß, wie liebevoll David sein konnte, und daß seine Nähe lindernd wirkte wie der Regen auf vertrocknetem Feld.«
Die Prinzessin griff nach einer Weintraube.
»Und dann Jonathan. Du kennst doch das Klagelied, das David bei seinem Tode schrieb:

Es ist mir leid um dich, mein Bruder Jonathan.
Ich habe Wonne an dir gehabt:
Deine Liebe zu mir war wunderbar,
Schöner denn Frauenliebe ...

Ich habe die beiden oft beobachtet. Ich glaube nicht, daß sie mich oder meine Gefühle bemerkten. Jedenfalls Jonathan nicht. Er hatte Frau und Kinder, er hatte Kebsen; aber durch David schien er einen neuen Lebensinhalt entdeckt zu haben. Jonathan tat seinen Bogen von sich, sein Schwert und sein Schwertgehänge, selbst seinen Leibrock, und stattete David damit aus; er hätte ihm das halbe Königreich gegeben, wenn es ihm gehört hätte. David empfing all das mit der ihm eigenen Liebenswürdigkeit; er lächelte, sprach seine Verse, und spielte die Laute. Er stillte meines Vaters König Sauls Begehr, wenn der es wünschte; er lag mit meinem Bruder Jonathan und ließ ihn seine Füße, seine Schenkel, seine Hände, seinen Hals küssen; und in der Nacht, da ich meine Fassung verlor und Böses sprach gegen ihn, kam er später zu mir und nahm mich.«
Die Prinzessin schob die Weintraube zur Seite. Ich füllte den Wein in ihrem Becher nach.
»Ich glaubte damals, er sei der menschgewordene Gott Baal, Lust des Fleisches in Person, und doch ausgestattet mit jener Gleichgültigkeit, welche nur die Götter besitzen. In meiner Not schrie ich auf zu Jahweh. Jahweh antwortete nicht; David aber, als hätte er meinen Aufschrei gehört, erklärte mir tags darauf beiläufig, er sei der Erwählte Jahwehs und in allem, was er sagte und tat, erfülle er nur Jahwehs Willen. Ich hatte noch nie einen gesehen, der von Jahweh erwählt war, außer Samuel; und Samuel war hager, fast

skelettartig, ständig mit Schwären auf dem Schädel und Eiter in den Augenwinkeln und einem schütteren Bart, der gewöhnlich von Schmutz starrte. Aber warum sollte Jahweh nicht auch einmal seinen Geist in ein Gefäß schütten, das den Sinnen angenehm war? Und weitere Ereignisse schienen das Wunder zu bestätigen. Wer hatte je davon gehört, daß einer dem Wurfspieß meines Vaters König Saul entging? Der Wurfspieß meines Vaters war tödlich, nagelte sein Opfer an die Wand, während der Schaft noch von der Wucht des Wurfs zitterte. Und doch entging David ihm dreimal. Es war als hätte er Augen im Hinterkopf. Und er brauchte sie. War es, daß Jonathan seine Gefühle für David ohne Scham zeigte, oder daß Rizpa, die Kebse meines Vaters, ihm dies und das einflüsterte, oder daß Abner ben Ner, der über das Heer war, in seinem monatlichen Bericht auch des neuen Gesangs Erwähnung tat, den die Leviten von den Höhen erschallen ließen: *Es soll keine Hure sein unter den Töchtern Israels, und kein Hurer unter seinen Söhnen* – der böse Geist vom HErrn stellte sich wieder ein bei meinem Vater König Saul, mächtiger denn vorher, und lenkte ihm Denken und Hand.

Manchmal kam mir der Verdacht, daß David in der Tat sein Spiel trieb mit dem Geiste. Aber David leugnete das. Wenn das dumpfe Brüten meinen Vater überkam, setzte sich David ihm zu Füßen, nicht so, daß er ihn berührte, doch nahe genug, daß mein Vater seine Gegenwart spürte. Dann ließ er ein paar Akkorde auf der Laute erklingen, beugte den Kopf zurück und begann zu singen: Weisen, bei denen man an Karawanen dachte, die der abendlichen Sonne entgegenziehen, oder an die Trauer, die den Menschen in der Stunde nach der Stunde der Liebe befällt. Da auf einmal brüllt mein Vater auf – und dann der Wurfspieß, der noch zitternd in der Wand steckt. Und Davids Frage: Was habe ich getan? worin habe ich gefrevelt? was ist mein Vergehen, daß du mir nach dem Leben trachtest?«

Sie nickte nachdenklich: dies war nur ein Bruchteil gewesen von all dem Grausigen, das sie erlebt hatte; und sie war die Tochter eines Königs und zweimal die Frau eines Königs, und hatte gelernt, ihre Gefühle zu beherrschen.

»Später einmal fragte ich ihn: David, Liebster, hast du eigentlich nie Angst? Er blickte mich an; dann sagte er: Mein Herz ist voll Angst. Ich bin ein Dichter; ich habe genug Phantasie, um mir den Wurfspieß im Leibe vorstellen zu können.«

Sie aß von den Weinbeeren.

»Also machte mein Vater König Saul ihn zum Hauptmann über eine Tausendschaft und sandte ihn gegen die Philister. Und ich sagte zu meinem Bruder Jonathan: Das ist Davids Ende; und Jonathan fürchtete sehr um Davids Leben und sprach: Ich gab ihm meinen Bogen, und mein Schwert, und mein Schwertgehänge, warum kann ich ihm nicht mein Auge geben und die Stärke mei-

ner Faust. Aber um Neujahr kehrte David zurück, das Gesicht tiefer gebräunt denn je und den Bart unbeschnitten, und er hatte Siege erfochten und viel Beute gemacht und zahllose Philister erschlagen. Ich hörte, was seine Leute über ihn sagten: sie hatten ihre Bedenken gehabt am Anfang des Feldzugs; aber als sie David im Gefecht sahen, änderte sich ihre Meinung; in der Schlacht verwandelte sich der hübsche Jüngling in einen gleichsam von Blutrausch gepackten Mann. Auch war er geschickt bei der Planung, hatte ein Auge für die Schwächen des Feindes.
Und das Wort verbreitete sich im Volke, denn wenn die Frauen aus den Städten Israels traten, singend und tanzend, den König Saul zu grüßen mit Tamburin und Glöckchen und Zimbeln, da hatten sie einen Wechselgesang: *Saul hat seine Tausende geschlagen, aber David seine Zehntausende.* Übertrieben, wie die Zahlen waren, bewirkten sie doch, daß die Stimmung meines Vaters sich noch mehr verdüsterte. Er gedachte der bösen Prophezeiung Samuels, des Sehers, und stellte sich die Frage: Könnte dies wohl der erwähnte Nächste sein, der besser ist denn ich? Und er sagte: Sie haben David Zehntausende zugestanden, mir aber nur Tausende; was kann er noch haben wollen als das Königreich?«
Sie blickte vor sich hin, als dächte sie nach über den Willen des HErrn, durch welchen just der liebenswürdige Sänger, der den bösen Geist bannen sollte, diesen heraufbeschwor.
»Mein Bruder Jonathan, der den Wechselgesang der Frauen hörte, liebte David darum um so heftiger; und ich, die nach ihm gehungert hatte, da er im Kriege war, überließ mich seinem Willen. Aber mein Vater König Saul dachte wieder, wie er sich Davids entledigen könnte. Unglücklicherweise war er mehr Soldat als Ränkeschmied, und HErr Jahweh war nicht mit ihm, so daß ihm nichts einfiel als die Wiederholung seiner alten List, doch unter Zusatz einer Belohnung. *Ich* sollte die Belohnung sein. Wie soll ich die Morgengabe zahlen? fragte David und erwähnte, daß er ein armer Mann und gering eingeschätzt war. Worauf der königliche Heiratsvermittler erwiderte, König Saul sei bereit, als Morgengabe einhundert Philistervorhäute zu akzeptieren.
Also erhob sich David und ging hin, er und seine Männer, und erschlug der Philister zweihundert, und kehrte zurück nach Gibea zu meinem Vater König Saul. Und David ritt auf einem hellgrauen Maultier, vor sich auf dem Sattel einen bedeckten Korb. Und er trug den Korb zu meinem Vater, in Anwesenheit des ganzen Hofs. Ich sehe das Bild noch vor mir: David, der den Korbdeckel abnimmt und die blutverkrusteten Penisse auf den Tisch schüttet. Und höre ihn zählen, bis zweihundert.
In dieser Nacht kam er zu mir mit der Peitsche, und ich lag vor ihm, und er strafte mich, und ich duldete es.«

Die Morgenröte stieg auf über den Weingärten des Königs zu Baalhamon, so daß die Umrisse der einzelnen Blätter im Dach der Laube sichtbar wurden. Das Gesicht der Prinzessin war aschfarben.

»Ein Mann ist seine Legende.« Ihr Blick war stumpf geworden. »Sagtest du das nicht, Ethan ben Hoshaja?«

Ich verbeugte mich. »Das war Eures Dieners armselige Erkenntnis, Herrin.«

»Du magst jetzt gehen«, sagte sie.

5

Gesegnet sei der Name des HErrn, unsres GOttes, dessen Wahrheit ist wie eine mit bunten Blumen geschmückte Wiese, auf daß ein jeglicher die ihm gefällige pflücke.

Ich, Ethan ben Hoshaja aus der Stadt Esrah, jetzt aber wohnhaft No. 54, Königin-von-Saba-Gasse, Jerusholayim, ward am heutigen zweiten Tag nach dem Laubhüttenfest ins Haus der Regierung bestellt, dort teilzunehmen an der ersten regelmäßigen Sitzung der königlichen Kommission zur Ausarbeitung des *Einen und Einzigen Wahren und Autoritativen, Historisch Genauen und Amtlich Anerkannten Berichts über den Erstaunlichen Aufstieg, das Gottesfürchtige Leben, sowie die Heroischen Taten und Wunderbaren Leistungen des David ben Jesse, Königs von Juda während Sieben und beider Juda und Israel während Dreiunddreißig Jahren, des Erwählten GOttes und Vaters von König Salomo*, abgekürzt, des *König-David-Berichts.* Und ich wurde von einem Diener in ein Vorzimmer geleitet, worin sich drei bärtige, nicht allzu saubere Individuen befanden, wie man sie auf dem Marktplatz oder in den Toren der Städte findet. Diese sprachen mich an: sie seien Jorai, Jachan und Meshullam, behördlich zugelassene Erzähler von Geschichten und Legenden, und seien auf königlichen Befehl vorgeladen worden; zu welchem Zweck, wußten sie nicht, sie hätten ihre Steuern und Auflagen stets pünktlich bezahlt, und seien in großer Furcht. Auch wollten sie wissen, ob ich gleichfalls ein Erzähler von Geschichten und Legenden sei, und als ich das in begrenztem Sinne bejahte, wehklagten sie über den Rückgang des Geschäftes, meinten aber, daß ich, nach meinem glatten Aussehen zu schließen, recht erfolgreich sein müsse, und fragten, worauf ich mich spezialisierte: auf Überlieferungen aus alter Zeit, Geschichten vom großen Marsch, Richter, oder jüngste Ereignisse?

Der Diener erlöste mich von den drei Barden und führte mich in einen großen, prachtvoll eingerichteten Raum. Und dort saßen auf bequemen Polstern die Mitglieder der Kommission; und in ihrer

Mitte stand zur Erfrischung während ihrer Beratungen ein Korb mit Früchten, dazu ein Krug wohlriechenden Wassers und ein Teller voll aromatischem Kaugummi, welcher aus verschiedenen Harzen hergestellt wird. Josaphat ben Ahilud aber gebot mir, neben einem niedrigen Tisch Platz zu nehmen, der mir als Schreibhilfe dienen sollte; und er klatschte in die Hände und eröffnete die Sitzung, indem er seiner Freude Ausdruck gab, daß die Mitglieder der Kommission bei guter Gesundheit und anscheinend trefflich erholt nach Jerusholayim zurückgekehrt waren. Weiter sagte er, die Mitglieder hätten zweifellos eine Menge Bücher über eine Menge Themen gelesen oder sich vorlesen lassen, und wüßten, daß es verschiedene Arten gäbe, etwas zu erzählen: vorwärts oder rückwärts, oder in der Mitte beginnend nach beiden Richtungen, oder alles durcheinander, was man als Tohuwabohu bezeichnete und was bei den neueren Autoren gerade sehr modern sei. Wie auch immer, fuhr er fort, für die Zwecke des *Berichts über den Erstaunlichen Aufstieg* und so fort erscheine es ihm das beste, am Anfang zu beginnen, das heißt, mit der Salbung des jungen David durch Samuel, den Propheten, und mit der Goliath-Geschichte. Seien die Mitglieder einverstanden?
Die Mitglieder hatten keine Einwände.
Ob ich, Ethan ben Hoshaja, in meiner Eigenschaft als Redaktor, irgendwelche anderen Vorschläge habe?
Ich sagte, ich hätte keine.
Bezüglich der Salbung, führte Josaphat ben Ahilud aus, stünde dank der Liebenswürdigkeit Zadoks, des Priesters, ein schriftlicher Bericht aus dem Archiv von Samuels eigenem Tempel in Rama zur Verfügung. Er wies auf einen Stoß Tontäfelchen zu seiner Linken. Ich bat, mir ein Täfelchen zu zeigen. Man gab mir eines, und ich ersah aus der Art der Buchstaben und aus der Behandlungsweise des Tons, daß es neueren Datums war und gewiß nicht aus der Gegend von Rama stammte. Zadok schien meine Zweifel zu bemerken und erwähnte, daß die Täfelchen aus Rama im wesentlichen den gleichen Bericht enthielten, den auch Samuel in seinem Buch gegeben. Natürlich behaupteten gewisse Leute, die Salbung des jungen David durch den Propheten Samuel sei nur eine Legende, verbreitet, um Davids Anspruch auf den Thron Sauls zu erhärten; solche Leute seien offensichtlich Feinde des Königs Salomo, des wahren Glaubens, und jeder gesetzlichen Obrigkeit; aber es sei ja meine Aufgabe als Redaktor des König-David-Berichts, das Material auf solche Weise zu bearbeiten, daß es keine Angriffsflächen bot.
»Wenn meine Herren ihrem Diener ein paar Bemerkungen zu diesem Punkt gestatten würden«, erwiderte ich. »Ich habe Samuels Buch gründlich studiert und kenne auch die mündlichen Überlieferungen. Darum glaube ich, sagen zu dürfen, daß uns hier eine der reizvollsten und poetischsten Erzählungen aus der

Jugend eines zu Großem ausersehenen Mannes vorliegt. Man stelle sich den alten Seher nur vor, wie er in Bethlehem eintrifft, die Seele erfüllt von dem Wort des HErrn GOttes: Ich will dich senden zu Jesse, dem Bethlehemiter; denn unter seinen Söhnen habe ich mir einen König ersehen. Da sind die Schafhirten, die Samuel umdrängen, die jungen Mädchen, die zahnlosen alten Weiber; sie erbitten seinen Segen oder eine kleine Prophezeiung zu günstigem Preis; Samuel aber, lang, hager, düster, strebt weiter der Hütte Jesses zu. Die Dorfbewohner recken die Hälse: Was sucht der große Prophet unter dem bescheidenen Dache? Und der große Prophet in der Hütte Jesses läßt dessen Söhne vor sich vorbeiziehen, sechs ungeschlachte Tölpel, während Jahweh ihm zuflüstert: Schaue nicht an ihre Gestalt noch an ihre große Person; denn es geht nicht, wie ein Mensch sieht; ein Mensch sieht, was vor Augen ist, der HErr aber sieht das Herz an. Und Samuel spricht zu Jesse: Sind das die Söhne alle? Da wird der junge David von der Schafhürde hinweg geholt; er bahnt sich einen Weg durch die gaffende Menge und tritt vor Samuels Angesicht; sonnverbrannt, mit schönen Augen und von Gestalt wohlgeformt – die Beschreibung, nehme ich an, ist meinen Herren vertraut. Und schließlich der HErr GOtt, der Samuel gebietet: Auf! und salbe ihn; denn er ist's.
Benaja ben Jehojada trommelte mit den Fingern auf seinem Knie, und Josaphat ben Ahilud schluckte, als wäre ihm etwas Klebriges in der Kehle steckengeblieben; nur Zadok, der Priester, strahlte vor Zufriedenheit über das ganze ölige Gesicht.
»Nun«, fragte der Prophet Nathan ein wenig unsicher, »ist etwas zu bemängeln an dem Bericht?«
Ich hoffte, ein anderer würde die Unwahrscheinlichkeiten dartun. Endlich entschloß ich mich und sprach: »Nehmen wir an, Samuel kam wirklich nach Bethlehem und verhielt sich, wie erzählt wird – würde David dadurch nicht zum berühmtesten Knaben im Ort geworden sein, und würden die Leute in Bethlehem nicht monatelang davon geredet haben, und wären Jesse und seine sechs älteren Söhne nicht sofort zu all ihren außerhalb wohnenden Onkels und Vettern und Schwägern gereist, um ihnen von der neuen Würde Mitteilung zu machen? Der ganze Stamm Juda hätte in kürzester Frist von der Sache gewußt und geprahlt, daß einer seiner hoffnungsvollen Jünglinge bald König von Israel sei. Wie lange, muß man sich fragen, würde es wohl gedauert haben, bis König Saul davon erfuhr und den jungen David abholen und vor Gericht stellen ließ wegen Amtsanmaßung oder auch Verschwörung? Und doch, als David zum erstenmal am königlichen Hof erscheint, erhebt da einer die Stimme und spricht: Siehe dort, mein Herr König, ist der hübsche junge Mann mit der Laute und den Versen nicht derselbe David ben Jesse, der erst kürzlich von Samuel gesalbt wurde, König zu sein an Eurer Statt? – Kein einziger!«

Zadok musterte mich wütenden Blicks. »Ich freue mich, daß Ethan ben Hoshaja diese Frage aufgegriffen hat«, sagte er heiser, »denn sie ist eine Grundsatzfrage, die wir ebensogut jetzt entscheiden können. Es gibt, wie es scheint, zwei Arten von Wahrheit: die eine, die unser Freund Ethan zu finden wünscht, und eine andere, welche sich auf das Wort HErrn Jahwehs gründet, wie es von seinen Propheten und seinen Priestern vermittelt wird.«
»Auf die Lehre«, sagte Benaja, und schob sich ein Stück Kaugummi in den Mund.
»Auf die Lehre, jawohl!« Zadoks Pausbäckchen blähten sich. »Und wo die zwei Arten von Wahrheit nicht übereinstimmen, muß ich verlangen, daß wir der Lehre folgen. Wohin würden wir geraten, wenn jeder alles bezweifelte und sich selbst auf die Suche nach der Wahrheit machte? Der große und glanzvolle Tempel, den wir errichten, würde zusammenbrechen, bevor noch sein Bau beendet ist; der Thron, den König David schuf und auf dem sein Sohn Salomo sitzt, würde stürzen!«
Josaphat ben Ahilud erhob beschwichtigend die Hände. »Mein Herr Zadok ist durchaus gerechtfertigt in seinem Verlangen, daß Traditionen, die über die Jahre geheiligt und Teil unsrer Überlieferung wurden, beachtet werden, selbst wo sie der Wirklichkeit zu widersprechen scheinen. Andererseits muß Ethan ben Hoshaja uns vor den Fallstricken warnen, die in unserm Material verborgen liegen; das gehört zu seinen Pflichten. Aber Widersprüche, Ethan, sind dazu da, um geglättet, nicht um hervorgehoben zu werden. Widersprüche verwirren und verbittern die Seele; aber der Weiseste der Könige, Salomo, wünscht, daß wir alle, und besonders die Autoren, die erbaulicheren Aspekte des Lebens betonen. Unsre Aufgabe ist es, die Größe unsres Zeitalters zu widerspiegeln, indem wir einen glücklichen Mittelweg wählen, zwischen dem, was ist, und dem, was die Menschen glauben sollen.«
Elihoreph ben Shisha, der eine Schreiber, beantragte, die Salbungsgeschichte in den *Bericht über den Erstaunlichen Aufstieg* und so fort aufzunehmen, und sein Bruder Ahija unterstützte den Antrag. Der Antrag wurde einstimmig angenommen mit der zusätzlichen Bedingung, daß ich das Tempeldokument dort, wo es nicht genügend plausibel klänge, entsprechend zu redigieren hätte. Worauf Josaphat ben Ahilud eine Unterbrechung vorschlug, um ein geringes Mittagessen einzunehmen, und zwar Würfel von Lammfleisch, am Spieß geröstet, welches die Moabiter und die Kinder Edoms als Schaschlik bezeichnen. Und nach dem Mittagessen, an dem teilzunehmen mir gestattet war, empfahl der Prophet Nathan eine Ruhepause unter den schattigen Bäumen des Palastgartens, bis die Mittagshitze und das Gefühl der Völle, das alle empfanden, vergangen seien.

Und nachdem sie ein Weilchen geschlummert oder sich im Garten ergangen hatten, versammelten die Mitglieder sich wieder im Sitzungszimmer, und Josaphat ben Ahilud, der Kanzler, erklärte, der zweite Punkt der Tagesordnung sei die Goliath-Geschichte, und da diese in erster Linie eine kriegerische Angelegenheit sei, sei es wohl wünschenswert, daß Benaja, der Sohn Jehojadas, seine Ansicht als erster darlegte.
Benaja blickte auf. Die Goliath-Geschichte, sagte er, obzwar zweifellos eine Angelegenheit des Heeres, falle doch nicht gänzlich in diesen Bereich; andere Elemente, teils persönlicher, teils dynastischer Natur, seien in die Geschichte verwoben und könnten nicht getrennt betrachtet werden von ihren militärischen Aspekten – als da sind Einsatz leichter Waffen gegen gepanzerte Mannschaften, oder die Wirkung von Hohn- und Drohreden vor der Schlacht auf die Moral der Truppe. Auf das Ersuchen seines Freundes Josaphat ben Ahilud hin habe er Nachforschungen anstellen lassen in den Aufzeichnungen und Ablagen des Abner ben Ner, welcher in der Zeit des Königs Saul über das Heer war und bei Ephes-dammim den taktischen Oberbefehl gegen die Philister führte; aber trotz gründlichster Suche, bei der kein Tontäfelchen ungeprüft und keine Schriftrolle ungeöffnet blieb, habe sich kein Wort davon finden lassen, daß David vor, während oder nach der Schlacht einen Riesen namens Goliath erschlagen habe. Dies besage natürlich nicht, daß bei Ephes-dammim kein Riese mit diesem Namen getötet wurde, oder daß David ihn nicht getötet haben könnte; eine Schlacht bestehe aus tausend Einzeltaten, und man könnte nicht jedem Soldaten, der seinem Gegner den Schädel einschlug, einen Schreiber beigeben. Dennoch erscheine es merkwürdig, daß ein so schlauer Fuchs wie Abner, der außerdem noch seiner Liebschaft mit Rizpa wegen, der Kebse seines obersten Kriegsherren König Saul, zur Vorsicht gezwungen war, es versäumt haben sollte, sich einen Vermerk über einen Zweikampf zu machen, der angeblich den Ausgang eines seiner Feldzüge entschied.
Fände sich denn andernorts nichts Schriftliches, wollte der Prophet Nathan wissen, etwa in den Annalen des Königs Saul?
Der Schreiber Elihoreph ben Shisha schüttelte den Kopf, und sein Bruder Ahija bestätigte, daß nichts Derartiges in den Annalen König Sauls enthalten sei.
»Aber es gab doch hoffentlich Riesen unter den Philistern!« rief der Priester Zadok.
Benaja sah gelangweilt aus. »Mehrere Trupps.«
»Und ein paar von den Riesen wurden von den Kindern Israels erschlagen?«
»Wir wissen, daß zu Geser ein Riese namens Sippai von Sibbechai dem Hushathiter erschlagen wurde«, sagte Benaja, »und in einem anderen Gefecht erschlug Elhanan ben Jair den Riesen Lahmi;

und zu Gath wurde ein Riese, dessen Name sich nicht feststellen ließ, welcher aber vierundzwanzig Finger und Zehen besaß, sechs an jeder Hand und sechs an jedem Fuß, von Shimeon ben Shimea getötet; und wenn ich erwähnen darf, ich selbst erlegte zwei löwenhafte Männer aus Moab und einen greulichen Ägypter, der einen Spieß in der Hand hatte; ich aber ging auf ihn los mit einem Stecken, und riß dem Ägypter den Spieß aus der Hand und fällte ihn mit seinem eigenen Spieß.«

»Warum sollte dann David den Goliath nicht mit einem Kiesel aus dem Bach erschlagen haben?« sagte Zadok. »Oder wünscht mein Herr diese Leistung zu leugnen?«

»Die Heerscharen«, erwiderte Benaja, »und besonders die Krethi und Plethi, haben das größte Interesse daran, die Kinder Israels mit dem Geist zu erfüllen, welcher den jungen David bei seiner Heldentat beseelte, und darzutun, daß der Vater König Salomos nicht nur ein großer Dichter und Musiker, Philosoph und Theologe, Administrator und Organisator, Stratege und Diplomat war, sondern auch nicht davor zurückschreckte, sich persönlich zu schlagen, selbst wenn der Gegner zwei- oder dreimal so groß war wie er, oder, wenn's beliebt, viermal. Aber das Heer kann die Dokumentation dafür nicht liefern. Wir haben sie nicht, und wir können die Belege dafür nicht heranschaffen. Darauf wollte ich hinweisen.«

Er faltete die mächtigen Hände. Bei all seiner Ruhmredigkeit und Selbstüberhebung, dachte ich, war Benaja doch der Gescheiteste von diesen allen: sollte einer eines Tages der Welt und König Salomo den Beweis liefern, daß die Goliath-Geschichte sich nie ereignet haben konnte und daß die königliche Kommission, GOtt segne sie, einer schönen Mär aufgesessen war und solcherart die Glaubwürdigkeit des ganzen König-David-Berichts erschüttert hatte – *er* würde keine Schuld daran haben.

Darauf erklärte Josaphat ben Ahilud, der Kanzler, daß die Kommission in Anbetracht des Mangels an schriftlichen Angaben sich auf die mündlichen Überlieferungen zu stützen haben würde. Er sandte den Diener, und der Diener brachte vor die Kommission Jorai, Jachan und Meshullam, behördlich zugelassene Erzähler von Geschichten und Legenden, die sich in den Staub warfen und ihre Stirnen auf den Fußboden schlugen und im Namen des HErrn um Gnade flehten. Josaphat gebot ihnen, sich zu erheben, und setzte ihnen auseinander, daß sie den anwesenden mächtigen Herren die Geschichte von David und Goliath erzählen sollten, ein jeder in seinen eignen Worten und so, wie er sie von seinem Lehrmeister erfahren hatte. Da gelobten Jorai, Jachan und Meshullam, daß sie dies getreulich tun würden, und sie blinzelten mit ihren entzündeten Lidern und strichen sich die zottigen Bärte

und blickten sehnsüchtig nach dem Korb mit den Früchten und dem Krug wohlriechenden Wassers und dem Teller voll aromatischem Kaugummi, der aus verschiedenen Harzen hergestellt wird; doch diese Genüsse waren nicht für ihresgleichen, und ich gedachte des alten Spruchs: daß der hungrige Vogel am lieblichsten zwitschere.
Von den drei Barden ward Jorai erwählt, zu beginnen. Und Jorai zupfte an den Saiten seiner Harfe, die ziemlich zerkratzt und zerbeult aussah, so als hätte sie an mehreren Straßenprügeleien teilgenommen, und fing an zu spielen und erhob die Stimme.
Ich aber schrieb mir die wichtigsten Punkte seiner Erzählung auf und numerierte diese entsprechend ihrer Reihenfolge.

Der grosse Kampf Davids gegen Goliath, nach dem Bericht von Jorai, behördlich zugelassenem Erzähler von Geschichten und Legenden, im Abriss

1) Stellung der Heere Israels und der Philister bei Ephesdammim. Philister auf einem Berg jenseits, Israel auf einem Berg diesseits des Tals Elah; das Tal zwischen ihnen mit dem Bach darin ist Niemandsland.
2) Goliath, ein Vorkämpfer der Philister. Größe (sechs Ellen und eine Handbreit); Panzerung: eherner Helm, Schuppenpanzer (fünftausend Schekel Gewicht), eherne Beinharnische an den Schenkeln, eherner Schild auf den Schultern; Bewaffnung: Schwert (unbekannter Länge), Spieß (wie ein Weberbaum) mit eiserner Spitze (sechshundert Schekel Gewicht), Schild (getragen von Schildträger).
3) Goliath fordert Israeliter vom Niemandsland her heraus; seine Hohn- und Drohreden wie vor der Schlacht üblich, zweimal täglich an mehreren aufeinanderfolgenden Tagen.
4) David kommt ins Lager Israels, seinen drei älteren Brüdern, die im Heere dienen, Brot und Leckereien zu bringen sowie zehn Käse für den Hauptmann ihrer Tausendschaft, damit dieser ihnen gewogen sei.
5) David vernimmt von Goliath veranstalteten Lärm; bemerkt Mangel an Freiwilligen zum Kampf gegen den Riesen. Er stellt Fragen, erfährt von Verlegenheit der Heeresleitung, von Belohnung, die Saul dem Besieger des Goliath bietet: Reichtümer, Königstochter, steuerfreies Haus.
6) Ältester Bruder Eliab ergrimmt in Zorn gegen David wegen dessen Vermessenheit und Bosheit des Herzens. (Nb: Eliab scheint die Ehrfurcht vergessen zu haben, die er, den Tontäfelchen von Rama zufolge, seinem jüngsten Bruder als dem Gesalbten des HErrn schuldete.)
7) Saul hört von dem jungen Mann im Lager, der bereit sei,

sich mit Goliath zu messen, und läßt David kommen. Saul bezweifelt, daß das magere Bürschlein es mit dem Riesen aufnehmen kann; David versichert ihm, er habe mit eigener Hand einen Löwen und Bären erschlagen, und keine Sorge, denn in der Not ist immer noch der HErr GOtt da. (Nb: Weder vor dem Gespräch noch während dieses verlangt Saul, den Namen des Jünglings oder dessen Vatersnamen zu wissen; auch David versäumt es, seinen Namen zu nennen.)

8) Saul fühlt sich veranlaßt, sein Schwert und seinen Panzer dem David zu leihen; David, unfähig, sich mit so viel Eisen am Leibe zu bewegen, gibt die Ausrüstung mit Dank zurück.

9) Davids Bewaffnung: Schäferstab, fünf glatte Steine aus dem Bach, Schleuder.

10) Im Niemandsland: Goliath bemerkt den sich nähernden David, verachtet ihn und schwört, Davids zartes junges Fleisch den Vögeln unter dem Himmel und den Tieren auf dem Felde vorzuwerfen.

11) David erweist sich als dem Goliath ebenbürtiger Hohn- und Drohredner; er gelobt, Goliath zu schlagen und ihm das Haupt abzunehmen, denn die Entscheidung im Streit ist des HErrn. (Nb: Das klingt ganz nach David; er rühmt sich gern seiner persönlichen Verbindung zu Jahweh.)

12) Goliath stampft heran; David weicht ihm geschickt aus, schleudert den Stein, trifft die Stirn des Philisters, der Stein durchdringt den Knochen.

13) Der Riese fällt zu Boden auf sein Angesicht; David springt ihm auf den Rücken, packt Goliaths Schwert und hackt ihm den Kopf ab. Nach der Niederlage ihres Vorkämpfers Flucht der Philister und Verfolgung durch das Heer Israels.

14) Goliaths Kopf unterm Arm, kehrt David vom Zweikampf zurück. Abner begegnet ihm zufällig und bringt David samt dem abgehackten Kopf zu Saul. Da endlich verlangt Saul zu wissen: Wessen Sohn bist du, junger Mann? Worauf David: Ich bin der Sohn Eures Dieners Jesse aus Bethlehem.

15) Saul beschließt, den verdienstvollen Jüngling bei Hofe zu behalten.

Und Jorai verbeugte sich und tat seine Harfe in den Beutel; und Jachan trat vor mit einer Laute, die so übel aussah wie Jorais Harfe, um nun seinerseits die Geschichte vom großen Kampf Davids gegen Goliath zu erzählen; und nach ihm kam Meshullam, der zwei kleine Trommeln hatte, auf denen er mit den Fingern trommelte, leise manchmal und manchmal stärker, und furioso an der Stelle, wenn Goliath auf die Nase fällt. Und nachdem alle drei geendet hatten und ihre Berichte verglichen worden waren, siehe, da stimmten sie genau überein, vom ersten bis zum

letzten Wort, obwohl Jorai den seinen mit großer Leidenschaft erzählt hatte, wobei er die Arme um sich warf und Grimassen schnitt, während Jachan gemessenen Tones sprach, ähnlich einem Geisterbeschwörer, und Meshullam geheult und die Augen gerollt hatte wie ein Priester Baals, des Götzen der Kanaaniter. Da konnte sich der Prophet Nathan gar nicht genug tun über das Wunder der gleichlautenden Berichte; er vergaß aber, daß die Zuhörer dieser Geschichtenerzähler auf den Marktplätzen und in den Toren der Städte gleich Kindern waren, welche stets auf dem genauen Wortlaut ihrer Märchen bestehen. Wahrlich, sagte Nathan, der HErr GOtt hat durch die Zunge dieser Männer gesprochen, und dies wiegt schwerer als noch so viele Tontäfelchen. Und es war deutlich, wie erleichtert die Mitglieder der Kommission waren; denn über Wunder läßt sich nicht debattieren.
»Wann soll sich dies alles nun zugetragen haben?« erkundigte ich mich bescheiden. »Bevor David gerufen wurde, mit seiner Musik den bösen Geist zu besänftigen, welcher den König Saul beunruhigte, oder nachher?«
Die Gesichter der Herren zogen sich in die Länge: in ihrer Freude über das Wunder der dreifach gleichen Goliath-Geschichte hatten die Mitglieder der Kommission jenen anderen Bericht vergessen, demzufolge der junge David des bösen Geistes wegen an den Hof Sauls berufen wird. Aber in beiden Überlieferungen begegnen David und Saul einander zum erstenmal; also schlossen David der Riesentöter und David der Musiktherapeut sich gegenseitig aus; das war die große Schwierigkeit.
»Vorher! Nachher!« Zadok, der Priester, war ärgerlich. »Was ist der Unterschied? Jahweh beabsichtigte, daß David dem König Saul begegne, und ließ es sicherheitshalber doppelt geschehen.«
»Schön«, sagte Josaphat ben Ahilud, der Kanzler. »Jahweh ist allmächtig, aber selbst Jahweh tut die Dinge der Reihe nach: im Anfang schuf er Himmel und Erde, dann schied er das Licht von der Finsternis, darauf die Wasser unter dem Firmament von denen darüber, und so fort, eine ganze Woche hindurch, bis er endlich Mann und Weib schuf in seinem Ebenbilde.«
»Warum lassen wir nicht unsern Freund Ethan die Reihenfolge festlegen?« schlug Benaja ben Jehojada vor. »Er ist der Fachmann.« »Möge mein Herr Benaja seinem Diener verzeihen«, antwortete ich liebenswürdig, »in meiner Eigenschaft als Redaktor kann ich die Geschichte der Menschen ein wenig zurechtstutzen, sie hier oder da wohl auch verschönern, aber meine Zuständigkeit reicht nicht aus, sie zu verändern.«
Da kratzte sich der Schreiber Elihoreph ben Shisha den Kopf und sprach: »Setzen wir einmal den Fall, daß David den Goliath tötete, bevor er bei Hofe erschien, um vor Saul zu singen. Wäre das eine Lösung?«
»Keine sehr glückliche«, erwiderte ich. »Warum sollte man in

ganz Israel nach einem Musiker mit den notwendigen Fähigkeiten suchen, warum Boten entsenden zu dem alten Jesse in Bethlehem, damit der seinen Sohn David von den Schafen weg an den Hof schicke, wenn der berühmte Goliathtöter bereits an der königlichen Tafel sitzt? Oder von David her gesehen – würde dieser nicht sofort aufgestanden sein, nachdem er von der erforderlichen Behandlung gegen den bösen Geist erfuhr, und erklärt haben: Spart euch das Botengeld; ich bin hier und stehe zu Diensten; sobald mein Herr König gespeist hat, beginnen wir mit meiner Musik. Oder nicht?«

Da setzte ein Schweigen ein unter den Mitgliedern der Kommission. Schließlich fragte Ahija ben Shisha, der andere Schreiber, mit unsichrer Stimme: »Und wenn wir den Fall setzen, daß David zuerst an den Hof kommt, um vor Saul zu singen, und dann erst auszieht, den Goliath zu töten? Würde uns das helfen?«

»Kaum«, entgegnete ich. »Wenn David bereits bei Hofe ist und vor König Saul singt, um den bösen Geist zu bannen, wie schaffen wir ihn dann nach Bethlehem zurück, wo er doch hin muß, um das Brot und die Leckereien für seine im Heer dienenden drei Brüder abzuholen, und die zehn Käse für ihren Hauptmann? Und würde König Saul, da er den tapferen Herausforderer des Goliath zu sich bestellt, nicht bemerkt haben, daß dieser identisch ist mit dem jungen Mann, der so hübsch singt und die Laute spielt? Wir wissen von Jorai, Jachan und Meshullam, daß Saul dem David den eigenen Panzer umhing und ihm sein Schwert lieh – genügend Gelegenheit also, um ihn wiederzuerkennen. Und nach der Schlacht, da David mit dem Kopf Goliaths noch einmal zu Saul kommt und dem König auf dessen Frage hin seinen Vatersnamen nennt, merkt der König dann endlich etwas? Keineswegs. Vielmehr lädt er David munter ein, bei Hofe zu leben, wo der frischgebackene Held als des Königs Zaubersänger längst Logis und freie Mahlzeiten genießt. Nun litt der König Saul zwar an einem bösen Geist vom HErrn, aber nirgendwo steht geschrieben, daß er schwachsinnig war.«

Darauf erneutes Schweigen, länger noch als das vorige. Und am Ende hoben Elihoreph und Ahija beide die Arme und sagten: »Wie es scheint, müssen wir eine der Geschichten auslassen.«

»Aber welche?« fragte ich.

Da erhob sich ein Babel von Stimmen in der Kommission, ein Mitglied sprach so, ein anderes so, und sie verstanden einander nicht mehr, so als hätte der HErr GOtt ihre Sprache verwirrt. Endlich klatschte der Kanzler Josaphat in die Hände und sprach: »Wir dürfen aber keine auslassen.« Und darob befragt, erklärte er: »Denn die eine Geschichte ist wahr; und es leben noch Menschen, die den jungen David am Hofe Sauls gekannt haben. Und die andere ist Legende; eine Legende aber, an die das Volk glaubt, gilt ebensoviel wie die Wahrheit, eigentlich noch mehr, denn die Menschen glauben eine Legende lieber als die Tatsachen.«

»Wenn die Herren ihrem Diener vergeben wollen ...« begann ich.

Aber Benaja ben Jehojada runzelte die Braue, und er erhob sich und sprach: »GOtt tue mir dies und das, wenn ich mir von den gelehrten Tüfteleien dieses Mannes Ethan eine völlig klare Sache noch weiter verwickeln lasse. Wir müssen die beiden Geschichten in unsern Bericht aufnehmen! Also nehmen wir sie auf. Wir müssen David vom Hofe Sauls nach Bethlehem zurückschaffen? Also schaffen wir ihn zurück. Wir schreiben – laßt mich nachdenken – wir schreiben: *Aber David ging wiederum von Saul, daß er die Schafe seines Vaters hütete zu Bethlehem.* Und wenn da welche sind, denen die Worte ungenügend erscheinen, und die Haare spalten und das Werk einer von dem Weisesten der Könige, Salomo, ernannten Kommission anzweifeln wollen: mit diesen werden wir entsprechend verfahren.«

Und so steht es geschrieben im König-David-Bericht, und beide Geschichten sind darin enthalten.

6

Zu Hause setzte Esther mir Brot vor und Käse und ein Stück kaltes Hammelfleisch. Und ich fragte sie, ob ihr der Tag angenehm gewesen oder sie ihre Brustschmerzen und ihre Atemnot gequält hätten. Sie lächelte und antwortete, das sei nicht von Wichtigkeit; doch sei nicht meine Seele bedrückt, und wünschte ich nicht, mich auszusprechen?

Nun hatte ich weder durch Wort noch Gebärde offenbart, daß meine Seele in der Tat bedrückt war: Esther besaß die Fähigkeit, in meinem Gesicht zu lesen, als wäre es ein Tontäfelchen. So sagte ich denn: »Es sollen Polster in den Garten gebracht werden und eine warme Decke, auch ein Lämpchen, denn ich möchte mit Esther unter dem Ölbaum sitzen.« Und wir beide gingen hin, und ich bettete Esther auf die Polster und deckte sie zu, und wir hielten einander die Hand.

Nach einer Weile sprach ich: »Diese Stadt, Jerusholayim, ist wie ein Fluch. Sie ist auf Fels gebaut, heißt es, aber der Boden schwankt und ist schlüpfrig. Und ein Mensch ist des andern Wolf.«

»Ich sorge mich um die Zeit, da ich nicht mehr hier bin«, sagte Esther.

»Esther, meine Liebste«, ich versuchte zu lachen, »du wirst uns alle überleben.«

Sie klopfte mir leicht auf den Handrücken, als wäre ich ein Kind.

Die weißlichen Ränder ihrer Iris fielen mir auf; das war neu, und beängstigend. Wie still sie dalag! Endlich sprach sie: »Ich habe nicht den Wunsch, zu gehen, Ethan. Wie ein jeder habe ich Angst vor Sheol. Ich werde mein Herz zwingen, zu schlagen, solange es geht ...«

Die Blätter des Ölbaums raschelten, die Lampe flackerte. Ich beugte mich über Esther und küßte sie.

»Es ist nicht die Stadt, die dich quält, Ethan, mein Gatte«, fuhr sie fort. »Eine Stadt ist aus Stein und ist weder gut noch böse.«

Ich berichtete ihr dann von den verschiedenen Arten von Wahrheit, und von den Meinungen der Mitglieder der Kommission, und von den Entscheidungen, die getroffen wurden. »Da gibt es Parteien, und Parteien innerhalb der Parteien, und die Kommission selber ist gespalten, so daß ein Autor wie ein Vogel ist während der großen Flut, der nicht weiß, wo sich niederlassen.«

Esther blickte mich an. Viele Jahre lang, sagte sie, habe HErr Jahweh uns Frieden gewährt und ein mittleres, ständig steigendes Einkommen aus schönen literarischen Erfolgen und wertbeständigen Grundstücksanlagen; bei all dem hätten wir stets die Gesetze des HErrn befolgt; der HErr GOtt aber sei ein gerechter GOtt und werde die nicht verstoßen, die in seinen Wegen wandelten.

»Der HErr GOtt«, antwortete ich, »hat Benaja ben Jehojada veranlaßt, mich nach der Sitzung festzuhalten. Benaja legte mir den Arm um die Schulter, als wäre ich sein bester Freund, und teilte mir mit, er sei im Besitz von Aufzeichnungen des Abner ben Ner, welcher in der Zeit König Sauls über das Heer war; diese seien zutage gekommen, als er die Archive der Heerscharen nach Beweisen für den großen Kampf Davids gegen Goliath durchsuchen ließ; er werde sie mir zuschicken, und ich solle ihn wissen lassen, was ich von den Aufzeichnungen hielte.«

»Mag es nicht sein, daß Benaja deine Kenntnisse schätzt und deine gelehrte Meinung?« sagte Esther.

Benaja schätzte gelehrte Kenntnisse und Meinungen höchstens, soweit sie seinen Zwecken förderlich waren; doch bevor ich Esther dies antworten konnte, erhob sich großer Lärm an der Tür. Und ich stand auf, um hinzugehen; doch Shem und Sheleph waren mir vorausgeeilt und kehrten zurück mit einem Hauptmann der Krethi und mit Soldaten, welche einen Beutel voll Tontäfelchen ins Haus brachten.

Dies aber ist, was auf den Tontäfelchen geschrieben stand, welche Benaja ben Jehojada mir geschickt hatte

An König Saul, den Vordersten in der Schlacht, den Gesalbten GOttes, von Abner ben Ner.

Möge Jahweh meinen Herrn diese Jahreszeit bei ausgezeichneter Gesundheit erleben lassen. In der Angelegenheit des David ben Jesse aus Bethlehem habe ich nach deinem Geheiß verfahren. Ich habe eine Untersuchung veranlaßt, und Doeg, den Edomiter, zu ihrem Leiter ernannt; ferner habe ich zwei meiner besten Leute dafür eingesetzt, nämlich Shuppim und Huppim, beides Leviten, welche in freundlichen Beziehungen stehen zu Priestern sowohl von Samuels Tempel in Rama als auch von dem Tempel zu Nob. Doeg ist nach Bethlehem gereist, um Nachforschungen anzustellen unter der Bevölkerung, und er berichtet mir, daß David ben Jesse bis zu seinem elften Lebensjahr bei den Schafen war, dann aber im Dorf nicht mehr gesehen ward, bis er heimkehrte in seinem sechzehnten Jahr und seines Vaters Schafe wieder hütete. Manche in Bethlehem behaupten, er sei von fremden Reisenden nach Ägypten verschleppt worden, wie es dem Joseph geschah, dem sein Vater Jakob das bunte Röcklein gab; aber andere meinen, daß David sich bei den Priestern von Nob aufhielt. Den David selbst hat niemand von diesen Dingen reden hören; er spielte auf seiner Laute und sang seine Lieder, und wenn ein Lamm sich von der Herde entfernte und sich verirrte, so ging er hin und holte es und diente seinem Vater Jesse, dem Bethlehemiter, und wartete seiner Zeit.

An König Saul, den Stolz Israels, den Erwählten Herrscher über die zwölf Stämme, von Abner ben Ner.
Möge Jahweh den bösen Geist weichen lassen von meinem Herrn auf immer und ewig. Ich habe Nachricht erhalten von Shuppim, dem Leviter, welcher nach Rama gezogen ist mit einer Menge Volks, dort zu opfern und dem Samuel zu lauschen, wie er richtet, denn Samuel reist nun nicht mehr im Lande, sondern behandelt die Fälle, die ihm vorgetragen werden, und richtet für ein kleines Entgelt. Shuppim sprach mit den Priestern niederen Ranges, und mit den Novizen, und mit einigen des versammelten Volks; und diese sagten, daß Samuel voller Haß sei gegen meinen Herrn König, weil mein Herr König sich geweigert, nach Samuels Befehl zu handeln. Auch brachte Shuppim ein fettes Lamm zu Samuel und sagte, dies sei das letzte Brandopfer, das er dem HErrn darbringen könne, denn der König Saul risse alles an sich. Da erhob sich Samuel und reckte die Arme gen Himmel und sprach zu Shuppim vor allem Volke: So wie du die Wolke dort oben dahinschwinden siehst, so wird auch Saul dahinschwinden; ich habe ihn geschaffen, und ich werde ihn hinwegblasen, so spricht der HErr. Denn Saul hat nicht gehalten des HErrn, unsres GOttes, Gebot, und nun wird sein Reich nicht bestehen; der HErr hat sich einen Mann ersucht nach seinem Herzen. Auf diese Art untergräbt Samuel den Boden unter den Füßen meines Herrn Königs.

An König Saul, den Großen Befreier, den Schild des Volkes, von Abner ben Ner.
Möge Jahweh meinem Herrn Frieden schenken, und Reichtümer, und Gesundheit. Heute hörte ich von Huppim, dem Leviter, welcher entsandt war zum Tempel in Nob. Huppim aber machte sich zum Freund Ahimelechs, des Oberpriesters zu Nob, und sagte diesem, er wünsche einen Tempelschüler zu haben, um seine Söhne das Wort des HErrn GOttes zu lehren wie auch das Aleph-Beth-Gimmel; und wurde ihm gestattet, Einsicht zu nehmen in die Liste der Tempelschüler. Siehe, da fand sich auf der Liste ein David ben Jesse aus Bethlehem, und es war geschrieben über ihn, daß er voll Anmut sei, und äußerst gelehrig und begabt, auch scharfsinnig und von gewinnendem Wesen. Und Huppim sprach zu Ahimelech: Kannst du mir diesen jungen Mann David geben? Ahimelech jedoch war darob höchlichst belustigt, und er sagte: Du glaubst doch nicht, daß wir soviel Zeit und Mühe auf einen Knaben verschwenden, damit er Hauslehrer werde für die Kinder eines Huppim? Nein, dieser Jüngling wurde erwählt und geschult für einen besonderen Zweck und ist jetzt bei König Saul und singt und spielt vor ihm, und ob ich gleich kein Prophet bin wie Samuel, meine ich, wir werden noch von ihm hören.

An König Saul, den Mächtigen unter den Menschen, das Schwert Benjamins, von Abner ben Ner.
Möge Jahweh meinen Herrn Freude empfinden lassen über die Erfolge unsrer Untersuchung. Huppim und Shuppim haben mir berichtet, daß der Wechselgesang *Saul hat seine Tausende geschlagen, aber David seine Zehntausende* geschrieben und vertont wurde zu Nob, und daß es Priester waren, die den Wortlaut verbreiteten von Dan an bis gen Beer-sheba, damit er auch von den Frauen gesungen werde, wo mein Herr König Saul sich zeige.

An König Saul, den Sieger in Kriegen, den Schrecken der Unbeschnittenen, von Abner ben Ner.
Möge Jahweh der Seele meines Herrn Ruhe gewähren. Ich habe Doeg, den Edomiter, zu Ahimelech entsandt, dem Oberpriester in Nob. Doeg hat Ahimelech gesagt, daß uns seine Verbindungen zu dem Propheten Samuel offenbart sind ebenso wie die Pläne betreffs David, des Jesse Sohn. Und daß wir Ahimelech den Kopf abhacken und seinen Leib an die Mauer seines eignen Tempels heften werden, wenn er kein volles Geständnis ablege; wenn er aber gestünde, möchten wir ihm Gnade erweisen und unsern Zorn gegen die wahren Schuldigen richten. Ahimelech aber fürchtete sich sehr und bekannte, daß der Plan von Samuel stammt; HErr Jahweh habe zu Samuel gesprochen, da dieser

den König Agag in Stücke zerhieb, und ihm gesagt: so sollst du Sauls Seele in Stücke hauen; und Samuel habe den bösen Geist, der meinen Herrn König plagt, heraufbeschworen; um aber das Kommen und Gehen des Geistes zu überwachen, habe man den Jüngling David hingebracht, damit er vor dem König singe und aufspiele; Jahweh jedoch sei ihrem Plan günstig gewesen, so daß David aufstieg zum Schwiegersohn seines Herrn Königs. Und es ist meine Empfehlung, daß wir Häscher schikken zu Davids Haus, ihn noch vor Morgen zu ergreifen.

Von König Saul in eigner Person, an Abner ben Ner. Verfahre du nach deinem Gutdünken.

An König Saul, den Herrn der Heerscharen, den Wahrer der Gerechtigkeit, von Abner ben Ner.
Möge Jahweh meinem Herrn gute Nachrichten zukommen lassen. Ich schickte Häscher zu Davids Haus, nach deinem Gebot. Diese wurden von Michal, deiner Tochter, empfangen, und Michal bat sie, leise zu treten, denn ihr Gatte David läge krank im Bett und schliefe. Da der Oberste der Häscher sagte, die Sache dulde keinen Aufschub, zog Michal einen Vorhang zur Seite. Und siehe, David lag auf dem Bett, unter einer Decke, und bewegte sich nicht. Also hinterließ der Oberste der Häscher vier seiner Leute, zwei vor dem Haus und zwei dahinter, und kam zu mir zwecks weiterer Anweisungen. Ich befahl ihm, David eiligst zu mir zu bringen, wenn nötig, auf seinem Bett. Der Oberste der Häscher aber kehrte wieder ohne David und sagte: Wir betraten das Haus gleichzeitig von vorn und von hinten, und wir stießen Michal, des Königs Tochter beiseite und zogen den Vorhang weg und fanden in Davids Bett eine Puppe bedeckt mit Kleidern, ein hölzernes Abbild mit einem Ziegenfell zu seinen Häupten. Und wir durchsuchten das Haus, bis unters Dach und hinter den Hof und die Mauer darum, aber David ben Jesse war entronnen. Ich habe veranlaßt, daß der Oberste der Häscher fünfzig mit der Peitsche erhält, und von seinen Leuten ein jeglicher fünfundzwanzig.

»Ethan!«
Esthers Stimme, die mich zurückrief in die Gegenwart.
»Du siehst aus, Ethan, als sei dir ein böser Geist vom HErrn erschienen.«
Ich nickte. »Sheol tat sich auf, und die Gespenster der Vergangenheit entstiegen dem Abgrund.«
»Der Umgang mit diesen Gespenstern ist dein Beruf.«
Da begriff ich, daß es nicht der Geist Davids war, der mich ängstigte, oder der des Samuel oder des Saul oder irgendein an-

derer, sondern Benaja ben Jehojada, der durchaus lebendig war und der, wie er mir selbst gesagt hatte, lesen konnte und daher vertraut sein mußte mit den Berichten Abners an seinen Herrn König Saul. Wie erklärte es sich dann aber, daß Benaja die Geschichten, die während der Sitzung heute vorgebracht wurden, und die ganze Debatte angehört hatte, ohne seine Tatsachen auch nur zu erwähnen? Und mir dann die Täfelchen zuschickte?

»Er weiß doch, daß ich nichts davon verwerten kann«, sagte ich, nachdem ich zu Esther kurz vom Inhalt der Täfelchen und meinen Gedanken dazu gesprochen hatte. »Wenigstens nicht, solange der Priester Zadok und der Prophet Nathan in der Kommission sitzen.«

»Benaja weiß, daß du eine Schwäche für die Wahrheit hast«, sagte Esther.

»Und es wird ihm nicht entgangen sein, wie ich den Mund aufriß«, gestand ich. »Vielleicht meint er, ich werde es auch wieder tun.«

»Ich hoffe, du wirst dich beherrschen.«

»Ich bin kein Selbstmörder. Oder glaubst du, König Salomo würde erfreut sein, wenn ihm der schriftliche Beweis vorgelegt wird, daß sein Vater als männliche Hure im Dienst der Priester gestanden hat?«

»Das ist wenig wahrscheinlich«, sagte Esther.

»Wiederum«, gab ich zu bedenken, »möchte der König es auch anders betrachten. Was ist der Hauptpunkt in Abners Berichten an seinen Herrn König Saul?«

Esther lächelte: »Du wirst es wissen.«

»Der Hauptpunkt«, sagte ich, »ist offenbar die Verschwörung eines Propheten und eines Priesters gegen einen König. Und sollte das nicht auch Salomo nachdenklich stimmen, von dem es heißt, er sei weiser selbst als Ethan aus Esrah?«

»Durchaus«, sagte Esther.

Ich aber begann nachzudenken über meine Möglichkeiten. Es gab unwiderlegliche Tatsachen, die öffentlich bekannt waren und mit den Tontäfelchen Abners übereinstimmten. Nachdem David aus seinem Haus geflohen war, hatte er sich zu Samuel nach Rama begeben, und von da aus zu den Priestern von Nob. Wenn man hier einsetzte, dem Weber gleich, der den neuen Faden einführt ins Gewebe, konnte man nicht dies und jenes von dem, was Abner geschrieben hatte, in den König-David-Bericht verknüpfen?

»Vielleicht könnte ich ...«

»Nichts wirst du tun!« Esthers Gedanken waren den meinen vorausgeeilt. »Wenn es sicher wäre, wie der König den Inhalt der Täfelchen aufnimmt, hätte Benaja sie doch an ihn geschickt. Dem Benaja bist du wie der Weinschmecker dem König: nur möchte dieser Wein vergiftet sein. Und nun bin ich müde, Ethan, und

mein Herz schmerzt mich. Leg mir noch ein Polster unter den Kopf, bitte, und lösche das Licht.«
Ich tat, wie sie mich gebeten, und wachte an ihrer Seite, bis sie einschlief. Dann entfernte ich mich auf Zehenspitzen, begab mich in mein Arbeitszimmer und schrieb an Benaja ben Jehojada wie folgt:

> Möge Jahweh meinen Herrn Benaja mit Segnungen überschütten. Euer Diener hat Kenntnis genommen von den Berichten des Abner ben Ner an König Saul bezüglich des Propheten Samuel und Ahimelechs, des Oberpriesters zu Nob, und Davids, des Vaters von König Salomo. Euer Diener schlägt ergebenst vor, der König möge durch meinen Herrn vom Inhalt der Täfelchen unterrichtet werden; der König möge sodann entscheiden, ob etwas davon, und wieviel, im *König-David-Bericht* Aufnahme finden soll. Zugleich mit der Rücksendung der Täfelchen gelobt Euer Diener, deren Inhalt geheimzuhalten, bis der König oder mein Herr durch eigene Hand die Erlaubnis zur Veröffentlichung geben.

Und seither ist es still geblieben um die Sache, und weder Benaja ben Jehojada erwähnte sie mehr noch irgendein anderer. Ich aber wußte von nun an, wessen Geschöpf der junge David war, der von der Schafhürde kam; und Benaja wußte, daß ich es wußte.

7

An diesem Tag, als ich vom Markt zurückkam mit einem Schulterstück vom Lamm und mit Blumen für meine Frauen, siehe, da stand vor meinem Haus eine grüne Sänfte mit Goldleisten und einem roten, gefransten Dach, deren Träger sich im Schatten des Hauseingangs lümmelten. Und eine Menge Volks hatte sich gesammelt und gaffte, darunter auch Bettler und Diebe, und Straßenjungen rannten umher, so daß ich es schwer hatte, zu meiner eigenen Tür zu gelangen.
Im Haus aber schwebte ein süßlicher Duft, und aus dem inneren Raum drangen Stimmen. Shem und Sheleph, meine Söhne, eilten herbei, und begrüßten mich mit viel Kichern und Kapriolen, wobei Shem seine Hüften schwang, Sheleph die Hände verdrehte; und sie sagten mir, Amenhoteph, der königliche Obereunuch, warte drinnen auf mich. Worauf ich sie bei den Ohren nahm wegen ihrer Frechheit, hohe Regierungsbeamte nachzuäffen, und ihnen das Schulterstück vom Lamm gab, damit sie's zur Küche trügen.
Amenhoteph saß auf meinen Polstern, die Brauen mit Tusche

nachgezogen, die Nägel mit Henna gefärbt, und trank meinen Wein und aß Käsegebäck. Dabei erzählte er meinen Frauen von den Herrlichkeiten Ägyptens: von der Macht seiner Götter, der Anmut seiner Männer, dem prächtigen Leben seiner edlen Damen. Und Esther versicherte ihn ihres Mitgefühls, da er unter solch rohes Volk wie die Kinder Israels verschlagen war; und er erwiderte, er sei reichlich entschädigt durch seinen Dienst an solch holden Frauen, wie es die Gattinnen und Kebsen des Weisesten der Könige, Salomo, seien. Ich aber sah die Art, wie er Lilith mit den Augen entkleidete, und mein Herz füllte sich mit bösen Ahnungen.

Der Eunuch aber ließ sich die Hand der Reihe nach von Esther und Hulda und Lilith küssen; und er blickte ihnen nach, da sie fortgingen, und sprach: »Ich glaube das Feld zu kennen, ob ich's gleich selbst nicht mehr beackere. Man findet selten ein Weib, welches die drei Haupttugenden des Geschlechts in befriedigendem Maße besitzt. Du warst daher weise, dir eine Frau zu wählen für deine Seele, eine für deinen Samen, und eine zur Wonne deiner Lenden. Ich bete, dein Gott Jahweh möge dir deine Segnungen erhalten bis zum Ende deiner Tage.«

Er begleitete seine kehligen Töne mit den gleichen Verdrehungen der Hand, die mein Sohn Sheleph so geschickt nachgeahmt hatte. Für mich aber war daran nichts Vergnügliches; die ägyptische Eleganz der Gesten ließ die liebenswürdigen Worte eher bedrohlich wirken.

So sagte ich denn: »Sicherlich hat mein Herr sich nicht die Mühe gemacht, das Haus seines Dieners in einer übelriechenden Gasse eines der übelriechendsten Viertel von Jerusholayim aufzusuchen, um mich ob der Auswahl meiner Lebensgefährtinnen zu preisen?«

Darauf entnahm Amenhoteph der Falte seines Gewandes ein Fläschlein. »Eine kleine Probe?« bot er an. »Ich erhalte es direkt vom Hersteller, einem sehr guten Haus in der Stadt des Sonnengotts Ra in Ägypten.«

Ich ließ mir ein wenig von der Flüssigkeit auf den Handrücken sprengen. Meine Nase füllte sich mit dem Duft von Lavendel und Rosenessenz. Ich gedachte der zehn Plagen, mit denen HErr Jahweh die Ägypter schlug, und wünschte meinem Besucher eine oder zwei davon. Der aber redete sorglos weiter und sprach auf die unterhaltsamste Weise von der Kunst der Zubereitung von Salatsaucen sowie über Bootrennen auf dem Flusse Nil, über die neunundneunzig Stellungen beim Paarungsakt, und wer wohl älter sei, HErr Jahweh oder der Sonnengott Ra.

Plötzlich, mit einer ganz außerordentlichen Verdrehung der Hände, fragte er: »Ethan, wie kommt es, daß die Prinzessin Michal dich noch einmal zu sehen wünscht?«

»Oh, wünscht sie das?«

»Ich bin hier, dich vor ihr Angesicht zu laden.«

»Ich kann nur mutmaßen«, sagte ich, und fragte mich, für wen außer König Salomo der königliche Obereunuch noch tätig war. »Aber ich bin Historiker. Ich beschäftige mich mit Tatsachen, nicht mit Mutmaßungen.«

»Du sprachst fast eine ganze Nacht mit der Prinzessin, Ethan. Du hast mehr als Mutmaßungen, um dir ein Urteil zu bilden.«

»Es war eine Märchennacht, Herr. Einmal im Jahr haben wir in Israel eine solche Nacht, da die Luft durchtränkt ist vom Duft des Weins. Sagen wir, die Prinzessin träumte, und mir war vergönnt, ihren Träumen zu lauschen.«

Der Eunuch bot mir eine Ansicht seines Profils: schräge Stirn, vorspringende Nase. »Wir beide, Ethan, sind Fremdlinge in dieser Stadt. Was bedeutet, daß wir beide verwundbar sind und freundschaftlicher Hilfe bedürfen. Doch da du fähig bist, zu lieben und geliebt zu werden, bist du verwundbarer als ich.«

Da war die Bedrohung: Lilith.

»Ich will dir meine Gedanken erklären, Ethan. Dein Gott Jahweh, heißt es, erschuf den Menschen sich zum Bilde. Er vermied es jedoch vorsichtig, ihn sich gänzlich gleich zu machen: der Mensch ist sterblich. Dennoch ist da im Menschen der Trieb, gottgleich zu sein, ewig zu leben, weshalb auch die Könige meines Landes sich einbalsamieren lassen, und sich einmauern lassen in den innersten Kammern der Pyramiden, umgeben von ihren Dienern und allem fürs ewige Leben Notwendigen. Du aber, Ethan, und all die, welche dein Handwerk betreiben, ihr erhebt den Menschen zur Unsterblichkeit durch eure Worte, so daß in Jahrtausenden noch das Volk die Namen derer kennt, von denen ihr schriebt. Darin liegt eure Macht. Darum offenbaren euch die Menschen ihr Herz. Darum will diese alte Frau, daß du dir ihre Märchen anhörst. Ich aber ...«

Er sprach nicht zu Ende. Er erhob sich und stand, schlank, gepflegt, elegant bis zur Spitze seiner Sandale, vor mir.

»Seit mir die Hoden zermalmt wurden«, beschloß er das Gespräch, »glaube ich an keinen Gott mehr, heiße er Jahweh oder Ra.«

Und ging.

Der königliche Harem war in Ringen um einen kreisförmigen Raum herum angelegt, in dessen Mitte ein Springbrunnen leise plätscherte. Der Bau war offensichtlich so geplant, daß Erweiterungen möglich waren: zusätzliche Ringe mit entsprechenden Räumlichkeiten konnten angefügt werden, je nachdem wie König Salomo die Zahl seiner Gespielinnen vergrößerte. Die Luft allerdings würde dann kaum noch erträglich sein; schon bei dem jetzigen Bestand legte sich ein säuerliches Gemisch von Körperdünsten und allerlei kostbaren Wohlgerüchen erstickend auf Kehle und Lunge.

Amenhoteph war gegangen, mich der Prinzessin Michal zu melden, schien sich aber Zeit zu nehmen. Mir war, als musterten mich Dutzende kritischer Augen durch das durchbrochene Schnitzwerk der Wände hindurch. Ich tat vertieft in die Betrachtung der farbigen Mosaiks: zumeist stilisierte Blumen, die wenig Wollüstiges an sich hatten. Da vernahm ich ein Trippeln und Rascheln, und eine Jungfer stand vor mir mit Brüsten so wohlgeformt wie die Liliths, aber voller, und mit Hinterbacken fest und saftig wie Melonen aus dem Tal Jesreel. Sie befeuchtete ihre sinnlichen roten Lippen mit der reizendsten Zungenspitze, ihre runden Augen sprachen beredter als die gedungenen Redner vor König Salomo am Tag des Gerichts, und sie winkte mit ihrem rosigen Finger.

Ich aber flüsterte ihr zu: »Du machst dir nur Unannehmlichkeiten, kleine Schöne; außerdem bin ich Schriftgelehrter, und ein Familienvater.«

Gerade da aber kehrte Amenhoteph zurück. »Hinweg!« kreischte er. Und die Jungfer erschrak, und erzitterte, und verschwand so plötzlich, wie sie gekommen war.

»Was hat sie gesagt?« fragte Amenhoteph hastig.

»Nichts«, antwortete ich. »Sie winkte mir nur mit ihrem rosigen Finger.«

Der Eunuch atmete auf. Ob ich wüßte, wer das Fräulein sei. Und da ich es nicht wußte, erklärte er: »Das, Ethan, ist wohl das dümmste Weibsbild in Israel: Abishag von Shunam, die ausgesucht ward, dem König David zur Seite zu liegen, damit ihm warm würde, als er schon alt war und wohlbetagt. Nun, es ist kein Geheimnis, daß sie von ihrer Hitze nichts auf ihn übertragen konnte, und die ganze Glut verblieb ihr und brennt in ihren Eingeweiden. Doch keinem ist es gestattet, ihr Feuer zu löschen, denn sie hat dem König David zur Seite gelegen, und jeder, der in sie einginge, würde dadurch Anspruch erheben auf Davids Königreich und auf den Thron, den sein Sohn Salomo jetzt innehat. Nur daß das Fräulein die Sachlage nicht verstehen will und ihr Auge auf Prinz Adonia geworfen hat, Salomos älteren Bruder, welcher ohnedies in genug Schwierigkeiten steckt. Und Adonia hat sich einnehmen lassen von ihren Reizen; und dauernd sendet sie ihm Botschaften, durch Sandalenmacher oder Kuchenbäcker, durch den Wäschemann oder den Nachttopfsäuberer, durch Masseure oder Nagelbeschneider, ihr ist es gleich; ich aber muß die Botschaften abfangen, und sie weiß, daß ich sie abfange und daß die Sache ein böses Ende nehmen wird; also warum versucht sie's immer wieder?«

Ich sagte, daß sich die weibliche Seele nicht ausloten ließe; und er stimmte betrübt zu, und geleitete mich in ein kleines, mit Polstern und niedrigen Tischen und weichen Teppichen reich ausgestattetes Gemach, und hieß mich warten.

Zweite Aussage der Prinzessin Michal auf Fragen des Ethan ben Hoshaja, in einem Gemach des königlichen Harems zu Jerusholayim

Frage: ... und die hölzerne Figur ins Bett Eures Gatten zu legen war Euer Einfall gewesen, Herrin?
Antwort: Ja. David hatte wohl nicht erwartet, daß mein Vater, König Saul, handeln würde. David vertraute auf HErrn Jahweh, daß dieser wie stets die Wege seines Erwählten ebene; nun aber, da Jonathan ihm Nachricht sandte von den Absichten Abners ...
Frage: Ich höre.
Antwort: Der Mann, der die Philister zu Hunderten erschlug und mir ihre Vorhäute als Morgengabe brachte, erschien plötzlich hilflos. Ich nahm ihn in die Arme wie ein Kind und sprach: Du mußt fort, mein Gatte, mein Liebster; wenn du heut nacht dein Leben nicht rettest, werden sie dich morgen erschlagen.
Frage: Er selbst hatte keine Vorbereitungen zur Flucht getroffen?
Antwort: Sein Maultier stand in den Ställen der königlichen Reiterei, sein Schwert befand sich beim Schmied, und es war kein Brot im Hause. Da die Häscher des Königs schon nahe dem Tor lauerten, ließ ich ihn zum Fenster hinaus; und ich legte das Abbild auf sein Bett und deckte es zu.
Frage: Fürchtetet Ihr nicht, daß man Euch erschlagen könnte anstelle Davids?
Antwort: Am Morgen, da die Häscher Abners mich vor meinen Vater, König Saul, zerrten, glaubte ich, es sei soweit. Da stand Jonathan vor meinem Vater, und dieser rief: Warum hast du dem David Nachricht gesandt, ihn zu warnen? Jonathan erwiderte: Warum soll er sterben? was hat er getan? Da ergrimmte mein Vater in Zorn wider Jonathan, und er sprach: Du Hurensohn und Männerbuhler, weiß ich denn nicht, daß du David dir auserkoren hast zu deiner Verwirrung und zur Schande deiner Mutter? Denn solange der Sohn Jesses auf Erden wandelt, wirst weder du bestehen noch dein Königreich. Und mein Vater, der König, warf den Wurfspieß nach Jonathan, und verfehlte ihn, und Jonathan ging fort in Groll und Erbitterung. Darauf wandte sich mein Vater mir zu und sagte: Warum hast du mich betrogen, und meinen Feind gehen lassen, so daß er entkommen konnte? Ich antwortete, David hätte mir gedroht, mich zu erschlagen, wenn ich ihm nicht hülfe. Mein Vater aber schrie auf: Seht die Schande des Königs! Daß ihr euch alle verbunden habt wider mich, und ist keiner, der es meinen Ohren offenbarte, daß mein eigner Sohn einen Bund gemacht hat mit dem Verräter, und ist keiner unter euch, dem es leid ist um mich. Bitternis war mir im Munde ob der gequälten Augen meines Vaters, König Saul. Und mein Vater bewegte sein Haupt von Seite zu Seite wie ein Bär, dem ein Pfeil im Halse steckt, und sein Blick fiel auf einen Pagen, der verängstigt

am Eingang zur Halle stand, und er winkte ihn heran und fragte: Wessen Sohn bist du? Und der antwortete: Ich bin Phalti, der Sohn des Laish, aus Gallim, und Euer Diener. Phaltis eines Auge aber stand schräg, und er hatte schiefe Zähne, und die eine Schulter war höher als die andere. Da sprach mein Vater zu ihm: Hiermit gebe ich dieses Weib, Michal, meine Tochter, dir zur Frau, daß sie dir diene. Und Phalti warf sich nieder vor mir und küßte meine Füße. Ich erinnere mich der Berührung seiner Lippen: sie waren heiß und bebten.

Hier muß ich den seltsamen Bericht einschieben über Saul bei den Propheten, wenigstens soweit ich die Dinge in Erfahrung bringen konnte.

Feststeht, und es wurde mir auch von der Prinzessin Michal bestätigt, daß David auf der Flucht vor Saul bei Samuel im Tempel zu Rama haltmachte. Aber keine Gewißheit gibt es darüber, was dann im Tempel geschah, und ob auch König Saul sich dorthin begab und ob der Geist GOttes dort über ihn kam, so daß er seine Kleider abstreifte und vor Samuel weissagte und den ganzen Tag und die ganze Nacht nackt im Staube lag.

In der Hoffnung, Zadok, der Priester, möchte gültige Beweise in seinem Besitz haben, ging ich zu ihm. Zadok aber fragte, woher mein absonderliches Interesse, schrieben wir doch die Geschichte Davids, nicht die des Saul?

Ich entgegnete, der Widerstreit mit Saul gehöre zur Geschichte Davids. Dreimal habe Saul Häscher nach Rama entsandt, den David zu fassen; dreimal begegnete diesen ein Haufe Propheten; die weissagten, und Samuel stand ihnen vor als ihr Oberhaupt; und dreimal kam der Geist GOttes über die Häscher, so daß sie in Verzückung fielen und gleichfalls weissagten. Schließlich, so hieß es, sei Saul selbst nach Rama gezogen und ebenso in Raserei verfallen; woher der Spruch stamme: Ist Saul auch unter die Propheten gegangen?

Zadok lächelte und sprach: »Da du so viel weißt, Ethan, warum fragst du mich?«

Ich aber antwortete: »Gewißlich will mein Herr Zadok nicht behaupten, daß eine Horde ungewaschener Schwärmer, die mit den Augen rollen und die Glieder verrenken und Schaum vor dem Munde haben, mit ihrem Gelall auf den König von Israel derart einwirken können? Das wäre Wahnsinn.«

»Wenn nun aber der König bereits beginnt, wahnsinnig zu werden?« Wieder lächelte Zadok. »War es nicht Wahnsinn, den Wurfspieß gegen den eignen Sohn zu werfen? War es nicht Wahnsinn, David von sich zu treiben, den einzigen Menschen, der es verstand, den bösen Geist vom HErrn zu bannen?«

Ich gedachte der Berichte Abners an seinen Herrn König Saul.

Wieviel wußte Zadok von dem Anteil, den David gehabt hatte an dem Spiel mit dem Leiden des Königs? Aber Zadoks Miene blieb undurchsichtig.
»Und ein Mann wie Samuel«, sagte ich, »ein ernstzunehmender Prophet und weithin berühmter Priester, ehemals oberster Richter in Israel und Ratgeber des Volkes, sollte sich an die Spitze eines Haufens von Besessenen gestellt haben?«
Zadok faltete die feisten Hände über dem Bauch. »War nicht auch Samuel besessen vom HErrn, da er den Agag in Stücke zerhieb?«
Ich aber sah, daß der Wahnsinn in beiden steckte, in Saul wie in Samuel, und ein Schaudern kam mich an ob der dunklen Kräfte, die den Menschen bewegen.

Zweite Aussage der Prinzessin Michal, fortgesetzt

Frage: ... Ihr sagtet, Herrin, daß Ihr dem Phalti gegeben wurdet, dem Sohn des Laish.
Antwort: Ach ja, Phalti. Phalti umsorgte mich, er wusch mich, wenn mir heiß war, er wärmte mich, wenn ich fror, und im Bett lag er mir zu Füßen. Linkisch, wie er war, half er mir doch, mit David in Verbindung zu bleiben: ich stand unter Beobachtung; er aber war so unscheinbar.
Frage: Ihr hörtet also von David?
Antwort: Nur, daß er am Leben war und sich versteckt hielt.
Frage: Wo?
Antwort: Zunächst bei den Priestern von Rama, dann bei denen von Nob. Von dort floh er in die Wüste des südlichen Juda, in die Höhlen.
Frage: Geschah es im Verlauf der Verfolgung Davids, daß Euer Vater, König Saul, nach Rama kam?
Antwort: Nein.
Frage: Ist das sicher?
Antwort: Rama bedeutete Samuel; mein Vater würde sich nie dorthin begeben haben. Aber er nutzte sein königliches Recht, die Priester von Nob vorzuladen; und diese kamen.
Frage: Ihr wart bei dem Verfahren anwesend?
Antwort: Mein Vater saß zu Gericht vor allem Volke. Ich erinnere mich der Reihen von Priestern in ihren grauen Leinenröcken; vor ihnen, in Weiß, der Oberpriester Ahimelech. Und mein Vater, König Saul, sprach zu seinen Gefolgsleuten, die neben ihm standen: Höret, wird etwa David ben Jesse euch Äcker und Weinberge geben und euch zu Obersten machen über Tausendschaften und Hundertschaften? Ist da nicht einer unter euch, der vortreten will und Zeugnis ablegen gegen den Verräter?
Frage: Traten welche vor?
Antwort: Ein kleiner Mann, der gutmütig aussah wie eine Kinder-

amme. Er sagte, er sei Doeg, der Edomiter, und Leiter der Untersuchung in Sachen David ben Jesse. Er sei nach Nob gereist, sagte er, und habe gesehen, wie David zu dem Oberpriester Ahimelech kam. Ahimelech, sagte er, habe das Orakel befragt Davids wegen, und habe ihm Speise gegeben und ebenso ein Schwert.

Frage: Keine anderen Zeugen?

Antwort: Die Aussage des Doeg genügte meinem Vater. Er wandte sich Ahimelech zu und sprach: Höre, warum hast du dich verschworen gegen mich, indem du den Sohn des Jesse Brot gabst und ein Schwert, und das Orakel seinetwegen befragtest, so daß er sich erhebe gegen mich und mir nachtrachte, wie es zutage liegt? Ahimelech aber erhob die Hand zum Schwur und verneinte seine Schuld. David habe ihm eröffnet, so sagte er, daß der König ihn in geheimem Auftrag ausgesandt, und so eilig sei die Sache gewesen, daß er weder sein Schwert noch andere Waffen anlegen konnte; darauf habe David fünf Brote von ihm verlangt und einen Spieß oder ein Schwert. Ich aber dachte, so sprach Ahimelech weiter, wer ist so getreu unter all des Königs Dienern wie David, und des Königs Eidam, und geht in des Königs Auftrag; darum tat ich, wie David verlangte. Aber daß ich das Orakel seinetwegen befragt hätte, das sei fern von mir: der König lege solches mir nicht zur Last. Und alle Priester hoben die Hände und beschworen ihre Unschuld, daß der Lärm gehört wurde bis zu den Mauern der Stadt. Ich aber dachte, GOttlob, daß David, mein Gatte, nicht ergriffen wurde; doch zugleich war mir das Herz schwer um meinen Vater, den König.

Frage: Und darauf erfolgte die Hinrichtung?

Antwort: Mein Vater erhob sich, auf seinen Wurfspieß gestützt, und erklärte: Ahimelech, du mußt des Todes sterben, und deine Sippe mit dir. Und er gebot den Gefolgsleuten, die neben ihm standen: Auf, und tötet das Priestergeschmeiß, denn ihre Hand ist auch mit David, und da sie wußten, daß er floh, haben sie mir's nicht eröffnet. Aber keiner wollte die Hand an die Priester des HErrn legen, sie zu erschlagen. Und mein Vater, der König, sprach: Was fürchtet ihr euch? Diese sind keine Heiligen, noch sind sie jemand zunutze. Sie sind wie die Maden im Aas und werden fett von dem, was das Volk Jahweh spendet. Und es war ein Geflüster ringsum, und ein Jeglicher erwartete, der böse Geist vom HErrn werde herunterfahren auf meinen Vater, den König, und ihn würgen oder ihm das Gesicht nach hinten drehen; aber mein Vater stand ganz ruhig da und gab Doeg, dem Edomiter, einen Wink. Und er sprach zu Doeg: Auf denn, und lege Hand an die Priester. Da erhob sich Doeg, der Edomiter, und erschlug an diesem Tag fünfundachtzig geistliche Herren in ihren leinenen Leibröcken, und wir sahen es.

Die Wachstäfelchen, auf denen ich meine Notizen gemacht hatte, waren vollgeschrieben. Die Luft in der Rotunde schien sich noch weiter verdickt zu haben. Die Prinzessin aber entließ mich nicht. Sie saß auf ihrem Polster, sehr aufrecht, die skelettartigen Hände flach auf den Knien, und starrte vor sich hin.
Plötzlich, wie aus einem Traum heraus, sagte sie: »Wie siehst du David eigentlich?«
Eine sonderbare Frage, gerichtet an den Redaktor des *Einen und Einzigen Wahren und Autoritativen, Historisch Genauen und Amtlich Anerkannten Berichts über den Erstaunlichen Aufstieg* und so fort. Ich warf einen Blick auf das durchbrochene Schnitzwerk der Decke, und der Verdacht kam mir, daß sich dahinter Durchlässe befinden möchten, die zum Ohr Amenhoteps führten. »Herrin«, sagte ich, »er ist der Vater König Salomos.«
Sie lachte verächtlich. »Und König Salomo wird entscheiden, wie du den Mann siehst, der zweimal mein Gatte war und der Geliebte meines Bruders Jonathan und die Hure meines Vaters König Saul?«
Ich senkte den Kopf.
Sie aber tat mein Bedauern mit einer Handbewegung ab, und sagte: »Er hat so viele Gesichter. Ich gebe zu, das macht es schwer, ihn zu ergründen. Mein Bruder Jonathan und ich haben häufig darüber gesprochen. Wir kamen einander sehr nahe in jenen Tagen. Oft ritten wir aus dem Haus des Königs zu Gibea bis zu den roten Felsen und stiegen hinauf, Ausschau zu halten über das Land, als könnte ein Zeichen von ihm kommen, ein Rauchzeichen über den Bergen. Aber da war nichts, nur die Geier kreisten. Und Jonathan sprach zu mir von dem Bund, den er mit David geschlossen, da er ihn liebte wie seine eigne Seele; und daß David der Erwählte des HErrn sei; und wie David ihm geschworen habe, allzeit seiner Kinder Hüter und Beschützer zu sein um ihrer großen Freundschaft und ihres Bundes willen. Aber wie ist's mit dem Königreich, fragte ich; wirst du denn nicht König sein, mein Bruder Jonathan?«
Die Prinzessin erhob sich und schritt auf und ab. Ihre Füße in den offenen Sandalen waren von bemerkenswerter Schönheit.
»Und Jonathan sagte zu mir: Um zu herrschen, darfst du nur ein Ziel sehen – die Macht. Darfst du nur einen Menschen lieben – dich selbst. Sogar dein Gott muß ausschließlich dein Gott sein, der ein jedes deiner Verbrechen rechtfertigt und es mit seinem heiligen Namen deckt.«
Die Prinzessin blieb stehen und sah mich an.
»Beachte, Ethan: all das wußte Jonathan, und doch liebte er David. Die Geier hingen am Himmel. Dann schoß einer herab. Ich fragte: Weißt du, wo David sich aufhält? Und Jonathan erwiderte: Er ist in der Höhle des Adullam, und seine Brüder und ganze Sippe kamen zu ihm daselbst, und allerlei Männer, die in Not sind, und

die verschuldet sind, und viele Unzufriedene, zusammen etwa vierhundert Mann, und er ist ihr Anführer. Und ich sah David, meinen Gatten, wie er aus der Höhle Adullam hervortrat an der Spitze seiner Bande, ich sah sein gebräuntes Gesicht und den geschmeidigen Leib, und ich sprach zu meinem Bruder Jonathan: Sei er ein Viehdieb oder ein Wegelagerer, es ist ein Verlangen in mir, und ich will zu ihm. Jonathan aber antwortete: Warte noch; des Königs Häscher halten sich in deiner Nähe, die Leute des Abner ben Ner; sie würden dich greifen und töten. Und ich wartete, und die Regen kamen, und dann der Frühling, und Phalti, der Sohn des Laish, hielt mir die Hände; und es kam kein Wort mehr von David, weder durch Phalti noch durch meinen Bruder Jonathan. Als aber die Regen wiederum kamen, hörte ich sagen, David habe Abigail zur Frau genommen, die Witwe eines gewissen Nabal, eines reichen Schafzüchters in Maon, den der Schlag getroffen hatte. Da schrie ich auf, und ich saß in Trauer und zerriß meine Kleider und nahm nichts zu mir, bis Phalti kam und mir Wein zu trinken brachte und Öl, mich damit einzureiben, und er bemühte sich zärtlich um mich, und ich ließ ihn gewähren, aber ich empfand nichts dabei.«
Ich vermied, sie anzublicken.
Sie lachte, leise diesmal, und sagte mit veränderter Stimme: »Ist alles schon so lange her.«
Und da war Amenhoteph wieder, der königliche Obereunuch, und verbeugte sich: »Das Abendmahl ist aufgetragen. Meine Herrin wird im Speisesaal erwartet.«
Sie ging, ihr Schritt ein wenig steif, ihre Haltung aber großartig, wenn man ihr Alter bedachte. In der Tür wandte sie sich noch einmal um und nickte mir zu, als wären wir Mitverschworene, und sagte: »Du wirst ihn schon richtig sehen, meine ich.«

8

Gepriesen sei der Name des HErrn, unsres GOttes, der seine Wahrheit kundtut in den Träumen der Seher und Dichter, von anderen aber viel sorgfältige Forschung und mühevolle Untersuchungen verlangt.
Der flüchtige Anführer einer Rotte von Dieben und Halsabschneidern wird seine Spuren verwischen, statt Tontäfelchen mit Aufzählungen seiner Heldentaten und Verzeichnissen seiner Beute zu hinterlassen. Er wird Zusammenstöße mit den Hütern des Gesetzes meiden; Berichte über ihn aus dieser Quelle werden daher spärlich und wenig verläßlich sein. Eine Ballade, ein paar Lieder, die seine Taten besingen, mögen uns Hinweise geben; oder es

findet sich vielleicht ein noch lebender Zeuge seiner Raubzüge, ein Mitglied seiner Bande, oder eines ihrer Opfer.
Abigail ist tot. Die Fragen, die ich ihr gerne gestellt hätte, bleiben unbeantwortet. Sie starb zu Hebron, als David König von Juda war, nachdem sie ihm einen Sohn namens Chileab gebar, ein armes idiotisches Kind mit von Geburt her mißgestaltetem Schädel. Nach allem, was wir von ihr wissen, war sie eine bemerkenswerte Frau; sie muß von großem Einfluß auf David in seiner Zeit als Räuberhauptmann, als Verbannter, und als kleiner Ortskönig zu Hebron ausgeübt haben.
Ich hatte ein Gespräch über sie mit einer gewissen Debora. Diese muntere Alte unterhält ein Wohnheim für ausländische Fachleute aus Sidon und Tyrus, die für den Tempelbau gedungen wurden. Debora war eine der fünf Kammerjungfern gewesen, die Abigail in die Ehe mit David mitbrachte. In dieser Stellung sah und hörte sie naturgemäß so manches, was zwischen ihrer Herrin und David vorging. Dann wurde mir durch die Diener des Benaja ben Jehojada ein gewisser Mibsam ben Mishma vorgeführt, ein einbeiniger alter Bettler vom Stadttor; das fehlende Bein, bekundete er, sei ihm abgeschnitten worden, als er mit David in der Wildnis war. Mibsam stand, seiner Aussage zufolge, an der Spitze der zehn Jünglinge, welche David zu Nabal sandte, dem ersten Gatten der Abigail, um diesem Frieden zu entbieten und ihn um eine großzügige Spende zu ersuchen.
Es gab auch noch andere, mit denen ich sprach, ferner einige Dokumente, so daß es mir möglich war, aus den verschiedenen Steinchen ein wenn auch unvollständiges Mosaik zusammenzustellen.

Von Madmanna ben Jerahmeel, erwähltem Ältesten des Stammes Kaleb:

> Schätzung des Nabal,
> Angehörigen unsres Stammes, wohnhaft zu
> Maon, seine Weiden aber sind in Carmel,
> Schafe – dreitausend an Zahl
> Ziegen – eintausend an Zahl

Mibsam ben Mishma berichtete mir wie folgt:
David ein Viehdieb? Niemals. Dafür war er viel zu durchtrieben. Männer, hat er uns oft gesagt, wenn ich einen von euch erwische, der auch nur einen Lämmerschwanz mitgehen läßt, GOtt tue mir dies und jenes, wenn ich ihn nicht auspeitschen lasse, bis ihm die Haut vom Leibe fällt. Denn was bringt uns das Schafestehlen am Ende ein? Schon nach den ersten Überfällen würden uns die Schafhirten aus dem Wege gehen und ihre Herden verstecken; oder sie

möchten sich zusammenschließen und uns mit ihren Schleudern auf den Leib rücken, und ein guter Schafhirt mit einer guten Schleuder nimmt es mit jedem Kriegsmann auf, ich nehme an, ihr kennt die Geschichte von mir und Goliath; oder sie könnten auch Nachricht senden an König Saul, und der König würde ein paar tausend von seinen Heerscharen gegen uns schicken, und was dann? Nein, Männer, hat David uns oft gesagt, das ist nicht der Weg, sich durchzuschlagen in der Wildnis. Aber der gute HErr Jahweh erschien mir im Traum und sprach: David, so du dem Gesetz folgst, welches ich deinen Vorvätern gegeben habe, will ich dir den richtigen Weg weisen, auf daß es dir und den Deinen wohl ergehe; und dieser Weg heißt der Weg der freundlichen Überredung. Stehlt nicht von den Schäfern, auch greift sie nicht an; sondern schließt Freundschaft mit ihnen, sprach der HErr, und schützt sie gegen Räuber und Nomaden und gegen solche, die das Vieh entführen. Aber wenn die Zeit naht, daß die Herden zu ihrem Besitzer getrieben werden zur Schafschur, und gefeiert und getrunken wird und allerlei Lustbarkeiten vor sich gehen, siehe, da findet auch ihr euch ein, um euren Anteil zu verlangen an den Gaben GOttes als Entgelt für den Schutz von Schäfer und Schaf. Also sprach der HErr zu mir im Traume, und auf diese Art, Männer, sind uns dauernde Einkünfte gesichert in klingender Münze und in Gütern, als da sind Fleisch, und geröstetes Korn, und Wein und alles, was gut und teuer ist; und ganz Israel wird uns preisen und uns freund sein. Wenn aber ein Besitzer sich weigert und spricht: Wieso, ich kenne euch nicht, und habe euch nicht gebeten, mein Eigentum zu schützen!, dann werden wir ihm sagen: Hör zu, du Sohn Belials, GOtt tue uns dies und das, wenn David ben Jesse von den Deinigen einen übrigläßt, der an die Wand pißt.
Mibsam ben Mishma rieb sich seinen Beinstumpf, welcher rot und entzündet war und ihn juckte, und in seinen Triefaugen lag ein Abglanz der Herrlichkeit, die Davids gewesen war. Und er fuhr fort wie folgt:
Dieser Nabal nun hatte Tausende von Schafen, alle fett, und trugen die feinste Wolle, und Ziegen der besten Sorte, auch Tausende; so daß uns das Wasser im Munde zusammenlief beim Gedanken an die Zeit seiner Schafschur. Und David sprach zu mir: Mibsam, ich weiß, daß du einen guten Kopf auf den Schultern und eine gelenke Zunge hast. Also such dir neun Burschen aus, allesamt von mächtigem Aussehen wie du, und reite zu Nabal und wünsche ihm Frieden und so fort, aber bleibe höflich, und erinnere ihn, daß er im Wohlstand lebt, während wir im Sattel sind, in der Wildnis, und schützen, was sein ist, und daß wir auf einen guten Tag gekommen sind und erwarten, Gnade vor seinen Augen zu finden, und er möchte dir bitte geben, was er zur Hand hat für seinen Freund David ben Jesse. Nabal aber war dick von

Gestalt, der Wanst hing ihm bis zu den Knien, und unterm Kinn war ihm eine fette Wamme, und er ergrimmte im Zorn und krächzte: Wer ist dieser David ben Jesse? Es werden jetzt der Knechte viel, die sich von ihren Herren reißen; soll ich darum mein Brot, meinen Wein und mein Fleisch nehmen, das ich für meine Scherer geschlachtet habe, und meine guten harten Schekel, und all das Leuten geben, die ich nicht kenne und nicht weiß, wo sie her sind? Und ich fürchtete, daß den Nabal der Schlag treffen würde, denn er verfärbte sich purpurn wie eine Pflaume; aber ich erinnerte mich, daß David gesagt hatte: Immer höflich bleiben, Mibsam; und so sprach ich ruhig zu Nabal: Reg dich nicht auf, du Ausbund von Edelmut, du wirst noch hören von dem Sohn Jesses.
Mibsam ben Mishma kratzte sich unterm Arm, und er erhaschte, wonach er gejagt hatte, und biß darauf, und spuckte aus. Und er fuhr fort wie folgt:
Aber die ganze Zeit beobachtete uns diese Frau. Sie war stattlich anzuschauen und trug feine Gewänder und Ringe an den Fingern und Spangen an den Knöcheln ihrer Füße. Ich bemerkte, daß sie mich ins Auge gefaßt hatte, denn ich war breit an den Schultern und schmal in der Hüfte und saß gut im Sattel; und da ich schon fortreiten wollte, nach meinem Gespräch mit Nabal, trat sie zu mir und sagte: Dieser David ben Jesse, dein Hauptmann, ist dir ähnlich? Und ich antwortete: Schöne Frau, wenn es so ist, daß ich Gnade vor deinen Augen finde, dann wird dir das Herz im Busen für David entbrennen wie Feuer im Busch, denn er ist zehnmal der Mann, der ich bin; aber wer magst du sein? Worauf sie sagte: Ich bin Abigail, die Frau des Nabal; und an dem Ton ihrer Stimme ließ sich erkennen, daß sie für ihren Mann soviel Verwendung hatte wie für einen Karbunkel am Hintern. Und ein Geist vom HErrn flüsterte mir zu, daß wir die Frau des Nabal wiedersehen würden, und ich hieb meinem Maultier die Faust zwischen die Ohren, daß es davonflog wie ein Adler. Als wir ankamen an dem Treffpunkt, den David uns genannt hatte, da wartete er schon auf uns mit all seinen Männern; und ich berichtete ihm die Rede Nabals. Da sprach David: Gürte ein jeglicher sein Schwert um sich. David gürtete sein Schwert gleichfalls um sich, und schwor ein Gelübde, daß bei Morgen von Nabal und seinen Leuten nichts bleiben sollte, was an die Wand pißt; zu mir aber sagte er: Mibsam, du und zweihundert Mann, ihr bleibt beim Gepäck und den Karren, und bewacht diese, denn ich habe vor, eilig zu reiten. Und es zogen ihm nach an die vierhundert Mann; und mehr weiß ich nicht, was geschah, außer daß er bei Morgen eine Menge Zeugs zurückbrachte und mit sich zufrieden aussah, so wie ein Frosch, der die Fliege geschluckt hat.

Unter den Gegenständen, die Abigail, die Frau Davids und Witwe des Nabal, bei ihrem Tode hinterließ und die in einem Lagerraum des königlichen Harems aufbewahrt wurden, fanden sich mehrere Tonscherben; diese wurden mir durch einen Diener Amenhotephs, des königlichen Obereunuchen, überbracht. Auf einer der Scherben stand eine Liste, geschrieben von ungelenker Hand, mit vielen Fehlern. Hier die Liste:

Fier David Soon Jeses
2 hunnert leib brod
2 heude besden wain
5 schaaf ferdch gebradn
5 mas gerehsdedes gorn
1 hunnert beudl rosihnen
2 hunnert beudl feichn
8 ehsl zum trachn

Koste diesen Wein, Herr. Möge GOtt mir dies und jenes tun, wenn er von dem Gebräu ist, welches ich meinen Kostgängern reiche, denn diese wissen nicht zu unterscheiden zwischen Essig und dem Harn einer Ziege. Er ist besser noch als der Wein, der aus Baal-hamon von des Königs Weingärten kommt, und er hat all die Jahre in diesem Gefäß geruht. Er ist vom ganz Besonderen des Nabal, des ersten Gatten meiner Herrin, den der Schlag getroffen hat. Meine Herrin, GOtt möge ihrer Seele gnädig sein, hat ihn mir geschenkt und gesagt: Debora, heb das auf für den Tag, da der Mann kommt, der dich hinreißt, wie David mich hingerissen hat; dann öffne das Gefäß und trinke mit dem Mann, was darin enthalten ist. Aber da kam ein Mann, lieber Herr, und dann ein anderer, und nie wußte ich genau, hat er mich nun oder hat er mich nicht hingerissen, wie David ben Jesse meine Herrin hinriß; und das Gefäß blieb versiegelt. Und die Männer kamen, und sie gingen, und ich wurde alt und faltig, und manchmal sage ich mir: Debora, vielleicht ist dies versiegelte Gefäß wie dein Leben – der süßeste Wein ungekostet.
Alo öffne ich's jetzt, Herr, im Gedenken an Abigail, meine Herrin. Nicht daß sie sich einem Mann so rasch und bereitwillig auftat. Sie war kein Lämmchen mehr, als sie dem Sohn des Jesse begegnete; sie war ihre sechs oder acht Jahre älter als er; aber ihr Fleisch war stramm und ihre Brüste standen hervor wie Rammböcke. Sie leitete das Haus, und befahl den Dienern, und rechnete ab, während Nabal, ihr Gatte, sich vollfraß und vollsoff, bis er wie ein gestopftes Stück Darm war, und so verlockend für eine Frau wie dieses. Es hieß, daß meine Herrin einen Eseltreiber zu sich nahm, und einen wandernden Töpfer, und einen Stallburschen, und einen Erzähler von Geschichten und Legenden, und einen Steuereinnehmer; aber sie war eine tugendhafte Frau und zog die Gesellschaft ihrer fünf Jungfern vor, von denen ich eine war, und wir mußten sie hätscheln und tätscheln, und küssen und

kosen, und streicheln und drücken, bis sie wollüstig aufseufzte und die Augen ihr übergingen.

Möge HErr Jahweh dies Tröpfchen flüssigen Sonnenscheins segnen. Als nun Abigail, meine Herrin, die Jünglinge sah, die David zu Nabal geschickt hatte, ihrem Gatten, und als sie hörte, wie Nabal sie beschimpfte, da sagte sie zu mir: Debora, meine Liebe, wenn dieser David ben Jesse ähnlich ist wie seine Jünglinge, können wir uns auf etwas gefaßt machen. Nimm daher diese Scherbe und stelle mir zusammen, was ich darauf aufgezählt habe, und laß die Sachen auf Esel laden, und beeile dich, und gehe voraus mit den Treibern; siehe, ich werde dir nachkommen. Sprich aber nicht darüber mit Nabal, meinem Gatten, fügte sie hinzu, denn er ist ein solcher Sohn Belials, er würde mich mißverstehen. Als sie uns dann einholte auf ihrem Reitesel, da hatte sie sich die Augen bemalt und die Wangen gerötet; ihre Lippen aber waren wie das Fleisch des Granatapfels, und sie duftete wie ein ganzer Blumengarten. Und da wir hinabzogen in den Schatten des Berges, erhob sich ein großer Lärm, und David und seine Männer kamen auf uns zu; aber Abigail, meine Herrin, ritt uns voraus, ihnen entgegen.

Der Wein ist wirklich gut; noch ein Becherchen, Herr? Wenn du über meine Herrin schreiben willst, wie du mir gesagt hast, höre gut zu, denn nun kommt die Begegnung mit David. Da war er, aufrecht im Sattel, rotes Haar über gebräuntem Gesicht, und in seinen Augen leuchtete es; Abigail aber, meine Herrin, glitt vom Esel, und fiel nieder vor David auf ihr Angesicht. David fragte: Wer ist die Frau vor mir im Staube? Also hielt ich's für richtig, ihm Auskunft zu geben, und ich sagte: Mein Herr, sie ist meine Herrin, Abigail, die Frau des Nabal, aus Maon, der seine Besitzungen in Carmel hat. Und David stieg ab und sprach, so daß alle es hörten: Tut mir leid, schöne Frau, aber ich habe alles beschützt, was Nabal auf der Weide hatte, und er vergilt mir Gutes mit Bösem. Abigail aber, meine Herrin, erhob ihr Antlitz zu David, so daß ihm sichtbar wurde, daß ihre Brüste hervorstanden wie Rammböcke. Und sie sprach: Mir, Herr, mir laste die Missetat an. Achte nicht des Nabal, ich bitte dich; er ist ein Dummkopf. Vielmehr blicke gnädig auf deine Magd, denn das Herz deiner Magd schlägt höher vor deinem Angesicht, weil mein Herr für die Sache Jahwehs ficht und kein Übel ist an dir zu finden gewesen all deine Tage. Und jetzt diese Segnungen, welche deine Magd dir gebracht hat, nämlich zweihundert Laib Brot, und zwei Häute Wein, und fünf gebratene Schafe, und fünf Maß geröstetes Korn, und einhundert Beutel Rosinen, und zweihundert Beutel Feigen, laß diese verteilen unter deine Jünglinge. Und wenn GOtt meinem Herrn wohlgetan haben wird, dann gedenke deiner Magd.

Dieser Wein, Herr, hat seine Wirkung. Er bringt die alten Erinnerungen wieder, an Abigail, meine Herrin, und an David ben Jesse. Siehe, wie er sie aufhebt von der Erde und sie zartfühlend stützt. Gesegnet sei der HErr, der GOtt Israels, sagte er zu ihr, der dich heutigen Tags mir entgegengesandt hat. Und gesegnet seist du, die du mir heutigen Tags verwehrt hast, Blut zu vergießen. Denn so wahr der HErr GOtt Israels lebt, hättest du dich nicht geeilt und wärst mir begegnet, so wäre dem Nabal bei Morgenlicht nicht einer übriggeblieben, der an die Wand pißt. Und David verbeugte sich vor ihr, und die zwei wandelten ein Stück in die Wildnis, und als sie zurückkehrten, da trug meine Herrin den Kopf so, daß sie zehn Jahre jünger wirkte. David aber sagte zu ihr: Ziehe in Frieden nach Hause; denn ich habe deinen Worten gehorcht und mich deiner angenommen.

Du hast den Becher nicht geleert, Herr. Hab keine Bedenken um meinetwillen, ich bitte sehr; mehr Wein ist durch diese alte Kehle geronnen, als die Häute von tausend Ziegen füllen würde. Also kehrte Abigail, meine Herrin, zurück zu Nabal, ihrem Gatten; und er war trunken und lag in seinem Erbrochenen, da er die ganze Zeit gefeiert hatte, weshalb sie ihm nichts sagte bis zum Morgenlicht. Aber als er stöhnend erwachte, und stinkend wie ein Schweinestall, und nicht wußte, wo sein Kopf sich befand und wo sein Ellbogen, da trat sie vor ihn, frisch wie der Tau auf der Rose, und sprach: Ach, du Fettsack, du Saufbold, du Gebirge von Impotenz: ich habe dein Leben gerettet, indem ich eilte, dem David ben Jesse entgegenzuziehen und ihm von deinen Reichtümern Brot und Wein und gebratenes Fleisch und geröstetes Korn und Rosinen und Feigen zu bringen, denn bestimmt hätte David um diese Zeit von den Deinigen keinen übriggelassen, der an die Wand pißt. Nabal sprang auf rascher denn ein Floh, und hob die Hände, und schrie auf zu Jahweh: Hast du gehört, GOtt, was diese Teufelin, diese Hure Belials, gesprochen hat? Sie ist mein Untergang, sie wird mich durchaus zugrunde richten! Schafe, und geröstetes Korn, und Feigen! Mögen ihre Brüste welken und ihr Geschlecht vergilben, denn du, HErr GOtt, bist ein gerechter GOtt, der die Bösen bestraft. Und er rief nach seinem Verwalter, und nach seinen Knechten, und zürnte und tobte, bis seine Lippen sich blau färbten und darauf sein ganzes Gesicht, und er auf den Rücken fiel und dalag wie ein Stein. Der Verwalter sagte, man müsse Nabal zur Ader lassen, und die Diener liefen, den Bader zu holen; aber Abigail, meine Herrin, sprach: Betet, soviel ihr wollt, zu Jahweh, aber rührt nicht an das Blut eures Herrn, denn es ward verdickt von GOtt und am Fließen gehindert, und der Wille GOttes geschehe. Zehn Tage lang beteten die Knechte, und wartete der Bader, und saß meine Herrin an der Seite Nabals, ihres Gatten, der wie ein Stein dalag; aber am zehnten Tag schlug der HErr den Nabal, daß er starb.

Sie hatte eine große Seele, Herr, trinken wir auf diese, wo immer sie sein mag. Zehn Tage dazusitzen und zuzusehen, wie der eigne Mann stirbt, und Sorge zu tragen, daß er stirbt, zeugt wahrhaftig von Charakter. Nachdem sie ihn begraben hatte, sagte sie zu mir: Debora, laß einen Esel satteln und reite zu David und richte ihm aus: Gelobt sei der HErr, der deine Schmach an Nabal gerächt hat und dich bewahrt hat vor der üblen Tat; denn der HErr hat die Bosheit Nabals vergolten an seinem eignen Haupt. Und ich begegnete mehreren Jünglingen Davids unfern in der Wildnis, und sie brachten mich zu dem Sohn Jesses, und ich berichtete ihm, wie meine Herrin mir aufgetragen hatte. Worauf David mich reichlich belohnte mit einer Spange aus Silber und zehn Spannen feinsten Linnens, drei Spannen breit, und einige seiner Diener mit mir sandte. Und da wir zu meiner Herrin in Carmel kamen, sprachen sie zu ihr: David schickt uns zu dir, daß er dich zum Weibe nehme. Um die Lippen meiner Herrin war ein Lächeln wie nach einem Siege, und sie beugte sich rasch mit ihrem Angesicht zur Erde, und sagte: Siehe, hier ist eure Magd, daß sie diene den Knechten meines Herrn und ihre Füße wasche. Dann erhob sie sich, und eilte, und ritt auf ihrem Esel mit uns fünf Kammerjungfern im Gefolge; und wir ritten den Boten Davids nach, und sie wurde seine Frau.

Shiggaion des David, welches er gesungen hat dem Herrn

O laß der Gottlosen Bosheit ein Ende werden, und fördere die Gerechten; denn du, gerechter GOtt, prüfst Herzen und Nieren.
Mein Schild ist bei GOtt, der frommen Herzen hilft.
GOtt ist gerecht mit den Gerechten, und GOttes Zorn ist gerichtet gegen die Bösen alle Tage.
Will einer sich nicht bekehren, so hat GOtt das Schwert gewetzt, und seinen Bogen gespannt, und zielt.
Und hat darauf gelegt tödliche Geschosse; seine Pfeile hat er zugerichtet gegen die Verfolger.
Siehe, der hat Böses im Sinn, mit Unbill ist er schwanger; er wird aber einen Fehl gebären.
Er hat eine Grube gegraben und vorbereitet, und ist in die Grube gefallen, die er gemacht hat.

9

Worte des Ethan ben Hoshaja, gerichtet an die Mitglieder der königlichen Kommission zur Ausarbeitung des *Einen und Einzigen Wahren und Autoritativen, Historisch Genauen und Amtlich Anerkannten Berichts über den Erstaunlichen Aufstieg, das Gottesfürchtige Leben, sowie die Heroischen Taten und Wunderbaren Leistungen des Da-*

vid ben Jesse, Königs von Juda während Sieben und beider Juda und Israel während Dreiunddreißig Jahren, des Erwählten GOttes und Vaters von König Salomo, abgekürzt, des *König-David-Berichts,* auf ihrer Sitzung über die militärische Seite des Widerstreits zwischen König Saul und David ben Jesse.

Meine Herren! Ich bitte um Vergebung, wenn ich meine Bemerkungen auf den Feldzug, oder die Feldzüge, König Sauls gegen David ben Jesse beschränke. Das Thema der kriegerischen Unternehmungen Davids im Dienst der Philister erscheint Eurem Diener zu verwickelt, als daß es von einem Redaktor behandelt werden könnte.
Des weiteren möchte ich Herrn Kanzler Josaphat ben Ahilud meinen tiefgefühlten Dank dafür aussprechen, daß er mir gewisse Aufzeichnungen von Gesprächen mit König David überließ; meinem Herrn Benaja ben Jehojada, dem Feldhauptmann des Heers, dafür, daß er mir einiges aus den Ablagen des Abner ben Ner zur Verfügung stellte; und den Herren Schreibern Elihoreph und Ahija b'nai Shisha für ihre selbstlose, aber leider vergebliche Suche in den königlichen Archiven.
Die uns vorliegenden Dokumente und Zeugnisse sind widersprüchlich, und es fällt uns daher schwer, zu bestimmen, wie viele Feldzüge König Saul gegen David eigentlich unternahm. Wir erfahren von dreien: einer, in die Wüste von Siph und Maon, mußte abgebrochen werden, weil die Philister wieder in das Gebiet Israels einbrachen; ein zweiter, in die Höhlen und Schluchten der Wildnis von En-gedi, sowie ein dritter, wiederum nach Siph, endeten beide mit einer persönlichen, höchst rührenden Begegnung zwischen Saul und David. Beide Male gelang es David und einigen wenigen Begleitern, sich unbemerkt an Saul heranzuschleichen: zu En-gedi geschah dies in einer Höhle, die König Saul betrat, um seinen Darm zu entleeren, in Siph, während er in der Wagenburg lag und schlief. Beide Male drängten Davids Begleiter ihn, den König zu töten; eine solche Gelegenheit dürfe man sich nicht entgehen lassen, erklärten sie, und habe der HErr nicht immer gesagt: Siehe, ich will deinen Feind in deine Hand geben? Beide Male weigerte sich David mit der Begründung: Wer kann die Hand an den Gesalbten des HErrn legen, und ungestraft bleiben? – eine verständliche Einstellung bei einem Mann, der sich als zukünftigen König sieht. Aber während David in der Höhle zu En-gedi einen Rockzipfel des friedlich kauernden Saul abschneidet, nimmt er in Siph des Königs Spieß und Wasserflasche. Zu En-gedi wie in Siph ruft er dann den Saul aus sicherer Entfernung, nennt ihm seinen Namen und zeigt ihm die Beweisstücke seiner Großmut; worauf der König erwidert: Siehe, ich habe töricht und sehr unweislich getan, ich will dir fürder kein Leid tun, darum daß meine Seele heutigen Tags teuer gewesen ist in

deinen Augen, und nun weiß ich, daß du König werden wirst, und daß das Königreich Israel in deiner Hand stehen wird.
Meine Herren! Dies sind prophetische Worte, voll edler Gefühle, und von den Lippen König Sauls kommend sind sie von besonderer Bedeutung, da sie Davids Anrecht auf den Thron Israels zusätzlich begründen. Auch handelt es sich hier nicht etwa um Geschichten, die sich das Volk erfand und auf verschiedene Weise ausschmückte; nein, sondern König David in eigner Person berichtete die genannten Vorfälle meinem Herrn Josaphat, und dieser schrieb sie auf. Ein kleiner Mangel allerdings besteht: weder in den königlichen Archiven noch in den Ablagen des Abner ben Ner, der zur Zeit König Sauls über das Heer war, findet sich der geringste Hinweis auf einen Feldzug in die Wildnis von En-gedi oder auf einen zweiten Feldzug in die Wüste von Siph.
Abner berichtet nur von einem Unternehmen: dem nämlich, das abgebrochen wurde, als die Nachricht von neuen Verwicklungen mit den Philistern eintraf. Wir erfahren von Abner, daß David, nachdem er sich lange Zeit auf kleinere Raubzüge von Verstecken in der Wüste aus beschränkt hatte, endlich beschloß, sich in der Stadt Kegila eine feste Stellung zu schaffen. Kegila hatte häufig unter den Überfällen der Philister zu leiden; David vertrieb diese Banden und nahm an, er werde sich dadurch die Freundschaft der Bewohner der Stadt sichern. Doch jetzt, da David den unwegsamen Busch verlassen hatte, konnte er sein Kommen und Gehen nicht mehr verbergen, und Saul erfuhr, wo er sich aufhielt. Saul frohlockte: GOtt hat ihn in meine Hände gegeben, denn er hat sich selbst eingeschlossen, nun er sich in eine Stadt begab, die Tore und Riegel hat. Der Gedanke kam auch David und bereitete ihm Sorge; nachdem er das Orakel befragt hatte, trennte er sich daher von Kegila und dessen Bewohnern, die unsichere Freunde waren, und begab sich in die Wüste Siph. Aber da kam Saul schon mit einer Heerschar von dreitausend ausgesuchten Leuten gegen ihn gezogen. David verließ die Wüste Siph und zog sich in die Wüste von Maon zurück, und Saul folgte ihm dorthin, wobei Saul auf der einen Seite des Gebirges marschierte, David und die Seinen auf der anderen. Durch eine glänzend durchgeführte Operation kreisten Sauls Truppen David ein, und es ist fraglich, ob er sich hätte retten können, wenn nicht ein Bote in Sauls Lager eingetroffen wäre mit der Nachricht: Eile, und komm; denn die Philister sind ins Land gefallen.
Meine Herren! Ich habe diese Fragen nicht behandelt, um das eine oder andere in Zweifel zu ziehen; denn wer würde so frevlerisch sein, das Wort eines Mannes wie Abner über das des Königs David zu stellen. Ich habe nur versucht, etwas Licht in eine recht undurchsichtige Zeit im Leben des Sohns des Jesse zu bringen, und die redaktionellen Schwierigkeiten anzudeuten, die uns hier

entstehen. Ich bin durchaus eingedenk der weisen Sprüche betreffs des vergleichsweisen Werts von Wahrheit und Legende, welche meine Herren auf der vorigen Sitzung der Kommission von sich gaben. Trotz der widersprüchlichen Zeugnisse werde ich daher mein Bestes tun, das edle Bild des Erwählten des HErrn zu bereichern, seinen Anspruch auf den Thron zu untermauern, und die Zwecke zu fördern, um deretwillen der Weiseste der Könige, Salomo, den *König-David-Bericht* in Auftrag gegeben hat.

Was aber nun Davids Übertritt zum Feinde Israels, zu den Philistern, betrifft: das ist, wie ich schon anfänglich andeutete, eine zu schwierige Angelegenheit, um der Weisheit Eures Dieners überlassen zu bleiben, und ich harre diesbezüglich der Entscheidung meiner Herren.

Streitgespräche der Mitglieder der königlichen Kommission zur Ausarbeitung des *Berichts über den Erstaunlichen Aufstieg* und so fort über die Frage der Einbeziehung unbequemer Tatsachen in Werke der Geschichte und über die Wege zur Darstellung selbiger, in der Niederschrift des Ethan ben Hoshaja.

Josaphat ben Ahilud, der Kanzler: Meine Herren, ihr habt die Ausführungen des Ethan gehört, unseres Redaktors. Irgendwelche Einwände? Ergänzungen? Meine Herren sind also einverstanden, daß die verschiedenen Berichte über diese Feldzüge König Sauls in den König-David-Bericht aufgenommen werden?

Ahija ben Shisha, Schreiber: Einverstanden.

Josaphat: So kämen wir zu unserm zweiten Punkt. Mein Herr Zadok?

Zadok, der Priester: Wie steht es mit dem Abendessen?

Josaphat: Es findet heute Abend ein Empfang im Palast statt zu Ehren der ägyptischen Gesandtschaft, mit Getränken und Lamm am Spieß; wurde die Anwesenheit meines Herrn Zadok nicht erbeten?

Zadok: Ich wünschte, meine Frau ließe sich davon abbringen, auf meinem Arbeitstisch Ordnung schaffen zu wollen.

Josaphat: In der Tat läßt uns der Empfang wenig Zeit. Ich darf wohl voraussetzen, daß meine Herren mit dem Wesentlichen des Falls vertraut sind. David ging mit seinen sechshundert Anhängern zu Achish über, dem König von Gath, welches eines der fünf Königreiche des Philistinischen Bundes war. David und seine Schar, samt Angehörigen, weilten in Gath, bis Achish sie in seiner Stadt Ziklag ansiedelte. Indem er Ziklag zum Lehen nahm, verpflichtete sich David, den Philistern Kriegsdienste zu leisten, und machte sein Bündnis mit dem Feind ruchbar vor allem Volke.

Zadok: Angesichts der heiklen Natur dieses Schritts hätte ich gern gehört, was David selbst darüber zu sagen hatte.

Benaja ben Jehojada: Davids Haltung war völlig klar. Ich würde der Tage einen dem Saul in die Hände gefallen sein, sagte er, es war mir daher nichts besser, denn daß ich entrinne in der Philister Land.

Zadok: Aber der Mann auf dem Marktplatz und in den Toren der Stadt wird sagen: Siehe, hier ist ein weidlicher Jüngling, ein Führer in Israel, ein Gesalbter des HErrn, und was tut er? – er macht gemeinsame Sache mit den Unbeschnittenen gegen das eigene Volk. Was antwortet man darauf? ... Wir brauchen eine Begründung, welche den Übelgesinnten das Maul stopft. Könnte nicht der HErr es David befohlen haben? Hat der König nie etwas Derartiges angedeutet?

Josaphat: König David sprach von der Sache nur selten; und wenn er es tat, schien es nicht, als beschwerte sein Tun ihm das Herz.

Nathan, der Prophet: Warum sollte es auch? Der Erwählte des HErrn hatte die Pflicht, zu überleben; wie sonst sollte Jahwehs Wille geschehen und David König in Israel und Vater König Salomos werden?

Zadok: Du weißt das, und ich weiß das, aber weiß es das Volk? ... Wäre es nicht gescheiter, den ganzen Zwischenfall nicht zu erwähnen? ... Wie lange eigentlich blieb David bei den Philistern?

Josaphat: Ein Jahr und vier Monate.

Zadok: Und es ist zweitausend Jahre her, seit Noah auf dem Berggipfel landete. Was ist ein kleines Jahr, geschichtlich gesehen?

Nathan: Ich ernähre mich nicht von den Brandopfern des Volkes wie mein Freund Zadok. Ich verkehre unmittelbar mit GOtt. Darum meine ich, wir sollten konsequent sein: sind wir uns einig, daß David der Erwählte des HErrn ist, dann dient all sein Tun zu Nutz und Frommen Israels. Da aber die Kenntnis der Tatsachen den Menschen leicht zu gefährlichen Auffassungen führt, müssen wir die Dinge so berichten, daß sein Denken in die richtigen Bahnen gelenkt wird.

Zadok: Das ist versucht worden, seit der HErr GOtt im Garten Eden dem Adam gewisse Tatsachen mitteilte. Die bestgemeinten Worte können von jeder Schlange, die da des Weges kommt, verdreht werden.

Benaja: Ich möchte gern wissen, wie mein Herr Nathan dies nun mit dem Nutz und Frommen Israels in Einklang bringt. Sobald sie nämlich in Ziklag saßen, hatten David und die Seinen nur eine Möglichkeit, sich zu versorgen: durch Raub. Aber die nächsten, bei denen es etwas zu rauben gab, waren die von Davids eigenem Stamm Juda. Das hieß ausnahmslos alle im Dorf abschlachten, Mann, Weib, Kind, denn wenn auch nur einer am Leben blieb, er wäre durchs Land gelaufen und hätte geschrien gegen David. Was genau in der Absicht des Königs Achish von Gath lag. Achish

sagte: Er hat sich stinkend gemacht vor seinem Volk Israel, darum wird er auf immer von mir abhängig sein.
Nathan: Hätte ich nicht die Stimme meines Herrn Benaja vernommen, ich hätte geglaubt, einen Verleumder Davids zu hören, des Vaters von König Salomo.
Benaja: Ich bin nur konsequent, so wie mein Herr Nathan es forderte. Der liebe GOtt muß doch gewußt haben, was er tat, als er David ben Jesse erwählte, über Israel zu herrschen und dies Reich zu errichten. Und wenn dem so ist, dann war es GOttes Wille auch, daß der regierende König, Saul, und Sauls Sohn Jonathan beseitigt würden. Dann war es nur recht und billig von David, sich Achish, dem König von Gath zu verkaufen und später mit seinen Leuten gen Norden zu ziehen, bereit, die Philister in der Schlacht von Aphek zu unterstützen, in der das Heer Israels zerschlagen wurde und Saul und Jonathan den Tod fanden. Sollte der Weg jedoch, auf dem Jahweh seinen Erwählten führte, als zu verschlungen erscheinen, so kann unser Freund Ethan ihn für die Zwecke des König-David-Berichts begradigen.
Zadok: Die Wege, auf denen David wandelte, mögen verschlungen gewesen sein, aber sie waren nicht die Wege der Ruchlosen.
Benaja: Wege der Ruchlosen! Ich focht für David, als sein eigner Sohn Absalom sich gegen ihn erhob, und später auch; und ich habe David handeln sehen, wenn es galt, Entscheidungen zu treffen. David wußte, was es bedeutet, die Macht zu erringen und sie zu behaupten. Und wenn dabei das Wort des HErrn nicht übereinstimmen wollte mit dem, was David für notwendig hielt, dann wandte sich David an den HErrn und sprach mit ihm, und danach paßte GOtt sein Wort den Notwendigkeiten an.
Josaphat: Ich bemerke, daß meine Herren schweigen. Nun, dann mag Ethan, unser Redaktor, uns berichten, welche Schlußfolgerungen er aus unsrem Streitgespräch gezogen hat und wie er plant, diesen Abschnitt des König-David-Berichts zu entwickeln.

Doch als ich anfangen wollte, zu den Mitgliedern der Kommission zu sprechen, da erhob sich ein Lärm, und die Türen öffneten sich, und ein Diener verkündigte die Nähe des Königs Salomo. Und der Kanzler Josaphat ben Ahilud verbeugte sich tief, und alle warfen sich zu Boden, während der König hereingetragen wurde, sitzend zwischen einem Paar sehr kunstvoll gearbeiteter Cherubim.
Der König hieß uns, aufzustehen. Er sah fetter aus als das letzte Mal; er war in ausgezeichneter Stimmung und sprach: »Dies ist wahrhaft ein großer Tag für Israel, da ich euch alle eifrig bemüht finde in der Arbeit des HErrn, und außerdem ist eine ägyptische Gesandtschaft eingetroffen, mir eine Tochter Pharaos als Frau zu bieten, und es wird Getränke geben und Lamm am Spieß.«

Worauf eine von jenen Pausen folgte, die sich einstellen, wenn ein Großer einen großen Gedanken geäußert hat. Dann fragte Josaphat, ob der König von den Beratungen der Kommission zu erfahren wünsche; und der König erwiderte, das sei in der Tat sein Wunsch; und Josaphat gab ihm eine kurze Zusammenfassung und endete mit der Feststellung: »Und jetzt, o Weisester der Könige, waren wir dabei, von Ethan ben Hoshaja, unserm Redaktor, zu hören.«

Da klatschte König Salomo in die Hände und sprach: »Ach ja, Ethan, über den es von Dan an bis Beer-sheba heißt, er sei einer der Weisesten in Israel.«

Ich senkte mein Haupt. »Wie mein König sehr gut weiß, ist meine arme Weisheit verglichen zu der seinen wie die Maus verglichen zu dem Elefanten, welcher im Königreich Saba lebt.«

Der König streichelte die kostbaren Steine auf den Flügeln der Cherubim, und er antwortete: »Laß uns hören, Ethan, was du uns über die Frage der Einbeziehung unbequemer Tatsachen in Werke der Geschichte und über die Wege zu ihrer Darstellung zu sagen hast.«

Ich begann, indem ich erklärte, daß ich den mächtigen Herren, welche der Kommission angehören, gar dankbar sei, weil sie das Problem so säuberlich herausgeschält und darüber so scharfsinnig gesprochen hätten. Auf der Grundlage ihres Streitgesprächs, so sagte ich, hätte ich eine Liste der verschiedenen Möglichkeiten, wie man mit unbequemen Tatsachen verfahren könne, aufgestellt: (a) alles zu berichten, (b) mit Diskretion zu berichten, (c) gar nicht zu berichten. Alles zu berichten (Möglichkeit a), sei offensichtlich unweise; das Volk zöge sehr rasch die falschen Schlüsse und bildete sich ebenso rasch falsche Meinungen über Personen, die hochgeschätzt zu werden verdienten. Gar nicht zu berichten (Möglichkeit c) sei ebenso unweise; die Dinge sprächen sich doch herum, und die Leute erführen immer, was sie eigentlich nicht erfahren sollten. Damit verbliebe uns Möglichkeit (b): mit Diskretion zu berichten. Diskretion nun, sagte ich, sei keineswegs gleichzusetzen mit Lüge; der Weiseste der Könige, Salomo, würde den Gebrauch von Lügen in einer Geschichte seines Vaters, König David, bestimmt nie gutheißen. Diskretion sei Wahrheit gezügelt durch Weisheit.

»Wenn der König und meine Herren gestatten«, sagte ich, »so möchte ich versuchen, darzulegen, wie wir bei der Darstellung der doch recht verschlungenen Wege, die der Erwählte des HErrn gewandelt, mit Diskretion verfahren können.

Es ergab sich da eine Frage in der Kommission betreffs der Raubzüge, welche David von Ziklag aus unternahm. Nun hat David, da König Achish von ihm wissen wollte, wo er denn heute geplündert habe, selber zugegeben: im Süden von Juda. Aber was beweist das aus dem Munde eines Mannes, der sich in einer Lage wie der Davids befindet? Konnte seine Antwort nicht eine List gewesen sein? Aber ganz gleich, ob er Achish die Wahrheit sagte oder nicht, es gibt so oder so keine Zeugen, da David in den Orten, die er beraubte, alles niedermachen ließ. Wäre es daher nicht gerechtfertigt, in unserm Text anzudeuten, daß David seine Raubzüge eher gegen die feindlichen Stämme in Geshur oder Geser oder Amalek richtete denn gegen sein eigenes Volk Juda?

Des weiteren ist da die Frage der Rolle Davids in der Schlacht gegen Saul und das Volk Israel, die bei Aphek stattfand. David war bei Aphek in Erfüllung seiner Lehnspflicht dem König Achish von Gath gegenüber. Aber nahm er teil an der Schlacht? Können wir nicht eher vermuten, daß sich ein Streit erhob unter den Fürsten der Philister, wobei diese dem König Achish sagten: Ist das nicht derselbe David, von dem auf den Straßen Israels gesungen wurde, *Saul hat seine Tausende erschlagen, aber David seine Zehntausende?* Laß ihn umkehren und an seinem Ort bleiben, den du ihm angewiesen hast, damit er sich nicht gegen uns wende in der Schlacht; denn Blut will zu Blute, und wenn er sich versöhnen wollte mit seinem Herrn, König Saul, wie könnte er es geschickter tun als anhand der abgeschlagenen Köpfe unsrer Krieger? ...

Eines nämlich ist gewiß: in den letzten Stunden der Schlacht, da das Heer Israels über das Gebirge Gilboa verstreut wurde und man die Leiber Sauls und Jonathans an die Mauern der Stadt Beth-shan nagelte, zogen David und die Seinen in Gewaltmärschen nach Ziklag zurück, das von Banden aus Amalek überfallen worden war. Sie holten die Räuber ein und vernichteten sie, und retteten so ihre Frauen, darunter Abigail, und machten derart reiche Beute, daß David davon Geschenke an die Stammesältesten von Juda senden konnte. Seht, ließ er ihnen sagen, eine Gabe für euch aus der Beute, die wir den Feinden des HErrn abnahmen.«

König Salomo sah mich an mit seinem stechenden Blick, und er lachte freudlos und sprach: »Du weißt das Wort listig zu handhaben, Ethan, und die Gedanken der Menschen zu lenken, so daß mich dünkt, ich habe weise gewählt und den rechten Mann zum Redaktor des Berichts über meinen Vater, König David, gemacht.«

Ich aber dachte: War sein Vater, König David, ein großer Mörder, so ist dieser ein kleiner Halsabschneider. Und ich antwortete: »Was ist Euer Diener vor dem Antlitz des Weisesten der Könige als ein Fliegendreck, ein Stück Spreu, eine unbedeutende Blähung.«

Worauf der König seinen kurzen, fetten Finger erhob und sprach: »Jeder nach seinem Verdienst. Ich würde mich freuen, dich heute abend beim Empfang zu sehen.«

Und gnädig winkte er seinen Trägern, und ward hinausgetragen.

Ich aber begab mich nach Haus in die Königin-von-Saba-Gasse No. 54 und ließ mir von Lilith die Füße waschen und von Hulda den Bart trimmen und berichtete Esther von der Ehre, die mir zuteil geworden. »Hüte deine Schritte, Ethan«, sagte sie, und da ich mein neues grüngestreiftes Gewand antat und mich zum Gehen wandte, hob sie die Hand, als wollte sie mich segnen.

Der Empfang wurde verschönt durch zahlreiche Musikanten mit Zymbeln und Flöten, mit Psaltern und Tamburinen und Harfen; durch Tänzer, die in der Luft hüpften und sich drehten und behende nach allen Seiten neigten; und durch Sänger, mehr oder minder begabt, welche Lieder sangen zum Preise des HErrn, zum Lobe Salomos, des Weisesten der Könige, und zu Ehren Pharaos, dessen Lenden die schöne Prinzessin Hel-ankamen entsprossen war mit Augen wie dunkle Juwelen und Schenkeln wie die Säulen am Tempel Ammon-Râ. Das Gesicht Amenhotephs strahlte vor Selbstzufriedenheit, und da er einen Tropfen des Weins aus den königlichen Weingärten zu Baal-hamon getrunken hatte, sprach er zu mir: »Gut, nicht? Und die Prinzessin wird Salomo gehören, vorausgesetzt, er gewährt ägyptischen Gütern freien Durchzug durch Israel.«

Da trank ich auf die Jahre Amenhotephs und sagte ihm: »Ich frage mich, mein Herr, ob Ihr mehr ein Heiratsvermittler seid oder ein Fachmann des Handels zwischen den Völkern.«

»Nun Ethan«, antwortete er, »den vielen bin ich vielerlei, dir aber bin ich ein Freund, weil du ein Fremdling hier bist wie ich und weil du einen gescheiten Kopf hast.« Und mir den Ellbogen in die Rippen stoßend: »Weißt du, wer der Mann dort ist, der an dem Stück Fettschwanz kaut?«

Der aber war von dunkler Gesichtsfarbe, das borstige Haar leicht ergraut, und hätte als schöner Mann gelten können, wäre nicht das schwache, schräg abfallende Kinn gewesen.

»Fast wäre er König geworden«, sagte Amenhoteph, »unser Prinz Adonia. Von der Nasenspitze aufwärts, so munkelt man, sei er das Abbild seines Vaters König David, Mund und Kinn aber stammten von einem Hauptmann der Bogenschützen, für den Haggith, seine Mutter, entflammt war.«

Prinz Adonia, Fleisch in der einen, Wein in der anderen Hand, entdeckte Amenhoteph und kam eilig auf ihn zu. »Wie geht es dem entzückendsten aller Wesen«, fragte er, »der Dame Abishag von Shunam? Gab sie dir keine Botschaft für mich?«

Amenhoteph verbeugte sich. »Die Dame Abishag ist wohlauf, wie auch die anderen Damen des königlichen Harems.«

»Versichere sie meiner Verehrung«, sagte der Prinz. »Berichte ihr, daß ihr Diener sehnsüchtig ihrer Worte harrt oder eines Unterpfands ihrer Gefühle, einer Locke ihres Haars, vielleicht auch des Bündleins Myrrhen, das sie zwischen ihren reizenden Brüsten trägt.«

Lilith, so fiel mir ein, trug gleichfalls ein Bündlein Myrrhen zwischen ihren reizenden Brüsten, seit wir nach Jerusholayim übergesiedelt waren. Doch da bemerkte ich, wie Adonia zurückhaltend wurde. Amenhoteph aber neigte sich bis zur Hüfte, und ein Murmeln und Wispern war in der Runde, denn König Salomo schritt auf uns zu mitsamt Gefolge, darunter der Kanzler Josaphat ben Ahilud, und Nathan, der Prophet, und Zadok, der Priester, und Benaja ben Jehojada, der Feldhauptmann des Heeres.
Der König war prächtig anzuschauen in Gold und in Silber, und Ringe funkelten ihm an den Fingern, und er sprach zu Adonia, seinem Bruder: »Wie ich sehe, befindet sich mein Herr im Gespräch mit Ethan ben Hoshaja, dessen Weisheit nur von der meinigen übertroffen wird, und welcher der Redaktor des *Berichts über den Erstaunlichen Aufstieg* und so fort unsres Vaters König David ist.«
Adonia hatte mich bis dahin kaum bemerkt; nun aber betrachtete er mich, wobei er mich mit seinen großen grauen Augen anstrahlte, so wie es auch seinem Vater David eigen gewesen sein soll. Dann wischte er sich die fettigen Lippen am Ärmel seines Gewandes und sprach: »Ich bin neugierig, wie er die Nachfolgefrage behandeln wird.«
Worauf König Salomo erzürnt auffuhr; ich aber senkte mein Haupt und sagte zu Adonia: »Euer Diener ist in der Lage, meinem Herrn zu versichern, daß der Weiseste der Könige, Euer Bruder Salomo, in diesem Buch nichts zu finden wünscht als GOttes Wahrheit.«
»Dann dürfte dein *Bericht über den Erstaunlichen Aufstieg* und so fort eines der außerordentlichsten Bücher der Welt werden«, sagte Adonia.
»Das allerdings!« sagte der König. Und zu mir gewandt: »Ich erfahre von deinem Freund Amenhoteph, daß Lilith, deine Kebse, schön von Angesicht ist und sehr liebreizend und weise in den Wegen der Liebe. Seine Beschreibung trifft zu, nehme ich an?«
Ich spürte Furcht in meinen Eingeweiden und antwortete: »Euer Diener ist vor Euch wie ein Wurm, und vor Eurem Glanz ist alles, was mir eigen, wie ein Sandkorn, nicht wert der Beachtung meines Herrn.«
»Ein bescheidener Mensch ist angenehm im Auge des HErrn«, sagte König Salomo. »Ich jedoch wünsche dich auszuzeichnen der tiefen Gedanken halber, die du der Geschichte Davids, meines Vaters, gewidmet hast, und ich überlege mir, ob es nicht passend wäre, dich zu ehren, indem ich deine Lilith zur Spielgefährtin der Prinzessin Hel-ankamen nehme, der Tochter Pharaos, die meine Frau wird, vorausgesetzt, ich gewähre ägyptischen Gütern freien Durchzug durch Israel.«
Ich warf einen Blick auf den Eunuchen, der seine Hände auf die elegante ägyptische Manier verdrehte, und ich dachte mir, wären

seine Hoden nicht schon zermalmt, es würde mir eine Freude sein, sie ihm zu zermalmen; und ich beugte mich vor dem König und sagte, daß diese neue Ehre viel zuviel für mich sei, und daß ich noch genug habe an der vorigen Ehre, die er auf mich gehäuft, indem er mich zum Redaktor des *Berichts über den Erstaunlichen Aufstieg* und so fort machte. Der König aber erhob seine plumpe Hand und sprach: »Wir werden sehen«, und wandte sich und schritt davon mit seinem Gefolge.
Prinz Adonia, der Bruder des Königs, bot mir gnädig einen Teil seines Stücks Fettschwanz; ich lehnte jedoch dankend ab.

10

Eines Nachts, da ich zu seiten Liliths schlief, erschien mir im Traum ein Engel des HErrn, welcher zwei Häupter hatte. Das eine Antlitz war voller Güte, das andre jedoch war schrecklich anzuschauen, und Nattern ringelten sich auf seiner Stirn. Die zwei Häupter begannen, miteinander zu streiten. Das freundliche sagte: Laß ihn in Frieden; hast du ihn doch genug gepeinigt. Das andere aber erwiderte: Nein, ich habe ihn nur ein wenig gezwackt, und ich muß die Peitsche ansetzen, damit er tiefer schürft und vordringt zu den Wurzeln der Dinge. Da lächelte das erste Haupt milde und sprach: Kann denn der Mensch vordringen zu den Wurzeln der Dinge? Gewißlich nicht, erwiderte das Haupt, das schrecklich anzusehen war, und fügte hinzu: Dennoch muß er es versuchen. Worauf beide Häupter ineinander verschwammen und eines wurden, dessen Gesicht von jener großen Gleichgültigkeit war, wie nur die Gesichter der Engel sie zeigen. Und dies eine Haupt sprach zu mir: Gehe du nach En-dor, Ethan ben Hoshaja, und such das Weib auf, das einen Wahrsagergeist hat, und befrage sie wegen König Sauls Ende.
Ich erwachte in Schweiß gebadet. Lilith regte sich und sagte verschlafen: »Ich hörte dich sprechen, Ethan, mein Freund, deine Worte aber verstand ich nicht.«
»Ich bin mir nicht sicher, daß es meine Worte waren«, antwortete ich.
Sie richtete sich auf und starrte mich an.
Ich beruhigte sie. »Es werden wohl doch meine Worte gewesen sein. Was sind denn Träume als wir selbst auf der Suche nach dem Weg?«
Lilith trocknete mir die Stirn. »Meine Mutter, möge GOtt ihrer Seele Frieden gewähren, hat mir erzählt, daß in unsern Träumen die Götter leben, die nicht mehr sind, weil HErr Jahweh sie nach Sheol verbannte und sie mit schweren Ketten kettete: der Gott

des Donners und der Gott der Wälder, der Gott des wütigen Meers und der Gott des Wüstenwinds, der dem Menschen die Lunge versehrt; und die Göttin der Fruchtbarkeit, mit dem geschwollenen Bauch, und die Göttin der Quelle, die murmelnd dem Felsen entspringt; und all die Elfen und Schrate und Spukgeister, die in der Nacht umgehen; und Belial selbst, der Hurensohn des Feuers und des Dunkels der Tiefe – all diese verbannte HErr Jahweh, aber sie kehren zurück und leben in unsern Träumen.«
Da gedachte ich des zweiköpfigen Engels des HErrn, und des Zauberweibs von En-dor, von dem das Volk nur mit Schaudern sprach, und des Königs Saul, der dem Weib befahl, den Geist Samuels, des Propheten, heraufzubeschwören; und aus der Furcht in meinen Eingeweiden erwuchs Durst nach Leben, und Fleischeslust, so daß meiner groß wurde in Liebe und ich einging in meine Kebse Lilith.

Es gab aber viel Erstaunen und Kopfschütteln unter den Mitgliedern der königlichen Kommission zur Ausarbeitung des *Einen und Einzigen Wahren und Autoritativen, Historisch Genauen und Amtlich Anerkannten Berichts über den Erstaunlichen Aufstieg* und so fort wegen meines Wunsches, nach En-dor zu reisen und weiteres über die Umstände von König Sauls Ende zu erforschen. Der Priester Zadok murrte, es werde wenig Gescheites dabei herauskommen; Nathan, der Prophet, erklärte, der sei ein Weiser, der schlafende Hunde schlafen ließ; der Kanzler Josaphat ben Ahilud sagte, es stünden ihm keine Gelder zur Verfügung für Hexerei und Geisterbeschwörung, er müsse meine Reisekosten also von meinem Gehalt abziehen; Benaja ben Jehojada aber bot mir einen Trupp leichter Reiterei als Begleitung an. Ich dankte ihm sehr und gab ihm zu verstehen, daß Soldaten das Volk nur zu leicht in Angst versetzen, und daß ein Mensch, welcher in Angst schwebt, wenig geeignet ist zur Bereicherung unsres Wissens. Benaja kaute nachdenklich auf seiner Unterlippe und sprach: »In diesem Königreich, Ethan, ruht das Auge des Gesetzes auf dir, wie auch immer du reist.«
Und so, beim Morgenlicht, halfen mir Shem und Sheleph, das graue Eselchen zu satteln, das ich gemietet hatte; und nachdem die Gebete gesprochen waren, und nachdem ich Esther und Hulda und Lilith geküßt hatte, machte ich mich auf den Weg durch das Nordtor in Richtung Shilo, welches in Ephraim liegt.
Nichts ist für die Seele so beruhigend wie ein gemächlicher Ritt auf dem Esel über die Straßen Israels. Hinter dir liegt der Lärm und das Getriebe Jerusholayims. Die Hügel ziehen vorüber in mählicher Prozession, vom Frühling bedeckt mit Lilien und bunten Veilchen; die Lämmer lugen hervor unter den Zitzen ihrer

Mütter; die Frauen aus den Dörfern, einen Korb auf dem Kopf oder einen Krug voll Öls, schreiten anmutig daher. Hier bringen Kaufleute ihre Waren, fluchen den Treibern und ermahnen sie zur Eile; dort tragen Pilger ihre armseligen Opfergaben zum nächsten Heiligtum; oder eine Hundertschaft des Heers kommt des Weges gezogen, beschimpft von einem Hauptmann auf gescheckten Pferd. Am Straßenrand kauern die Bettler, strecken die Hände aus und plärren von ihrem Elend; Geschichtenerzähler rufen nach Zuhörern; Bauern verkaufen müden Reisenden geröstetes Korn und saure Ziegenmilch. Ah, und die Wirtshäuser, gedrängt voll mit schwitzenden, stinkenden Menschen, die ihren Knoblauch und Käse aufstoßen. Eine Kammer? Ein Bett? Was glaubst du, Mann, wo du dich befindest: im Palast des Weisesten der Könige, Salomo, wo jeder Taugenichts und Sohn Belials seine eigne Zimmerflucht hat mit Teppichen und Polstern und heidnischem Luxus? Tritt ein und überzeug dich, die Leute liegen auf der Erde wie Fische im Korb, keine Handbreit Raum dazwischen. Möge HErr Jahweh mir dies und jenes tun, wenn ich hier noch einen unterbringen kann. Es wird Nacht? Und die Straße weiterhin ist unsicher? Die Straße, Bester, ist unsicher gewesen, seit Abraham, unser Vorvater, über sie gezogen ist aus Ur in Chaldäa, und Nacht ist auf den Tag gefolgt, seit GOtt das Licht vom Dunkel schied, das kann dir kaum neu sein, du siehst aus wie ein erfahrener Mann. Wie? Oh. Möge HErr Jahweh seinen Segen ausschütten über dich und deine Frauen und deine Kinder, geborene wie noch ungeborene, mögen deine Tage sich mehren. Warum hast du versäumt, der Börse in deinem Gürtel Erwähnung zu tun? Du glichst einem, der sich plagen muß um sein täglich Brot und es an zwei von drei Tagen doch nicht zwischen die Zähne bekommt. Ich stoße ein paar dieser Hurensöhne zur Seite, so daß sie Platz machen für dich; hier ist ein hübsches, behagliches Eckchen; die kleinen schwarzen Flecke an der Wand bedeuten nichts, die Tierchen sind aufs Haupt geschlagen und beißen nicht mehr. Und später am Abend wird hier im Haus eine Anzahl moabitischer Tanzmädchen erscheinen, mit Brüsten, welche du mit deinen zwei Händen nicht umfassen kannst, und mit Hinteren, die wohlgerundet sind und prall; und all das bebt beim Tanzen, so daß Männer, die einen Ochsen mit einem Faustschlag fällen, hier schon in Ohnmacht gesunken sind vor Lust. Nach den Tänzen aber wird das Mädchen deiner Wahl sich zu dir gesellen und mit dir trinken, und sie wird dir gestatten, sie zu berühren, damit du dich selbst überzeugen kannst, daß ihre Reize so sind, wie HErr Jahweh sie erschuf, glatt und fest. Stell das graue Eselchen hinten in den Stall. Der Preis fürs Heu ist schon eingerechnet; du zahlst jetzt gleich, Herr.

Nach dem Willen GOttes ritt ich in En-dor ein am fünften Tag meiner Reise, nachdem ich zu Shechem in Manasse am Grabe Josephs mein Gebet gesprochen, dann durch En-gannin in Issachar gekommen war und das Tal Jesreel durchquert hatte, das Gebirge Gilboa immer zur Rechten, in Richtung der Morgensonne; die letzte Nacht hatte ich in Shunam verbracht, woher Abishag stammte, das schöne Fräulein, welches sich zärtlich um König David bemühte, da er alt und wohlbetagt war und nicht warm werden konnte. Der Tag war hell, kein Wölkchen am Himmel, und die Lerchen flogen empor von den Feldern und die Tauben gurrten im Gehölz. Die Frauen von En-dor standen schwatzend am Brunnen; die Wassertropfen aus dem Schöpfeimer, den sie heraufgeholt hatten, funkelten.

Eine aber von den Frauen, eine dralle, mit Grübchen, wandte sich mir zu und sprach: »Was glotzt du, Fremdling? Bist du ein Kaufmann, der uns Wohlgerüche zu verkaufen sucht oder den Saft der Läuse, welcher das Linnen purpur färbt? Oder lüstet es dich, und du wartest darauf, daß wir uns über den Brunnenrand beugen, damit du Entzücken findest an der Ansicht?«

»Keines von beiden, meine Holde«, antwortete ich. »Ich bin ein armer Reisender, der Rat und Erleuchtung sucht.«

»Das sagen sie alle«, bemerkte eine andere. »Aber sie suchen danach unter den Weiberröcken.«

»Wenn ich dich betrachte«, entgegnete ich, »weiß ich nicht, was unter dem deinigen Erleuchtendes sein sollte. Vielmehr wünsche ich, eine weise Frau hier zu finden, die einen Wahrsagergeist hat, und die schon sehr alt sein muß, wenn sie überhaupt noch am Leben ist.«

Da sagte die Dralle mit den Grübchen: »Ich bin die weise Frau, die einen Wahrsagergeist hat; ich habe das Gewerbe von meiner Mutter und der Mutter meiner Mutter geerbt.«

»Offen gesagt, schönes Kind«, erwiderte ich, »ich vermisse bei dir die verrunzelte Haut, die vergilbten Zähne, das strähnige Haar, auch die Warzen auf Nase und Kopfhaut, welche alle zu einer Hexe gehören.«

»Wenn es den Geistern nichts ausmacht«, sie warf den Kopf keck zurück, »was stört es dich?« Worauf sie den Schöpfeimer zu sich heranzog, ihren Tonkrug füllte und davonschritt; die Frauen aber kicherten und wiesen auf mich, so daß ich mir recht töricht vorkam und mich fragte, ob ich den zweiköpfigen Engel des HErrn vielleicht mißverstanden hatte und ob meine Reise nach En-dor sich als ein vergebliches Bemühen erweisen würde.

Doch da ich noch saß auf meinem grauen Eselchen und nicht wußte, wohin es wenden, siehe, da kam ein alter Mann auf mich zu, der sich auf einen Krückstab stützte. Er sagte, er sei Shupham ben Hupham, und ein Ältester zu En-dor, und wer sei ich und was der Zweck meines Kommens? Ich nannte ihm meinen Namen

und Vatersnamen und berichtete ihm, daß mir ein Engel des HErrn im Traum erschienen sei und zu mir sagte: Gehe du nach En-dor und such das Weib auf, das einen Wahrsagergeist hat, und befrage sie. Was aber der Zweck meiner Nachfrage war, das enthüllte ich ihm nicht, und auch nicht, daß der Engel des Herrn zwei Häupter hatte. Shupham ben Hupham schnalzte mit der Zunge. In En-dor, sagte er, habe es kein solches Weib gegeben, seit König Saul alle Hexerei und alle, die einen Wahrsagergeist hatten, in Bann getan. Worauf ich antwortete, die königliche Verordnung des Königs Saul sei mir vertraut, ebenso weitere, von König David erlassene Verordnungen; daß es aber ein langer Weg sei vom Ratssitz des Königs zu den Hütten der Armen, und daß die Gebote der Mächtigen unter der Menge des Volkes seien wie eine Handvoll Wasser, die einer in den Wüstensand träufelt; und sei nicht auch König Saul in höchsteigener Person zu der weisen Frau in En-dor gekommen, sie zu bitten, ihm wahrzusagen durch ihren Wahrsagergeist, da HErr Jahweh auf seine Fragen geschwiegen und weder durch Träume noch durch das Orakel der Knöchlein, welches Urim und Tummim heißt, noch durch die Stimme der Propheten geantwortet?
Shupham ben Hupham dachte ein Weilchen nach; dann blinzelte er listig und sprach: »Ich erkenne aus deiner Antwort, Ethan ben Hoshaja, daß du ein Mann von außerordentlicher Weisheit bist; wie kommt es dann, daß du unsere verfallenden Häuser, unsre unbearbeiteten Felder, die mageren Schenkel unsres Viehs nicht sehen willst? Weißt du nicht, daß der Weiseste der Könige, Salomo, alle kräftigen jungen Männer einberufen hat, in seinen Heerscharen und bei seinen Bauleuten zu dienen, und dennoch treibt des Königs Verwalter des Königs Zehnten ein? Darum setzten sich die Ältesten von En-dor im Rat zusammen, und wir sprachen: Der HErr, unser GOtt, hilft denen, welche sich selber helfen; warum veranlassen wir also nicht, daß Fremde zu uns reisen und ihre Schekel hier ausgeben; und was zöge Fremde stärker an einen Ort denn eine weise Frau, die einen Wahrsagergeist hat? Ihre Anfangszeit sei vom Aufgang des Monds bis zum ersten Hahnenschrei, und ihre Gebühr zwei Schekel für jede Frage, und keine Ermäßigung.«
So wurde ich der Gast des Shupham ben Hupham in seinem Hause und teilte sein Brot und trank von seinem sauren Wein; da aber die Nacht kam, griff er nach seinem Stab und hinkte mir voran zu der Lehmhütte, in welcher die Hexe von En-dor ihr Gewerbe betrieb. Und in der Hütte erblickte ich meine dralle Freundin mit den Grübchen, und sie lächelte mir zu, wobei sie mir zwei Reihen der hübschesten Zähne zeigte, und sprach: »Also bist du doch gekommen; setz dich dort auf das Polster, alsbald werde ich mich dir widmen.« Shupham ben Hupham aber kauerte sich nieder in der Ecke, legte seinen Stab neben sich und schwieg.

Die Hexe warf mehr Schafdung aufs Feuer. Rauch wirbelte auf und reizte mir das Auge; sie aber rührte die zähflüssige Masse im Kessel und fügte Pflänzchen und Pülverchen hinzu, so daß Blasen zu steigen begannen, die mit einem leichten Knall zerplatzten; dabei murmelte sie, waren aber keine Worte, sondern Abrakadabra, und mehrmals rief sie nach dem Geist. Ich dachte, GOtt tue mir dies und jenes: derart Narreteien mögen die Bauern beeindrucken, König Saul aber war doch wohl zu gewitzt, solchen Unfug ernstzunehmen. Die Hexe rührte weiter und ich lächelte ihr zu, denn für ein Zauberweib und eine Tochter Belials war sie ungemein reizvoll. Es geschah aber, daß die Flammen fast verloschen und nur noch ein Flackern war, das riesige Schatten warf. Da tauchte die Hexe einen Löffel in den Kessel und tat ein wenig von der Masse auf eine Schüssel und brachte diese zu mir und sprach: »Kau das gut.« Und ich fragte: »Was ist das?«
»Es ist ein Brei«, sagte sie. »Meine Mutter hat ihn gekocht, und vor ihr die Mutter meiner Mutter, und er heißt Haschisch.«
»Und das beschwört die Geister herauf?«
»Das beschwört alles herauf, was du willst«, sagte sie und wandte sich, so daß die Rundung ihrer Hüfte im Widerschein der letzten Glut deutlich wurde. »Nimm es und kau; laß mich hier nicht warten.«
Und ich nahm etwas von dem Brei aus der Schüssel und kostete es; es hatte einen absonderlichen Geschmack, ein wenig nußartig, aber auch brandig; und es roch würzig. Und ich fing an, die Masse zu kauen, und die Säfte darin flossen reichlich und waren berauschend, und ich schluckte sie. »Nimm alles, was in der Schüssel ist«, befahl die Hexe. Ich gehorchte, und ich spürte, wie die Last der Welt von meinen Schultern glitt, und ich wußte, daß meine Kraft keine Grenze hatte und daß auch ich den Geistern der Tiefe gebieten könnte, aus Sheol aufzusteigen. Und ich sprach zu der Hexe: »Du bist der Engel meines Traumes; aber wo bleibt dein zweites Haupt?«
Obgleich ihr Lachen das Lachen einer Tochter Belials war, klang es meinem Ohr angenehm; und sie blickte mich spöttisch an, und sprach: »Wen soll ich dir heraufbeschwören?«
Ich sagte: »Bringe mir König Saul herauf.«
Da erbleichte sie und sprach: »Ich tät's ungern; er ist zu schrecklich selbst unter den Schatten.«
Diesmal verlachte ich sie. »So hast du denn Angst vor deinem eignen Gewerbe? Ich fürchte mich nicht; ich beschwöre die Schatten aus Sheol täglich herauf, außer am Sabbat, und tue es ohne dein Haschisch.«
Darauf wandte sie sich dem Feuer zu; und die Flammen loderten auf, da sie die Hände hob, und ihr Gewand fiel ab von ihr, so daß sie nackt dastand im gelben Widerschein; und sie schrie auf mit lauter Stimme. Und ich fragte: »Was siehst du?«

»Ich sehe Götter heraufsteigen aus der Erde«, sagte sie und wand sich wie in Schmerzen.
»Aber siehst du den König Saul?« fragte ich. »Wie ist er gestaltet?«
»Er ist von hohem Wuchs«, sagte sie heiser, »höher denn je ein Mensch; den blutigen Leib durchnagelt mit langen Nägeln, trägt er sein Haupt unterm Arm.«
Und es war mir, als sähe ich unter den Schatten eine riesige Gestalt hervortreten, den ermordeten König, dessen abgeschlagenes Haupt von den Philistern in ihrem Land umhergesandt wurde, um die Tat zu verkündigen im Haus ihrer Götzen, dessen Leib aber genagelt wurde an die Stadtmauer von Beth-shan. Ich gedachte des Königs, wie er diese Hütte betrat vor seiner letzten Schlacht, verkleidet und in anderem Gewande. Bringe mir Samuel herauf, sagt er der Hexe; und der Geist Samuels erscheint, ein hagerer alter Mann, in einen Mantel gehüllt, und fragt Saul: Warum hast du mich unruhig gemacht, daß du mich heraufbringen läßt; und Saul spricht: Ich bin sehr geängstet, denn die Philister streiten wider mich, und GOtt ist von mir gewichen und antwortet mir nicht, weder durch Propheten noch durch Träume; und Samuels hohle Stimme prophezeit: Der HErr wird dir tun, wie er durch mich geredet hat, er wird das Reich von deiner Hand reißen und David, deinem Nächsten, geben, und morgen wirst du und deine Söhne mit mir sein, und der HErr wird das Heer Israels in der Philister Hände geben.
Und ich rief der Hexe zu: »Bringe mir den Samuel herauf.«
Von irgendwoher Shupham ben Hupham: »Das verdoppelt den Preis.« Und wieder stiegen die Flammen auf, und das Gesicht der Hexe verzog sich in Schmerz, und ihr Leib wand sich und schauderte, und das Dunkel jenseits der Flammen schien sich zu teilen, und eine greisenhafte Stimme krächzte: »Warum hast du mich unruhig gemacht, daß du mich heraufbringen läßt?«
»Bist du also der Geist Samuels?« fragte ich und suchte unter den schwankenden Schatten die Erscheinung des Propheten zu erkennen.
Aber etwas schien nicht zu sein, wie es sollte, denn auf dem Gesicht der Hexe zeigte sich gräßliche Angst, und sie flüchtete sich zu mir und verkroch sich in meinen Armen. Und ich spürte noch jemandes Gegenwart im Raum, und ich wußte, es war David, Jesses Sohn, aufgestiegen von den Toten, und der Geist Davids sprach zu dem Geist Samuels: »Habe ich dich endlich gefunden, mein väterlicher Freund? Warum fliehst du mich? Denn ich habe dich gesucht in den sieben Tiefen Sheols und bin gewesen in den siebenmal sieben Höllen, und in jeder einzigen sagten sie mir, du seiest gerade davongegangen.«
Und der Geist Samuels schlug die Hände vor die Augen, als wolle er ein Gesicht des Schreckens von sich abwehren, und sprach: »O

Sohn Jesses, siehst du den König Saul; den Leib durchnagelt mit langen Nägeln, trägt er sein Haupt unter dem Arm.«

»So wie ich dich sehe«, erwiderte der Geist Davids, »so sehe ich ihn.«

»Und war er nicht der Gesalbte des HErrn?« sprach der Geist Samuels. »Dennoch sandtest du einen jungen Mann aus Amalek, ihm das Leben zu nehmen.«

»Du vergißt, mein väterlicher Freund«, entgegnete der Geist Davids, »daß auch ich vor der Schlacht zu der weisen Frau von En-dor kam und ihr gebot, dich aus Sheol heraufzubringen; und du kamst herauf und antwortetest mir genauso, wie du dem Saul geantwortet hattest. Ich habe nur dafür gesorgt, mein väterlicher Freund, daß deine Prophezeiung eintreffen möge.«

Da rief der Geist Samuels aus: »War nicht das Wort des HErrn genügend für dich, daß du hingingst und einen Mordbuben dingtest und das Blut des Gesalbten des HErrn auf mein Haupt brachtest und auf deines?«

»Du bist mir der rechte Tugendprediger, mein väterlicher Freund«, sagte der Geist Davids. »Wenn es der Wille des HErrn war, daß das Reich von Sauls Hand gerissen und mir gegeben werde, dann war der Mordbube, den ich gedungen, ein Werkzeug des HErrn, und daß ich ihn dingte, geschah in Erfüllung des göttlichen Willens. Was aber das Ende König Sauls betrifft, so magst du ihn selbst fragen, denn er ist anwesend; den Leib durchnagelt mit langen Nägeln, trägt er sein Haupt unterm Arm.«

Doch der Geist König Sauls wies stumm auf die besondere Lage seines Hauptes, so als wollte er dartun, daß ein von seinem Leib getrennter Kopf nicht wohl sprechen könne. Und der Geist Samuels verbarg sein Gesicht und seufzte mitleiderregend, während der Geist Davids tonlos lachte, als sei das alles ein ungeheurer, nur ihm verständlicher Spaß; und die Frau in meinen Armen zitterte und bebte; und dann krähte der Hahn.

Ich erwachte. Fahles Licht fiel durch das enge Fenster und durch die Löcher in dem Strohdach. Die Hexe von En-dor saß nackt in meine Arme geschmiegt; Shupham ben Hupham aber erhob sich mühsam aus seiner Ecke, kam zu mir gehumpelt, hielt mir die offene Handfläche hin und sprach: »Einschließlich persönlicher Bedienung macht das vierunddreißig Schekel.«

11

Doch das Rätsel um das Ende König Sauls und den Teil, den David daran hatte, beschäftigte mich immer stärker.

Esther sagte zu mir: »Was beunruhigt dich, Ethan? Seit deiner

Rückkehr aus En-dor sprichst du zu mir wie einer, dessen Geist abwesend ist; mit Hulda hast du keine Geduld; und Lilith schleicht mit verweinten Augen durchs Haus.«
Ich zögerte. Aber ich hatte mehr wilde Gedanken im Kopf, als sich auf die Dauer in einem Schädel halten ließen, so daß ich Esther endlich erzählte, was mir das Weib, das einen Wahrsagergeist hatte, kundgetan. Und ich sagte: »Wie es scheint, soll ich keine Ruhe finden, bis ich die Antwort habe auf die Fragen, die mich verfolgen: ist es wahr, daß David den jungen Mann aus Amalek aussandte, König Saul zu erschlagen und ebenso den Jonathan, mit dem er einen Bund geschlossen hatte? Und ist es wahr, daß der Mörder tat, wie David ihm befahl; und müssen wir denn zu all dem anderen Blut in den Schuhen Davids auch das Blut Sauls hinzurechnen und das Blut Jonathans, auf dessen Tod David schrieb:

Es ist mir leid um dich, mein Bruder Jonathan.
Ich habe Wonne an dir gehabt:
Deine Liebe zu mir war wunderbar,
Schöner denn Frauenliebe ...«

»Und was würde es dir helfen, wenn du die Antworten hättest?« sagte Esther. »Könntest du sie hineinschreiben in den König-David-Bericht oder in irgendein anderes Buch?«
»Kaum. Aber ich selber muß es wissen. Ich muß wissen um den Menschen David. War er wie ein Raubtier, das einfach zuschlägt? Oder sah er ein Ziel vor sich, dem er nachjagte, was es auch koste? Oder ist alles Streben eitel, und sind selbst die Größten unter uns wie Sandkörnchen, die der Wind der Zeit vor sich hertreibt?«
»Armer Mensch«, sagte Esther.
»David?« fragte ich.
»Nein, du.« Und sie küßte mich auf die Augen.

Ich aber begab mich zum Haus des Kanzlers Josaphat ben Ahilud, welches sich in der Oberstadt nahe der Baustelle des Tempels befand, und bat um Gehör.
Ein Diener führte mich in die Gegenwart Josaphats; der sagte, er freue sich, mich so wohlaussehend zu finden, und ob meine Reise nach En-dor erfolgreich gewesen sei?
»Mein Herr«, antwortete ich, »es verhält sich mit der Geschichtsforschung wie mit dem langen Marsch der Kinder Israels durch die Wüste: man erklimmt eine Sanddüne, nur um die nächste vor sich zu sehen.«
»Aber der Marsch fand sein Ende, und vom Gipfel des Berges Nebo aus sah Moishe, unser Führer, das verheißene Land vor sich mit seinen Flüssen und Feldern und Weinbergen und Dörfern.«

»Die Worte meines Herrn sind Eurem Diener wie Balsam. Dennoch kommt es mir oft vor, als bewegten wir uns im Kreise.«
Josaphats Züge verdüsterten sich. »Vielleicht bewegst du dich im Kreise, Ethan, weil du in zu viele Richtungen streifst?«
»Wenn ich in zu viele Richtungen streife, Herr, dann weil Lippen, die mir Rat geben könnten, versiegelt bleiben. Auch war König David ein sehr vielschichtiger Mensch, was Nachforschungen in vielen Richtungen erfordert.«
»König David hatte nur eines im Sinn«, erklärte Josaphat. »In all den Jahren, da ich ihn kannte, trachtete er danach, dem HErrn wohlgefällig zu sein, indem er dies Reich errichtete.«
Ich verbeugte mich und sagte, genau das müsse im König-David-Bericht betont werden; doch bestünden gewisse Zweifel und Verworrenheiten, welche das großartige Bild beeinträchtigen könnten, und welche man aufklären sollte, um spätere Mißverständnisse zu vermeiden.«
»Zweifel und Verworrenheiten?« Josaphat betrachtete mich verkniffenen Auges. »In bezug worauf?«
»In bezug auf das Ende König Sauls und auf die Rolle, die David dabei spielte.«
Mir fielen Leute ein, die wegen geringerer Rede geendet hatten, indem ihnen der Kopf abgeschlagen und der Leib an die Stadtmauer genagelt wurde; und ich gedachte meiner Lieben, die den Ernährer verlieren mochten.
Josaphat lächelte. »Und was ist zweifelhaft in bezug auf König Sauls Ende?«
»Für meinen Herrn möglicherweise nichts. Mein Herr hat mit eignen Augen gesehen und mit eignen Ohren gehört und ist nicht abhängig von den Worten anderer.«
»Du vergißt, Ethan, daß ich erst Jahre nach dem Tode Sauls zum königlichen Rat wurde.«
»Und leben keine Zeugen«, fragte ich, die man vor die königliche Kommission zur Ausarbeitung des *Einen und Einzigen Wahren und Autoritativen, Historisch Genauen und Amtlich Anerkannten Berichts über den Erstaunlichen Aufstieg* und so fort laden könnte, so wie Jorai, Jachan und Meshullam, behördlich zugelassene Erzähler von Geschichten und Legenden, Geheiß erhielten, zu erscheinen?«
»Einen gäbe es wohl«, räumte Josaphat ein. »Joab, den Sohn von Davids Schwester Zeruja, der Davids Feldhauptmann war; doch fürchte ich, wir würden nur wenig von ihm erfahren, denn eine tödliche Furcht schüttelt ihn all seine Tage und hat aus ihm einen lallenden Greis gemacht.«
»Und wenn ich zu Joab ginge und mit ihm in der Stille seiner vier Wände zu sprechen versuchte?«
»Ich halte das nicht für empfehlenswert.« Josaphat breitete die Hände. »Oder möchtest du Benaja ben Jehojada zuwiderhandeln,

der ein waches Auge auf Joab hat? Vielleicht ist es weiser, du suchst Aufklärung in den Ablagen des Seraja, des Schreibers König Davids, welche sich in den königlichen Archiven befinden.«
Da dankte ich dem Kanzler Josaphat für seinen guten Rat und seine Langmut. Ich sei nur ein unwürdiger Hund, fügte ich hinzu, der sich in der Gunst seines Herrn gesonnt hat und nun davonkriecht.

Des Morgens machte ich mich auf zu den königlichen Archiven, welche in einem Stall lagerten, den man für die Pferde des Königs Salomo erbaut hatte. Dort fand ich die Schreiber Elihoreph und Ahija, die an einem Tisch saßen und würfelten. Ahija hatte vor sich einen Haufen Schekel liegen, und mehrere Ringe, und ein Armgeschmeide, und ein Paar eleganter Sandalen aus ägyptischem Leder, und ein Gewand aus Byssus-Linnen; Elihoreph aber saß im Hemd da.
Und Elihoreph sprach zu den Würfeln: »Ah, ihr Vettern ersten Grades von Urim und Tummim, dem Orakel, ihr Knöchlein der Glückseligkeit, warum laßt ihr mich im Stich? Seht diesen Ahija, ihr Engelchen, seht die Reichtümer, die dieser Mensch aufgehäuft hat, der ein Geschwür ist auf dem Antlitz der Menschheit, ein Faulenzer auf Kosten des Königs! Warum wollt ihr nicht fallen, wie es Jahweh wohlgefällig wäre; warum folgt ihr dem Gebot Belials, des Herrn alles Bösen? Kommt nun, meine Lieblinge, versagt euch mir nicht. Einen einzigen günstigen Wurf nur! Erschlagt mich nicht, wie Kain den Abel erschlug, sondern beweist eure wahre, edle Natur als Helfer der Armen und Stütze der Erniedrigten. Ich werde euch mein Vertrauen beweisen, ihr meine Süßen: ich setze mein Hemd auf euch, mein letztes Besitztum. Laßt mich nicht nackt und bloß durch die Straßen Jerusholayims wandeln, den Jungfern Israels ein Gelächter, und ein Ärgernis seinen alten Weibern. Schüttet euer Glück aus über mich; gewährt mir eine Drei, oder eine Sieben, oder eine Zwölf!«
Und Elihoreph ben Shisha nahm die Würfel zwischen die hohlen Hände und schüttelte sie, während er den Blick himmelwärts richtete zu HErrn Jahweh, dem Schöpfer der Welt und all dessen, was darin ist. Dann ließ er die Würfel rollen: er hatte eine Zwei geworfen und eine Vier. Er hämmerte sich mit den Fäusten gegen den Kopf. Er verfluchte die Sonne, die auf ihn schien, und seinen Vater, der ihn gezeugt, und den räudigen Widder, aus dessen Horn die Würfel geschnitzt waren; sein Bruder Ahija aber, der in der Zeit keine Miene verzogen hatte, streckte die Hand aus und sagte: »Dein Hemd!«
Worauf sich Mitleid mit Elihoreph meiner bemächtigte. Ich teilte Ahija mit, ich sei auf Vorschlag des Kanzlers Josaphat ben Ahilud gekommen, um gewisse Ablagen und Aufzeichnungen zu finden:

dafür möchte ich seine Hilfe brauchen und die seines Bruders, der nicht wohl im Zustand der Nacktheit auf die Suche gehen könne.
Ahija warf seinem Bruder Hemd und Sandalen hin. Dann schüttelte er den Kopf und sagte, er könne nur staunen über Josaphat. Wisse der Kanzler denn nicht, daß in den Archiven völliges Tohuwabohu herrsche, so daß sich überhaupt nichts auffinden lasse? Und er wies auf Boxen, in denen Haufen von Tontäfelchen sich stapelten, und auf andere, worin zahllose lederne Schriftrollen in schrecklichem Durcheinander lagen. »Und das ist noch gar nichts«, fügte er hinzu, »du hättest die königlichen Archive sehen sollen, da sie in einer Scheune lagerten, wo der Wind den Sand auf die Schriften blies und der Regen darauf regnete.«
Der Verdacht kam mir, Josaphat könnte mich hierher geschickt haben, um sich meiner auf höfliche Art zu entledigen, und ich fragte Elihoreph und Ahija, ob sie von irgendwelchen Ablagen des Seraja wüßten, des Schreibers König Davids, und wo diese, falls sie vorhanden sein sollten, sich befinden möchten.
Beide sagten, sie hätten von solchen Ablagen schon gehört; Elihoreph meinte, sie befänden sich in der dritten Boxe der ersten Reihe, zur linken Seite des Stalls; Ahija aber meinte, sie lägen in der sechzehnten Boxe der dritten Reihe, zur rechten Seite des Stalls; worauf die zwei in Streit verfielen.
Ich sagte: »Gibt es denn keine Liste der Bücher und Ablagen in den Archiven?«
Beide hielten eine solche Liste für höchst wünschenswert; und Ahija sagte, er habe vernommen, daß eine angefertigt werden solle, sobald die Archive ihren festen Platz im Obergeschoß des großen Tempels gefunden hätten, welchen der Weiseste der Könige, Salomo errichten ließ; Elihoreph aber erklärte, der Mensch denke, während GOtt lenke, und warte nur, bis der neue Schub Pferde für den König einträfe aus Ägypten und hier in die Ställe käme; worauf die zwei wieder in Streit verfielen.
Ich jedoch schlug vor, die Suche nach den Ablagen des Seraja, des Schreibers König Davids, zu beginnen; und Elihoreph und Ahija machten sich auf und folgten mir, wobei Elihoreph die erste Reihe der Boxen wählte, zur linken Seite des Stalls, und Ahija die dritte Reihe, zur rechten Seite, und ich die zweite Reihe, welche in der Mitte war. Und wir wühlten in den Tontäfelchen und den ledernen Schriftrollen; und es geschah, daß sich eine Staubsäule erhob gleich der Wolkensäule, die vor den Kindern Israels herzog auf dem langen Marsch aus Ägypten und durch die Wildnis. Während aber die Kinder Israels nach mancherlei Hin und Her in das Land kamen, welches der HErr ihnen verheißen, gelang es weder Elihoreph und Ahija noch mir, die Ablagen des Seraja zu finden. Und da uns die Knie zitterten und die Arme schmerzten, und wir mit Schweiß und mit Staub und mit Spinnweben bedeckt waren, stellten wir die Suche ein, und Elihoreph hustete fürchterlich und

sprach: »GOtt tue mir dieses und jenes, wenn ich je wieder ein Tontäfelchen in diesen Archiven berühre«; und Ahija ergänzte andächtig: »Amen.«
»Wenn meine Herren die Widerrede eures Dieners vergeben wollen«, antwortete ich, »ich bin ebenso müde und verschmutzt wie ihr beide, und ich habe zwei Frauen, um die ich mich kümmern, und eine Kebse, die ich befriedigen muß. Dennoch kenne ich weder Mattigkeit noch Verzagen im Dienste des Weisesten der Könige, Salomo, und der Geschichtsschreibung, und mit meiner Herren gütiger Erlaubnis werde ich anderen Tags zurückkehren, und zwar in Begleitung zweier Sklaven, die sich im Gebrauch des Aleph-Beth-Gimmel und in der Entzifferung verschiedener Schriftarten auskennen.«
Ahija sprach: »Wen der Teufel juckt, der reißt sich die Haut ab.« Und Elihoreph fügte hinzu: »Verschiebe deine Suche nicht zu lange, Ethan; sonst möchtest du uns unter freiem Himmel gelagert finden, die königlichen Archive eine Beute der Vögel und Mäuse und der bösartigen roten Ameisen.«

Ich aber kehrte zurück nach der Königin-von-Saba-Gasse No. 54, um mich von Lilith baden und massieren zu lassen und in Gesellschaft Esthers ein Stück Brot mit Oliven und Zwiebeln zu verzehren.
»Du planst, noch einmal fortzugehen?« fragte sie.
»Ich muß leider Joab aufsuchen, den Sohn der Zeruja, welcher zu Davids Zeiten über das Heer gebot, und ihn bezüglich des Endes von König Saul befragen, und ob David auch den Jonathan ermorden ließ, mit dem er einen Bund geschlossen hatte.«
Esther preßte die Hand auf ihr Herz. »Es gibt eine Verlockung, der du stets folgen wirst – ihr Name ist Wahrheit, Tochter des Schicksals.«
»Ist der Schmerz in der Brust sehr schlimm«, fragte ich bedrückt, »und kann ich denn gar nichts tun, dir zu helfen?«
Sie schüttelte den Kopf.
Und ich machte mich auf und ging durch das Südtor und durch die Gärten jenseits des Tores, bis ich zu einem Haus gelangte, welches aus Ziegeln verschiedener Farbe gebaut war. Und einer der Plethi stand Wache vor der Tür und senkte den Spieß, und sprach: »Du bist kein Hausierer, der seine Waren anbietet, denn du trägst keinen Kasten vorm Bauch; du bist aber auch kein Bauer, der Gemüse bringt, oder Eier, oder süße Trauben. So erkläre glaubhaft, da Benaja ben Jehojada, der Feldhauptmann, ein waches Auge auf dieses Haus hat.«
»GOtt segne dich, junger Mann«, erwiderte ich, »denn dein Scharfsinn hat erkannt, daß ich weder ein Hausierer bin, der seine Waren anbietet, noch ein Bauer, der seine Erzeugnisse bringt;

dennoch setze ich fünf Schekel gegen einen von dir, daß du nicht errätst, wer ich denn sei.«

»Es gilt«, sagte der Plether und grinste mich an. »Du bist Ethan ben Hoshaja, und Redaktor, was das auch sei, des *Einen und Einzigen Wahren und Autoritativen, Historisch Genauen und Amtlich Anerkannten Berichts über den Erstaunlichen Aufstieg* und so fort, und mein Herr Benaja hat befohlen, dich, wenn du darauf bestehst, hinein, nicht aber wieder herauszulassen.«

Ich zahlte dem Plether meine fünf Schekel, und ich wäre umgekehrt und davongelaufen, wenn nicht die Stimme in mir gewesen wäre, die sprach: Du hast den Hals in die Schlinge gesteckt, Ethan; jetzt magst du dich auch für das Ganze hängen lassen.

Weshalb ich das Haus denn betrat und darin einen triefäugigen, gebrechlichen Greis vorfand, welcher im Halbdunkel einer Ecke kauerte, die Hände zittrig, den Bart verfilzt, Grind auf der Kopfhaut. »Bist du das, Joab«, rief ich, »der über das Heer gesetzt war?«

Der Mann rührte sich kaum merklich und sagte: »Der bin ich.«

Ich starrte ihn an, denn es erschien mir unglaublich, daß dies der Held sein sollte, der das uneinnehmbare Jerusholayim erstürmte, welches von den Lahmen und Blinden gehalten werden konnte; der Syrien besiegte, und Moab, und Ammon, und Amalek, und die Könige der Philister, und Hadadeser, den König von Soba; und der den Abner erschlug, welcher unter König Saul über das Heer gebot, und Absalom, den Sohn Davids.

Joab sprach: »Bist du von Benaja gekommen, um mich weiter zu quälen?« Und er verkroch sich in sich selbst und wimmerte wie ein krankes Kind.

»Ich bin Ethan ben Hoshaja«, antwortete ich, »ein Autor und Historiker; und ich bin auf eigene Veranlassung gekommen, um dich wegen gewisser Punkte zu befragen, welche mir unklar sind.«

»Wie kann ich wissen«, sagte Joab, »ob du nicht doch von Benaja kommst, und ob meine Worte nicht gegen mich gekehrt werden, auf daß mein Kopf auf einen Pfahl gespießt und mein Leib an die Mauer von Jerusholayim genagelt werde, welches ich von den Jebusitern eroberte und König David in die Hand legte?«

»Du selbst gehörtest einst zu den Mächtigen im Königreich«, erwiderte ich, »und zu denen, die entschieden, ob einer gewaltsam zu Tode gebracht wird oder ob er seine Tage in Frieden beschließen darf. Ich aber entscheide, wie einer weiterlebt nach seinem Tode, in den Augen künftiger Geschlechter, und ob er in tausend Jahren als ein kindischer Greis gilt, dem der Speichel in den Bart rinnt und die Pisse in die Hosen, oder als ein Soldat, der seinem Schicksal mit Würde und Mut ins Antlitz blickt.«

Joabs Hände hörten auf zu zittern. Er erhob sich und trat auf mich zu, gehüllt in seinen Gestank, und sprach: »Ein Soldat bin

ich immer gewesen, und habe getan, was mir befohlen ward. Aber dann erfuhr ich, daß König David mich auf seinem Sterbebett verfluchte, und daß er zu Salomo sagte: Tue darum mit Joab nach deiner Weisheit, daß sein graues Haupt nicht etwa friedlich in die Grube fahre. Stelle dir vor: der Mann verdammt mich wegen der Morde an seinem Sohn Absalom, und an Abner ben Ner, und an diesem und jenem, welch alle ich seinetwegen erschlug! O er legte nie Hand an einen Menschen; kein Tropfen Blut klebt an dem Gürtel, der um seine Lenden lag, und in den Schuhen, die er an seinen Füßen trug. Er zog es vor, durch die Hand anderer zu töten.«
»Hat David auch den König Saul umbringen lassen«, fragte ich, »und den Jonathan, mit dem er einen Bund geschlossen hatte?«
Joab kratzte sich den schmutzigen Bart. »Ziehe du deine eigenen Schlüsse. Ich kann dir nur berichten, was ich sah und hörte. Auf den dritten Tag nach der Rückkehr Davids nach Ziklag traf auch dieser junge Mann dort ein. Seine Kleider waren zerrissen, und er hatte sich Erde aufs Haupt gestreut, und er jammerte, das Heer Israels sei geflohen aus der Schlacht und viel Volks gefallen und tot; auch Saul sei tot und sein Sohn Jonathan. David stand inmitten seiner Gefolgsleute, und er sprach zu ihm: Sahst du mit eignen Augen, daß Saul und Jonathan tot sind? Und der junge Mann erwiderte: Mein Herr weiß, daß ich Euer treuer Diener und Euch sehr verpflichtet bin, und daß ich die Wahrheit spreche. Ich kam von ungefähr ins Gebirge Gilboa; und siehe, Saul stand da auf seinen Spieß gelehnt, und die Wagen und Reiter jagten hinter ihm her. Er erblickte mich und rief mir zu: Wer bist du? Ich antwortete ihm: Ich bin ein Amalekiter. Er sagte zu mir: Töte mich, ich bitte dich, denn ich bin bedrängt ringsumher, und mein Leben ist noch ganz in mir. Also tötete ich ihn; und ich nahm ihm die Krone vom Haupt und das Armgeschmeide vom Arm, und brachte beides zu dir, Herr; und möge mein Herr mich nach meinen Verdiensten belohnen.«
»Und was tat David?« sagte ich.
»Er nahm die Krone und das Armgeschmeide«, sagte Joab, »und wehklagte eine Zeit um Saul und um Jonathan, und dann wandte er sich dem jungen Mann aus Amalek zu und sprach: Wie, hast du dich nicht gescheut, Hand anzulegen an den Gesalbten des HErrn? Und da der junge Mann erbleichte und Zusammenhangloses stammelte, sagte ihm David: Dein Blut komme über dein Haupt, denn dein eigner Mund hat wider dich gezeugt. Und er befahl einem seiner Begleiter, den jungen Mann aus Amalek zu erschlagen.«
Und es schauderte mich, da mir klar wurde, daß der Wahrsagergeist der Hexe von En-dor die Wahrheit gesprochen über den Tod König Sauls und Davids Anteil daran, und ich sagte zu Joab: »Also daß es aussieht, als klebe das Blut des König Sauls an den Schuhen Davids?«

Doch bevor Joab mir antworten konnte, wurden Stimmen vernehmbar und der Widerhall schwerer Schritte. Joab zuckte zusammen; die Hände zitterten ihm, und Speichel floß ihm vom Munde. Und Benaja ben Jehojada trat in den Raum und sagte zu Joab: »Wieder bei deinen alten Ränken, eh?« Und zu mir gewandt: »Hat er dir die Geschichte von dem jungen Mann aus Amalek erzählt?«

Darauf warf sich Joab in den Staub vor Benaja und küßte ihm die Füße. Benaja aber trat ihm in den Hinteren, so daß Joab bis in die Ecke flog und dort liegenblieb. »Siehe«, sprach Benaja, »dieser hielt einst die Macht des Königreichs in seinen Händen. Und du, Ethan, mit deinem gescheiten Kopf und deinen Worten, die mehr als eine Bedeutung haben, was hast du erfahren wollen von diesem Häuflein Fäulnis?«

Ich beugte mein Haupt und schwieg.

»Sei nicht halsstarrig«, sagte Benaja, »oder soll ich mir die Antwort von Joab verschaffen?«

»Ich befragte ihn bezüglich des Endes von König Saul«, sagte ich, »und von Jonathan, mit dem David einen Bund geschlossen hatte.«

»Joab«, sagte Benaja, »komm her.«

Joab kam gekrochen.

»Erzähl uns vom Ende des Königs Saul«, sagte Benaja, »und wer ihn und Jonathan erschlagen hat.«

»Die Philister erschlugen Jonathan und Abinadab und Melchishua, die Söhne Sauls«, sagte Joab müde, »und der Streit ward hart wider Saul, und die Schützen trafen auf ihn mit Bogen, und er wurde sehr verwundet von den Schützen. Da sprach Saul zu seinem Waffenträger: Zieh dein Schwert und erstich mit damit, daß nicht diese Unbeschnittenen kommen und mich erstechen und ihren Spott mit mir treiben. Aber sein Waffenträger weigerte sich; also nahm Saul das Schwert und stürzte sich hinein. Da nun sein Waffenträger sah, daß Saul tot war, stürzte auch er sich in sein Schwert und starb mit ihm.«

»Und woher weißt du, daß dem so ist?« fragte Benaja.

»Ein Hauptmann der philistinischen Bogenschützen«, sagte Joab, »den ich später gefangennahm und befragte, schwor mir bei all seinen Göttern, daß er es mit eigenen Augen sah, und er sah auch einen jungen Mann, der aus einem Gebüsch hervorsprang und Krone und Armgeschmeide raubte und sich davonmachte, bevor die philistinischen Bogenschützen herabsteigen konnten zu dem toten König.«

»So daß es also aussieht«, sagte Benaja, »als klebe weder das Blut König Sauls noch das des Jonathan in den Schuhen Davids.«

»Und ist das nicht ein Witz«, sagte Joab.

Da hob Benaja die Faust und schlug Joab ins Gesicht, so daß der vom Mund blutete und zu Boden fiel. Ich aber verbeugte mich und dankte Benaja für die große Hilfe, die er mir gewährt hatte bei der Suche nach der Wahrheit bezüglich des Endes von König Saul und von Jonathan, mit dem David einen Bund geschlossen hatte. Benaja blickte mich mit Augen an, die wie aus Blei waren, und ich betete zu GOtt, er möge diesen Moment verstreichen lassen. Und der HErr erhörte mich, denn Benaja begann zu schmunzeln, und er stieß mir den Ellbogen in die Rippen, so daß ich nach Luft schnappte, und er sprach: »Wenn du so viel weißt, Ethan, wie ich glaube, daß du weißt, dann glaube ich, du weißt zuviel.«

12

Gepriesen sei der Name des HErrn, unsres GOttes, der da segnet, die nach seiner Wahrheit suchen, und dem blinden Huhn bisweilen auch ein Körnchen weist.
Es geschah aber am sechsten Tag unsrer Suche in den Ställen des Königs, worin die königlichen Archive, daß die zwei Sklaven, die sich auskannten im Gebrauch des Aleph-Beth-Gimmel und in der Entzifferung verschiedener Schriftarten, in Freudenrufe ausbrachen. Und da ich hineilte zu ihnen, erblickte ich unter einem Haufen Kehricht ein irdenes Gefäß, welches aufgebrochen war; und um dieses herum lagen Tonscherben die Menge und Tontäfelchen, letztere zum Teil beschädigt. Die Schrift auf den meisten der Täfelchen entsprach der Art der Schreiber des Hauses Juda zu der Zeit, da David als König herrschte in Hebron; die Tonscherben aber und einige Täfelchen waren von unterschiedlicher Hand: die einen in der Art der Schreiber von Ephraim, andere wieder in der von Benjamin.
Zuerst wagte ich nicht zu glauben, daß ich hier die Ablagen des Seraja vor mir haben könnte, des Schreibers König Davids während sieben Jahren in Hebron und während dreiundzwanzig in Jerusholayim. Daher rief ich lauthals nach Elihoreph und seinem Bruder Ahija, und sie kamen herbei, und ich fragte sie, woher das alte Gefäß.
Elihoreph hob eine Tonscherbe auf und betrachtete sie des längeren, und Ahija sagte, ein solches Gefäß sei ihm noch nie vor die Augen gekommen, und vermutlich sei es durch Zauberei hierher gelangt. Worauf Elihoreph seine Tonscherbe fallenließ, als hätte er sich die Finger verbrannt, und ausrief: »GOtt tue mir dies und das, wenn ich das Gefäß und alles, was dazugehört, auch nur eine Nacht länger hier dulde.«
Da es nun der sechste Tag war, und der Vorabend des Sabbat nahte, taten die zwei Sklaven und ich die Scherben und Täfelchen in mehrere Säcke; diese schleppten wir nach der Königin-von-

Saba-Gasse No. 54, wo wir eintrafen, gerade als die Sonne sich anschickte, hinter dem Westwall der Stadt zu versinken.
Und Esther segnete das Licht in der Lampe und das Haus, in dem die Lampe stand und alle, die in dem Hause weilten; und mir erschien sie jung und herrlich schön, da ich sie mit Liebe im Herzen ansah; aber nebenbei war ich voller Ungeduld, daß der Sabbat verstreiche, damit ich die Säcke öffnen und meinen Fund ordnen könne.

Ich, Ethan ben Hoshaja, habe aus den Ablagen des Seraja diejenigen Dokumente ausgewählt, die von Wichtigkeit sind für die Geschichte und den Geist des Mannes David. Wo ein Täfelchen oder eine Scherbe schadhaft waren und das Fehlende trotz eifrigster Bemühung nicht eingesetzt oder ergänzt werden konnte, habe ich den Text in seiner bruchstückhaften Form belassen. Sämtliche Glossen, Fragen und so fort stammen von mir.
Die Ablagen, soweit vorliegend, umfassen die Periode von Davids Marsch auf Hebron, wo er zum König von Juda gesalbt werden sollte, bis einschließlich seiner Verschwörung mit Abner ben Ner und anderen zum Sturz von Ish-bosheth, Sauls einzig überlebendem Sohn, welcher König von Israel war zu Mahanaim. Spätere Ereignisse sind zweifellos mit gleicher Sorgfalt von Seraja aufgezeichnet und samt den zugehörigen Briefschaften gesammelt worden; doch entweder lagern die Behälter mit diesen Schriften anderen Orts und harren dort ihres Entdeckers, oder sie sind GOtt behüte verlorengegangen.

DAVID SPRICHT ZU SERAJA

David ben Jesse sprach zu mir: »Seraja, siehe diese Männer, die nach Ziklag gekommen sind ohne erkennbaren Zweck, und die um sich blicken, was ein jeglicher von uns wohl tun mag, und ob ein Spieß geschärft oder ein Schwert geschmiedet wird. Bestimmt sind sie Kundschafter von Achish, dem König von Gath, meinem Lehnsherrn, oder von anderen Königen der Philister, die mir mißtrauen. Und dies nicht ohne Berechtigung, denn die Lage unter den Kindern Israels ist verwirrt und voll der verschiedensten Möglichkeiten. Einerseits ist da Abner ben Ner mit den Überresten des Heers, das aus dem Gebirge Gilboa geflohen ist; Abner hat die Versprengten nahe Mahanaim gesammelt, östlich des Jordanflusses, im Gebiet des Stammes Gad, und hat dort Ish-bosheth zum König gemacht, Sauls einzig überlebenden Sohn. Und auf der anderen Seite stehe ich, David, Jesses Sohn, mit fast eintausend Bewaffneten in Ziklag. Zwischen mir und Abner aber, im ganzen Gebirge westlich des Jordan, bis hin gen Dan, findest du keinerlei Macht noch Obrigkeit; wer da als erster in dieses Gebiet hinein vorstößt, mag sich ein Königreich erwerben.«

»So Gott will«, erwiderte ich, »und so alles günstig verläuft.«
Darauf sprach David: »Gehe hin, und lasse mir ein männliches von den Schafen bringen, welches ohne Fehl ist, und rufe Abiathar, den Priester, und sage ihm, er soll sich die schmutzigen Hände waschen, denn ich will, daß er ein Opfer darbringe dem HErrn.«
Ich tat, wie mir geheißen, und kehrte darauf zurück zu David, welcher sich bereits wusch und seinen Leib ölte und ein frisches Gewand antat. Und er folgte Abiathar, dem Priester, ins Tabernakel, und Abiathar schlitzte dem Schaf den Hals auf. Da aber der Dampf des Blutes aufstieg zu Jahweh, sprach David zu GOtt und sagte: »O HErr, du hast ...

(Hier bricht das Täfelchen ab. So ist uns versagt, von Seraja zu erfahren, wie die Zwiesprache Davids mit dem HErrn verlief. David aber zog gen Hebron, und daselbst salbten Judas Stammesälteste ihn zum König.

Warum aber hinderten die siegreichen Philisterfürsten David nicht daran, seine Herrschaft in Hebron zu errichten? Die Antwort darauf ist wohl, daß David durch die Abspaltung Judas von Israel ihnen in die Hände spielte. Und als Juda und Israel gar Krieg gegeneinander zu führen begannen, konnten die Philister sich beruhigt abseits halten.

Aufschlußreich für die Härte, mit der David diesen Krieg verfolgte, ist sein Disput mit Joab, den Seraja aufgezeichnet hat. Der Disput fällt in die Zeit nach dem bekannten Gemetzel am Teich von Gibeon, wo die Bewaffneten Ish-bosheths, geführt von Abner ben Ner, und der Heerhaufen Davids, geführt von Joab, zusammentrafen und ihrer je zwölf Vorkämpfer benannten, welche einander beim Schopf faßten und sich gegenseitig das Schwert in den Leib stießen; worauf sich des Tages ein harter Streit erhob und die Männer Ish-bosheths geschlagen wurden von den Männern Davids und flohen, und der fliehende Abner seinen Verfolger Asahel, den Bruder Joabs, mit dem hinteren Ende des Spießes unter der fünften Rippe traf, daß diesem der Spieß hinten hinaus ging und er auf der Stelle starb; Joab aber am Ende doch die Posaune blies und abließ von der Verfolgung, da Abner ihn anrief mit Worten zur Güte.)

Über einheit und zwietracht

... so hast du einen Waffenstillstand mit Abner geschlossen. Mit welchem Recht? wer gab dir die Vollmacht? war da ein Engel des HErrn, der es dir anriet? Da hattest du Abner in deiner Hand; brauchtest nur noch den Ring um ihn zu schließen, und es wäre ein Ende gewesen mit ihm und Ish-bosheth, dem Sohn Sauls; du aber mußtest hingehen und deine verdammte Posaune blasen.
Möge es meinem Herrn und Bruder meiner Mutter Zeruja ge-

nehm sein: da ich sie stehen sah auf dem Hügel Amma, vernahm ich eine Stimme, die mir zurief: Siehe, Joab, das Fleisch von deinem Fleisch und Blut von deinem Blut; sind diese nicht Kinder Israels gleich dir und den Deinigen?
War das, bevor Abner dich rief, oder nachher?
Bevor, mein Herr, bevor.
Dann war es gewißlich die Stimme Belials, welche du allerdings nicht erkanntest, weil dein Gehirn nicht größer ist denn das eines kleinen Vogels.
Aber sind denn die Kinder Israels nicht eines Samens? ist Einheit nicht besser als Zwietracht, ist nicht der Baum stärker als seine Äste?
Du denkst wie ein Mensch von gestern, Joab. Bevor Einheit sein kann, muß Zwietracht sein; bevor der neue Baum wachsen kann, muß der alte gefällt und seine Wurzel gerodet sein. Hat nicht Samuel, der Seher, mich gesalbt? Hat nicht Jaweh mich zum König erwählt über Israel, über ganz Israel?
Mein König hat recht. Und ich werde das Blut meines Bruders Asahel rächen, den Abner mit dem hinteren Ende seines Spießes erschlug.
Wieder betrachtest du die Dinge vom Gefühl her, Joab. Darum erkennst du nicht, daß unsere Zeit eine Zeit großer Veränderungen ist, in der alles Bestehende durchaus umgekehrt wird, und große Königreiche entstehen, so daß die Menschen nicht länger leben werden, wie es ihnen gefällt, und gehen, wohin ihre Laune sie lockt, sondern arbeiten werden unter fester Herrschaft, und unter einem neuen Gesetz. Du aber wirst entweder begreifen und in dieser Art denken, Joab, und dich entsprechend verhalten, oder du wirst geworfen werden auf den Kehrichthaufen der Geschichte.
So GOtt lebt, und meine Seele lebt, ich will nicht geworfen werden auf den Kehrichthaufen der Geschichte. Ich bin Soldat und ...

(Alles Suchen nach dem Teil des Tontäfelchens, welcher den Schluß des Disputs zwischen König David von Juda und seinem Feldhauptmann Joab enthielt, erwies sich als vergeblich. Doch bezweifle ich sehr, daß Joab die Denkweise des jüngsten Bruders seiner Mutter völlig verstand.)

Zwischenbericht

... und es war ein langer Krieg zwischen dem Haus Saul und dem Haus David. David aber ging und nahm zu; und das Haus Saul ging und nahm ab ...

Wie man Freunde gewinnt und Menschen beeinflusst

... kamen nach Hebron zwei Fremdlinge, finstere Gestalten, deren Geschäfte unklar waren, und wurden festgenommen von den Häschern des Joab und vor König David gebracht. Und David sagte: Wer seid ihr. Sie antworteten: Wir sind Baana und Rechab, die Söhne Rimmons aus Beeroth, und Hauptleute von Kriegsknechten im Dienste Ish-bosheths, des Sohnes Sauls, zu Mahanaim. Und David sprach: Warum seid ihr hierher nach Hebron gekommen, wenn nicht in böser Absicht? Baana und Rechab aber warfen sich nieder vor David und riefen: GOtt tue uns dies und jenes, wenn wir nicht aus edelsten Gründen kamen und für Zwecke, die wohlgefällig sind im Auge des HErrn, nämlich unser Leben und unsre Kraft und unser Schwert David ben Jesse zu weihen, welcher gesalbt ward, König über Israel zu sein.

Worauf David Baana und Rechab gebot, sich zu erheben, und die fragte: Wie gedenkt ihr euer Leben, eure Kraft und euer Schwert in meinen Diensten zu gebrauchen? Und Baana sagte, da sei nichts, was sie nicht täten, und Rechab fügte hinzu: Zu angemessenem Preise. Und David fragte, ob König Ish-bosheth sie denn nicht angemessen bezahle? Da spuckte Baana aus und sprach: Läßt sich Öl aus einem Stein pressen, oder Wohlgeruch aus Ziegenködeln? Und Rechab fügte hinzu: Ach, mein Herr, dieser Sohn Sauls besitzt kaum etwas, um den jämmerlichen Zustand seiner Blöße zu bedecken; er hat seine Seele den Geldverleihern verpfändet, und all sein Eigen würde auf dem Rücken eines Esels Platz haben.

David aber sprach: Geht ihr zurück nach Mahanaim, und bleibt dort mit euren Kriegsknechten, und befolgt bis auf weiteres die Befehle Ish-bosheths und die des Abner ben Ner; aber berichtet mir alles Wissenswerte und alles betreffend Michal, meine Frau, die von König Saul dem Phalti gegeben wurde, dem Sohn des Laish. Und ihr werdet belohnt werden nach euren Verdiensten.

Und David gebot, Baana und Rechab b'nai Rimmon aus den Toren Hebrons hinauszugeleiten und dort laufenzulassen ...

(Von dem nun Folgenden war manches mit Pinsel und Tusche auf Tonscherben geschrieben. Durch die unsachgemäße Aufbewahrung der kostbaren Dokumente wurde die Schrift vielfach schwer beschädigt und zum Teil sogar unlesbar.)

Skandal in Mahanaim

An David ben Jesse, den Gesalbten des HErrn, den Löwen von Juda, von Baana und Rechab b'nai Rimmon.

Möge Jaweh Euren Samen so zahlreich glänzen lassen wie die Sterne über Hebron. Hier ist das Neueste, und zwar aus gewöhnlich zuverlässiger Quelle ...

... hat Abner sich stark gemacht für das Haus Saul ...

... schläft mit Rizpa, welche Sauls Kebse war und diesem zwei Söhne gebar. Ish-bosheth aber ist höchlichst erregt, denn wer eingeht in eines der Weiber des Königs, erhebt Anspruch auf des Königs Thron. Ish-bosheth trank von dem süßen Wein, der mit Zimt gewürzt wird, und kaute von dem Kraut, welches Haschisch genannt ist, so daß ihm der Kopf vor Mut schwoll; und er sprach zu Abner: Warum schläfst du bei meines Vaters Kebsweib? gibt es nicht Weiber genug unter den Töchtern Ephraims oder Manasses oder Benjamins für dich? oder ist das die Weise, in der du dich rüstest, König zu werden in Israel? ...

... ward Abner sehr zornig über diese Worte Ish-bosheths, und er sprach: Bin ich ein von Flöhen zerbissener Hund, daß du mir heute eine Missetat zurechnest um ein Weib? Ich hätte dich in die Hände Davids liefern können; aber ich habe Barmherzigkeit getan an dir bis auf den heutigen Tag ...

... ich habe einen zum König gemacht, und kann auch zweie machen ...

... GOtt tue mir dies und jenes, wenn ich nicht verfahre, wie der HErr es dem David geschworen hat, und das Königreich vom Hause Sauls nehme, und den Thron Davids aufrichte über ganz Israel und Juda, von Dan an bis gen Beer-sheba ...

... und konnte Ish-bosheth dem Abner kein Wort erwidern, denn er war wie ein Ziegenbalg, entleert des Weins darin, schlapp und haltlos, und er fürchtete Abner ...

Abschrift

Von Seraja, Schreiber König Davids, an Baana und Rechab b'nai Rimmon, treue Diener des Königs Ish-bosheth.

Möge Jahweh euch Kraft verleihen für das gute Werk. Mein Herr König hat euren Bericht empfangen, und wünscht, daß ihr euch weiter so nützlich betätigt. Doch habt ihr keine Nachricht über Michal, die Tochter Sauls, die meinem Herrn König zur Frau gegeben worden für hundert Vorhäute der Philister? Auch sind euch beim königlichen Schatzamt zu Hebron gutgeschrieben worden je einhundert Stück Vieh: zwanzig Milchkühe, und vierzig Schafe, und Ziegen an Zahl vierzig. Dafür werdet ihr ...

(Der Rest der Schrift auf dieser Scherbe ist verwischt. Wir können jedoch voraussetzen, daß David keine zweihundert Stück Vieh für unwichtige Dienste gezahlt haben würde.)

Abschluss eines Bündnisses

An König David, den Goliathtöter und Liebling des HErrn, von Abner ben Ner, Feldhauptmann des Heeres.

Möge Jahweh den Samen deiner Lenden vermehren, mögen deine Tage erfolgreich und deine Nächte Quellen der Freude sein. Hier also ist mein Vorschlag ...

... denn ist nicht Einheit besser als Zwietracht, und der Baum

stärker als seine Äste? Und hat der HErr dich nicht erstarken lassen, und mich erstarken lassen, so daß sein Wort erfüllt werde? Es sollte ein König sein über Israel und Juda beide, und ein Feldhauptmann über ihre vereinigten Heerscharen ...
... mache dein Bündnis mit mir und ich werde das Königreich vom Hause Sauls nehmen und dir übergeben ...
... mit deiner Billigung, mein Herr, werde ich nach Hebron geritten kommen mit zwanzig Bewaffneten zu Pferde, und werde meine Posaune vor deinem Tor blasen als Zeichen des Friedens, dreimal, und sobald deine Posaune zur Antwort geblasen, wiederum dreimal ...

MICHAL VERZEHRT SICH VOR SEHNSUCHT
An David ben Jesse, König in Juda, den Weisesten unter den Menschen, den Liebenswürdigsten der Herrscher, den Großzügigsten der Fürsten, von Baana und Rechab b'nai Rimmon.
Möge Jahweh die Reihen Eurer Feinde schwinden lassen und die Schar Eurer Freunde mehren wie die Fische im Meer. Michal weint Tränen von Sonnenaufgang bis Sonnenuntergang und verzehrt sich nach Euch. Phalti aber hüpft herum wie ein junger Ziegenbock, und kost sie, und lüstelt und brüstelt sie, so daß die Arme nicht weiß, wohin sich wenden, und ihm erliegt mit vielem Ach und Seufzen und Wehklagen. Auch hat sie die fünf Söhne ihrer Schwester Merab zu sich genommen, die als Söhne Sauls im nächsten Geschlecht gelten; Merab starb nämlich, und die Kinder sind mutterlos.
Nun zu dem Guthaben, welches unser Herr so gnädig beim Schatzamt in Hebron für uns eingerichtet: wer betätigte sich nicht gern und freiwillig zu dem Ende, daß das Wort Jahwehs sich erfülle? Aber wir sind ohne Reichtümer, und müssen unsre Kriegsknechte nähren und kleiden und sie wohlbewaffnet halten; so daß zweihundert Stück Vieh, oder ihr Gegenwert in Silberschekeln, uns sind wie dem Verdurstenden ein Mundvoll Sand. Doch König David ist erstarkt, und selbst tausend Stück Vieh oder zweitausend bedeuten ihm nur wenig ...

ABSCHRIFT
Von König David an Abner ben Ner, Feldhauptmann.
Ich werde ein Bündnis machen mit dir: aber eines verlange ich von dir, nämlich, du sollst mein Angesicht nicht sehen, du bringst denn zuvor zu mir Michal, Sauls Tochter, wenn du kommst, mein Angesicht zu sehen.

ABSCHRIFT
An Ish-bosheth, König von Israel zu Mahanaim, meinen geliebten Schwager, von David ben Jesse.
Möge Jahweh seinen Segen über dich schütten und dir Gesund-

heit gewähren, und Reichtümer, und Nachkommenschaft deinen Lenden. Überliefere mir mein Weib Michal, die ich zur Frau erhielt für hundert Vorhäute der Philister, die Saul, dein Vater, aber gab dem ...

(Es ist beachtenswert, daß David sich zu dieser Zeit schon für stark genug hielt, seinem königlichen Schwager Ish-bosheth Befehle zu erteilen. Und tatsächlich befand sich dieser, ob er es nun wußte oder nicht, in einer verzweifelten Lage: ohne eigne Einkünfte, die Treue der Stämme fraglich, sein Haus durchsetzt mit Spionen, sein eigner Feldhauptmann in geheimen Verhandlungen mit David, so stand er einem zu allem entschlossenen Gegner gegenüber, der sichtbar begünstigt schien von der Hand des HErrn.)

Die geschäfte des abner ben ner

An König David ben Jesse, den Stern von Juda, der aufsteigt zum Gipfel des Himmels, den Erwählten Jahwehs, von Baana und Rechab b'nai Rimmon.

Möge Jahweh all Eure Pläne gelingen lassen. Ish-bosheth schickte Boten und nahm seine Schwester Michal dem Phalti fort. Und Abner hatte geheime Rede mit den Ältesten in Israel, und sprach auch in die Ohren des Stammes Benjamin, und sagte: Ihr habt schon lange gewollt, daß David König werde über euch; so tut es nun, denn der HErr hat von David gesagt: *Durch die Hand Davids, meines Knechts, will ich mein Volk Israel erretten von der Philister Hand und von der Hand all seiner Feinde ...*

(Hier bricht der Text auf dem Täfelchen ab. Auf einem anderen Tontäfelchen, doch in der gleichen Schrift, finden sich weitere Teile des Berichts von Baana und Rechab b'nai Rimmon.)

... Abner aber ging zu König Ish-bosheth und sprach zu ihm: Siehe, es steht sehr bös um uns, und unsere Männer hungern und ziehen raubend durchs Land; und viele sind fortgelaufen zu ihren Hütten und Familien. Daher müssen wir einen Waffenstillstand schließen und ein Bündnis mit David, dem König in Hebron, damit wir eines andren Tages wieder gegen ihn kämpfen können. Ich will zu ihm reisen mit zwanzig Bewaffneten zu Pferde und mit einer Posaune, die dreimal blasen wird ...

... und verhandeln mit David ...

... Ish-bosheth aber ließ uns in sein Haus kommen, wo er zwischen zwei hölzernen Cherubim sitzt, welche gelb angestrichen sind, denn er besitzt gar kein Gold. Ish-bosheth sprach zu uns: Ich weiß, daß ihr und eure Kriegsknechte treue Diener seid des Hauses meines Vaters Saul, und daß ihr tun werdet, was wohlgefällig ist im Auge des HErrn. Es wird nun Abner nach Hebron reisen mit zwanzig Bewaffneten zu Pferde, und mit meiner Schwester Michal, die ich dem Phalti wegnahm; er soll dort einen Waffenstillstand mit David schließen und ein Bündnis, damit wir eines andren Tages wieder gegen ihn kämpfen können. Aber GOtt tue mir dies und das, wenn Abner nicht plant, mich an den Sohn Jesses zu verraten; denn wir hatten böse Worte miteinander wegen seiner Liebschaft mit Rizpa, dem Kebsweib meines Vaters, und er drohte, den Thron Davids aufzurichten über ganz Israel und Juda, von Dan an bis gen Beer-sheba; er glaubt, ich habe das vergessen; ich aber behalte alles im Gedächtnis, was gesprochen wurde, denn so weise wie Abner bin ich alle Tage der Woche. Darum nun, Baana und Rechab, beauftrage ich euch, dem Abner nachzureiten mit euren Kriegsknechten, und ihn anzufallen, und ihn unter der fünften Rippe zu treffen, und mir seinen Kopf zu bringen; worauf ich euch zu Feldhauptleuten ernennen und euch die Zehnten des Stammes Ephraim überschreiben werde; meine Schwester Michal aber führt ihr mir wohlbehalten zurück ...

(Es fand sich in den Ablagen des Seraja noch eine Tonscherbe, die für uns von Wichtigkeit ist. Schrift und Inhalt lassen erkennen, daß sie von Baana und Rechab stammt.)

...betreffs der Gutschrift beim königlichen Schatzamt zu Hebron von je dreihundertfünfzig Stück Vieh: neunzig Milchkühe, zehn Ochsen, hundertfünfundzwanzig Schafe und hundertfünfundzwanzig Ziegen, oder deren Gegenwert in Schekeln, so erklären wir uns einverstanden; und unsre Herzen bluten bei dem Gedanken an die bedrängten Verhältnisse des Sohns des Jesse, die ihn davon abhalten, uns nach unseren vollen Verdiensten zu belohnen.

Es obliegt mir nicht, zu werten. Ich sammle, ich ordne, ich teile ein, ein bescheidener Diener im Hause des Wissens; ich deute und versuche, die Gestalt der Dinge darzustellen und ihren Lauf zu verzeichnen. Doch das Wort hat sein eignes Leben: es läßt sich nicht greifen, halten, zügeln, es ist doppeldeutig, es verbirgt und enthüllt, beides; und hinter jeder Zeile lauert Gefahr.

HErr, unser GOtt, warum hast du mich auserwählt unter deinen Söhnen, daß ich den toten König auferwecken muß aus seinem Grabe! Je mehr ich erfahre über ihn, desto mehr verwächst er mit mir; wie eine Beule am Leib ist er mir, ein böses Geschwür; ich möchte ihn ausbrennen und kann es doch nicht.

Joab müßte wissen, was sich ereignete, da Abner ben Ner kam, das Angesicht Davids zu sehen. Aber die Lippen Joabs werden sich mir kein zweites Mal öffnen; auch wage ich nicht, ihn aufzusuchen ohne Erlaubnis Benajas, und diesem bin ich verdächtig. So bleibt wiederum nur die Prinzessin Michal. Michal reiste zusammen mit Abner von Mahanaim nach Hebron; man darf erwarten, daß sie sich der dort folgenden Geschehnisse erinnert. Doch hat mich Michal nicht wieder zu sich befohlen, und wer bin ich, daß ich fordern könnte, vor das Angesicht der Königstochter zu treten, die zweimal die Frau eines Königs war?
Schließlich sandte ich einen Boten zu Amenhoteph, ließ ihm langes Leben wünschen und Reichtümer, und bat um ein weniges seiner kostbaren Zeit. Und Amenhoteph bedeutete mir, daß er am dritten Tag um die Mittagsstunde einen Bissen Brot und einen Schluck Wein mit mir zu teilen gedenke, und zwar in einer Speisehalle, welche von der königlichen Verwaltung der Gästehäuser für solche Söhne Israels eingerichtet worden, als da auf künstlerischem Gebiet tätig sind: Sänger, und Erzähler von Geschichten und Legenden, und Psalterspieler, und Hornbläser, und Erbauer von Tabernakeln, und Mosaikleger, und Schreiber von gelehrten Schriften darüber, wie zu singen, und Geschichten und Legenden zu erzählen, und Psalter zu spielen, und Horn zu blasen, und Tabernakel zu erbauen, und Mosaik zu legen sei.
Da ich mich am dritten Tag dort einstellte, gegen die Mittagsstunde, wurde ich in eine geräumige Halle geführt; darin war ein Gewirr von Menschen, die alle dem Spieß zustrebten, auf welchem ein schmieriger Koch einen altehrwürdigen Widder drehte; wem es aber gelungen war, sich ein Stück Fleisch von dem Kadaver zu reißen, der wurde von jenen bedrängt, die leer ausgegangen waren, und Flüche ertönten und Schmerzensschreie. Im dicksten Streitgewühl jedoch erblickte ich Jorai, Jachan und Meshullam, die Erzähler der Geschichte vom Großen Kampf Davids gegen Goliath. Diese schwangen ein jeder einen großen Knochen mit ein paar Sehnen daran, und schlugen damit ohne Unterschied auf alle Schädel in Reichweite ein; da sie mich aber erblickten, kamen sie zu mir geeilt und riefen aus: »Bitte, Herr, lege Zeugnis ab für uns vor diesen verfressenen Söhnen Belials, daß wir als Spezialisten von der königlichen Kommission zur Ausarbeitung des *Einen und Einzigen Wahren und Autoritativen, Historisch Genauen und Amtlich Anerkannten Berichts über den Erstaunlichen Aufstieg* und so fort vorgeladen wurden, und daß wir darum berechtigt sind, teilzuhaben an der Gabe des HErrn, die dort am Spieß gedreht wird; denn gewisse Personen hier, die zwar von hohem Geist, aber von niedriger und neidischer Gesinnung sind, verweigern uns künstle-

rische Anerkennung, so daß wir nur diese alten Knochen erhielten, welche Überreste von gestern sind.«
Ich bestätigte, daß Jorai, Jachan und Meshullam in der Tat von der königlichen Kommission vorgeladen worden waren und dort die Geschichte vom Großen Kampf Davids gegen Goliath vorgetragen hatten, wobei ihre Texte wortwörtlich übereinstimmten, so daß mein Herr Nathan, der Prophet, es als ein Wunder bezeichnete.
Worauf Jorai, Jachan und Meshullam erklärten: »Jawohl, ihr gelehrten Herren mit euren zarten Stimmen und feinen Manieren, die ihr den einfachen Sängern von Volkserzählungen sogar den Bissen von der Gabe des HErrn mißgönnt, seht, wir sind die Bewirker von Wundern! Aber die Zeit wird kommen, da Jahweh euch vertreibt von den Fleischtöpfen, und da die Schekel des Königs in unsere Börse fließen: denn all eure gedrechselten Redewendungen, eure blumenreiche Sprache, eure formvollendete Kunst nützen nur wenig, so ihr nicht versteht, eure Texte anzupassen und solch mächtigen Männern wie Nathan, dem Propheten, zu gefallen.«
Da wich die Menge in Ehrfurcht zurück, und Jorai, Jachan und Meshullam zogen hin zu dem Spieß. Sie rissen dem Widder den Fettschwanz ab und ein großes Stück Lende, und kehrten zurück zu mir mit ihrer Beute, und hockten sich mir zu Füßen und kauten und schmatzten und schlangen.
Es geschah aber, daß zwei Läufer kamen, die riefen: »Aus dem Weg, ihr Bastarde! Macht Platz da, ihr Auswurf der Menschheit, ihr Jasager und Liebesdiener, für den mächtigen und edlen Amenhoteph, den königlichen Obereunuchen, welcher über die Frauen des Königs gesetzt ist und über seine Kebsweiber und über die Witwen des Vaters des Königs!«
Und alle verbeugten sich bis zum Boden, und mehrere warfen sich in den Staub zwischen Knochen und Abfall. Amenhoteph trat ein im Glanze. Er wurde von dem Oberaufseher der Gaststätte begrüßt; und da er den Raum durchquerte und vorbeikam an dem Spieß, hob er den gestickten Saum seines bunten Gewandes, und schüttelte das steif frisierte Haupt ob der vulgären Bräuche der Kinder Israels und ob des Gestanks, der von dem verstümmelten Leichnam des Widders aufstieg; mir jedoch winkte er gnädig zu und lud mich ein, ihm zu folgen. So kam es, daß wir in einem Sondergemach Platz fanden, mit Aussicht auf ein schattiges Gärtchen, vor uns ein Tisch beladen mit Platten, auf denen die verschiedensten köstlichen Speisen lagen, nämlich eingemachte junge Zwiebeln, und frischer Lauch, und zarte Sardellen, und in Essig gelegte Pilze, und schließlich des Kochs Stolz: Lämmeraugen, die dem Gast aus einer halbdurchsichtigen, gallertartigen Masse, welche die Ägypter Aspik nennen, entgegenblickten. Auf ein Händeklatschen des Aufsehers der Speisehalle eilten junge

Bedienerinnen herbei. Diese waren nackt bis zur Hüfte, und ihre Brüste wippten gar zierlich, da sie vor uns traten und uns eine Schildkrötensuppe vorsetzten, und einen ausgezeichneten Weißwein aus den Weingärten des Königs zu Baal-hamon, und junge in Öl gesottene und in Weinblättern gebackene Täubchen, und Melonen gekühlt in der Tiefe des Brunnens, und Äpfel mit Käse, und einen Becher des süßen braunen Weins, der aus getrockneten Trauben gewonnen wird.

Amenhoteph wischte sich die Lippen mit einem Stück Linnen aus Byssus, und sprach zu mir: »Das war doch ein annehmbares Essen, nicht, Ethan?«

Ich stimmte ihm bei und sagte, ich hätte mit großem Genuß gespeist, und nie hätte ich erwartet, solch gute Bedienung und eine so vorzügliche Küche in einer Speisehalle zu finden, welche der königlichen Verwaltung der Gästehäuser unterstand.

Amenhoteph aber erwiderte philosophisch: »Das beweist nur, Ethan, daß nicht alles, was von den Dienern der Regierung getan wird, schäbig und von minderer Güte und witzlos sein muß. So du den Oberaufseher des Unternehmens kennst, und ihm die Hand mit der angemessenen Anzahl von Schekeln geschmeidig machst, wirst du teilhaben am Besten, und wirst behandelt werden, wie es angenehm ist im Auge Jahwehs, deines Gottes. Wenn du dich aber auf die Liebe der Bevölkerung zum König verläßt, oder auf ihren Eifer für die gute Sache, wirst du spät bedient werden, wenn überhaupt, und wirst Sand in der Suppe und Haare in der Wurst finden.«

»Eure Worte erfüllen mich mit Kummer«, sagte ich und trank von dem süßen braunen Wein, »denn sind da nicht das Gesetz, und das Wort des HErrn, und die Lehren der Weisen und Richter und Propheten, welche das Volk befolgen sollte?«

Amenhoteph blickte mich unter seinen bemalten Augenlidern hervor an, und sprach: »Wahrlich, Ethan, du erstaunst mich. Hast du, der du die Ereignisse der näheren und ferneren Vergangenheit durchforschst, denn nie bemerkt, daß das Denken der Menschen ganz sonderbar zwiegespalten ist, wie auch ihre Zunge? Ist es doch, als lebten wir in zwei Welten: in einer, die beschrieben ist in den Lehren der Weisen und Richter und Propheten, und einer anderen, die wenig Erwähnung findet, die aber nichtsdestoweniger Wirklichkeit ist; in einer, die eingezäunt ist durch das Gesetz und das Wort deines Gottes Jahweh, und einer anderen, deren Gesetze nirgends aufgezeichnet sind aber überall befolgt werden. Und gepriesen sei dieser Zwiespalt des Geistes, denn durch ihn kann der Mensch tun, was die Gesetze der wirklichen Welt erfordern, ohne deshalb den schönen Glauben an die Lehren der Weisen und Richter und Propheten aufgeben zu müssen: und nur jene enden in Verzweiflung, die in Erkenntnis des großen Zwiespalts sich vornehmen, die Wirklichkeit den Lehren anzupassen.

Denn es gibt keinen Weg zurück zu dem Garten Eden, von dem ich in euren Büchern gelesen habe, und keiner kann die Sünde eures Vorvaters ungeschehen machen, der die Frucht vom Baum der Erkenntnis von Gut und Böse aß; doch haben die Menschen gelernt, mit der Erkenntnis zu leben.«
»Euer Diener ist überwältigt von der Schärfe Eures Gedankens«, sagte ich. »Außerdem habt Ihr das Herz der Sache bezüglich meiner Arbeit am König-David-Bericht berührt: auch mein Denken ist ständig gespalten, indem ich eines weiß und ein anderes sage, oder zu sagen suche, was ich weiß, oder sage, was ich nicht denke, oder denke, was ich nicht sage, oder sagen möchte, was ich nicht denken soll, oder wissen möchte, was ich nie sagen darf, und mich dergestalt im Kreise drehe wie ein Hund, der den Floh fangen will, welcher ihn in den Schwanz beißt.«
Ich hatte mehr bekannt als gut war, und verspürte plötzlich Angst. Er aber sagte väterlich: »Vielleicht wäre es ratsam, Ethan, du kastriertest dein Denken. Kastration schmerzt nur einmal; danach aber fühlt man sich um so besser: ruhig, beinahe glücklich. Und vergiß nicht die große Anzahl von Leuten, die nie einen mannhaften Gedanken hatten.«
Ich lachte unsicher, und da ich fürchtete, mich noch mehr zu verstricken, tat ich ihm meine Bitte ohne weitere Umschweife kund: ich müßte noch einmal mit der Prinzessin Michal sprechen, um sie gewisser Tatsachen und Geschehnisse wegen zu befragen; und da er über die Frauen des Königs gesetzt war und über seine Kebsweiber und über die Witwen des Vaters des Königs, hoffte ich, auf seine Hilfe zählen zu können.
Die bemalten Augenlider verkniffen sich. »Du weißt, Ethan, daß ich dir ein Freund bin. Aber es hat Aufsehen erregt, daß die Prinzessin Michal bereits zweimal mit dir sprach, und ohne Zeugen. Der Weiseste der Könige, Salomo, fragte mich, wie es käme, daß du ihm nichts berichtet hast von dem, was zwischen dir und der Prinzessin gesprochen wurde. Ich antwortete ihm, sicherlich werde alles, was zwischen dir und der Prinzessin gesprochen wurde, im König-David-Bericht geschrieben stehen; er jedoch sagte, daß der schlecht reitet, der dem Esel vertraut, und sein Vater vor ihm habe schon Ärger mit Michal gehabt.«
Ich starrte in meinen leeren Becher und fragte mich, was König und Eunuch einander wirklich gesagt hatten.
Amenhoteph winkte einer der Bedienerinnen, meinen Becher von neuem zu füllen. Und ich trank weiter von dem süßen braunen Wein und lauschte den kehligen Lauten des Ägypters. »Nun, Ethan«, sprach dieser, »vertreibe die Schatten von deiner Seele, denn ein Engel Jahwehs, deines Gottes, mag den Sinn des Weisesten der Könige, Salomo, noch ändern, oder die Prinzessin Michal mag den Wunsch verspüren, dir weitere Erinnerungen mitzuteilen. Doch inzwischen habe ich eine Entschädigung für dich,

eine Überraschung, einen Leckerbissen, wie ihn der weise Gastgeber seinem teuren Gast nach einem guten Mahl anbietet.« Amenhoteph verdrehte seine Hände aufs zierlichste, lächelte geheimnisvoll, und fügte hinzu: »Du hast dich stets mit der Vergangenheit beschäftigt, Ethan, hast den Staub von den alten Tontäfelchen geblasen und die Spuren verschollener Jahre gesammelt. Ich aber will dich an einen Ort führen, wo du Geschichte im Geschehen beobachten magst.«

... ist es der Wein der Blütenduft die Hitze oder die Wohlgerüche dieses kastrierten Sohns einer ägyptischen Hure mir ist ganz schwindlig erstaunlich die Kraft in den schlanken Fingern er zerdrückt mir die Hand Geschichte im Geschehen Geschichte betrachtet durch ein Loch im Blattwerk der Hecke ein Pärchen kurz vor der Begattung wie viele noch möchte ich wissen lustschwitzend gespannt belauschen das der Mann bei GOtt ist doch Adonia von der Nasenspitze aufwärts das Abbild seines Vaters David Mund und Kinn aber von einem Hauptmann der Bogenschützen für den seine Mutter Haggith entflammt war stöhnt Abishag A – bi – shag streckt die Arme schmachtend nach ihr als wäre sie ein Engel vom HErrn ist aber gänzlich aus Fleisch reifem saftstrotzendem und o so dumm Augen dumm Mund dumm das dümmste Weibsbild in Israel hierher zu kommen und sich mit dem Bruder von König Salomo zu treffen aber Adonia ist gleich dumm was für ein König wäre der wohl geworden mit nichts im Kopf als das Fräulein von Shunam das hat er vom Vater war nicht David auch so einer untertan der Gier seiner Lenden David konnte morden eines Weibes wegen aber darob das eigne Leben gefährden wie sein Schwachkopf von Sohn niemals der stöhnt wieder Abishag A – bi – shag reißt Schleier um Schleier von ihr und sie läßt langsam die Hüften kreisen der widerliche Eunuch zerdrückt mir die Hand was kann er empfinden der Genuß ist rein geistig bei ihm eine perverse Freude weiß er doch um die Auswirkungen der Mühen dieses schon ältlichen Liebhabers sich seiner Kleider zu entledigen o HErr unser GOtt ist das denn dein Ebenbild sehen wir alle so aus so absurd ein flachbrüstiger spitzbäuchiger spinnebeiniger Sohn Israels stöhnt A – bi – shag ist es der Wein der Blütenduft die Hitze mir ist speiübel Geschichte im Geschehen nein lieber die Schildkrötensuppe im Leib behalten die Täubchen gesotten in Öl und gebacken in Weinblättern die Melone den Apfel mit Käse meine Hand Lob sei dem HErrn meine Hand ist frei siehe den stinkenden Hundsfott dessen stinkender Vorvater durch einen bedauerlichen Fehler leben blieb da Jahweh die Erstgeborenen schlug in Ägypten siehe er lacht tonlos über Abishag seemuschelrosa Haut volle Brüste Abishag erwählt unter Israels Töchtern sich zärtlich zu bemühen um König David als er schon alt war und hochbetagt und nicht warm werden konnte Abishag die niederkniet und sich zärtlich bemüht um Adonia er aber verdreht die Augen zum HErrn und stöhnt und betet ein Dankgebet und gelobt ein Gelübde zwei Ziegenböcklein zu opfern dem HErrn dazu einen jungen Stier und stöhnt und sinkt zu Boden und geht ein in sie ein flachbrüstiger spitzbäuchiger spinnebeiniger Sohn Israels welcher einer Frau tut wie ihr geziemt sie aber windet und bäumt sich zerkrallt ihn wimmert GOtt tue mir dies und jenes und mehr von diesem und mehr von jenem und noch mehr und noch und noch und noch . . .

Nachdem sich aber Adonia, der Sohn Davids, von Abishag, dem schönen Fräulein aus Shunam, unter Tränen getrennt hatte, und ein jeder seines Wegs gegangen war, wandte sich Amenhoteph, der königliche Obereunuch, an mich und sprach: »Ich möchte etwas richtigstellen, Ethan. Ich habe dir einmal gesagt, diese sei das dümmste Weibsbild in Israel; aber keine Frau ist je vollständig dumm, denn selbst wenn ihr Gehirn versagt, denkt immer noch ihr Unterleib.«
Ich antwortete: »Es ist, wie mein Herr sagt: doch fürchte ich die Folgen der Gedanken, welche von da kommen.«
Da verdrehte Amenhoteph seine Hände, als wollte er ausdrücken, daß das schon nicht mehr in seinen Bereich falle.

14

»Herrin«, sagte ich, »Eurem Rufe folgend kam Euer Diener zu Euch geeilt wie auf Flügeln der Cherubim, und meine Augen blicken auf zu Euch in Dankbarkeit.«
Die Prinzessin verzog spöttisch die Lippen. »Ich schlage vor, du widmest deine Dankbarkeit deinem ägyptischen Freunde, auf dessen Bitte hin dir gestattet wurde, vor mein Antlitz zu treten; er dafür wurde vom König beauftragt, alles Berichtenswerte an meinen Äußerungen zu berichten.«
Amenhoteph verbeugte sich. »Ich bin gewiß, die Herrin wird nur sprechen, was dem Ohr des Königs angenehm klingt.«
Ich bemerkte den aufwallenden Ärger der Prinzessin und beeilte mich zu erklären, daß alle Rede zwischen der Dame Michal und mir nur längst vergangene Zeiten beträfe und heutige Gefühle möglich reizen könne.
»Längst vergangene Zeiten«, wiederholte der Eunuch. »Und du bist überzeugt, daß gewisse zeitgenössische Persönlichkeiten sich nicht in der Maske der Alten verhöhnt sehen werden? Ist es nicht

ein Spruch im Volke Israel: Wer den Spiegel fürchtet, erschrickt vor jedem Tümpel?«
Die Prinzessin gestattete sich eine ungeduldige Handbewegung. »Ich bin eine alte Frau, die der Tod aus unerfindlichen Gründen verschont hat.«
»Ihr, Herrin, seid unantastbar.« Amenhoteph verdrehte die Hände. »Aber mein Freund Ethan?«

DRITTE AUSSAGE DER PRINZESSIN MICHAL AUF FRAGEN DES ETHAN BEN HOSHAJA, IN DEN GEMÄCHERN AMENHOTEPHS, DES KÖNIGLICHEN OBEREUNUCHEN, UND DESSEN ANWESENHEIT

Frage: Um uns Zeit zu sparen, Herrin, möchte ich kurz zusammenfassen, was uns aus anderen Quellen bekannt ist. Würdet Ihr meine Irrtümer bitte berichtigen.
Antwort: Ich höre.
Frage: Während Euer Gatte David von König Saul verfolgt wurde, und während er mit seinen Leuten in Ziklag weilte und den Philistern diente, verbliebt Ihr im Haus Eures Vaters in Gemeinschaft mit dem jungen Phalti, dem Ihr gegeben worden wart.
Antwort: Es ist, wie du sagst.
Frage: Und nach dem Tode Eures Vaters und Eures Bruders Jonathan folgtet Ihr den Resten des Heeres über den Jordan und schlosset Euch Eurem Bruder Ish-bosheth an zu Mahanaim und weiltet dort mit Phalti und nahmt Euch der fünf Söhne Eurer Schwester Merab an, welche gestorben war.
Antwort: Es ist, wie du sagst.
Frage: Und in der ganzen Zeit, während David an Macht zunahm und König in Juda wurde, sandte er nie um Euch und ließ auch nicht von sich hören?
Antwort: Nie.
Frage: Auch Ihr ließt ihm keine Nachricht zukommen?
Antwort: Nein.
Frage: Empfandet Ihr nichts mehr für ihn?
Antwort: Die Empfindungen einer Frau gelten wenig.
Frage: Doch wart Ihr glücklich, als Euer Bruder Ish-bosheth Euch wissen ließ, daß David ihm Boten gesandt hatte mit der Aufforderung: Gib mir mein Weib Michal, welches ich mir erworben habe um hundert Vorhäute der Philister.
Antwort: Überglücklich! ... Aber auch bitter. Und voller Furcht. Und da war der arme Phalti.
Frage: Euer Bruder Ish-bosheth fügte sich dem Wunsch Eures Gatten ohne weiteres?
Antwort: Mein Bruder Ish-bosheth dachte wohl, er könnte sich ein paar Monate Aufschub verschaffen, indem er mich an David auslieferte.

Frage: Hat David Euch je gesagt, welche Gründe ihn bewogen, Euch aus Mahanaim kommen zu lassen?

Antwort: Nein.

Frage: Was waren die Gründe, Eurer Meinung nach?

Antwort: Ich könnte nur Vermutungen äußern.

Frage: Aber da Ihr, Herrin, einer der wenigen Menschen seid, die den David jener Zeit im Innersten kannten, sind Eure Vermutungen von großer Wichtigkeit.

Antwort: Ich hatte Zeit genug auf der Reise von Mahanaim, Vermutungen anzustellen. Ich saß auf meinem Esel in der brütenden Hitze, vor mir, wo Abner mit seinen Leuten ritt, das leise Geklirr der Waffen, hinter mir aber das Keuchen Phaltis, der sich am Schwanz meines Esels festhielt. Ich gedachte Davids und der hundert, nein, zweihundert Vorhäute, die er gezahlt hatte; und ich dachte, nun will er zurückhaben, wofür er gezahlt hat, und ist mächtig genug geworden, es sich zu holen. Und dann dachte ich: vielleicht will er doch mich, will die Frau, die ich war, da er zu mir kam und mich nahm. Aber warum dann sein langes Schweigen? Wegen Abigail oder einer andern unter seinen Frauen, oder der jungen Männer wegen, die er vorzog, wenn ihm der Sinn danach stand? Und mir fiel ein, was seine Gedanken allzeit beherrschte: er war der Erwählte des HErrn. Das war es, weshalb er mich haben wollte nach all den Jahren. Ich war notwendig für seine Pläne: durch die Tochter Sauls erhielt er ein legitimes Anrecht auf den Thron Sauls.

(Hier unterbrach Amenhoteph und sprach: »Gestattet Eurem Diener, Herrin, Euch darauf hinzuweisen, daß Ihr von dem Vater Salomos sprecht, des Weisesten der Könige, und von dem Thron, auf welchem dieser sitzt.« Worauf die Prinzessin Michal erwiderte: »Ich spreche von meinem Mann.«)

Frage: Vielleicht kehren wir zu den Ereignissen der Reise zurück. Ihr erzähltet von Phalti, der am Schwanz des Esels hinter Euch herlief.

Antwort: Der arme Phalti. Aber es war tröstlich, zu wissen, daß da am Schwanz meines Esels der einzige Mensch einherlief, der mir zugeneigt war. Jedesmal, wenn ich mich umwandte, sah ich, daß er mich voller Liebe anblickte. In den Nächten, nachdem mein Zelt aufgeschlagen war, kam er zu mir gekrochen und bettete sein Haupt an meine Schulter, und Tränen rollten ihm übers Gesicht in den schütteren Bart. Abner und seine Leute schienen Phalti nicht zu bemerken, auch gaben sie ihm nichts von den mitgeführten Vorräten; er aß, was ich übrigließ. Aber da wir in Bahurim ankamen, wo das Gebiet des Stammes Benjamin sich abgrenzt von Juda, drehte sich Abner um auf seinem Pferde und sprach zu Phalti: Komm her. Und Phalti trat zu ihm und stand da, die eine Schulter wie stets ein wenig höher als die andere, und sagte: Hier bin ich, mein Herr. Und Abner sprach zu ihm: Es ist Zeit, daß du umkehrst. Und Phalti kehrte um, und ich sah ihn nie wieder.

(Die Prinzessin trank von dem mit Wohlgerüchen versetzten Wasser, das neben ihr auf einem Tablett stand, lehnte sich zurück und schloß die weißlichen Lider.)

Frage: Soll ich fortfahren, Herrin?

Antwort: Bitte.

Frage: Die fünf jungen Söhne Eurer Schwester Merab, Eure Schützlinge, verblieben in Mahanaim?

Antwort: Mein Bruder Ish-bosheth und ich waren beide der Meinung, daß die männlichen Nachkommen meines Vaters König Saul fern von David am sichersten seien.

(Worauf Amenhoteph seine Hände aufs erschreckendste verdrehte, so daß ich mich veranlaßt sah, das Thema zu wechseln.)

Frage: Und was geschah, Herrin, da Ihr eintraft zu Hebron?

Antwort: Beim Betreten des Königreichs meines Gatten David hatte ich erwartet, bewillkommnet zu werden, wie es der Frau des Königs gebührt, mit einem Geleit von Läufern, die vor mir herlaufen würden, und einer Sänfte samt Trägern, und mit Geschenken. Doch obgleich wir von Bahurim an, wo wir die Grenze von Juda überschritten, unter Beobachtung standen, mußte ich bis Hebron auf meinem sattelwunden, müden Esel reiten. In Sicht von Hebron aber ließ Abner ben Ner die Posaune blasen, dreimal, und vom Tor her erscholl dreimal die Antwort, und zwanzig Reiter mitsamt einem Hauptmann zu Pferde galoppierten aus dem Tor heraus. Sie ritten auf Abner zu, und der Hauptmann zu Pferd und Abner begrüßten einander, wonach sie zusammen in die Stadt hinein trabten; mich aber und meinen Esel ließen sie auf offenem Feld stehen unter den Bettlern, die sich da angesammelt hatten. Und diese streckten die Hände aus, und betasteten mein Gewand, und meine Sandalen, und die Ringe an meinen Fingern, und sprachen: Wer bist du, Herrin, daß sie dich auf dem Feld zurückließen unter den Bettlern? Und ich sagte: Ich bin Michal, die Tochter König Sauls. Sie aber lachten, und machten Kapriolen, und sprangen in die Luft und schlugen Purzelbäume, und welche, die verkrüppelt waren und Schwären auf dem Kopf hatten, hinkten neben mir her, da ich meinen Esel dem Tor zulenkte, und riefen aus: Sehet die Tochter des Königs unter den Bettlern; was für große Zeiten sind gekommen über Juda, daß ein Räuber und Wegelagerer sich zum Erwählten des HErrn erklärt, und eine Hure zur Tochter des Königs.

(Darauf klatschte Amenhoteph ärgerlich in die Hände und sagte in seinem kehligsten Ton: »Streich das aus deinen Aufzeichnungen, Ethan.«)

Frage: Zweifellos, Herrin, kam Euch schließlich ein Diener

König Davids entgegen, und Ihr wurdet vor das Angesicht Eures Gatten geführt?

Antwort: O ja. Man erklärte mir, ein Fehler sei gemacht worden, und der König bäte sehr um Entschuldigung. Und man brachte mich in das Haus Davids, und ich wurde gebadet, und mit Salben eingerieben und mit Essenz von Rosen und Myrrhen besprüht, und erhielt schöne Kleider. Ich spürte, wie mir das Leben in die Glieder zurückkehrte, und Freude ins Herz, und ich lag und wartete auf David, meinen Liebsten, der mich erworben hatte um zweihundert Vorhäute der Philister. Bei Einbruch der Nacht kam er dann. Er trat in den Lichtkreis der Lampe. Er war es: die grauen Augen, die so seltsam glänzten, die Lippen, die mir unvergeßlich geblieben; und doch war er mir ein Fremder. Er setzte sich neben mich aufs Bett und betrachtete mich, und sagte: Die Tochter Sauls, unverkennbar. Ich sagte: Mein Vater König Saul ist tot. Er sagte: Du wirst die Frau des Königs von Israel sein. Ich sagte: Ish-bosheth, mein Bruder, ist König von Israel. David machte eine Handbewegung, als streiche er sich eine Spinne vom Gewand und sagte –

(Da erhob sich Amenhoteph und sprach: »Herrin, Ihr müßt einen von diesen Granatäpfeln versuchen. Ich bekomme sie von meinem persönlichen Händler, der die Gärten um Jerusholayim, und die Obstzüchter, in meinem Auftrag aufsucht.« Er öffnete ihr die Frucht, und die Prinzessin nahm von dem süßen Fleisch der Frucht und aß es.)

Frage: Und was erwiderte David, Euer Gatte?

Antwort: Er sagte: Ich habe letztlich einige recht interessante Verse geschrieben. Vielleicht möchtest du sie einmal hören. Ich selber singe kaum noch; ich habe einen Chormeister und Sänger mit verschiedenen Stimmen, hohen wie niedrigen, welche zum Psalter, oder zur Harfe, oder zur Laute singen; ich lasse gern ein paar zu dir kommen. So dankte ich ihm und sagte, sein Anerbieten sei höchst gnädig, und er sei mein Lieblingsdichter.

Frage: Und dann?

Antwort: Dann legte er mir vier Finger auf die Stirn und sprach: Möge HErr Jahweh deine Ankunft in diesem Hause segnen; gute Nacht. Und ging.

VERMERKE DES ETHAN BEN HOSHAJA, IN HAST NIEDERGESCHRIEBEN WÄHREND DES WEITEREN TEILS DER AUSSAGE DER PRINZESSIN MICHAL:

zwei Bluttaten in rascher Folge wodurch Abner und Ish-bosheth beseitigt welch beide die einzigen die Griff Davids nach Macht über ganz Israel noch hinderlich

Frage: Hand GOttes oder Hand Davids
Gemeinsamkeiten
in beiden Fällen Tat von Nutzen für David welcher Ermordete lauthals beweint (was vom Volk beifällig aufgenommen)
in beiden Fällen Täter des Glaubens daß große Gunst Davids ihnen sicher doch verdammt sie dieser mit scharfen teilweise dichterischen Worten
Unterschiede
Ermordung Abners durch Joab möglich auch Blutrache für Joab-Bruder Asahel welchen Abner erschlug mit hinterem Ende des Speers (vgl. Gemetzel am Teich von Gibeon)
Mordtat Baans und Rechabs b'nai Rimmon dagegen um Gewinsts willen und zu Nutz und Frommen mutmaßlichen Auftraggebers
auch Davids Verfahren Tätern gegenüber unterschiedlich
Baana und Rechab auf der Stelle hingerichtet (vgl. junger Mann aus Amalek welcher Mordes an Saul geständig)
David bei Gelegenheit Überreichung blutigen Hauptes Ishbosheths durch Baana und Rechab: *Ich griff den, der mir verkündigte und sprach: »Saul ist tot«, und meinte, er wäre ein guter Bote; und ließ ihn erschlagen zu Ziklag, statt ihn zu belohnen. Um wieviel mehr sind diese zu verdammen, die einen gerechten Mann in seinem Haus auf seinem Lager erwürgten! Ja, sollte ich das Blut nicht fordern von euren Händen, und euch von der Erde tun?*
dagegen wird Joab nur kräftig verflucht
David: *Möge im Hause Joabs nie einer fehlen, der eitrigen Ausfluß hat, oder Aussatz, oder auf Krücken geht, oder durchs Schwert umkommt, oder am Hungertuch nagt!*
Fluch ohne Wirkung auf Joabs weitere Laufbahn (Joab führt Oberbefehl in allen Feldzügen Davids bis auf einen)
erst auf Sterbebett (vgl. Angaben des Penuel ben Mushi u. a.)
David zu Salomo: *Tue darum mit Joab nach deiner Weisheit, daß sein graues Haupt nicht etwa friedlich in die Grube fahre.*
bei Eintreffen Abners in Hebron Joab abwesend zwecks kleineren Raubzugs
Gespräche Davids Königs von Juda mit Abner Feldhauptmann von Israel unter vier Augen
doch herzliche Verabschiedung Abners durch David am Tor Umarmungen Küsse daher naheliegend zufriedenstellender Abschluß der Verhandlungen
Joab rückgekehrt mit reicher Beute erfährt von Abners Besuch große Erregung
Joab zu David: *Was hast du getan? Ich höre, Abner ist bei dir gewesen; warum hast du ihn entkommen lassen? Du kennst Abner: er kam, dich zu täuschen, und deinen Ausgang und Eingang zu erkunden, und alles zu erfahren, was du tust.*
unwahrscheinlich daß David solches glaubt aber sehr mögliche

Meinungsänderung nach Abners Abreise dahingehend daß Thron Israels billiger zu erkaufen durch Abners Beseitigung
Joab ergreift Maßnahmen
Frage: mit Wissen Davids oder ohne
David dazu: *Ich und mein Königreich sind unschuldig vor dem HErrn am Blut des Abner ben Ner! sein Blut komme auf den Kopf Joabs.*
nach Buchstaben des Gesetzes David ohne Schuld da Tat ausschließlich Joabs
Joab sendet Abner Boten nach welche diesen bei Quelle Sira erreichen und auffordern Rückkehr Hebron
Joab trifft Abner in Hebron Tor führt ihn zur Seite wie zu geheimer Zwiesprache stößt ihm Dolch unter fünfte Rippe welche Lieblingsziel Joabs wie auch Abners aber Joab flinker
David wie üblich verfügt Staatsbegräbnis öffentliche Trauer für Abner alle Großen in Israel auch Joab zerreißen Kleider gürten sich in Säcke
David folgt Bahre zu feinster Hebron Grabstätte gelegen auf Anhöhe mit Aussicht und Zypressen
erhebt Stimme und weint am Grabe Abners alles Volk weint.

KLAGELIED DES DAVID,
VERFASST ANLÄSSLICH DES VORZEITIGEN ABLEBENS DES ABNER BEN NER

Starb Abner, wie einer stirbt, der töricht ist?
Deine Hände waren nicht gebunden, deine Füße nicht in Fesseln gekettet;
Wie ein Mann fällt vor Mordbuben, so bist du gefallen.

Während des letzten Teils ihrer dritten Aussage war die Prinzessin Michal schon recht gereizt.
»Hast du eigentlich bemerkt«, fragte sie mich und wies auf den königlichen Obereunuchen, »wie sehr er einem seiner vogelköpfigen Götter ähnelt?«
Ich schwieg diskret.
»Und du, Ethan, bist mir gleichfalls ein Ärgernis mit deinen ewigen Notizen! Was der Weiseste der Könige, Salomo, zu erfahren wünscht, kann ich ihm ins Gesicht sagen.«
Ich legte mein Wachstäfelchen zur Seite; und Amenhoteph verbeugte sich und sprach: »Wenn Ihr es vorzieht, daß wir uns entfernen, Herrin . . .«
»Bleibt«, sagte sie spitz, »ich will's zu Ende erzählen.« Sie erhob sich, sehr hager in ihrem schwarzen Gewand. »Sein Kopf ist mir unvergeßlich. Nur der Kopf; wie er sonst aussah, wie er die Hände hielt, sich bewegte, sprach, weiß ich kaum mehr. An dem Tag, zu Hebron, sandte David ins Frauenhaus und ließ mir sagen: Der

König wünscht deine Gegenwart vor seinem Angesicht. Ich war überrascht; aber ich folgte dem Diener. Und im Thronsaal saß David zwischen den Cherubim, und Joab stand allda mitsamt vielen der Mächtigen; und ich beugte mich vor David und sprach: Deine Magd ist zu dir gekommen nach deinem Wunsche, mein Herr. Er hob die Hand und deutete auf einen Gegenstand, der auf einem kleinen Tisch lag, gehüllt in ein dunkles Tuch, und er sagte: Siehe, dein Bruder Ish-bosheth. Ein Diener entfernte das Tuch, und ich sah den Kopf: das Haar zur Schlinge geknotet als handlicher Griff, die Augen zwei graue Kiesel, Bart und Kehle eine blutverkrustete Masse.«

Die Prinzessin trank einen Schluck des mit Wohlgerüchen versetzten Wassers. Dann trat sie mit dem ihr eigenen steifen Schritt vor Amenhoteph hin, klopfte ihm mit ihrem Fächer auf die Knöchel, und sagte: »Wenn das zuviel sein sollte für deine zarten ägyptischen Nerven, kannst du ja gehen.«

»Herrin«, erwiderte er, »nicht durch zarte Nerven haben wir Eure Vorväter bewogen, die schweren Quadern für einige unsrer schönsten Pyramiden an ihre Stelle zu fügen.«

»Aber wir haben es überlebt«, sagte die Prinzessin. »Wir sind eine dauerhafte Rasse.« Sie schwieg, blickte mich stirnrunzelnd an: »Wo waren wir stehengeblieben? Ah, ja – mein Gatte, König David, wandte sich dann zwei Männern zu, die vor ihm standen, und sprach: Nun, Baana und Rechab b'nai Rimmon, habt die Liebenswürdigkeit, eure Geschichte vor meiner Frau Michal, der Tochter Sauls und Schwester des Ish-bosheth, zu wiederholen. Und Baana und Rechab erbleichten und verloren etwas von ihrer Selbstsicherheit, und sie sagten: Wenn es gefällig ist, Herrin, wir kamen zum Hause Ish-boshets, da der Tag am heißesten war, und traten ohne weiteres ein, weil Ish-bosheth uns verschiedene Aufträge bezüglich des Abner ben Ner gegeben hatte und die Diener Ish-bosheths wußten, daß er uns erwartete. Wir begaben uns zur Mitte des Hauses, zur Schlafkammer des Ish-bosheth, der auf dem Bett lag und schnarchend sein Mittagsschläfchen hielt, während die Fliegen ihm ums Gesicht summten. Da stachen wir ihn tot, und hieben ihm den Kopf ab, und gingen hin des Wegs auf dem Blachfelde die ganze Nacht. Und wir brachten das Haupt Ish-bosheths gen Hebron, zu Eurem Gatten König David, und sprachen zum König: Hier ist es, hier ist das Haupt Ish-bosheths, des Sohns Eures Feindes, der Euch nach dem Leben trachtete, und GOtt hat heute unsern Herrn König an Saul gerächt und an seinem Samen.«

Die Prinzessin setzte sich nieder auf ihr Polster und verschränkte die Hände um ihre Knie. Ich sah den Ausdruck um ihren Mund herum und die Furchen auf ihrem Gesicht, und ich dachte an David und seinen ungeheuerlichen Sinn für Schaustellungen.

»David aber erhob sich zwischen den Cherubim«, fuhr die Prinzessin fort, »und er sagte: Hört mich an, ihr Söhne Rimmons, und auch du, Michal, Tochter Sauls. Und er sprach von dem jungen Mann aus Amalek, der ihm Sauls Krone gebracht hatte, und das Armgeschmeide von Sauls Arm, und der geglaubt hatte, er erhielte eine Belohnung für seine Botschaft, und den er zu Ziklag erwürgen ließ. Dann, mit erhobener Stimme, sprach er zu Baana und Rechab, und zu mir, und zu allen, die um ihn waren: So wahr der HErr lebt, der meine Seele aus aller Trübsal erlöst hat, um wieviel eher werde ich so handeln, wenn gottlose Leute einen gerechten Mann in seinem eignen Haus auf seinem Bett erschlagen! Ja, sollte ich sein Blut nicht fordern von euren Händen, und euch vertilgen von der Erde? Und da Baana und Rechab aufschrien zu ihm, und Tohuwabohu einsetzte, gab David seinen Offizieren einen Befehl, und sie töteten die beiden Mörder, und hieben ihnen Hände und Füße ab, und hängten diese auf am Teich zu Hebron.«

Die Prinzessin legte die Hände flach in den Schoß. »Ich weiß nicht, welch morbider Gedanke David veranlaßte, den Kopf Ish-bosheths in Abners Grab zu Hebron zu bestatten. War nicht Ish-bosheth ebensosehr das Opfer Abners gewesen wie das seiner Mörder Baana und Rechab? Oder war diese Nähe im Tode sinnbildlich gemeint, ein geheimes Gleichnis, verständlich nur David und GOtt?«

15

Niederschriften, Anmerkungen und Betrachtungen des Ethan ben Hoshaja zu Davids äußeren Kriegen sowie zu verschiedenen anderen Begebenheiten während der Herrschaft Davids, so von den Mitgliedern der königlichen Kommission zur Ausarbeitung *des Einen und Einzigen Wahren und Autoritativen, Historisch Genauen und Amtlich Anerkannten Berichts über den Erstaunlichen Aufstieg* und so fort auf deren neuerlicher Sitzung besprochen wurden.

Alles fällt dem zu, den der HErr erwählt hat; jene aber, welchen bestimmt ist, zu stürzen, werden zu Boden getreten.

Wie Beth auf Aleph folgt, so mußte die Salbung Davids folgen auf die Ermordung des Ish-bosheth. Die Ältesten Israel kamen zu David und sprachen: Siehe, wir sind deines Gebeins und deines Fleisches; auch hast du schon früher, da Saul noch König über uns war, Israel ins Feld geführt und reiche Beute gebracht, und so sollst du Anführer sein über Israel. Und König David machte mit ihnen einen Bund zu Hebron vor dem HErrn; und sie salbten ihn zum König über Israel.

Nach all den Leidenschaften und Leiden, dem Listen und Morden, den Zügen und Gegenzügen dürfte David dieser Ausklang doch irgendwie unbefriedigend gewesen sein.

Ansprache König Davids an sein versammeltes Heer in Vorbereitung des Angriffs auf die Feste Zion; wie sie der Sitzung unterbreitet worden von Benaja ben Jehojada, und auch von ihm den Mitgliedern der Kommission vorgetragen

»Also, ihr Söhne Israels sowie Judas, hört den Erwählten des HErrn. Unsere Priester haben männliche Schafe geschlachtet und auch das Orakel Urim und Tummim befragt; sie schwören mir, noch nie sei ein Tag günstiger gewesen, die Stadt der Jebusiter, Jerusholayim, zu erstürmen und sie den Heiden abzunehmen. Außerdem habe ich einen Traum geträumt, in welchem Jahweh, der HErr der Heerscharen, mir erschien und zu mir sprach: Siehe, ich habe Israel aus Ägypten herausgeführt, und bin von ihnen hergezogen bei Tage in einer Wolkensäule und des Nachts in einer Feuersäule: so will ich dir und deinem Volke voranziehen, wenn sie vorgehen gegen die Wälle von Jerusholayim.«

(Hurrarufe.)

»Ah, meine Tapferen, deren Schwert Schrecken erregt im Herzen des Feindes: ich will, daß ihr euch in den Staub werft vor dem HErrn und ihm dankt, daß er euch auserwählt hat, diesen Tag zu erleben. Denn ihr werdet beneidet werden ewiglich, weil ihr von allen Männern in Israel auserlesen wurdet, die Feste Zion zu stürmen und sie für den HErrn GOtt der Heerscharen zu erobern und für euren König David, und dadurch eure Namen unsterblich zu machen und nebenher große Beute zu gewinnen, jeder einzelne von euch.«

(Laute Hurrarufe.)

»Nun hat es da Stimmen gegeben, und ich habe ein sehr gutes Ohr für Stimmen, die stellten die Frage: Warum eigentlich will David dieses Jerusholayim als seine Stadt? Es ist nur ein Haufen Steine, heiß im Sommer, kalt im Winter, und überhaupt unerfreulich. Aber in dem Traum, den zu erwähnen ich schon Gelegenheit hatte, sprach Jahweh des weiteren zu mir, und er sagte: David, du bist König von allen Kindern Israels; darum soll deine Stadt auch nicht in Juda sein, und nicht in Benjamin, und nicht in Manasse, und überhaupt nicht in einem der Stämme, sondern es soll deine eigne, Davids Stadt sein, und in der Mitte gelegen; und ich, der HErr, dein GOtt, werde persönlich kommen und in Jerusholayim wohnen, zum großen Nutzen ihrer Bürger und des ganzen Volkes Israel. Woraus ihr erseht, meine Löwenherzigen, daß Jahweh, der HErr der Heerscharen, große Pläne für die Rolle Jerusholayims in der Geschichte hat; uns obliegt nur, die Stadt einzunehmen.«

(Hurrarufe.)

»Auch ist gesagt worden, und ich habe ein sehr gutes Ohr für alles, was gesagt wird, die Feste Zion und die Mauern Jerusholayims seinen derart uneinnehmbar, daß Lahme und Blinde sie vertei-

digen könnten. Dies aber ist nichts als ein Gerücht, verbreitet von den Feinden Davids. Denn in dem Traum, auf den ich wiederholt Bezug genommen habe, sprach Jahweh ferner zu mir, und sagte: David, da ist ein Durchgang durch den Fels, der führt von einer Quelle draußen vor der Stadt zu einer Zisterne innerhalb der Wälle, und wer durch diesen hinaufsteigt, wird im Rücken der Verteidiger heraufkommen und derart verrichten, was wohlgefällig ist im Auge des HErrn.«
(Überraschung, Hurrarufe.)
»Darum also, meine Unbesiegbaren, sage ich euch: GOtt tue mir dies und jenes, wenn die Stadt Jerusholayim nicht unser ist beim Anbruch der Nacht. Und wer als erster durch den Durchgang hinaufsteigt, und die Zisterne erreicht, und die Jebusiter schlägt samt ihren Lahmen und Blinden, der soll mein Oberster und Feldhauptmann sein. Trompeter, blas zum Angriff!«
(Nicht enden wollende Hurrarufe. Die Posaune bläst zum Angriff.)

Benaja ben Jehojada hatte geendet. Die Mitglieder der Kommission verspürten offensichtlich Unbehagen; sie saßen da, die einen ihre Nägel betrachtend, die andern ihre Nasen kratzend. Die Ursache ihres Unbehagens war klar: denn es war Joab gewesen, der als erster durch den Durchgang hinaufstieg und als erster zu der Zisterne gelangte und die Jebusiter schlug; betreffend Joab aber hatte, wie es hieß, König David seinen Sohn Salomo beauftragt: Tue darum mit Joab nach deiner Weisheit, daß sein graues Haupt nicht etwa friedlich in die Grube fahre.
Josaphat ben Ahilud aber, der Kanzler, preßte die Hände flach gegeneinander und sprach: »Wieso bestehen Zweifel in den Herzen meiner Herren über die Behandlung des Joab in unserm Bericht? Schreibt man im Buch der Schöpfung nicht ganz offen von der Schlange, und berichtet darin von Kain, dem Mörder seines Bruders Abel? In Büchern, welche in gewissen fremden Ländern erscheinen, wird jener, die dem Auge ihres Königs mißfallen, häufig nur kurz oder gar nicht Erwähnung getan, so daß ein solcherart Behandelter zur Unperson wird und seine Söhne plötzlich die Söhne von Niemandem sind. Aber dies sind die Wege der Unbeschnittenen, und sie sind außerdem unweise, denn eine völlige Verdrehung der Tatsachen narrt nur völlige Narren und macht das ganze Buch unglaubhaft; und sobald ein neuer König den Thron besteigt, befiehlt er, alles anders zu schreiben, wobei die Unperson des vorhergegangenen Königs wieder ausgegraben, seine Günstlinge aber entsprechend abgewertet werden, so daß die Geschichte eines Volkes schließlich davon abhängt, welche Ausgabe davon man liest. Der Weiseste der Könige aber, Salomo, würde es vorziehen, wenn unsere Kommission einen, der gekennzeichnet werden soll, geschickt ins entsprechende Licht rückte, und die

Wahrheit, wo sie gebeugt werden muß, nur geringfügig beugte, und überhaupt auf subtilere Art vorginge, damit das Volk auch glaubt, was geschrieben steht; denn der König hofft stark, daß der *Eine und Einzige Wahre und Autoritative, Historisch Genaue und Amtlich Anerkannte Bericht über den Erstaunlichen Aufstieg* und so fort alle anderen Bücher seiner Art überdauern wird.«

Ich bemerkte die gerunzelte Braue des Benaja ben Jehojada. Er schnaufte wütend, und sprach: »Das genügt. GOtt tue mir dies und das, wenn ich dem Joab nicht öffentlich den Prozeß mache. Ich habe genug Zeugnisse gegen ihn und genug ordentlich unterzeichnete Geständnisse, um ihn doppelt und dreifach zu hängen, und ihm den Kopf abschlagen und den Leib an die nächstbeste Mauer nageln zu lassen; und bei seinem Prozeß wird er die Wahrheit so vollkommen sagen, daß nichts daran zu beugen bleibt, geringfügig oder sonstwie.«

Darauf lächelte der Kanzler Josaphat ben Ahilud höflich. Die Einleitung eines Gerichtsverfahrens, sagte er, falle durchaus in den Amtsbereich meines Herrn Benaja, König Salomos Einverständnis vorausgesetzt; daß es aber eines sei, einen Mann aufzuhängen, und ein anderes, über ihn zu schreiben.

Siehe den König David in seinem Glanze.

Sein Haar ist rostfarben geworden, im Bart zeigt sich das erste Grau. Der Zwang, dauernd auf der Hut zu sein, hat ihm Furchen ums Auge gegraben, und das Auge hat etwas von seinem früheren Leuchten verloren.

(Mein Herr Josaphat: Man erwähne hier, daß der HErr David zum König über Israel eingesetzt hat um seines Volkes Israel willen.)

David wohnt auf der Burg Zion und gibt ihr den Namen Davidstadt. Er verstärkt die Befestigungen. Er verhandelt mit Hiram, dem König von Tyrus, der ihm Zedernbäume sendet und Zimmerleute und Steinmetzen zum Bau seines Palasts.

Aus den Reihen der Töchter Jerusholayims nimmt er sich zusätzliche Weiber und Kebsweiber. Er braucht frische Frauen, er braucht mehr Söhne, und hofft, daß die Erweiterung seiner Familie durch örtliche Schönheiten ihn bei der Bevölkerung beliebt machen wird.

(Mein Herr Elihoreph: An dieser Stelle füge man die Namen der Söhne Davids ein, welche ihm zu Jerusholayim geboren worden.)

Er ist sichtbarlich der Erwählte des HErrn. Anders als Sauls Haus, welches nach dem Tode seines Begründers zusammenbrach, soll das seine ihn um viele Geschlechter überdauern. In seinen Händen ist die Macht durch höheren Zweck geheiligt. Seine Dichtung beschäftigt sich ausführlich mit diesem Gedanken; zusammen mit den Texten erhält der königliche Obermusikant genaue Anwei-

sungen über ihre Vortragsweise. Aber er sucht nach einem dauerhaften Zeugnis seines güttlichen Auftrags.
Und entsinnt sich der Bundeslade.
(Mein Herr Nathan: Hier empfiehlt sich ein kurzes Kapitel über die Verbringung der Lade GOttes nach Jerusholayim.)
Die Bundeslade, darauf unsichtbar thronend Jahweh zwischen den Cherubim: man führe sie nach Jerusholayim, und man führt Jahweh mit ihr mit, den unfaßbaren, unsteten Gott der Stämme; GOtt an einem Ort aber bedeutet die Macht an einem Ort.
Doch wo befand sich die Lade? Eine eilige Rundfrage ergibt, daß sie zuletzt während der Richterschaft Samuels, des Propheten, öffentlich verehrt wurde, und zwar nachdem die Philisterkönige sie in der Schlacht erbeutet, sie bald aber, von Jahweh mit Geschwüren an ihrem Geschlecht und mit Hämorrhoiden geplagt, an Israel zurückgeschickt hatten. Seither steht sie, bedeckt von Staub, in der Scheune eines gewissen Abinadab zu Kirjath-jearim nahe Gibea.
(Mein Herr Zadok: Alle Angaben, die geeignet seien, Zweifel an der Heiligkeit von Kultgegenständen zu erregen, sind zu vermeiden.)
Während nun die Lade von Spinnweben gereinigt und frisch gestrichen wird, naht sich König David mit einem Geleit von dreißigtausend Gläubigen, die Bundeslade aus dem Hause des Abinadab abzuholen. Die Lade wird auf einen neu gezimmerten Karren gestellt, und Ussa und Ahjo, die Söhne des Abinadab, werden bestimmt, den Karren zu führen.
David weiß, was er dem HErrn schuldet: dies wird die größte Prozession in der Geschichte Israels werden, mit zahllosen Musikanten, die vor dem HErrn auf Harfen spielen, auf Psaltern, auf Pauken, auf Kornetten, auf Zimbeln, genug, um auch den stärksten Ochsen zu erschrecken. Und da die Prozession zur Tenne des Nachod gelangt, siehe, scheuen die Ochsen, und der Karren gerät ins Schleudern, und Ussa packt die Lade GOttes, damit sie nicht stürze. Wodurch der Zorn des HErrn über Ussa ergrimmt, und GOtt schlägt ihn daselbst um seines Frevels willen; und Ussa stirbt bei der Lade GOttes.
(Mein Herr Zadok: Dies ist mit Sorgfalt abzufassen, auf daß kein Zweifel entstehe an der ewigen Gerechtigkeit des HErrn.)
David erschrickt: wenn Ussa sterben mußte, nur weil er die Lade GOttes stützte, was droht dann einem, der sich ihrer zu bedienen gedenkt um eignen Vorteils willen?
Also handelt David, sich des gefährlichen Möbels zu entledigen. Die Leiche Ussas wird liegengelassen. Die Lade GOttes wird zwecks weiterer Beobachtung in das nahe gelegene Haus Obededoms geschafft, eines Mannes aus Gath: erweist sich der Zorn des HErrn als längerdauernd, so wird Obed-edom sichtbarlich geschlagen werden.

(Mein Herr Ahija: Die Wahl eines Ausländers als Versuchsgegenstand ist gebührend zu betonen, da sie Davids große Liebe für sein Volk Israel offenbart.)
Nach drei Monaten stimmen sämtliche Berichte überein: nicht nur hat Obed-edom keine Wassersucht entwickelt, keine offenen Schwären, keinen eitrigen Ausfluß, sondern der HErr hat Obed-edoms Haus und alles, was ihm gehört, sichtbarlich gesegnet.
Jetzt entschließt sich David, es noch einmal zu wagen. Um sicherzugehen, läßt er Ochsen und fette Schafe opfern, sobald die Träger der Lade sechs Schritte getan haben. Alsdann gürtet er sich mit dem leinenen Leibrock der Priester und tanzt in Verzückung vor dem HErrn, zum großen Jubel des Volkes, das sein wohlentwickeltes Zubehör bewundert, und zum großen Mißvergnügen Michals, die von ihrem Fenster aus seine Sprünge beobachtet, während er die Lade zum Tabernakel geleitet.
(Mein Herr Elihoreph: Um Davids Großzügigkeit hervorzuheben, sollte hier eingefügt werden, daß David an diesem Tag an die ganze Menge Israels, Männlein wie Weiblein, an einen jeglichen also einen Brotkuchen und ein gutes Stück Fleisch und ein Nößel Wein verteilen ließ.)
Liste der Siege Davids über mannigfache ausländische Feinde, zusammengestellt von Benaja ben Jehojada und von ihm vorgelegt zwecks Aufnahme in den König-David-Bericht.

Erster Philister-Feldzug:
Die Philister brechen durch die Senke Rephaim ins Land. Dem Ratschlag des HErrn folgend, schlägt David sie durch einen Frontalangriff bei Baal-perazim. Die geschlagenen Philister lassen ihre Götzenbilder zurück, und David befiehlt ihre Verbrennung.

Zweiter Philister-Feldzug:
Die Philister kehren zurück, wiederum durch die Senke Rephaim. Der HErr empfiehlt ein Umgehungsmanöver, gefolgt von einem Angriff gegen den Rücken des Feindes; der HErr wird das Zeichen zum Angriff durch ein Rauschen in den Wipfeln gewisser Maulbeerbäume geben. David tut, wie ihm der HErr gebot, und schlägt die Philister von Geba an bis Geser.

Verfolgung der Geschlagenen:
Der Widerstand versprengter Trupps der Philister wird gebrochen; die Städte der Philister werden besetzt; die fünf Königreiche hören auf zu bestehen.

Unterwerfung Moabs:
Die Moabiter werden von David angegriffen und geschlagen.

Von je drei wehrfähigen Männern läßt er zwei töten, der Rest wird tributpflichtig gemacht.

Der grosse nordost-feldzug:
Hadadeser, König zu Zoba, droht, seine Macht auszudehnen über das Wasser Phrat. David zieht gegen ihn zu Felde, schlägt ihn, nimmt zwanzigtausend Fußvolk und siebenhundert Reiter gefangen und erobert eintausend Kampfwagen. Die goldenen Schilde der Offiziere Hadadesers, sowie große Mengen Kupfers aus Betah und Berothai, den Städten Hadadesers, werden nach Jerusholayim gebracht.

Besetzung von damaskus:
Die Syrer von Damaskus kommen Hadadeser, dem König zu Zoba, zu Hilfe. David erschlägt ihrer zweiundzwanzigtausend Mann, errichtet Garnisonen im damaskischen Syrien und macht die Bevölkerung tributpflichtig.

Unterjochung edoms:
Auf dem Rückzug aus Syrien, im Salztal, schlägt David ein Hilfsheer aus Edom, achtzehntausend Mann. Er errichtet Garnisonen in Edom und macht die Bevölkerung tributpflichtig.

Der grosse transjordanische feldzug:
In Zorn ergrimmt gegen König Hanun von Ammon, der den Gesandten Israels die Bärte zur Hälfte abschneiden ließ und sie zwang, mit nacktem Gesäß einherzugehen, entsendet David Joab und das Heer der Kriegsleute. In einer Doppelschlacht vor den Toren der Hauptstadt Rabbath-ammon werden die syrischen Hilfstruppen und die Ammoniter nacheinander geschlagen. Die Syrer sammeln sich wieder und werden von Truppen des Königs Hadadeser verstärkt. David rafft den gesamten Heerbann Israels zusammen, zieht über den Jordan und besiegt bei Helam das unter Hadadesers Feldhauptmann Shobach vereinte syrische Heer. Davids Truppen erschlagen vierzigtausend Reiter und die Mannschaften von siebenhundert Kampfwagen; Shobach wird in der Schlacht verwundet und stirbt. Die verschiedenen syrischen Königreiche ziehen sich aus dem Krieg zurück; Ammon wird von Joab verwüstet, die Hauptstadt Rabbath-ammon belagert und zerstört. Das Volk darinnen wird unters Joch gezwungen; die Königskrone von Ammon, an Gewicht ein Talent Goldes und mit kostbaren Steinen besetzt, setzt sich David aufs Haupt.

Allgemeine feststellung:
In all diesen Schlachten und Feldzügen schützte der HErr David, wohin dieser auch ging.

»Und nun, meine Herren«, sprach Josaphat ben Ahilud, der Kanzler, »unser letzter Punkt heute: Warum König David, obzwar er die Lade GOttes nach Jerusholayim brachte, nicht selber den Tempel errichtete, in dem diese Platz finden sollte, sondern dies fromme Werk seinem Sohn und Erben Salomo überließ.«
Ich befürchtete, Josaphat möchte die Frage mir zuschieben. Der Tempel, dessen Kosten ins Uferlose gingen, war eine ständige Ursache öffentlicher Unzufriedenheit; und viele im Volk priesen David über Salomo, weil der alte König es weise vermieden hatte, das heilige Riesenbauwerk in Angriff nehmen zu lassen.
Josaphat lächelte mir zu. »Ethan?«
Ich aber wußte, und auch Josaphat wußte, daß die Mitglieder der Kommission den Grund für Davids Verhalten genau kannten. Es war nicht Geiz gewesen. Für den Bau seines eignen Palastes gab David Geld aus; überhaupt kam es ihm auf Schekel nicht an, wenn er den Glanz seines Königtums zeigen wollte. Die leidige Tatsache war, daß er vor Zwistigkeiten mit der Geistlichkeit zurückschreckte. Die Bundeslade in seinem Tabernakel zu Jerusholayim hatte schon genug Erbitterung erzeugt, da sie das Einkommen der Tempel zu Shilo und Shechem verringerte, wie auch das der Hunderte kleinerer Heiligtümer, die über das ganze Land verstreut waren und deren ein jedes seine Anzahl von Priestern ernährte; David war besorgt, ein königlicher Tempel, prangend im Schmuck von Zedernholz und Marmor und Kupfer und kostbaren Steinen, könnte die Mißstimmung dieser Priester in tätige Feindschaft verwandeln und die Schwierigkeiten vermehren, die ihn trotz der Siege seiner Heere plagten.
Ich sagte daher, daß Meinungsäußerungen über den Tempel des HErrn und alles, was diesen beträfe, den Männern GOttes oblägen; ich sei nur ein bescheidenes Gefäß, das in Erwartung stünde, von ihren Worten der Weisheit gefüllt zu werden. Worauf der Priester Zadok und der Prophet Nathan einer den andern aufforderten, das Wort zu ergreifen, bis Benaja ben Jehojada zu wissen verlangte, ob die Kommission etwa die ganze Nacht sitzen solle.
Schließlich begann Zadok, und sprach: »Möge es meinen Herren gefällig sein, David bereitete den Tempelbau vor, und sammelte viel Eisens, und Nägel für die Tore und Scharniere, und Kupfer, und Zedernholz. Dann rief er Salomo zu sich, damals noch ein Knabe und in zartem Alter, und sprach zu ihm: Mein Sohn, was mich betrifft, so hatte ich im Sinn, dem HErrn GOtt Israels ein Haus zu bauen, das von außerordentlicher Pracht sein würde und berühmt in allen Landen. Aber das Wort des HErrn kam zu mir, und besagte: Du hast reichlich Blut vergossen, und große Kriege geführt; darum sollst du meinem Namen kein Haus erbauen. Doch siehe, ein Sohn soll dir geboren werden, der wird ein Mann des Friedens sein; und ihm will ich Ruhe geben vor all seinen Feinden umher, denn sein Name wird Salomo sein, der Friedreiche. Dieser

soll meinem Namen ein Haus erbauen; und er soll mein Sohn sein, und ich werde ihm ein Vater sein; und ich werde seinen königlichen Thron über Israel bestätigen ewiglich.«
Da gab es ein großes Händeklatschen, und Josaphat erklärte, die Geschichte sei sehr sinnig, und von tiefer Bedeutung, besonders in ihrem Bezug auf den Weisesten der Könige, Salomo. Nathan aber, der Prophet, verzog die Brauen und stellte die Frage, ob die Mitglieder es für weise hielten, die Aufmerksamkeit des Volkes auf das reichliche Blut an den Händen König Davids zu lenken.
Darauf erwiderte Josaphat: »Vielleicht ist mein Herr Nathan im Besitz anderer Kenntnisse und hat die Liebenswürdigkeit, uns an diesen teilhaben zu lassen?«
Gerne, sagte Nathan; auch sei das, was er wisse, unanfechtbar, denn er habe es aus dem Munde des HErrn. In dem Buch seiner Erinnerungen, an dem er zur Zeit arbeite und das er *Das Buch Nathans* zu nennen gedenke, habe er alles niedergeschrieben; er werde sich freuen, den Mitgliedern der Kommission aus dem fraglichen Kapitel vorzulesen.
Da dankte Josaphat dem Nathan und meinte, er spräche sicher im Namen aller Mitglieder der Kommission, wenn er das freundliche Anerbieten freudig annehme; Nathan aber schnippte mit dem Finger, worauf zwei Diener einen Korb voll Tontäfelchen hereinbrachten, und er griff in den Korb und begann aus dem Kapitel zu lesen, das betitelt war: *Nathans Traum.*
Es war ein schöner Traum, und ein sehr lehrreicher. Selbstverständlich trat der HErr darin auf und sprach des längeren zu Nathan: von dem Auszug der Kinder Israels aus Ägypten, von der Ansiedlung der Stämme, von der Zeit der Richter. In all diesen Jahren, fuhr der Herr fort, habe er in Zelten gehaust und in Tabernakeln, so daß ihm ein paar mehr Jahre der Unbequemlichkeit wenig bedeuteten.
Und Nathan erhob die Stimme mächtig, da er die Worte des HErrn nachsprach, die ihm befahlen: »Gehe hin und verkündige meinem Knecht David: Wenn nun deine Zeit hin ist, daß du mit deinen Vätern schlafen liegst, will ich deinen Sohn, der von deinem Leibe kommt, gar mächtig machen. Er soll meinem Namen ein Haus bauen; ich will ihm ein Vater sein, und er soll sein mein Sohn, und dein Haus und dein Königreich sollen bestehen ewiglich.«
Nathan schwieg kurz.
Dann schloß er: »Und all diese Worte und all diese Gesichte berichtete ich David getreulich.«
Da gab es wiederum ein großes Händeklatschen, und Josaphat erklärte, der Traum sei ganz außerordentlich, und von tiefer Bedeutung, besonders in seinem Bezug auf den Samen aus Davids Leibe. Der Priester Zadok aber zuckte die Achseln und äußerte sich über das Wunder: denn in der Geschichte, die er der Kom-

mission vorgetragen hatte, habe der HErr fast wörtlich dasselbe gesprochen wie in dem Traum, den Nathan aus dem Buch seiner Erinnerungen vorgelesen.
Josaphat ben Ahilud, der Kanzler, schluckte. Darauf wandte er sich mir zu und sprach: »Als Sachverständiger, Ethan, welches würdest du in den König-David-Bericht aufnehmen, die Erzählung des Zadok oder den Traum des Nathan?«
»Die Gleichheit der Worte des HErrn in beiden«, sagte ich nach einigem Zögern, »beweist beider göttlichen Ursprung. Also kann nur GOtt richten. Es dünkt Euren Diener, Ihr werdet losen müssen oder abstimmen.«
»Abstimmen«, sagte Benaja, »damit wir zu einem Ende kommen.«
Es geschah aber, daß drei Stimmen gegen drei standen, da Benaja ben Johajada und der Schreiber Ahija und Zadok sich für Zadoks Erzählung erklärten, Josaphat ben Ahilud jedoch und Elihoreph, der andere Schreiber, sowie Nathan für Nathans Traum. Darum wurde die Frage zur Entscheidung dem Weisesten der Könige, Salomo, vorgelegt.*

16

Aufzeichnung König Davids über den Streit, den er nach seiner Rückkehr von der grossen Prozession zu Ehren der Überführung der Lade Gottes nach Jerusholayim mit Michal hatte, seiner Frau

Der Marsch war lang gewesen, und heiß, und die Straße staubig; und mein Tanz vor dem Herrn beschwerlich. Darf danach ein Mann nicht erwarten, im eignen Haus mit freundlichen Worten bewillkommnet zu werden, und mit einem kühlen Trunk und einer Schüssel Wasser für die Füße?
Doch Michal, die Tochter Sauls, steht in der Tür und begrüßt mich mit ihrem spöttischen Ausdruck, der so unausstehlich ist, und da ich wissen will, wo denn die anderen seien, antwortet sie: Mein Herr wird sie wohl in der Stadt finden, oder in den Toren der Stadt bei den Geschichtenerzählern und Straßensängern und Gauklern und Schwertschluckern; ist es doch nicht jeden Tag, daß der König dem Volk ein Fest bereitet und ein solches Schauspiel. Warum dann bliebst du zu Haus, fragte ich sie. Ich bin die Tochter eines Königs, sagt sie, ich mische mich nicht unter den Pöbel; auch sah ich genügend von meinem Fenster aus. Ach wirklich, sage ich, und war es ein schöner Anblick?
Da schaut sie mich an. Und ich sehe, wie sie tief Atem holt und ihre

* Salomonisches Urteil, nach mehreren Monaten gefällt: *Beide Texte aufnehmen.*

Brüste sich heben, noch immer hat sie diese schönen festen Brüste, und sie schilt: Wie glorreich war der König von Israel heute, da er sich vor den Dienstmägden seiner Hofschranzen entblößte, schamlos wie ein Hurer.
HErr GOtt! Der Zorn schießt mir von den Eingeweiden in den Schädel, und ich gedenke der zweihundert Philistervorhäute, die ihr Vater mich zahlen ließ für sie, und des Blicks, mit dem sie meine Morgengabe betrachtete, und ich sage: Vor dem HErrn habe ich mich gezeigt, verstehst du, vor dem HErrn, der mich erwählt hat an deines Vaters Statt und anstelle aller Söhne deines Vaters, zu herrschen über Israel: darum tanzte ich vor dem HErrn. Und ich will noch gemeiner sein als das, und mich erniedrigen, und mich zur Schau stellen vor dem HErrn; was aber die Mägde angeht, davon du geredest hast, ich schäme mich nicht dessen, was sie sehen möchten; es ist gar mancher Magd zu Diensten gewesen; du aber sollst übergangen werden und sollst kinderlos bleiben bis zum Tag deines Todes.
Als ob du mir auch nur einmal in Liebe genaht wärst, sagt sie heiser, seit du mich von Phalti nahmst und mich gehalten hast in deinem Haus zu Hebron, und nun zu Jerusholayim.
Worauf ich sage: Warum auch soll ich durch meinen eignen Samen das Blut Sauls vermehren, welches mein Feind ist?
O David! ruft sie aus. Und dann: Der HErr GOtt weiß, daß dein Herz ein Eisklumpen ist, welcher die Liebe derer, so dir nahestehen, erkalten läßt und tödlich ist für deine Seele; der Tag wird kommen, da du spürst, wie die Kälte sich ausbreitet in dir, und die zärtlichsten Bemühungen noch so vieler Töchter Israels werden nicht vermögen, dir Wärme zu spenden ...

Die Tänzer und Spieler in den Toren der Städte zeigen ein Spiel, das handelt vom Hängen der sieben Söhne Sauls zu Gibeon, und wie Rizpa, die Kebse Sauls, ihre Mutter, ausharrte unter dem Galgen und der Vögel des Himmels wehrte bei Tage und der wilden Tiere des Feldes bei Nacht, vom Beginn der Gerstenernte bis endlich der Regen kam, und so den König David besiegte.
Nun sind fünf von sieben nicht eigentlich Söhne des Saul und der Rizpa gewesen, sondern waren Enkel König Sauls, geboren von seiner Tochter Merab, die jung verstarb, so daß die Knaben großgezogen wurden von der Prinzessin Michal, der Schwester Merabs, und diese ihnen wie eine zweite Mutter wurde. Und wieder ergab es sich, daß Michals Hand das Licht hielt, welches das Dunkel erhellen mochte; mein Weg aber zu ihr war versperrt.
Und ich beriet mich mit Esther, meiner Frau, und ich beschloß zu vermeiden, noch tiefer in die Abhängigkeit Amenhotephs zu geraten und lieber Josaphat ben Ahilud zu ersuchen, den Kanzler, daß ich vor das Antlitz der Prinzessin treten dürfte. Dieser aber rief mich zu sich nach mehreren Tagen, und sprach: »Ethan, die

Dame Michal ist unpäßlich; der Weiseste der Könige rät an, du mögest mir deine Fragen vorlegen.«
Ich fror plötzlich bis ins Innerste, denn mir wurde offenbar, daß der König mir mißtraute und seine Ratgeber mich bezweifelten, weshalb sie mir Zutritt zu Michal verweigerten; doch war ich besonnen genug, meiner Besorgnis um den Gesundheitszustand der Prinzessin Ausdruck zu geben; worauf Josaphat zu wissen verlangte, was ich denn von ihr zu erfragen gedächte.
»Herr«, sagte ich, »es ist mit den Fragen wie mit gewissen Pflanzen: es wächst eine aus der anderen.«
»Mich dünkt«, erwiderte er, »du überschätzt deine Rolle, Ethan. Der Schreiber soll schreiben, nicht denken; und der, welcher gelehrt ist und Kenntnisse hat, beschränke sich auf seine Gelehrsamkeit.«
»Euer Diener forscht nicht um des Forschens willen oder aus Fürwitz«, hielt ich ihm entgegen. »Hat nicht der Weiseste der Könige, Salomo, mich bestallt und mir Hilfe zugesagt, sollte ich straucheln oder im Ungewissen sein, wo Irrtum liegt und wo die Wahrheit? Warum hilft mir dann keiner? Warum wird mir verhüllt und verborgen, was ich doch wissen muß, um es zu schreiben? Wahrhaftig, ich kehrte lieber zurück nach Esrah und lebte in Frieden, als daß ich meine Seele quälte mit Ja und Nein und Vielleicht und Aber.«
»Also frag«, sagte er stirnrunzelnd.
»Bezüglich König Davids Tanz und seiner Verzückung vor der Lade GOttes, wodurch das Mißfallen Michals erregt wurde, die es vom Fenster aus sah ...«
»Ich weiß«, sagte Josaphat, »es war die Rede davon auf der letzten Sitzung der Kommission. Meinst du wirklich, daß ein Zank zwischen Eheleuten es wert ist, in einem ernsthaften Geschichtswerk behandelt zu werden?«
»Der Tanz des Königs vor der Lade des HErrn ist eine heilige Handlung, wohl wert der Erwähnung in einem ernsthaften Geschichtswerk; und wenn des Königs Frau mit ihm darob zankt, so ist es zu ihrer Schande.«
Da seufzte Josaphat und sagte, er habe meine Frage vorausgesehen und sei auf sie vorbereitet; worauf er mir ein paar Tontäfelchen zuschob. Diese sahen aus wie persönliche Aufzeichnungen, von der Hand eines Schriftkundigen, die Buchstaben wohlgerundet, mit vielen Abkürzungen.
Mir aber war, als streifte der Flügel des Schicksals meine Stirn, und ich fragte, obwohl ich die Antwort schon wußte: »Ist das die Schrift König Davids?«
Josaphat nickte: »Aus meinen Ablagen.«
Er gab mir Zeit, zu lesen. Später durfte ich die Täfelchen abschreiben, und was darauf stand, habe ich eingangs angeführt. Und da ich zu Ende gelesen, fragte er: »Was hältst du davon?«

»GOtt allein weiß«, sagte ich, »was in den Herzen eines Mannes vorgeht und einer Frau, die so aneinander gebunden waren wie David und Michal.«
»Das ist alles, was du aus Davids Worten ersiehst?«
Ich schwieg.
»Du spürst nicht die Furcht, die in ihnen steckt, und die Gespenster, die daraus aufsteigen? Und die Gespenster tragen alle das gleiche Gesicht: König Sauls.«
Ich fragte mich, woher sein Vertrauen auf einmal käme. War etwa schon entschieden, daß ich nicht lange genug leben sollte, um es mißbrauchen zu können?
»Möge mir mein Herr verzeihen«, sagte ich, »doch mir scheint, daß David nicht der Mann war, der sich mit Gespenstern abgab; er verkehrte vielmehr mit Engeln und mit HErrn Jahweh in eigner Person.«
Josaphat lächelte. »Dann betrachte es im Licht der Sonne. Da David selbst die Macht an sich gerissen hatte, vermutete er, andere möchten Gleiches gegen ihn planen. Der Staat, den er errichtete, war notwendig und darum wohlgefällig im Auge des HErrn; aber er verbitterte die Stammesältesten, deren Macht er beschnitt. Seine Kriege waren teuer, seine Verwaltung zehrte am Vermögen des Volkes; bald sehnten die Kinder Israels die Tage Sauls zurück, da der König noch hinter dem Pflug einherging und der Bauer den Großteil seines Ertrags für sich behielt. Was natürlicher, als daß die Enttäuschten und Unzufriedenen, die Notleidenden und Verarmten ihre Hoffnungen auf den Geist Sauls setzten und auf Sauls letzte noch lebende Nachkommen?«
Und wie lange dann, dachte ich Josaphats Gedanken zu Ende, wie lange, bis selbst ein kühler Kopf in jeder zufälligen Ansammlung eine Gruppe sieht, in jedem geflüsterten Wort eine Verschwörung? Wie lange, bis er den Staat, errichtet im Namen des HErrn, in einen Moloch verwandelt, der gespeist wird mit dem Fleisch der Unschuldigen?
»Mein Herr wünscht doch nicht etwa anzudeuten«, sagte ich, vor meiner eigenen Kühnheit bange, »daß David das Hängen der fünf jungen Söhne von Sauls Tochter Merab und der zwei Söhne seiner Kebse Rizpa veranlaßte?«
»Die Sache beunruhigt dich?«
Ich wisse durchaus, beeilte ich mich zu versichern, daß die sieben jungen Leute nicht von David getötet wurden, sondern von den Bewohnern der Stadt Gibeon, welche nicht einmal zu den Kindern Israels gehörten, weil sie Ureinwohner des Landes waren, Überreste des Volks der Amoriter; trotzdem erscheine es mir unvorstellbar, daß irgendeiner in Israel von einer Rotte armseliger Eingeborener hätte gehängt werden können, es sei denn mit dem Einverständnis König Davids.
»Und nun mutmaßest du«, sagte Josaphat, »daß Davids Zank mit

Michal und alles, was damit zusammenhängt, in einem gesehen werden muß mit dem Hängen zu Gibeon.«
Ich war wohl erblaßt, denn er musterte mich ganz sonderbar. »Herr«, sagte ich, »bösgesinnte Menschen und solche, die dem Weisesten der Könige, Salomo, übelwollen, mögen ähnliches in die Geschehnisse hineinlesen; doch weiß ich nicht, wie wir einen Bericht über das Hängen umgehen können, da sogar die Tänzer und Spieler in den Toren der Städte von der Geschichte zehren.«
»Ach, Ethan«, sagte er, »trotz deiner Arbeit kennst du David ben Jesse schlecht, den Erwählten des HErrn; hat doch König David selbst eine Antwort gegeben an all jene, die ihn verunglimpfen wollen.«
Meine Verblüffung schien ihn zu erheitern, und er fuhr fort: »Da war diese Hungersnot in den Tagen Davids, du erinnerst dich. Es war keine besonders schlimme Hungersnot; sie hatte erst drei Jahre gedauert. Aber sie war doch so, daß sich ein Murren im Volk erhob, und daß es hieß, GOtt bestrafe Israel des Blutes wegen, das an den Händen König Davids war. Und das Wort erreichte die Ohren König Davids, denn er hatte seine Ohren auch in dem kleinsten Dorf, und er sprach zu mir: Josaphat, das Blut, welches an meinen Händen ist, wurde im Namen des HErrn vergossen und zu gutem Zweck; darum wird der HErr das Volk Israel nicht meinetwegen bestrafen. Aber wenn dir eine Blutschuld einfallen würde, die noch ungesühnt ist und die wir sühnen könnten, so möchte es uns gelingen, zugleich der Hungersnot und den häßlichen Gerüchten ein Ende zu setzen.«
Josaphat goß Wein in seinen Becher.
»Da fiel mir ein«, fuhr er fort, »daß König Saul, als er noch neu war im Amte, ausgezogen war und in seinem Eifer eine große Zahl der Bewohner von Gibeon erschlagen hatte, und zwar in Mißachtung des Friedensbundes, welchen die Kinder Israels den Gibeonitern einst geschworen. Ich erinnerte David an den Zwischenfall, und dieser schloß die Augen und neigte den Kopf, so als hörte er Stimmen; da er aber zu sich kam aus seiner Entrückung, sagte er mir, der HErr habe soeben zu ihm gesprochen; er erkenne die Stimme des HErrn unter tausend Stimmen; und der HErr habe ihm verkündet bezüglich der Hungersnot, daß diese um Sauls willen gekommen sei, und um Sauls blutbefleckten Hauses willen, weil Saul die Gibeoniter erschlug.«
Josaphat betrachtete seinen Becher, als fürchte er, der Wein darin sei angesäuert, und sprach: »Der König befahl mir dann, die Ältesten der restlichen Gibeoniter nach Jerusholayim kommen zu lassen und ihnen zu bedeuten, der König habe im Sinne, Sühne zu tun für die Tücke Sauls. Also kamen die Gibeoniter vor David, und er fragte sie: Was soll ich für euch tun? und womit soll ich sühnen? Und die Gibeoniter sprachen zu ihm: Es ist uns nicht um Gold noch Silber zu tun; der Mann, der uns vertilgt hat, den wol-

len wir jetzt vertilgen; laß uns sieben seiner männlichen Nachkommen ausliefern, und wir wollen sie aufhängen vor dem HErrn.«
Josaphat trank und schmatzte mit den Lippen. Dann sprach er: »Es gab solche in Israel, die Bemerkungen darüber machten, daß die Gibeoniter von David das Leben von sieben männlichen Nachkommen Sauls forderten, da es sich so traf, daß außer Jonathans Sohn Mephibosheth, der ein Krüppel war und darum nicht König werden konnte, ihrer just sieben übrig waren. Aber die so redeten, waren Schandmäuler, und die Masse des Volkes hielt dafür, daß David die Forderung erfüllen sollte, und zwar bald, wegen der Hungersnot.«
»Doch wie verhielt sich die Prinzessin Michal zu dem für sie kummervollen Ereignis?« fragte ich.
»Sie ertrug es mit Würde«, erklärte Josaphat, »wie sie alles ertrug. Die andere, diese Rizpa, hat uns die Schwierigkeiten gemacht.«
»Unter dem Galgen?« sagte ich.
»Sie wurden zu Tode gebracht in den Tagen der Ernte«, sprach Josaphat nach einigem Nachdenken, »in den ersten Tagen, am Anfang der Gerstenernte. Und Rizpa nahm Sacktuch, und breitete es für sich auf dem Fels unter den Gehängten, und blieb bei ihren zwei Söhnen und bei den fünf Söhnen Merabs vom Anfang der Ernte bis endlich der Regen kam, und wehrte der Vögel des Himmels bei Tage und der wilden Tiere des Feldes bei Nacht ...«
Seine Stimme verlor sich. Erst nach einer Weile begann er wieder, nun ärgerlich: »Ah, Rizpa war eine Schlaue, die Kebse Sauls. Sie kannte das Volk, und sie kannte das weiche Herz Davids, das sich erbarmen würde, sobald man im Volk zu flüstern begänne von dieser Mutter in Israel, die da saß und die Aasgeier und Schakale von den Leibern ihrer Kinder verscheuchte. Und David argwöhnte, daß aus den unbeerdigten Gebeinen der Söhne Sauls der Geist des toten Königs noch erstehen möchte. Aber er wußte auch, daß die Kinder Israels nächst einer lärmenden Prozession und einer reichlichen Massenspeisung nichts so sehr schätzen wie ein prächtiges Begräbnis, so wie er es dem Abner ben Ner veranstaltet hatte und dem blutverkrusteten Haupt des Ish-bosheth. Daher ordnete David an, die Gebeine von Saul und von Sauls Sohn Jonathan einzusammeln, die den Philistern abgenommen worden waren und nun zu Jabesh-gilead begraben lagen; dazu die Gebeine der Gehängten; und all diese Gebeine wurden ins Land des Stammes Benjamin geschafft, nach Zela, und dort zur Ruhe gelegt im Erbbegräbnis der Familie, in der Grabstätte des Kish, des Vaters von Saul. Und König David persönlich wählte die Begräbnismusik aus, und er befahl mir, an der Spitze der Trauernden zu stehen; die Grabrede aber wurde von Zadok gehalten, dem Priester. Und das Volk schrie laut und wehklagte und weinte, aber alle

stimmten überein, daß David sich höchst großzügig verhalten hätte.«
»Wie immer«, bestätigte ich, »wie immer.«

Aus einem Gedicht Davids mit dem Titel
Lobgesang Davids für die Errettung von seinen Feinden

Der HErr tut wohl an mir nach meiner Rechtlichkeit;
er vergilt mir nach der Reinheit meiner Hände.
Denn ich halte mich an die Wege des HErrn,
und weiche nicht ab im Bösen von meinem GOtte;
Alle seine Urteile habe ich vor Augen;
und was seine Gebote betrifft, diese halte ich ein.
Aufrecht und in Ehren wandle ich vor ihm,
vor Sünde und Ungerechtigkeit hüte ich mich.
Darum vergilt mir der HErr nach meiner Rechtlichkeit,
nach meiner Reinheit in der Sicht seiner Augen.

»Du siehst unwohl aus, Ethan, mein Gatte«, bemerkte Esther, da ich heimkehrte in das Haus No. 54 in der Königin-von-Saba-Gasse. »Dein Gespräch mit dem Kanzler war unerfreulich?«
»Wir sprachen vom Hängen.«
Sie nahm meine Hand in ihre Hände. »Wer ist David ben Jesse, daß dir der Hals jucken sollte um seinetwillen? GOtt macht Könige und Bettler gleicherweise, er gibt ihnen ihre Frist unter dem Himmel und läßt sie dahinsinken wie Gras vor dem Schnitter. Wie, Ethan, wenn wir zurückgingen nach Esrah, in die Stille?«
»Ach, Esther«, sagte ich, »wir sind wie das Schaf im Gehege; wohin es sich auch wendet, es bleibt gefangen.«
Da sagte sie nichts mehr.

17

Der Gedanke, mich mit der Geschichte der Bath-sheba befassen zu müssen, bedrückte mich schon lange.
Denn diese war noch schwieriger zu behandeln als das Hängen der sieben überlebenden Söhne und Enkel König Sauls, betraf sie doch den Weisesten der Könige, Salomo, unmittelbar; außerdem ist Königinmutter Bath-sheba noch sehr lebendig.
Ganz Israel weiß, daß Uria, der Hethiter, Bath-shebas Gatte, gerade zur rechten Zeit starb, um es David zu ermöglichen, die Witwe zu ehelichen und ihrer beider Erstgeborenen zu echten

Prinzen von Geblüt zu machen. Im ganzen Land war davon geredet worden, besonders weil die daran Beteiligten sich mit einem sonderbaren Mangel an Zurückhaltung benahmen; doch sind die Tatsachen nur schwer von Erfundenem zu trennen.
Nathan, der Prophet, beschreibt die Begebenheit in seinen Erinnerungen, und ich bin geneigt, ihm in vielem Glauben zu schenken: er war Zeuge der Entwicklung des gefährlichen Verhältnisses und hat auf seine Art versucht, Einfluß darauf zu nehmen. Bei allem Mißtrauen, welches mir als Historiker eigen, meine ich doch, wir können uns glücklich schätzen, Nathan und sein Erinnerungsbuch zu haben; es ist höchst brauchbar, wenn man nicht vergißt, was für ein Mensch er ist: voller Selbstüberhebung und Sehnsucht. – Also ging ich aus und begab mich zu Nathan, dem Propheten, und traf ihn in seinem Hause an, da er nichts tat.

»Ach, Ethan ben Hoshaja! Gerade habe ich deiner gedacht, und da stehst du vor mir.«
»Die hellseherische Gabe meines Herrn ist eines der Wunder unserer Zeit. Er ist nicht jedermann, dem GOtt Gesichte gibt und Träume voll tiefer Bedeutung, was übrigens beim Schreiben von Büchern recht hilfreich sein sollte.«
»Richtig. Andre Verfasser müssen angestrengt nachdenken, und Nachschlagewerke benutzen, und sich mit der Logik herumschlagen; ich warte einfach auf die Erleuchtung vom HErrn.«
»Aber beruhen Erinnerungen nicht eigentlich auf Tatsachen?«
»Was wären Tatsachen ohne Gesichte und Gleichnisse? Doch verwechsle diese nicht mit dem Gelall und Gestammel, das sich in den Werken gewisser Zeitgenossen findet, denn solches stammt nicht von GOtt, sondern von der simplen Unfähigkeit, einen zusammenhängenden Gedanken niederzuschreiben.«
»Ich nehme an, daß Ihr in Euren Erinnerungen, die den vorläufigen Titel *Das Buch Nathans* tragen, auch von der herzerwärmenden, zärtlichen Liebe des Königs David zu der Dame Bath-sheba berichtet, jenem süßen und gesegneten Bund zweier gleichgestimmter Seelen, dem nach vieler Mühsal die Person des gegenwärtigen Inhabers des Throns entsproß.«
»Ich bin besorgt gewesen, diese Geschichte in all ihren herrlichen Einzelheiten zu erzählen.«
»Darf Euer Diener damit rechnen, daß Ihr die Tatsachen, wie Ihr sie zusammengestellt habt, für den König-David-Bericht zur Verfügung stellen werdet: selbstverständlich sollt Ihr gebührende Erwähnung finden.«
»Ich besitze nur einen Satz Tontäfelchen. Du wirst verstehen, daß ich diese nicht aus der Hand lassen kann.«
»Könnte ich sie wohl hier bei Euch lesen?«
»Wenn die Worte des HErrn über mich kommen, kann ich sie nur

erfassen, indem ich Zeichen und Abkürzungen benutze, die du nie entziffern würdest. Aber ich kann dir vorlesen, und deine Fragen beantworten ...«

Lesung Nathans, des Propheten, aus dem Buch seiner Erinnerungen, mit Fragen des Ethan ben Hoshaja und Nathans Antworten in Klammern gesetzt

Für diesen Abend hatte König David mich und ein paar engere Freunde geladen, um Fragen des Staats zu besprechen, wobei ich notfalls prophezeien sollte. Sehr gegen seine Gewohnheit verspätete sich der König zum Abendmahl, und schien zerstreut, so daß ich mich veranlaßt sah, zu fragen, ob ihm während seines Nachmittagsschläfchens ein Traum gekommen sei, welcher der Deutung bedürfe.
Der König blickte mich an, als hätte ich von der anderen Seite der Welt her zu ihm gesprochen, und sagte: Ein Traum? Nein, Nathan, ein regelrechtes Gesicht!
Abiathar, der Priester, und Seraja, der Schreiber, und andere mehr wollten Näheres wissen: ob der König die Erscheinung im Schlaf gesehen habe, und ob sie eher einem Engel geglichen oder einem Menschen, und solcherart Fragen viele, so daß ein Tohuwabohu entstand. König David aber strich sich den Bart und sagte, er würde wohl geglaubt haben, ein Engel sei ihm erschienen, hätte die Person nicht ihre rituellen Waschungen vorgenommen, da er sie vom Dach seines Königshauses aus erblickte, gegen das Licht der sinkenden Sonne, nachdem er sich erhoben hatte von seinem Lager. Worauf Seraja, der Schreiber, sofort erklärte, es müsse sich um Bath-sheba handeln, die Tochter des Eliam und Frau des Hethiters Uria, welcher Hauptmann über eine Tausendschaft war und unter Joab an der Belagerung der Stadt Rabbath-ammon teilnahm, denn sie und ihr Mann seien kürzlich in die Offiziershäuser westlich des Palastes eingezogen. Wenn der König es wünsche, fügte Seraja hinzu, werde er hingehen und der Frau ausrichten, daß sie Gefallen gefunden habe im Auge des Königs; alles Weitere sei einfach.
Nicht gar so einfach, sagte der König.
Seraja aber fragte, ob nicht alle Töchter Israels dem König gehörten, einschließlich auch jener, die mit Ausländern wie Uria, dem Hethiter, verheiratet waren?
Alle, erwiderte der König, mit Ausnahme der Frauen von Soldaten, die im Felde stehen. Diese dürfen nicht angerührt werden, weder von einem Stammesältesten noch selbst vom König; denn wie sollte ein Mann bewegt werden, auszuziehen und sich zu schlagen für den HErrn, wenn er nicht sicher war, daß sein Haus und sein Weib geschützt waren?

Und Abiathar, der Priester, bestätigte dies und sagte, es handle sich um eine Vorschrift vom HErrn, welche die Unbeschnittenen als Tabu bezeichneten, und König David sei außerordentlich weise und gerecht.
Da schlug der König mit der Faust auf den Tisch und rief aus: So soll ich mir die Eingeweide von diesem Feuer verbrennen lassen und es nicht löschen?
Abiathar erschrak so sehr, daß ihm der Bissen im Munde in die Luftröhre geriet, und man mußte ihm helfen. Sobald er wieder Luft bekam, sprach er: Das Feuer, welches in den Eingeweiden des Königs brennt, muß gelöscht werden, denn das Wohlbefinden des Erwählten des HErrn ist oberstes Gesetz. Mehr noch, hat nicht Jahweh selbst seinen Willen deutlich gemacht, indem er die Waschung der Frau und das Sinken der Sonne und die Ankunft des Königs auf dem Dache zu gleicher Zeit stattfinden ließ?
Und der Schreiber Seraja erklärte, das Tabu könne in diesem Fall keine Anwendung finden, da ja Uria, dem Hethiter, durch das Beilager des Königs mit Bath-sheba, der Frau des Uria, nichts verlustig ginge; im Gegenteil, Uria würde geehrt und bereichert werden durch die Beziehung.

(Hier dachte ich nun, daß es Zeit sei, in Begeisterung zu verfallen, und ich sagte, nie in meinem ganzen Leben wäre mir etwas zu Ohren gekommen, das auf so erregende Art geschrieben war, und so lebensecht! Aber hatte denn mein Herr Nathan, der doch gleichfalls Tischgast König Davids war an jenem Abend, keine Meinung zur Frage des Tabus geäußert?
Nathan lächelte und sagte bescheiden: »Ich habe selten eine Meinung, so HErr Jahweh mich nicht belehrt bezüglich meiner Worte.«
Und er fuhr fort.)

Und David sandte Boten hin, und ließ Bath-sheba holen. Und da sie zu ihm kam, schlief er bei ihr, denn sie war gereinigt von ihrer Unreinheit; und darauf kehrte sie zurück zu ihrem Hause.

(Wiederum unterbrach ich ihn und sprach: »Da aus der Vereinigung des obgenannten Paares der Weiseste der Könige hervorging, Salomo, möchten wir doch vermeiden, daß der Leser vermutet, es habe zwischen den beiden nur die gröbste Art von Kopulation stattgefunden. Hat denn König David nie, wenn auch nur andeutungsweise, von zarter Tändelei gesprochen, von Koseworten, die er und die Dame Bath-sheba wechselten in ihrer ersten Liebesnacht?«
»König David sagte mir einmal, daß ihm nie im Leben ein Mensch begegnet sei, ob männlichen oder weiblichen Ge-

schlechts, der diesbezüglich begabter gewesen wäre als Bathsheba, die Tochter des Eliam. Was aber die Worte betrifft, welche die beiden in jener Nacht wechselten, so fürchte ich, du wirst die Königinmutter in eigner Person fragen müssen.«
»Mein Herr ist wohlbekannt mit ihr?« erkundigte ich mich liebenswürdig.
»Wäre ich nicht gewesen mit meinem Rat«, Nathan schwieg bedeutungsvoll, »und Benaja mit seinen Krethi und Plethi, so säße ihr Sohn jetzt nicht zwischen den Cherubim, sondern in einem dunklen und schrecklichen Verlies.«
»Also könnte mein Herr die Königinmutter ohne Schwierigkeiten bitten, mir eine kurze Unterredung zu gewähren und ein paar Fragen zu gestatten?«
Nathan hob die fahle Braue. »Du würdest sie wenig mitteilsam finden.«
Und er fuhr fort.)

Die Frau aber ward schwanger, und sandte hin, und ließ David verkündigen und sagen: Ich kriege ein Kind.
Und es begab sich an jenem Tag, daß ich beim König war, um ihm einige mindere Prophezeiungen zu liefern. Der König wandte sich mir zu und sprach: GOtt tue mir dies und das, Nathan, ich glaube fast, sie hat das geplant. Ich fragte, was ihn zu der Vermutung veranlaßte. Und er erwiderte: Der HErr weiß, denn der HErr sieht nicht, wie ein Mensch sieht, der HErr sieht das Herz an; aber ich habe so ein Gefühl.
Ich sagte dem König, ein zusätzlicher Sohn sei immer ein Segen, vorausgesetzt, das Kind war von seinem Samen.
Des sei er ziemlich sicher, antwortete er; schließlich habe er gesehen, wie sie ihre Waschungen vornahm, und wenige Stunden darauf sei sie schon zu ihm gekommen, rein von ihrem Blut und gesäubert, und ihr Mann Uria vier Tage Eilritt entfernt unter den Wällen von Rabbath-ammon.
Da sagte ich: Also scheint es, daß der HErr zu seinem Knecht David durch Worte wie auch durch tatsächliche Segnungen spricht.
Der König aber verzog die Stirn und sagte: Und was ist mit dem Gesetz des HErrn, welches die Unbeschnittenen Tabu nennen? Ein Mann kann wohl den Umgang mit einer Frau verbergen, ein Kind aber läßt sich nicht verbergen; und so etwas wie eine unbefleckte Empfängnis mag eines Tages vorkommen in unserer Familie, aber bisher hat es sich noch nicht ereignet.
Also sagte ich zu dem König: Habe ich meinen Herrn richtig verstanden, daß es vier Tage Eilritt sind bis gen Jerusholayim von den Wällen Rabbath-ammons, welches belagert wird von Joab, und Uria, der Hethiter, dient unter ihm?
Und der König sagte, dem sei so.

Worauf ich sagte: Demnach sind es auch vier Tage Eilritt von Jerusholayim bis zu den Wällen Rabbath-ammons?
Der König sagte: Aber selbstverständlich.
Und ich sagte: Da könnte also Uria innerhalb von insgesamt acht Tagen in Jerusholayim eintreffen, und mit seiner Frau Bath-sheba liegen, und der Vater ihres Kindes werden, denn wer kann auf den Tag genau sagen, wie lange ein Säugling im Leib seiner Mutter verharrte?
König David aber stieß mir den Ellbogen in die Rippen und sprach: Nathan, mein Freund, wüßte ich nicht, daß du ein Prophet bist, so würde ich meinen, du bist ein Schelm.

Dank der freundlichen Befürwortung seitens meines Herrn Benaja ward mir Einsicht in mehrere Briefe gestattet, welche in den Ablagen Joabs gefunden wurden, der die Belagerung von Rabbath-ammon befehligte.
Der erste dieser lautet:

> An Uria, den Hethiter, Hauptmann über eine Tausendschaft, zur Zeit unter den Wällen von Rabbath-ammon, von seiner liebenden Frau Bath-sheba, Tochter des Eliam.
> Möge Jahweh meinem Gatten langes Leben und reichliche Beute gewähren. Dein dich liebendes Weib siecht dahin vor Sehnsucht nach deinen Umarmungen. Komm doch! Die Berührung deiner Lenden ist mir wie das Paradies, ich zerschmelze unter dir wie der Schnee unter der Sonne. Komm doch! König David hat von deinem Namen gehört und will dir wohl; du wirst an seinem Tische sitzen und mächtig werden in seiner Sicht; des Nachts aber wirst du bei deinem Turteltäubchen liegen. Komm doch! Möge Jahweh bewirken, daß meine Seufzer dein Ohr erreichen.

Dieser Brief war offensichtlich einem Schreiben beigefügt, das Uria an Joab, seinen Befehlshaber, richtete, und dessen Wortlaut folgt:

> An Joab ben Zeruja, zweimaliger Held Israels, Feldhauptmann, von seinem Knecht Uria, dem Hethiter, Hauptmann über eine Tausendschaft.
> Möge Jahweh meinen Herrn in all seinen Schlachten obsiegen lassen. Wie aus dem Beigelegten ersichtlich, haben sich bei mir zu Hause gewisse Schwierigkeiten ergeben, die meine persönliche Anwesenheit erfordern. Da die Belagerung planmäßig vorangeht, sind meine Dienste für eine kurze Zeit entbehrlich. Ich ersuche darum in aller Ehrfurcht um einen zehntägigen Urlaub. Bei meinem Eintreffen in Jerusholayim werde ich mich im Hauptquartier melden.

Urias Antrag fiel zeitlich mit einer Mitteilung zusammen, die Joab von seinem König und obersten Kriegsherrn erhielt.

Von König David, dem Erwählten des HErrn, dem Liebling Israels und Löwen von Juda, an Joab, der über das Heer ist. Möge Jahweh dir Stärke verleihen. Ich habe von einem Hethiter namens Uria gehört, einem tüchtigen und tapferen Mann und fähigen Offizier. Ich wäre dir verbunden, wenn du ihn mir auf einige Tage nach Jerusholayim schicktest, da ich ihn kennenlernen möchte.

FORTSETZUNG DER LESUNG NATHANS AUS DEM BUCH SEINER ERINNERUNGEN, MIT FRAGEN DES ETHAN BEN HOSHAJA UND NATHANS ANTWORTEN IN KLAMMERN GESETZT

Es sind aber die klügsten Pläne des Menschen wie Spreu im Wind vor dem HErrn. Und wer würde vermutet haben, daß Uria, der Hethiter, sich als ein solcher Tugendheld erweisen würde, ein solches Muster an Enthaltsamkeit, ein solcher Verfechter edler Grundsätze?

Uria ritt ein in Jerusholayim und meldete sich im Palast; König David aber ließ ihn vor sein Angesicht rufen und fragte, wie es um Joab stünde, und um das Kriegsvolk, und wie es voranginge mit dem Kampfe. Dann sprach David zu Uria: Gehe hinab zu deinem Hause, und wasch deine Füße. Und Uria verließ des Königs Haus, und es folgte ihm allerhand Fleisch als Geschenk des Königs.

Uria aber legte sich schlafen im Tor des Palastes, bei den Offizieren der Wache, und ging nicht hinab in sein Haus.

Ich war bei König David, als ein Diener kam von Bath-sheba und zu ihm sprach: Uria, der Hethiter, ward gesehen, da er eintritt in Jerusholayim, und meine Herrin hat warm Wasser hingestellt für seine Füße, und das Fleisch gebraten, welches der König sandte, und das Bett ist gleichfalls bereitet für Uria, daß er bei ihr liege; er aber ist nicht hinabgegangen in sein Haus.

Und der König entsandte Boten, und er erfuhr, daß Uria im Tor des Palastes schlief; und er ließ ihn vor sein Angesicht kommen. Und der König sprach zu Uria: War das nicht ein ziemlich anstrengender Ritt, den du gemacht hast von den Wällen Rabbath-ammons bis gen Jerusholayim, in insgesamt vier Tagen? Warum also bist du nicht hinabgegangen in dein Haus?

Aber Uria beugte sein Haupt und sagte: Wenn es meinem Herrn gefällig ist, ich mag ein Hethiter sein, aber ich habe den wahren Glauben angenommen, so daß ich Grundsatz über Genuß stelle. Die Bundeslade, und das Heer Israels und Judas, hausen in Zelten, und mein Herr Joab und die Offiziere meines Herrn Joab lagern auf offenem Feld; sollte ich da in mein Haus gehen, daß ich äße und tränke, und bei meinem Weibe läge? So wahr Ihr lebt, und Eure Seele lebt, ich tue solches nicht.

König David warf mir einen düsteren Blick zu; dem Uria aber

sagte er: Trefflich geredet, Uria; ich werde nicht versäumen, es Joab gegenüber zu erwähnen, deinem Vorgesetzten. Aber verharre doch noch ein oder zwei Tage, ich will dich einladen an meinen Tisch, und du wirst zu meiner Rechten sitzen, neben Nathan, dem Propheten, der ein Mann von großem Scharfsinn ist.

(Nathan unterbrach seine Lesung und sah mich an.

Ich sagte, seine Beschreibung der Konfrontation von König und Uria sei meisterhaft und von größtem Wert für den König-David-Bericht, und die zufällige Erwähnung seines eigenen Scharfsinns eine besonders feine Note.

Nathan nickte. »Es kommen noch viele Überraschungen!« Und er fuhr fort.)

So verblieb Uria an dem Tag in Jerusholayim, und auch am nächsten. König David aber sprach zu mir: Nathan, wir müssen diesen Menschen trunken machen; es ist unsere einzige Hoffnung; denn der HErr schuf den Wein als Gegenmittel gegen Grundsätze.

Und da David ihn rufen ließ, aß und trank Uria mit uns, und wir setzten ihm zu von rechts und von links; und der König pries Bath-sheba, und ermahnte den Uria, die Gelegenheit zu benutzen, denn so wir alt seien und wohlbetagt, und nicht mehr warm werden könnten, werde es zu spät sein. Auch ich drang ein auf Uria, und veranlaßte ihn, mit mir zu trinken, bis ich dachte, er müsse umfallen.

Aber er tat's nicht. Er erhob sich zu seiner vollen Größe und verkündete, mit ein wenig schwerer Zunge, es sei längst Zeit für ihn, zu Bett zu gehen, denn in der Frühe müsse er sich aufs Pferd schwingen und habe vier Tage Eilritt vor sich bis zu den Wällen von Rabbath-ammon. Worauf er hinaustorkelte, ohne auch nur gute Nacht zu wünschen.

König David sandte dem Uria einen Diener nach, daß dieser ihn sicher nach Hause geleite zu Bath-sheba. Der Diener kehrte bald zurück, und warf sich nieder vor dem König, und sagte, daß Uria, der Hethiter, nicht hinabgegangen war in sein Haus, sondern sich zu Bett gelegt hatte bei den Offizieren der Wache im Tor.

Der König schmiß ihm den Becher an den Kopf; dann rief er nach Seraja, dem Schreiber, um ihm zu diktieren. Ich selbst aber und die anderen, wir gingen ein jeglicher seines Weges.

Es mag an diesem Punkt angebracht sein, noch einige Dokumente aus den Ablagen Joabs anzuführen, welche ich dank der freundlichen Befürwortung meines Herrn Benaja einsehen durfte.

Deren erstes ist ein Brief, den Uria überbringen mußte.

Von König David, dem Günstling des HErrn, dem Ernährer Israels und Beschützer Judas, an Joab, der über das Heer ist; durch Uria, den Hethiter.

Möge Jahweh deine Treue durch immer neue Siege belohnen.

Stelle Uria in den Streit, da er am heißesten ist, und wende dich hinter ihm ab, daß er erschlagen werde und sterbe.

Das zweite ist eine kurze Eintragung in den Bericht des Joab.

Und ich befahl Uria, dem Hethiter, eine Streife in Richtung Tor 5 zu führen, mit dem Auftrag, den Feind zu einem Ausfall zu verlocken, so daß wir Gefangene machen und von diesen erfahren möchten, wie es stünde in Rabbath-ammon.

Das dritte Dokument, eine spätere Eintragung Joabs in seinen Tagesbericht, enthält den wesentlichen Teil seiner Anweisungen an einen Boten, welchen er zu König David sandte.

Wenn du dem König meinen Lagebericht gegeben hast, und du siehst, daß der König erzürnt ist und zu dir spricht: Warum habt ihr euch so nahe zur Stadt gemacht mit dem Streit? wißt ihr nicht, wie man von der Mauer zu schießen pflegt? warf nicht ein Weib ein Stück Mühlstein auf Abimelech ben Jerubbesheth, daß er starb? dann sollst du sagen: Uria, der Hethiter, ist auch tot.

Eine letzte Notierung, in der Handschrift von Davids Schreiber Seraja, scheint eine Aufzeichnung der Antwort des Königs an denselben Boten zu sein.

So sollst du zu Joab sagen: Laß dich dieserhalb nicht verdrießen; denn das Schwert frißt bald diesen, bald jenen. Verstärke die Angriffe gegen die Stadt und nimm sie ein.

Schluss der Lesung Nathans aus dem Buch seiner Erinnerungen, mit Fragen des Ethan ben Hoshaja und Nathans Antworten in Klammern gesetzt

Da Urias Weib hörte, daß ihr Mann tot war, trug sie Leid um ihn. Und Eliam, ihr Vater, kam, und ihre Mutter auch, und die ganze Familie kam einschließlich der Vettern und Nichten, und sie saßen in Trauer und zerrissen ihre Kleider und wehklagten und jammerten, so daß es zu den Ohren des Königs drang.

Der König redete zu mir: Nun, ich bin sehr für die Ehrung der Toten, aber Bath-sheba scheint es doch zu übertreiben, und ich fürchte, die bösen Zungen könnten sagen: Hat die Frau des Uria ihren Mann zu seinen Lebzeiten nicht geehrt, daß sie sich derart aufführt bei seinem Tode? hat sie vielleicht einen Hurer gehabt? Darum, Nathan, gehe zu der Witwe und tröste sie, und sage ihr, sie möge sich der zahllosen Verwandten entledigen, welche ihr Haus unsicher machen.

Ich tat, wie König David mich geheißen; und ich traf Bath-sheba in zerrissenen Kleidern an, das Haar zu einfachem Knoten geschürzt, dabei aber äußerst reizvoll aussehend. Und sie sprach: Warum soll ich nicht weinen, und wehklagen, und Uria betrauern, und meine Verwandten lauthals jammern lassen? Trage ich nicht ein Kind in mir, welches als Waise wird geboren werden, und wird weder Vater noch Erbschaft haben, obzwar es von königlichem Blute ist? Eines ist es, die arme, hilflose Frau eines Soldaten zum König kommen zu lassen, und sie zu zwingen, bei ihm zu liegen und sich zärtlich um ihn zu bemühen, auf ihm sowie unter ihm, aber ein gänzlich anderes, ihr beizustehen in ihrem Unglück, und das königliche Versprechen zu erfüllen. Und sie schlug die Hände vors Gesicht, und schrie laut auf, und sagte, wie sehr schrecklich es sein würde, so ihr Vater Eliam, und ihre Mutter und all ihre Verwandten von ihrer mißlichen Lage erführen.

Also machte ich dem König von den Worten der Dame Bath-sheba Mitteilung, und ich fragte ihn, welch königliches Versprechen, wenn überhaupt eines, er ihr gegeben. David erwiderte: Wie soll ich mich erinnern; ein Mann sagt dies und das, wenn er bei einer Frau liegt.

Ich hatte schlimme Vorahnungen, denn der HErr spricht: Du sollst nicht bei deines Nächsten Weibe liegen, sie zu besamen, und dich an ihr verunreinigen. Der König aber sagte: Gehe hin, und richte der Frau aus, wenn die Zeit der Trauer vorüber ist, kann sie in den Palast einziehen, und ich will sie ehelichen, aber ohne Aufsehen, denn es ist schon genug Gerede ob der Sache unter dem Volke.

Und nach der Zeit ihrer Trauer zog Bath-sheba in den Palast ein mit all ihren Kisten und Kasten, ihren Teppichen, irdenen Töpfen, Silber, und mitsamt ihren Bediensteten; und ganz Jerusholayim sprach davon, und von der Vermählungsfeier, auf welcher die Frau bestand, denn das Kind war groß in ihrem Leibe, da sie an Davids Seite einherschritt unter dem Baldachin, und sie watschelte wie eine Ente.

(»Doch warum verhielt sich der König so schwächlich und gab der Dame Bath-sheba nach in allem, was sie forderte?« fragte ich.

Nathan zuckte die Achseln und meinte, die Königinmutter würde auch mir als eine Persönlichkeit erscheinen, die sich durchzusetzen wisse.

»Bedeutet das, daß mein Herr versuchen wird, eine Unterredung herbeizuführen?«

Nathan winkte verstimmt ab. »Wir kommen jetzt zu meinem berühmten Gleichnis«, sagte er, »und zu den Vorhaltungen, die ich dem König machte, und zu meiner Prophezeiung der Zukunft, und keine gewöhnliche Prophezeiung, bitte sehr, wie man sie um ein weniges von jedem kleinen Propheten im Stadttor erhalten kann, sondern eine, die zutrifft und wahr ist in jeder Hinsicht.«

Und er fuhr fort.)

Kurz nach der Heirat gebar Bath-sheba König David einen Sohn. Aber die Tat, die David getan, mißfiel dem HErrn.

Und der HErr sandte mich zu David. Ich kam zu ihm und sprach: Es waren zwei Männer in einer Stadt, einer reich, der andre arm. Der Reiche hatte sehr viele Schafe und Rinder; abder der Arme hatte nichts denn ein einziges kleines Schäflein, das er gekauft hatte; und er nährte es, daß es groß ward bei ihm und bei seinen Kindern; es schlief in seinem Schoß, und er hielt's wie eine Tochter.
Da aber zu dem reichen Mann ein Gast kam, ersparte sich's jener, von seinen Schafen und Rindern zu nehmen; nein, er nahm des armen Mannes Schäflein und richtete es zu für den Mann, der zu ihm gekommen war.
Und David ergrimmte mit großem Zorn gegen den Reichen; und er sprach zu mir: So wahr der HErr lebt, der Mann, der solches getan hat, soll sterben; dazu soll er das Schäflein vierfältig bezahlen, darum daß er kein Mitleid hatte.
Da sprach ich zu David: Du bist der Mann.
Der König aber sagte: Habe ich mir doch gedacht, daß da ein Hintergedanke steckte in deiner Geschichte; sage mir darum, ist der HErr dir wahrhaftig erschienen, oder hast du es dir ausgedacht?
Die Knie zitterten mir mächtig, aber der Geist des HErrn war über mich gekommen, und ich redete: So spricht der HErr, der GOtt Israels, ich habe dich zum König gesalbt über Israel, und habe dich errettet aus der Hand Sauls, und habe dir einen Haufen Weiber gegeben, und ich habe dir das Haus Israel gegeben und das Haus Juda; und wäre dir das zuwenig gewesen, ich hätte dir noch dies und das dazugelegt. Warum also hast du das Gebot des HErrn mißachtet, daß du Übel vor seinen Augen tatest? Uria, den Hethiter, hast du erschlagen durch das Schwert der Kinder Ammons, und hast sein Weib dir zum Weibe genommen.
Der König aber sagte: Entweder spricht der HErr wahrhaftig durch deinen Mund, Nathan, oder du bist der dreisteste Mensch diesseits des Jordan, denn warst du nicht von Anbeginn an all diesem beteiligt, und wo war damals deine biedere Stimme?
Meine Eingeweide waren voller Furcht, aber der HErr sprach weiter durch meinen Mund und redete zu David: Nun, darum soll das Schwert niemals ablassen von deinem Hause. Siehe, ich will Unglück über dich bringen aus deiner eignen Familie, und will deine Weiber nehmen und sie vor deinen Augen deinem Nächsten geben, und dieser soll bei deinen Weibern liegen im Licht der Sonne. Denn du hast es heimlich getan; ich aber will dies vor dem ganzen Volk Israel tun lassen, und am hellichten Tage.
Ich dachte, bestimmt wird er mich jetzt verprügeln, und ich werde meinen Platz an seinem Tisch verlieren und meine Einkünfte und Titel. Aber der König beugte das Haupt und sprach: Nathan, ich habe gesündigt wider den HErrn. Aber es ist zumeist Bath-shebas Schuld, ich weiß nicht wie und ich weiß nicht warum, ich bin wie Ton in den Händen dieses Weibes.

Da betete ich zum HErrn; und der Geist des HErrn kam noch einmal über mich und sprach zu David: So hat denn der HErr deine Sünde weggenommen von dir; du sollst nicht sterben. Weil du jedoch durch deine Tat den Feinden des HErrn mannigfach Gelegenheit gegeben hast, zu lästern, soll der Sohn, der dir geboren ist, des Todes sein.
Worauf der Geist des HErrn mich verließ. Da aber der König nichts weiter sagte und nachdenklich schien, entfernte ich mich still und ging meines Weges.

(Nathan seufzte tief und legte das letzte Täfelchen beiseite. Ich stand auf und ergriff seine Hand und sagte zu ihm: »Großartig! Einfach großartig! Erschütternd!«)

18

Gepriesen sei der Name des HErrn, unsres GOttes, der den Menschen sich zum Bilde schuf; sein Bild aber schillert in vielen Farben.
Da ich die Schriftstücke aus den Ablagen des Joab zu Ende gelesen hatte und kam, sie Benaja ben Jehojada zurückzubringen, ließ dieser mich zu sich rufen und erkundigte sich, ob ich zufrieden sei mit den Erkenntnissen, welche ich gewonnen habe. Ich sagte ihm, die Briefe und Aufzeichnungen seien von großem Wert für den König-David-Bericht und ergänzten auf höchst bemerkenswerte Weise die Geschichte von der herzerwärmenden, zärtlichen Liebe König Davids und der Dame Bath-sheba, wie sie mein Herr Nathan in seinem Buch der Erinnerungen geschrieben.
»Was hat er da eigentlich geschrieben?« wollte Benaja wissen.
Ich erzählte ihm kurz.
»Und du glaubst das alles?« Benaja grinste und zeigte sein Gebiß. »Besonders den Teil bezüglich des rechtzeitigen Tods des Hethiters Uria?«
»Abgesehen von einer Überbetonung seiner Person«, sagte ich, »scheint mein Herr Nathan so ziemlich alles berichtet zu haben, was er mit eignen Augen sah und mit eignen Ohren hörte.«
»Was nur beweist«, bemerkte Benaja, »daß der Mensch neben seinen Augen und Ohren auch das wenige an Gehirn benutzen soll, welches der HErr ihm verliehen. Ist dir nicht aufgefallen, daß Uria sich höchst sonderbar aufführte? Siehe, einer kehrt heim aus dem Kriege. Er hat im Felde gelagert, er ist vier Tage geritten, er ist müde und staubig, aber voller Säfte – und er weigert sich, zu seiner jungen Frau zu gehen, die ihm einen Brief sandte, wie du ihn gelesen hast?«
»Mein Herr wolle seinem Diener verzeihen: es muß viele Zeugen

dafür gegeben haben, daß Uria sich im Tor des Palastes schlafen legte, bei den Offizieren der Wache, und nicht hinabging in sein Haus.«

»Und die Begründung, die er für seine Enthaltsamkeit gab?«

»Die war etwas hochtrabend.«

»Wenn nun Uria aber bei seiner Frau Bath-sheba gewesen wäre?«

»Wann?«

»Noch bevor er vor das Angesicht König Davids trat, um seinen edlen Gefühlen Ausdruck zu verleihen.«

»Mein Herr scheint vergessen zu haben, daß die Frau einen Diener zu König David sandte, um betreffs Urias nachzufragen, und dem König sagen ließ, daß warmes Wasser hingestellt sei für die Füße, und so fort, Uria sei aber nicht hinabgegangen in sein Haus.«

»Das ist kein Beweis, daß er es nicht doch getan hätte.«

Benaja hatte recht.

»Nehmen wir einmal an, Ethan, daß Uria in sein Haus ging und von Bath-sheba erfuhr, sie sei schwanger, und durch wen: was würde er wohl getan haben?«

»Er hätte sie getötet.«

»Wirklich?«

»Zumindest hätte er sie verstoßen.«

»Versetz dich in seine Lage.«

Ich gedachte Liliths und des Verlusts, der mir drohte, da König Salomo sie zur Spielgefährtin seiner zukünftigen ägyptischen Gattin haben wollte. »Mein Herr wünscht anzudeuten, Uria habe stillgehalten und es gelitten?«

»Nehmen wir an, Ethan, Bath-sheba hätte zu ihrem Gatten etwa folgendermaßen gesprochen: Uria, mein Lieber, du weißt, daß mir nicht viel übrigblieb, als bei dem König zu liegen. Jetzt aber, siehe, will der alte Lüstling es vermeiden, seine Versprechungen erfüllen zu müssen, und will das Kind, welches ich im Leibe trage, als dein Kind erscheinen lassen, damit wir keine Ansprüche erheben können gegen ihn. Wenn du dich aber klug verhältst, Uria, mein Lieber, und heute Abend nicht hinabgehst in dein Haus, um bei mir zu liegen, so wird niemand bezweifeln können, daß das Kind von David ist, und du wirst aufsteigen im Dienst des Königs und an seiner Tafel sitzen unter den Großen im Königreich; und der kleine Prinz, der in mir ist, soll König sein über Israel.«

Gegen meinen Willen mußte ich Benaja bewundern, dessen Gehör bis in die letzten Winkel des Landes reichte, und dessen Verstand ein kluges Netz wob aus den mannigfachsten Fäden, und ich sagte: »Das würde Urias hochsinnige Rede vor dem König erklären, und warum er seine Selbstlosigkeit so betont zur Schau stellte. Aber sah Bath-sheba denn nicht voraus, daß David, zu sehr bedrängt, den Uria einfach beseitigen möchte?«

»Und wenn sie es vorausgesehen hätte?«

Die Zunge lag mir verdorrt im Munde.

Benaja lachte. »Bleibt die Frage, weshalb Uria den Brief des Königs vier Tage und Nächte bei sich trug, ohne ihn je zu lesen. Hättest du das getan, Ethan?«
Ich hoffte, erwiderte ich, das Vertrauen des Königs oder seiner Mächtigen nie zu enttäuschen.
»Wenn aber Uria den Brief doch las?« fragte Benaja.
»So würde er ihn vernichtet haben.«
»Ein anderer Brief gleichen Inhalts würde Joab durch einen anderen Boten erreicht haben.«
»Dann wäre er, so schnell ihn sein Pferd trug, in eines der syrischen Reiche geflohen oder ins Land seiner Väter. Irgendwohin.«
»Geflohen von der glorreichen Zukunft, die seine Frau Bathsheba ihm ausgemalt hatte und die ihn erwartete, wenn er es nur erreichte, daß er bis zur Geburt des Kindes am Leben blieb?«
»Ein Toter hat keine Zukunft.«
»Ich sehe, du hast nie im Krieg gedient, Ethan; sonst würdest du wissen, was dem Uria eine Selbstverständlichkeit war: daß Joab nicht und nicht einmal der König in eigner Person ihn in den Streit stellen konnten, wo dieser am heißesten war, es sei denn, er selbst wünschte, sich dorthin zu begeben. Gemeine Soldaten wie Abimelech ben Jerubbesheth mußten in den Streit gehen, wo dieser am heißesten war und wo ihnen ein Stück Mühlstein auf den Kopf geworfen wurde; aber der Hauptmann einer Tausendschaft konnte sich immer außer Schußweite halten.«
»Dennoch fiel Uria an jenem Tag zusammen mit Abimelech.«
Benaja klatschte in die Hände, und ein Diener kam und brachte mir einen Krug mit Wohlgerüchen versetzten Wassers und mehrere Tontäfelchen. »Lies«, forderte Benaja mich auf. »Joabs eigene Worte. Er gesteht tagtäglich. Es erleichtert ihm das Herz.«

Geständnis des Joab ben Zeruja betreffs des Todes des Hethiters Uria, im Verhör mit Benaja ben Jehojada

Frage: Und Uria, der Hethiter, übergab dir den Brief König Davids?
Antwort: Ja.
Frage: Was tatest du dann?
Antwort: Ich befolgte die darin enthaltenen Anweisungen.
Frage: Erschien es dir nicht merkwürdig, daß der König dir befahl, einen deiner besten Hauptleute zu opfern?
Antwort: König David war der Erwählte des HErrn.
Frage: Also stelltest du Uria in den Streit, wo er am heißesten war?
Antwort: Ich sandte ihn, eine Streife zum Tor 5 zu führen, da ich erwarten konnte, daß der Feind von dort ausfallen und das Gefecht eröffnen würde.

Frage: War das alles? Du hast schon so vieles bekannt, du magst ebensogut ein volles Geständnis ablegen.
Antwort: Ich befahl einer Gruppe von Bogenschützen, sich in Bereitschaft zu halten.
Frage: Und Uria starb mit einem Pfeil im Rücken?
Antwort: So geschah es.

Königinmutter Bath-sheba saß träge in ihre Polster gelehnt; nur die Augen zwischen den Schleiern waren wach und belauerten abwechselnd Nathan und mich.

Ich hatte beabsichtigt, sie allmählich zu dem für mich wichtigen Punkt hinzuführen: war sie nichts weiter gewesen als das hilflose Weib eines Soldaten, das man gezwungen hatte, das Feuer in den königlichen Eingeweiden zu löschen, oder war sie Ursprung und Triebkraft all der Verbrechen, die auf die erste Sünde folgten, und hatte den König mittels ihres Leibs und der Frucht ihres Leibes dahin gebracht, daß nun ihr Sohn auf dem Thron saß – nicht Amnon, nicht Absalom, nicht Adonia, auch keiner der anderen älteren Söhne von Frauen aus älteren Ehen – sondern ihr Salomo, der Spätling, Sohn einer minderen Frau.

Ich versuchte es auf alle Art. Ich sprach von dem Leid, das der frühzeitige Tod ihres ersten Gatten ihr gebracht; sie antwortete, wie einst David, das Schwert fresse bald diesen, bald jenen. Ich sprach von der großen Güte des HErrn, welcher den Uria nach Jerusholayim kommen ließ, daß er sie noch einmal wiedersehe; sie antwortete, die Wege des HErrn seien unerforschlich.

Doch als ich von dem Kind sprach, das sterben mußte, weil David durch seine Tat den Feinden des HErrn soviel Gelegenheit gegeben, zu lästern, da begannen ihre Lider zu flattern. »Es war so winzig«, sagte sie. »So hilflos.«

»König David liebte das Kind?«

»Er ersuchte GOtt um das Knäblein, und fastete, und lag die ganze Nacht auf der Erde.«

»König David liebte alle seine Kinder«, erwähnte Nathan.

»Das Kind starb für ihn und an seiner Statt«, sagte Bath-sheba, »warum also sollte er es nicht geliebt haben?«

»Er ersuchte GOtt, es am Leben zu lassen«, ergänzte Nathan. »Sieben Tage und sieben Nächte verharrte er im Gebet, und die Ältesten seines Hauses kamen zu ihm und wollten ihn aufrichten von der Erde; er wollte aber nicht, und aß auch nicht mit ihnen.«

»Das Kind lag im Sterben«, sagte Bath-sheba. »Und David konnte sich nicht entschließen: sollte er GOtt danken, daß dieser das Leben des Kindes annahm in Zahlung für seines, oder sich selbst verfluchen ob dieses Handels mit dem HErrn; und sein Schuldgefühl wuchs über die Maßen.«

»Es war kein Handel«, widersprach Nathan. »Es war Bestimmung. Denn David war der Erwählte des HErrn.«
»Und darum mußte das Kind bestraft werden?« fragte Bath-sheba.
»Aber GOtt segnete Euch mit einem anderen Sohn, Herrin«, ermahnte Nathan. »Und dieser war zu Großem bestimmt, zum Herrscher über Israel.«
»David kam zu mir in jener Nacht.« Ihr Ausdruck hatte sich verhärtet. »Er hatte frische Kleider angetan und sich gewaschen und gesalbt, und schien im Frieden zu sein mit sich selbst. Ich sagte: Wie kannst du dasitzen, und dir das Hammelfett vom Munde wischen, so als wäre gar nichts geschehen? David erwiderte: Da das Kind noch lebte, fastete ich und weinte; denn ich gedachte, wer weiß, ob mir der HErr gnädig wird, daß das Kind lebendig bleibe! Nun es aber tot ist, was soll ich fasten? kann ich es zurückholen? es kehrt nicht wieder zu mir; ich werde wohl zu ihm fahren.«
Bath-sheba nickte müde. »In gewisser Weise hatte David recht. Ich hörte auf zu weinen, und ich sprach zu ihm: Der HErr mag deine Sünde weggenommen haben, indem er das Leben des Kindes annahm in Vergeltung für das des Uria. Was aber wird aus dem Versprechen, welches du mir vor GOtt gegeben, daß dein und mein Sohn auf deinem Thron sitzen soll? Ist das vielleicht auch weggenommen durch den Tod des Kindes?«
Sie starrte auf die kostbaren Ringe an ihren Fingern. »Und David sprach zu mir: Sei guten Mutes und bereite dein Bett. Und er ging ein in mich und lag bei mir; und ich gebar ihm einen zweiten Sohn, den hießen wir Salomo, um des Friedens willen, den der HErr mit David geschlossen, und wegen der Sühne; und der HErr liebte Salomo.«
Sie hatte offensichtlich geendet. Ich dankte ihr; sie aber zog ein mürrisches Gesicht und begab sich bald zurück in ihre Gemächer.
Nathan schüttelte lange den Kopf. »Ein wahrhaftiges Wunder«, rief er aus. »Noch nie habe ich Königinmutter Bath-sheba von diesen Dingen sprechen hören, und so ins einzelne gehend! Doch wird man die Geschichte gründlich sichten müssen.«

Wenige Tage darauf kam ein königlicher Bote ins Haus und übergab mir eine Vorladung, mich des morgigen Tags nach der Stunde der öffentlichen Audienz vor dem Angesicht des Weisesten der Könige einzufinden, auch sollte ich alle Unterlagen mit mir bringen, so sich auf die Geschichte von der herzerwärmenden, zärtlichen Liebe König Davids und der Dame Bath-sheba bezögen, bis zu und einschließlich der Geburt ihres zweiten Sohnes, der Salomo geheißen ward um des Friedens willen, den der HErr mit David geschlossen.

Auch gab mir der Mann ein kupfernes Plättchen, darein das königliche Siegel geschnitten war; dies sollte ich dem Wachtposten am Eingang zum inneren Teil des Palastes aushändigen.
Shem und Sheleph, meine Söhne, bewunderten das Plättchen gar sehr, und sie erzählten mir, daß Krethi und Plethi jetzt in vielen Gebäuden der Stadt stünden, und Diener des Benaja ben Jehojada hätten ihrer Schule einen Besuch abgestattet und Lehrer wie auch Schüler um ihre Ansichten befragt, so etwa betreffs der Weisheit des Weisesten der Könige, Salomo, und betreffs der Getreidepreise, und betreffs des Tempels, welchen der König dem HErrn errichten ließ. Und Shem und Sheleph wollten von mir wissen, ob es stimme, daß König Salomo krank sei vor Angst, so daß er zittere und bebe und zwei Diener, einer zur Rechten und einer zur Linken, ihn stützen müßten; und ob nicht das Fräulein Abishag von Shunam, das sich einst zärtlich bemüht hatte um König David, nun mit dem Prinzen Adonia schliefe; und ob nicht Zadok, der Priester, das beste Opferfleisch von den Altären auf dem Markt verkaufen ließ; und ob nicht Josaphat ben Ahilud, der Kanzler, beteiligt sei an den Gewinnen, welche durch die Benutzung von Zwangsarbeit beim Bau des Tempels entstanden; und ob nicht die königliche Kommission zur Ausarbeitung des *Berichts über den Erstaunlichen Aufstieg* und so fort, für welche ich arbeitete, recht eigentlich eine Bande von Fälschern und Wortverdrehern sei; und ob nicht, kurz gesagt, das ganze Königreich Israel dabei sei, vor die Hunde zu gehen.
Da ergrimmte ich im Zorne, und ich schimpfte über die Schlechtigkeit meiner Söhne, die sich mit Gerüchten und üblen Gedanken befaßten, statt sich dem Studium der Gesetze des HErrn zu widmen, wie sie von Moishe, unserm Lehrer, überliefert worden. Tief im Herzen aber war ich voller Unruhe: wenn all dies das Gespräch der Straße war und die Rede der Jünglinge, dann mochte es wohl geschehen, daß jene, welche in den Wegen des HErrn wandelten, mit abgeschnittenem Kopf endeten; denn fühlen die Mächtigen sich bedroht, so schlagen sie die Gerechten.
Am nächsten Morgen aber, nach der Stunde der öffentlichen Audienz, begab ich mich zum Königspalast, und ward vor das Angesicht des Königs geführt, und fand allda Josaphat ben Ahilud, den Kanzler, und sämtliche Mitglieder der Kommission mit Ausnahme des Benaja ben Jehojada. Da ich mich aber erhob aus dem Staub vor dem König, konnte ich mich eines Blicks auf ihn nicht enthalten, um festzustellen, ob er zitterte und bebte, wie mir von Shem und Sheleph beschrieben worden war.
Der König jedoch klopfte nur mit dem Fuß auf den Sockel des Throns, und er spielte mit den Brüsten des Cherubs zu seiner Rechten und fragte: »Was siehst du mich an, als wäre ich krank? Bin ich wie Saul, den mein Vater David zu heilen bestellt wurde?«
Ich beugte mich tief und sagte, mein Auge sei voll der Bewunde-

rung des Glanzes, welcher auf des Königs Antlitz läge durch den Geist des HErrn.

»Und ich war des Glaubens, ich sähe heute recht elend aus«, sagte er düster, »lag ich doch die Nacht über wach und dachte nach über die Entwürfe für die Innenausstattung des Tempels. Ich gedenke, das ganze Innere mit Gold zu überziehen, und an allen Wänden des Hauses Schnitzwerk zu machen von ausgehöhlten Cherubim, Palmenblättern und Blumen, und im Orakel zwei Cherubim aus Ölbaumholz aufzustellen, ein jeder zehn Ellen hoch, mit ausgestreckten Flügeln, so daß der Flügel des einen diese Wand berührt, der Flügel des andren die andere Wand, und ihre Flügel auch mitten im Raum einander berühren.«

Er blickte um sich, als wartete er auf etwas, und ich beeilte mich, ihm zu versichern, seine Entwürfe seien über alle Maßen prächtig, und würden sicher eines der Weltwunder werden.

»Ethan«, sagte er, »für mich bist du so durchsichtig wie die Teiche von Heshbon am Tore Bath-rabbim, durch deren Wasser hindurch du die Würmer siehst, die sich tief auf dem Grunde ringeln. In Wahrheit denkst du: Baut König Salomo diesen Tempel nicht zum eignen Ruhm eher denn für GOttes, und so, daß die Menschen von überallher kommen und sprechen, seht die Pracht von Salomos Tempel? Ich aber sage dir, des Königs kostbares Kleid bedeutet dem kleinen Mann mehr als ein Paar Hosen, mit dem er die eigne Blöße bedecken könnte, und ein Tempel glänzend von Gold gilt ihm höher als eine kupferne Münze in der eignen Hand; denn so hat HErr Jahweh den menschlichen Geist geprägt.«

Er hörte auf, mit dem Cherub zu spielen, und grub sich die Nägel seiner Finger in die Handfläche. Ich erklärte, sein Verständnis der menschlichen Natur sei unvergleichlich, und schlecht beraten sei der, welcher seine Gedanken vor der Weisheit des Königs zu verbergen suche.

»Ferner denkst du«, fuhr er fort, »warum mischt sich König Salomo in alle Angelegenheiten wie ein Narr, der die Nase in jeden Topf steckt? Ich aber sage dir, ein Führer, der seinen Kopf auf dem Hals zu behalten wünscht, darf sich nicht nur mit Krieg und Frieden befassen und mit der Befolgung der Worte des HErrn, sondern muß sich auch darum kümmern, welche Blume auf welche Wand geschnitzt und welche Geschichte auf welche Art erzählt werden soll. Denn die Macht ist unteilbar: ein Stein, der herausbröckelt auf ihrem Gefüge, mag das Ganze zum Einsturz bringen.«

Er erhob sich und trat herab von seinem Thron, als suche er nach jemandem; dann heftete sein Blick sich auf mich. Ich versicherte eilig, daß ein Bau, welcher vom HErrn gestützt wird, selbst dem Beben der Erde widerstünde.

»Ist Lilith wohlauf, deine Kebse?« fragte er. »Wie es scheint, werde ich die Tochter Pharaos zur Frau nehmen und ihr ein Haus

bauen und eine Dienerschaft geben müssen, denn ich kann sie nicht wohl bei den andern königlichen Damen unterbringen.«
Ich beteuerte, ganz Israel werde außer sich sein vor Freude über die Heirat mit Ägypten, doch gewißlich fände sich zwischen Dan und Beer-sheba eine reiche Auswahl an Mägden, alle reizvoller und anmutiger und besser geeignet zum Dienst an Pharaos Tochter als meine Kebse Lilith.
Der König stieß mir mit gestrecktem Finger gegen die Brust. »Ich wünsche dich aber zu ehren, Ethan. Der Kanzler Josaphat und der Prophet Nathan und Benaja ben Jehojada sind einmütig im Lob deines Eifers; und darum ...«
Ein Lärm erhob sich nahe der Tür, die Stimme Benajas und das Geklirr von Waffen. Der König wandte sich hastig um und eilte auf Benaja zu und fragte: »Es ist vollbracht?«
»Es ist vollbracht«, sagte Benaja.
»Du legtest Hand an ihn?«
»Ich legte Hand an ihn.«
»Und er ist tot?«
»Tot.«
»Der HErr sei gelobt!«
»Amen«, sagte Benaja.
Mir aber füllte sich das Herz mit Schrecken, da ich ahnte, welcher Name gestrichen worden war von der Liste, die König David auf dem Sterbebette seinem Sohn übergab; der Weiseste der Könige jedoch, Salomo, schien sich mächtig erleichtert zu fühlen, als er zu seinem Thron zurückkehrte und sich vorsichtig darauf niederließ.
»Nun denn«, verkündete er, »da die gesamte Kommission zur Ausarbeitung des *Einen und Einzigen Wahren und Autoritativen, Historisch Genauen und Amtlich Anerkannten Berichts über den Erstaunlichen Aufstieg* und so fort versammelt ist, einschließlich Ethans, unsres Redaktors, laßt uns beginnen.«
Darauf hieß mich Josaphat ben Ahilud, dem König einen kurzen Abriß der Geschichte von der herzerwärmenden, zärtlichen Liebe seines Vaters David und der Dame Bath-sheba zu geben, so wie ich sie erfahren hatte. Ich folgte seinem Gebot, wobei ich das Allzumenschliche ausließ und meinen Vortrag beendete mit den Worten: »Und David tröstete sein Weib Bath-sheba, und ging ein in sie, und lag ihr bei, und sie gebar einen Sohn, den hießen sie Salomo.« Dann fügte ich, um gut Maß zu geben, hinzu: »Und der HErr liebte Salomo.«
Der König lächelte.
Und der Gedanke kam mir, wie ich mich wohl verhalten und was ich tun würde, wenn mir einer vor Zeugen erzählte, mein Vater habe den Mann meiner Mutter umbringen lassen, und ich sei das Ergebnis von etwas noch Schlimmerem als Ehebruch.
Der König saß immer noch da und lächelte.
Schließlich trat Josaphat vor und sprach zum König: »Meinem

Herrn ist die Einstellung bekannt, welche die Mitglieder der Kommission zur Frage der Einbeziehung unbequemer Tatsachen in Werke der Geschichte haben, nämlich: diese zu berichten, doch mit Diskretion, und sie so darzustellen, daß sie Wohlgefallen finden vor dem Auge des HErrn, unsres GOttes, von dem alle Weisheit stammt. Aber in diesem Fall ist es unser aller bedachte Meinung, Benaja ben Jehojada ausgenommen, daß die Geschichte, so diskret man sie auch erzähle, den Erwählten des HErrn und Königinmutter Bath-sheba in ein höchst zweifelhaftes Licht rücken möchte. Dies läßt uns nur wenig Wahl bezüglich eines so wichtigen Punktes, wie es Geburt und Legitimität des Weisesten der Könige, Salomo, sind: entweder wir berühren die Frage nicht, und warum dann der ganze König-David-Bericht? oder wir erfinden eine neue, gesäuberte Fassung der Geschichte von der herzerwärmenden, zärtlichen Liebe, in welcher wir andeuten, daß Uria an einer Darmverstimmung oder Blutvergiftung starb und daß David die Bath-sheba vom Dach seines Hauses erblickte, *nachdem* sie verwitwet war. Leider aber spielten sich diese Geschehnisse nicht in grauer Vergangenheit ab; sie ereigneten sich vielmehr zu einer Zeit, an die sich Tausende noch Lebender gut erinnern, so daß beides, ein Schweigen unsererseits wie auch ein geeignet Maß an Erdichtetem, bei so manchem in Israel auf Ablehnung stoßen würde. Darum ersuchen wir den Weisesten der Könige in aller Ehrfurcht, eine ebenso treffliche Entscheidung zu fällen wie seinerzeit im Prozeß der zwei Huren um das Kind.«

Der König wandte sich an Benaja. »Du warst anderer Meinung?«

»Die Herren überschätzen die Wichtigkeit des Worts.« Benaja räusperte sich spöttisch. »Wenn König Salomo den Anspruch erheben wollte, der Sohn, sagen wir, einer unberührten Jungfrau und einer Taube zu sein, welche vom Himmel herabflatterte, so werde ich sechshundert meiner Krethi und Plethi aussenden, und morgen wird ganz Jerusholayim schwören, daß dem so ist.«

Der König stutzte, versicherte Benaja seiner Gunst, und fragte mich, welches meine Vorschläge seien.

Ich sagte, ich hielte dafür, daß ein Mann, so weise wie König Salomo, und ausgestattet mit so mannigfaltigen Gaben, und so verehrt vom Volke Israel, und ein Fürst des Friedens, in höchsteigener Person der lebende Beweis für die Hochschätzung und Liebe war, welche der HErr seinen Eltern entgegenbrachte.

»Erstaunlich, Ethan«, rief der König aus, »das ist im Grunde, was Mama mir immer gesagt hat. Salomo, mein Sohn, sagte sie immer, dein Vater hat gesündigt im Auge des HErrn, indem er das arme, hilflose Weib eines Soldaten nahm und ihr beilag, und auch ihren Mann umbringen ließ. Aber wer kann urteilen über die Wege des HErrn, sagte sie, der die Versuchung vor deinen Vater gestellt hat, denn damals war ich nicht so unförmig wie heute und häßlich anzusehen, sondern ich war wohlgestalt, und anmutig, und meine

Haut wie die Blütenblätter einer Rose aus Sharon; und er erblickte mich im Licht der sinkenden Sonne, da ich meinen Leib wusch. So strafte der HErr denn deinen Vater, indem er das arme Knäblein, deinen älteren Bruder, hinwegnahm, obwohl der kaum sechs Wochen alt und unschuldig von allem Übel war. Du aber, Salomo, mein Sohn, wardst gezeugt, nachdem die Sünde deines Vaters abgebüßt und vergeben war, wie es denn heißt, Auge um Auge, Zahn um Zahn, Leben um Leben; darum bist du auch nicht ein Kind des Todes, sondern des Lebens; und dein Name ist Friede, und du bist gesegnet durch den HErrn und geliebt von ihm.«

Der König schluckte: er war sichtlich bewegt von den Worten seiner Mutter und von dem Gedanken an sein großes Glück, daß er der Zweitgeborene war.

Darauf befahl er: »Warum schreibt ihr's dann nicht gemäß Mamas Weisheit. Oder wollt ihr behaupten, gescheiter zu sein als eine alte Frau in Israel, die es zuwege gebracht hat, die Mutter eines Königs zu werden?«

Und also steht es geschrieben im König-David-Bericht, und die Geschichte von David und Bath-sheba ist darin enthalten.

19

Nach der Sitzung aber verhielt sich der König weiter höchst leutselig und fragte die Mitglieder der Kommission, einschließlich meiner, ob sie ein Stück Brot mit ihm brechen würden an seiner Tafel. Da war eitel Freude ob der königlichen Einladung; nur Benaja ben Jehojada bat, sich entfernen zu dürfen, da dringliche Pflichten seine Anwesenheit bei den Krethi und Plethi erforderten.

Worauf die restlichen Mitglieder der Kommission bedeutungsvolle Blicke miteinander tauschten und sich in das königliche Speisezimmer begaben, dessen Wände eingelegt waren mit den Abbildern von Trauben und Granatäpfeln und anderen köstlichen Speisen. Der König gebot mir, an seiner Seite zu sitzen, und er riß ein saftiges Stück ab von seiner Portion Fettschwanz und stopfte es mir gnädigst in den Mund. Ich kaute, und dankte ihm, und sagte, der Zorn des Königs sei wie das Brüllen eines jungen Löwen, seine Gnade aber wie Tau auf dem Grase.

»Das klingt mir wie ein gutes Sprichwort«, sagte Salomo erfreut. Und zu Elihoreph und Ahija, den Schreibern: »Schreibt es euch säuberlich auf, denn ich plane eine Sammlung bemerkenswerter Aussprüche als Zeugnis meiner außerordentlichen Weisheit.«

Ich sagte, ich fühlte mich hoch geehrt durch des Königs Wunsch,

und so mir weitere Sprüche einfielen von geeigneter Sinnesart, würde ich sie ihm gleichfalls gern zur Verfügung stellen.
Dies befriedigte ihn sichtlich, da er etwas umsonst erhielt, und er erkundigte sich nach dem Fortschritt meiner Arbeit, und womit wir uns demnächst im König-David-Bericht zu befassen gedächten.
»Mit dem Aufstand des Absalom«, sagte ich.
»Absalom ...« Der Name schien in seinen Ohren einen üblen Klang zu haben wie wohl alles, was mit dem Sturz der bestehenden Obrigkeit in Zusammenhang stand. »Und wo würdest du da beginnen?«
Die Wurzeln des Baums sind dem Auge verborgen, dachte ich, aber sie reichen hin bis zu den Wassern. Jedoch mußte ich dem Weisesten der Könige, Salomo, auf eine Art antworten, die von Königen verstanden wurde; daher erwiderte ich: »Es dürfte am besten sein, mit der Geschichte Tamars zu beginnen, der Schwester des Absalom.«
Der König nahm ein Auge vom Lamm, tauchte es in Pfeffer, hieß mich die Lippen öffnen, und schob es mir in den Mund.
Ich schluckte und dankte ihm für seine überaus große Liebenswürdigkeit. Dann sagte ich: »Doch scheint Tamar wie begraben zu sein in einer Grube des Schweigens, und Euer Diener weiß nicht, wo ihrethalben nachzufragen, beim königlichen Obereunuchen oder beim königlichen Oberleichenbestatter.«
»Tamar«, sagte der König, »ist in Wahn verfallen, und die Familie brachte sie im Tempel von Beth-shan unter, weit weg von Jerusholayim, wo die Tempelpriester sie füttern und waschen und auch sonst tun, wessen sie bedarf.«
Es war still geworden im Raum. Ich gedachte der Tamar von einst, in ihrem bunten Kleide; denn dies waren die Gewänder, welche des Königs Töchter trugen, so sie Jungfrauen waren.
»Du wirst wenig von ihr erfahren«, sagte der König. »Männer GOttes und Geisterbeschwörer und Ärzte ebenso haben sich mit ihr beschäftigt und festzustellen gesucht, was vorgefallen war zwischen ihr und meinem Bruder Amnon; aber sie stammelt nur Sinnloses.«
»Der Schlüssel zur Erkenntnis liegt im Zuhören«, wagte ich zu bemerken, »denn spricht nicht der Geist des HErrn oft auch im Gestammel der Irren?«
Und ein Streitgespräch hub an zwischen dem Propheten Nathan und dem Priester Zadok über Wahnsinn und Prophetismus, und beide erregten sich höchlichst. Der König aber sprach: »Einen jeglichen dünkt sein eigner Weg der rechte; der HErr allein schenkt dem Herzen Gewißheit.«
Mit diesem Gedanken endete das Mahl.

GOtt!
Jerusholayim war nicht mehr die gleiche Stadt.
Die Wachen am Tor des Palasts hatten sich verdreifacht; die Straßen hallten wider von Räderrasseln und Hufschlag; vor den öffentlichen Gebäuden und an wichtigen Straßenkreuzungen waren gepanzerte Kampfwagen aufgefahren.
Bei den Unbeschnittenen hätte eine solche Schaustellung bewaffneter Macht die Straßen leergefegt; nicht so bei den Kindern Israels, die aufblühen, wenn es Aufregung gibt. Sie schrien durcheinander und fragten und gestikulierten; sie gerieten unter die Pferde und zwischen die Krethi und Plethi; Diebe und Langfinger waren überall, kippten die Stände der Kaufleute um und liefen davon mit den Waren, die Diener des Benaja ben Jehojada aber schlichen umher in der Menge und lauschten, und plötzlich mochte es geschehen, daß ein Mann unter den Achselhöhlen gepackt und abgeführt wurde.
Ein Name war auf aller Lippen: Adonia, der Sohn König Davids von Haggith, Prinz von Geblüt, welcher erschlagen worden war.
Die einen sagten, daß niemand in Israel mehr sicher sei, wenn ein Sohn König Davids in seinem eignen Haus erschlagen und sein Leib auf die Straße geworfen werden konnte wie ein toter Hund; andere behaupteten, König Salomo könne das unmöglich dulden, und diesmal habe Benaja sich übernommen; ein Priester hob die Hände und verkündete, Adonia habe dieses sein Ende über sich selbst gebracht durch sein Herumhuren und seine Weigerung, in den Wegen des HErrn zu wandeln. Doch ein Krüppel, der in Fetzen gekleidet war, schüttelte die Faust und rief aus, allesamt seien sie Schurken und Hurensöhne, Adonia und Benaja, und König Salomo der Allerschlimmste; also wurde er abgeführt.
Und die Furcht vor den Dingen, die da kommen würden, ward groß in meinem Herzen, so daß ich zusammenfuhr, als ich hörte, wie jemand mich rief.
Die Rufer aber waren Shem und Sheleph, meine Söhne, die nun aus der Menge auftauchten, ein schmutziges Stück Linnen schwenkten und mir zuschrien: »Wir haben es gesehen! Wir haben alles gesehen!« Und Shem kam und überreichte mir das Stück Tuch und sagte: »Siehe sein Blut!« Und Sheleph fügte hinzu: »Aus einer großen Blutlache!« Und Shem erklärte voll Stolz: »Ich riß das von meinem Gewand ab und tauchte es in sein Blut, als Geschenk für dich und zur Erinnerung.«
Die Speisen, welche ich an der Tafel des Königs genossen, kamen mir hoch und staken mir im Halse. Shem und Sheleph aber waren ganz entzückt und berichteten mir, wie sie in der Schule davon hörten, daß etwas im Gange war gegen den Prinzen Adonia; worauf sie und eine Anzahl ihrer Mitschüler sich aufgemacht und nahe dem Haus des Adonia gewartet haben; das Haus aber war umstellt von Männern, die auf und nieder wandelten, oder ange-

legentlich einen Riß in der Mauer betrachteten, oder in den Zähnen stocherten. Und es kamen zahlreiche Läufer, welche weiße Stäbe trugen und riefen, Platz da für Benaja ben Jehojada, der über das Heer ist; und Benaja fuhr vor in seinem Kampfwagen; und er betrat das Haus.
»Und siehe«, sagte Shem, »seine Miene war sehr finster.«
Vom Haus her drang dann der Lärm von Stimmen, und ein gellender Schrei; darauf wankte ein Mann heraus, blutüberströmt von einer klaffenden Wunde; und brach zusammen.
»Und siehe«, sagte Sheleph, »es war ein grausiger Anblick.«
Doch da die Männer, welche auf und nieder gewandelt waren, den Leichnam aufheben wollten, eilte ein Fräulein herbei, das laut wehklagte und aufschrie zum HErrn und zu allem Volke. Als sie Adonia liegen sah in einer Lache seines Blutes, warf sie sich über ihn, und zerriß sich das Kleid, und küßte seinen Mund und sein eines Auge, denn das andre war ihm ausgeschlagen worden durch den Schwerthieb. Dann packten die Männer, die auf und nieder gewandelt waren, sie unter den Achselhöhlen und führten sie ab.
»Und siehe«, sagte Shem, »sie glich einer Kranken.«
Die Leiche des Adonia aber wurde ins Haus gebracht. Eine Weile später trat Benaja heraus. Er sprach kurz mit den Männern, die auf und nieder gewandelt waren, bestieg seinen Wagen, und fuhr davon.
»Und siehe«, sagte Shem, »er tat, als sei nichts geschehen.«
Worauf ich Shem und Sheleph nach Hause sandte und ihnen anriet, sich für den Rest des Tages weiteren Unfugs zu enthalten.

Eines Bruders Zuspruch ist wie Balsam fürs Herz; das Wort des Weisen aber mag das Leiden heilen.
Ich entsann mich des Penuel ben Mushi, Sachbearbeiters dritten Ranges im königlichen Schatzamt, der sich des Neuankömmlings in Jerusholayim angenommen und, beredt gemacht durch ein wenig Wein und ein Stück Lamm, mich vertraut gemacht hatte mit einigen Geheimnissen, von denen man flüsterte in den Kreisen der Eingeweihten.
Das Schatzamt erreichte ich durch Hintergassen und auf Seitenwegen, und ich winkte den Wachen am Eingang lässig mit der Hand, nach Art der Herren in hoher Stellung, welche erwarten, nicht aufgehalten zu werden. In den Gängen des Gebäudes aber war es still wie in einem Grabmal; denn große Ereignisse erregen wohl das Volk, die Diener des Königs aber harren der Dinge mit Zittern.
Und ich fand Penuel ben Mushi in seiner Amtsstube; er sprang auf, da er mich sah, und spreizte die Finger gegen mich.
»Freund«, sprach ich, »ich bin kein böser Geist vom HErrn; ich bin Ethan ben Hoshaja, Redaktor des *Berichts über den Erstaun-*

lichen Aufstieg und so fort; und ich bin gekommen, mich mit dir zu beraten betreffs des Endes von Prinz Adonia, denn ich kenne dich als einen Mann, der wohlvertraut ist mit öffentlichen und mit weniger öffentlichen Angelegenheiten.«

Penuel ben Mushi jedoch hämmerte sich gegen die Stirn und verfluchte den Tag, da ich in sein Leben getreten, und er flehte mich an, seine Amtsstube zu verlassen und keiner Seele zu verraten, daß ich mit ihm bekannt sei, denn die Ohren des Benaja ben Jehojada seien überall. Auch wollte er meine Einwände nicht anhören; vielmehr packte er mich beim Ärmel und zerrte mich zur Tür und schob mich hinaus.

Ich verließ das Schatzamt wie betäubt; welcher Aussatz hatte mich befallen, und weshalb, und seit wann? Ich lief durch die Straßen, einsam in der großen Menge und geängstigt. Aber wie ein Hund immer wieder zurückkehrt zu seinem Erbrochenen, so kehrten meine Gedanken immer wieder zu der Warnung zurück, welche Benaja ben Jehojada mir bei unsrer Begegnung im Hause des Joab gegeben, da er sprach: Wenn du so viel weißt, Ethan, wie ich glaube, daß du weißt, dann glaube ich, du weißt zuviel.

Was blieb mir, als mich heimzubegeben.

Das Haus stand da, vom Licht des Abends rosig übergossen, und vor seiner Tür war die grüne Sänfte mit den Goldleisten und dem roten, gefransten Dach.

Ich erwog, ob ich die Nacht lieber im Gasthaus verbringen sollte, oder in irgendeinem Schuppen, oder gar in einem Toreingang. Aber ich war schon zu müde und mutlos, und ging hinein ins Haus wie ein Schaf zu seinem Schlächter.

Amenhoteph, der königliche Obereunuch, begrüßte mich kehliger denn je und fragte nach meiner Gesundheit, und wieso ich mich fernhielte von ihm. Lilith, meine Kebse, trat vor mit einer Schüssel Wasser, und sie wusch mir Gesicht und Hände und Füße, während Amenhoteph ihre anmutigen Bewegungen wohlwollenden Blicks verfolgte; und Hulda, die Mutter meiner Söhne, trug Wein auf und Brot und einen Teller Ziegenkäse, welcher mit feingehackten Oliven und geriebenen Nüssen vermischt war. Esther aber, meine Frau, ließ sich entschuldigen: der Tag sei lang gewesen, und ihr Herz leide unter der Anstrengung.

Die Frauen entfernten sich. Amenhoteph belegte sein Brot mit Käsescheibchen und aß schweigend. Endlich wischte er sich die Hände an einem Tüchlein aus feinstem Linnen und sprach: »Nach einem Tag wie dem heutigen gedenkt der Mensch seiner Seele und sucht Freunde auf.«

Die Furcht kehrte wieder in meine Eingeweide.

»Der Tod ist ein flinker Schnitter.« Er nickte. »Wie lange ist es her, daß du und ich dem Adonia zusahen, wie er's dem Fräulein

Abishag tat nach Art der Ziegenböcke, und auf andere Art auch; und jetzt ward Hand an ihn gelegt durch Benaja, und tot ist er.«
Er sah mich bedeutungsvoll an, und die Furcht in meinen Eingeweiden wuchs.
»Als Historiker, Ethan, magst du den Mord als eine alltägliche Erscheinung betrachten; dieser jedoch weist seine besonderen Merkmale auf, und eines davon betrifft dich. Ich nehme an, daß du weißt, wie alles kam?«
Ich schüttelte den Kopf.
»Adonia muß auch das letzte bißchen Vernunft verloren haben über dem Fräulein«, sagte Amenhoteph, »denn er wählte just Königinmutter Bath-sheba, beim König seinetwegen vorzusprechen, und war noch so töricht, sie zu erinnern: Du weißt, daß das Königreich mein war, und ganz Israel hatte sich auf mich gerichtet, daß ich herrschen sollte; nun aber hat das Königreich sich von mir gewandt und ist meines Bruders geworden.«
Amenhoteph verdrehte die Hände aufs zierlichste.
»Du kannst dir vorstellen, wie das der alten Dame gefiel. Hatte er vergessen, daß es Bath-sheba gewesen war, die durch ihren Einfluß auf König David das Königreich von ihm wandte? Hatte er vergessen, daß Abishag, auch wenn sie den König nicht wärmen konnte, doch eine von Davids Frauen war, und daß eine der Frauen des Königs zu beanspruchen Anspruch erheben hieß auf seine Macht?«
Ich gedachte des Adonia, wie er einging in Abishag, und wie sie sich wand und ihn zerkrallte; und die Furcht in mir ward heiß und stieg bis ins Herz.
»Bath-sheba aber erklärte sich bereit, bei König Salomo für Adonia zu sprechen. Und der König stand auf, und ging ihr entgegen, und beugte sich vor ihr, und ließ einen Sessel hinstellen für seine Mutter, daß sie sich setze zu seiner Rechten. Dann sagte sie: Ich habe ein kleines Anliegen an dich; ich bitte dich, sag deiner Mutter nicht nein. Und der König sprach: Was möchtest du, Mama; ich werde dir nicht nein sagen.«
Da war sie wieder, Bath-sheba, die Frau des Uria: kein Wässerchen konnte sie trüben, aber auf der Spitze ihrer Zunge saß der Tod.
»Sie sagte: Laß Abishag von Shunam deinem Bruder Adonia zum Weibe geben.« Amenhotephs Hände bewegten sich wie die Köpfe zweier Schlangen, die einander angreifen. »Ich sah das Gesicht des Kanzlers Josaphat ben Ahilud und das des Benaja ben Jehojada: sie waren wie aus Stein. Das Antlitz des Königs aber verfärbte sich gelb wie eine Limone, und er sprach: Warum bittest du für Adonia um Abishag von Shunam, Mama? Bitte auch gleich für ihn um das Königreich; denn er ist mein älterer Bruder; für ihn und für den Priester Abiathar und für Joab ben Zeruja.«
Er vermutete sofort eine Verschwörung, wie denn sonst. Da

Macht aus Verschwörung erwächst, wittern die Machthaber sie überall. Bath-sheba wußte um die Gedanken der Menschen.

»Dann schrie der König auf gegen Benaja, und auch gegen mich, und sprach, welch treue Diener seien wir, und wie gewaltig unsere Wachsamkeit, wenn sein Bruder Adonia und das Fräulein Abishag des Umgangs pflegen konnten unter unseren Augen? Und wo seien die Freunde des Königs, und all seine Berater, wenn er von seiner Mama erfahren mußte, was da vor sich ging in seinem Königreich? GOtt tue mir dies und das, sagte er, Adonia soll das wider sein Leben geredet haben. Darum, so wahr der HErr lebt, der mich bestätigt hat und sitzen lassen auf dem Thron meines Vaters David: heute noch soll Adonia sterben.«

Ich erinnerte mich der dunklen Flecke auf dem Stück Linnen, die das Blut des Adonia waren, und mit bebender Stimme fragte ich Amenhoteph, was ich mit diesem Mord denn zu tun hätte.

Amenhoteph blickte mich lange an, und seine rotgeäderten Augen quollen ein wenig hervor, da er sprach: »Ist es nicht die Pflicht eines jeglichen unter den Kindern Israels, in den Wegen des HErrn zu wandeln und der Behörde Mitteilung zu machen über das Tun ihrer Nächsten? Hast du nicht dies und das und anderes mehr gewußt, was von Wichtigkeit war für die Diener des Königs?«

»Wußtet Ihr nicht auch?« antwortete ich.

»Aber gewiß!« Er wandte den Kopf, so daß er aussah wie eine der Figuren, welche die Ägypter auf ihre Säulen schnitzen, die sie Obelisk nennen; und lächelte ebenso undurchdringlich wie jene.

Gedanken des Ethan ben Hoshaja, da er nach dem Weggang Amenhotephs, des königlichen Obereunuchen, in seinem Arbeitszimmer saß und nachsann

Über die Natur der Herrscher

Siehest du einen, der sein Geschäft versteht? er wird vor Königen stehen.

Der Himmel ist hoch, und die Erde tief; aber der Könige Herz ist unerforschlich.

Wenn du sitzest und ißest mit einem der Herrschenden, so bedenke gründlich, was dir vorgesetzt wird; und setze ein Messer an deine Kehle, so dich nach den Speisen gelüstet.

Fürchtet sich der König, so brüllt er wie ein Löwe: wer ihn zum Zorn reizt, versündigt sich gegen das eigne Leben.

Stein wiegt schwer, und eine Last Sand drückt auf den Rücken; aber eines Narren Zorn ist noch schwerer zu tragen als beide.

Über die Zustände im Königreich

Wo keiner mehr träumt von der Zukunft, wird das Volk wild und wüst.

Wenn ein Herrschender auf Lügen hört, sind all seine Diener nichtswürdig.
Ihr Herz trachtet nach Zerstörung, und ihre Lippen raten zu Bösem.
Die nach Blut dürsten, hassen den Aufrechten.
Der HErr erschuf alle Dinge zu einem Ende; ja, sogar den Ruchlosen für den Tag der Untat.
Denn ein Gerechter mag siebenmal fallen, er steht wieder auf; die Niederträchtigen aber versinken in ihrer Niedertracht.

Über teilnahme am öffentlichen leben

Kann der Mensch ein Feuer im Busen halten, daß seine Kleider nicht brennen? Kann er auf heißen Kohlen gehen, daß seine Füße nicht verbrannt würden?
Tue dich nicht hervor im Angesicht des Königs, und stelle dich nicht hin, wo die Großen stehen.
Der kluge Mann verbirgt seine Kenntnisse; aber das Maul des Narren ist sein Untergang, und seine Lippen werden ihm zur Falle.
Dem Pferd die Peitsche, dem Esel der Zaum, und dem Narren eine Rute auf den Rücken.
Wie der Schmelztiegel das Silber und der Brennofen das Gold, also prüft der HErr die Herzen.

Über die ratsamkeit einer dienstreise

Der Ruchlose nimmt Reißaus, auch wenn niemand ihn jagt; der Gerechte aber ist getrost wie ein Löwe.
Wer zugrund gehen will, der wird zuvor stolz, und Hochmut kommt vor dem Fall.
Der Gewitzte sieht das Unglück voraus, und verbirgt sich; die Albernen aber gehen drauflos und nehmen Schaden.
Vorsicht wird dich behüten, und Verstand dich bewahren, daß du nicht gerätst auf den Weg der Böswilligen noch unter die Schwätzer.
Das Los wird geworfen in den Schoß des Menschen; aber es fällt, wie der HErr will.

Über einen ausflug zu Tamar, der tochter Davids, und die möglichkeiten der suche nach weiteren wahrheiten

Denke nach, wenn du den Fuß setzest, so gehst du sicher auf deinen Wegen.
Im Herzen des Menschen bilden sich viele Pläne; der Rat des HErrn aber, der bleibt bestehen.
Der HErr wird die Seele des Gerechten nicht im Stich lassen.

»So GOtt lebt«, sagte der Hauptmann am Stadttor, »hier ist unser Historiker. Haben deine Historien sich als wertlos erwiesen, oder ist das Pflaster der Stadt Jerusholayim zu heiß geworden für die Sohlen deiner Füße, denn du kamst mit zahlreichen Eseln und verläßt uns mit nur einem?«

Ich beglückwünschte den Hauptmann ob seines hervorragenden Gedächtnisses und sprach: »Ach ja, eine lange Zeit ist verstrichen, seit ich hierher kam mit meinen Archiven und meiner Familie; nun jedoch wohne ich No. 54, Königin-von-Saba-Gasse, in einem Haus, das dem König gehört, und bin dabei, eine Reise anzutreten in Sachen des Königs.« Und ich zeigte ihm meine Ausweise.

Inzwischen hatten sich die Bettler angesammelt, und allerlei Volk, wie es am Stadttor herumlungert, und sie rissen Witze über die Ratten, die das verpestete Haus verließen, und sie sagten, das Blut des Adonia, das auf die Straße geflossen, sei nur ein Anfang, und bald würden die Galgen sprießen auf den Hügeln von Jerusholayim, an jedem ein Schmarotzer, der dem Volk das Blut aussaugte und dem Arbeitsmann das Mark.

Da schwang der Hauptmann die vielschwänzige Peitsche über ihren Köpfen und rief: »Hört, ihr Söhne Belials, ihr Ungekämmten und Unreinen: juckt euch der Hintern nach der Rute, gelüstet es eurer Zunge, ausgerissen zu werden? Der HErr hat euch verwöhnt durch zuviel Freiheit; die Wohltätigkeit des Königs gab euch überschüssige Kraft. Doch euer Gehirn ist geschrumpft auf den Umfang einer Erbse, denn ihr vergeßt, wer hier im Lande herrscht, nämlich der Weiseste der Könige, Salomo, durch seinen geliebten Diener Benaja und durch die Krethi und Plethi, die das Herz eines jeglichen erkennen und die euch lehren werden, das Maul zu halten.«

Zu mir aber sagte er: »Mach, daß du fortkommst. Erkennst du denn nicht, daß ihr Schriftgelehrten dem Volk ein Ärgernis seid und den Dienern des Königs eine Last?«

So lenkte ich denn meine Schritte gen Norden, nach Beth-shan, auf der Straße, die vorbeiführt am Tempel von Nob, und die schon David benutzte, da er vor Saul floh.

Und meine Seele war bedrückt bei dem Gedanken an Esther, meine kranke Frau, die ich zurückgelassen, und an meine Kebse Lilith, die gefehlt hatte bei meinem Abschied, und an meine Zukunft, die höchst unsicher war: denn mochte ich auch, indem ich Jerusholayim verließ, einem unmittelbaren Schlag entgehen, so war ich doch schon zu alt und zu gefestigt in meinen Lebensgewohnheiten, um noch zu erlernen, wie man in Höhlen lebt und sich längere Zeit in der Wildnis durchschlägt.

Da ich zu dem großen Stein kam, dem der Grenzquell entspringt,

so geheißen, weil das Land der Jebusiter bis hierhin reichte, bevor David sie schlug und Jerusholayim eroberte, siehe, da saß bei der Quelle eine ganz in einen weißen Umhang gehüllte Person von zierlicher Gestalt, und hielt ein Bündelchen in der Hand.
Und mein Herz tat einen Sprung, denn ich sah, es war Lilith, und die Kehle war mir auf einmal vertrocknet, so daß ich, da ich den Esel anhielt, kein Wort sprechen konnte.
Lilith entblößte ihr Gesicht und kam auf mich zu und ergriff meine Hand und sagte: »Weise mich nicht von dir, Ethan, mein Freund. Ich will hinter dir hergehen; wo du ißest, will ich zufrieden sein mit den Resten, wo du dich schlafen legst, will ich dich wärmen; denn ich liebe dich mehr als mein Leben.«
Ich nahm sie zu mir und hielt sie fest; und ich empfand, wie unerträglich es sein würde, sie an König Salomo zu verlieren und mir vorstellen zu müssen, wie der sie betastete mit seinen fetten Fingern; aber ich wußte auch, daß es unsicher war für einen einzelnen Mann, mit einer schönen Frau auf den Straßen Israels zu reisen, denn überall lauerten Räuber, und Soldaten, und anderes finsteres Volk, und diese mochten meiner Kebse antun, was in der Zeit der Richter der Kebse eines jungen Leviten von den Männern der Stadt Gibea getan ward, die sie ergriffen und mißbrauchten die ganze Nacht bis an den Morgen und sie dann zurücksandten zu ihm: und ganz Israel erhob sich wie ein Mann und zog aus, die Männer von Gibea zu strafen, nachdem der Levit seine Kebse in zwölf Stücke zerteilte und diese den Ältesten der Stämme zuschickte. Aber das war zur Zeit der Richter gewesen; heutzutage mochte einer seine Braut in tausend Scheiben schneiden und diese den Hütern des Gesetzes im ganzen Land zustellen, und keiner von ihnen würde den Finger krümmen.
»Lilith, meine Liebe«, sagte ich, »GOtt ist mein Zeuge, daß nichts mir angenehmer wäre, als dich mit mir zu nehmen. Die Mühen des Weges würden sich in Kurzweil verwandeln, und jeder Tag würde uns sein wie ein Honigmond. Aber das Land befindet sich in Unruhe, das ist ja der Grund, daß ich mich aus der Hauptstadt entferne; und auf den Landstraßen könnte es wild hergehen.«
Sie aber blickte mich mit ihren großen Augen an und sprach: »Ich habe zu deinen Füßen gelegen, Ethan, mein Lieber, und mich zärtlich um dich bemüht auf jede Art. Zuerst, da du mich von meinem Vater nahmst in Vergütung für zwölf Schafe guter Sorte und vier Ziegen und eine Milchkuh, sah ich in dir einen alten Mann, griesgrämig und leicht nach Moder riechend; dann aber lehrtest du mich deine Lieder und zeigtest mir deine Güte, und so wardst du mir mählich Geliebter und Gatte und Vater in einer Person. Denke nicht, ich sei hierher gekommen, ohn zu überlegen: ich weiß genau, was es für eine junge Frau bedeutet, in diesen Zeiten mit einem Manne zu reisen, der ein Gelehrter ist, und weich von Gemüt, und ungeübt im Gebrauch des Dolches. Und so du

mich von deinem Angesicht weisest, werde ich nicht zurückkehren zu No. 54, Königin-von-Saba-Gasse, sondern ich werde dir folgen und dir wie ein Schatten sein; und wie kein Mensch seinen Schatten von sich reißen kann, wirst auch du mich nicht von dir reißen können, es sei denn, du erklärtest, daß du mich nicht liebst und daß du beabsichtigst, auf deiner Reise mit anderen Frauen zu liegen, mit dörflichen Dirnen und mit Huren, in welchem Fall ich den HErrn anflehen werde, dich mit Geschwüren zu schlagen an deinem Geschlecht, und mit Hämorrhoiden, und mit allgemeiner Impotenz.

Nun will ich gestehen, daß mir der Gedanke gekommen war, auf meiner Reise ein frisches Gesicht zu finden, sei's eine dörfliche Dirne, und mit ihr zu liegen; denn ein Mann auf der Flucht ist wie ein Vogel im Flug, der Umschau hält nach Feldmäusen. Aber die große Liebe Liliths überwältigte mich, und ich schämte mich meiner Laune, und ich sprach: »Lilith, meine Liebste, wie kommt es, daß die Männer so selten die Tiefe des Gefühls verstehen, dessen die Frauen fähig sind, und derart die Segnungen ausschlagen, die ihrer hätten sein können? GOtt tue mir dies und das, wenn ich je vergesse, was du mich gelehrt, und falsch Spiel treibe mit deiner Liebe. Nein, ich will auch nicht, daß du hinter mir einhergehst; du sollst einen Teil der Zeit auf dem Esel reiten, und sollst mein Brot teilen; und zur Nacht werden wir unter einer Decke liegen, und werden einander wärmen und es miteinander tun auf jede Weise, die uns Vergnügen bereitet; und danach werden wir aufschauen zu den Himmeln und dem Seufzen des Windes lauschen.«

So zogen wir denn fort von dem großen Stein und dem Grenzquell, und ein Licht lag auf Liliths Antlitz wie von hundert Sternen.

Am siebten Tag unserer Reise, da die Sonne sich senkte wie ein riesiger roter Ball, erblickten wir die Wälle von Beth-shan, welche niedrig waren und stellenweise schadhaft, und die Türme verfallen; denn der Weiseste der Könige, Salomo, verausgabte die Reichtümer des Landes für die Errichtung des großen Tempels des HErrn, und für die Erweiterung seines Palastes, und für die Feste Millo und die Mauern von Jerusholayim, und für den Bau von Hazor und Megiddo und von all den Städten der Kornhäuser, die er hatte, und den Städten der Wagen und den Städten der Reiter, und für das, was er noch zu bauen gedachte in Jerusholayim und in Libanon; aber der Rest des Landes verfiel und verrottete.

Und ein Mann kam aus dem Tore, der hielt einen Strick und zog daran einen störrischen alten Ziegenbock; und er schrie und verfluchte den Tag seiner Geburt, und den Tag der Geburt des Ziegenbocks, am lautesten aber verfluchte er die Priester des Tempels von Beth-shan.

»Bürger«, sprach ich zu ihm, »wie es scheint, ist dies greise Tier dir eine rechte Plage. Es ist kein Fleisch an ihm und keine Kraft, seine Hörner sind mürbe und sein Haar ausgefallen; das arme Vieh ist nichts wert; warum also erbarmst du dich seiner nicht im Namen des HErrn und läßt es in Frieden krepieren?«
»Nichts wert?« Der Mann verfluchte nun meine Mutter, die mich geboren hatte, und die Mutter Liliths, meiner Kebse, und ebenso auch die Mutter des Esels, auf dem ich saß. Dann sprach er: »Wie denn, dieser Bock ist ein strammer Bursche, und feurigen Sinns, und seine Beine sind gewiß kräftiger als deine, Fremdling. Was aber sein Ende angeht, so wird er bald sterben, und der Dampf seines Blutes wird zum HErrn aufsteigen vom Altar des Tempels; denn ich bringe ihn zu den Priestern als Opfergabe.«
Da pries ich den Mann um seiner Frömmigkeit willen, worauf er laut aufschrie, und den Bock mit Füßen trat, und mir erklärte, er müsse den Priestern von Beth-shan am Ersten eines jeden Monats eine Opfergabe bringen, eine Ziege oder ein Schaf oder ein Kälbchen, denn sie beherbergten seinen Sohn, der von Geburt an blöd war; das Kostgeld ruinierte ihn, und er und seine Frau und seine anderen Kinder hätten nichts zwischen die Zähne zu stecken.
Wir folgten dem Mann und seinem Ziegenbock bergan, die Stadt Beth-shan zu unsrer Linken lassend, und erreichten den Tempel zur Zeit des Anzündens der Lichter, nach dem Abendgebet. Und wir begaben uns zu dem Gästehaus, welches neben dem Tempel stand, und ein Priester empfing uns, von dessen Gesicht und Arm der Schmutz schichtweise abblätterte; dieser hielt uns die offene Hand hin, daß wir die Übernachtung zahlten, und sprach: »Der HErr siehet das Herz; aber ein Mensch, der dem andern vertraut, dessen Tasche ist bald leer.«
Später speisten wir von einem Laib Brot und einem Stück Fleisch, das ganz aus Knorpeln und Sehnen bestand, und das wohl von dem älteren Bruder des Ziegenbocks stammte, dem wir begegnet waren. Danach krochen wir unter meine Decke und schmiegten uns aneinander; aber wir konnten nicht einschlafen wegen des Schnarchens der Frommen, die von weither gekommen waren, um im Heiligtum zu beten und dem HErrn zu opfern, und wegen des Gejauls und Gezeters und Gejammers, das aus den Hütten der Irren drang, so als gäben sich sämtliche bösen Geister des HErrn hier ein Stelldichein und heulten den Mond an. Lilith zitterte. Vor Räubern hätte sie nicht so sehr Angst, flüsterte sie, auch nicht vor Soldaten oder vor den Dienern des Benaja ben Jehojada; aber ihr Herz erschreckte bei dem Gedanken, ein böser Geist möchte über sie kommen und sie beim Haar reißen oder in die Brustwarzen zwacken oder ihr einen Wechselbalg in den Leib schieben.
»Lilith, meine Süße«, flüsterte ich, »ich weiß einen Zauber, der die bösen Geister dir fernhalten wird, und ich habe einen Zauberkreis

um uns gezogen, bevor wir uns niederlegten, so daß nichts uns berühren kann.«
Da schluchzte sie auf, einmal nur, und bettete ihr Haupt auf meine Schulter, und schlief ein.

Am Morgen machte ich dem Oberpriester meine Aufwartung; dieser war wohlgenährt und rosig von Angesicht, aber ebenso ungewaschen wie seine Untergebenen.
Es war mir unmöglich, seinem Ausdruck zu entnehmen, wieviel er mir glaubte und was er für meine wahren Absichten hielt; aber da ich geendet hatte, sagte er: »Wir halten unsre lieben Kranken nicht hinter Gittern, oder hinter Riegeln, oder unter Zwang; drei Dinge, sage ich meinen Priestern stets, sind der Schlüssel zu erfolgreicher Behandlung: Geduld, Verständnis, Liebe. Natürlich, wenn einer der lieben Kranken gar zu widerspenstig wird, mag es geschehen, daß er einen scharfen Schlag empfängt, welcher ihn betäubt und beruhigt; aber der Schlag ist so kurz, daß er keinen Schmerz verursacht; tut ihnen nicht weh, sage ich meinen Priestern stets, betet mit ihnen. Wir haben regelmäßige Besuchszeiten: jeder, der so wünscht, mag sich den lieben Kranken nahen und ihr Gestammel deuten; ich kenne Männer von Ruf und Vermögen, die ihre Geschäfte nach dem führen, was sie den Äußerungen unsrer lieben Kranken entnehmen; Füttern und Necken sind verboten. Für all diese Dienste und all diese Freundlichkeiten wird erwartet, daß du dem HErrn eine Opfergabe darbringst; wir haben im Hof des Tempels ein reichliches Angebot an lebendem Vieh, daraus der Fromme wählen mag; die Leviten verkaufen das ganze Tier oder auch jedes gewünschte Teilstück; du wirst sicher zufrieden sein, und der HErr wird dich lieben und all deine Bitten erfüllen.«
So begab ich mich denn mit Lilith in den Hof des Tempels, in dem es von Schafen und Ziegen und Kälbern und Ochsen wimmelte, welch alle von den Angehörigen der lieben Kranken gestiftet worden waren. Nun wurden die Tiere von den Priestern an die Frommen verkauft, die um ihre Opfergaben feilschten und aufschrien zu GOtt ob der Preise, welche da gefordert wurden. In einer Ecke entdeckte ich unsern alten Bekannten, den Ziegenbock, der mehr tot als lebendig war; und ich erbarmte mich seiner und sagte dem Leviten, er möge ihm einen kurzen, scharfen Schlag erteilen und ihn zum Altar bringen, denn ich würde das eine Hinterviertel opfern, wenn der Preis sich in vernünftigen Grenzen hielte; und der Levit sagte, er werde mir einen guten Preis machen, da der HErr mich zu ihm geführt habe, und da er gewiß sei, daß andere Fromme sich noch an dem Bock beteiligen möchten, damit das arme Tier schon aus seinem Elend erlöst würde und angenehm werden könne in den Augen des HErrn. Worauf er mir eine Ton-

scherbe gab, die als Zahlungsbescheinigung galt, und die mich berechtigte, die Irren zu besuchen.
Zur Besuchszeit aber begab ich mich zu den Hütten der Irren; und Lilith folgte mir, obzwar sie sich sehr fürchtete und bleich war bis zu den Haarwurzeln.
Es gab da drei Hütten: eine für solche, die die Glieder verrenkten und Gesichter schnitten, und eine für die, welche wie in Erstarrung saßen und ihren Kot nicht halten konnten, und die andere für alle möglichen Fälle, einschließlich der Gewalttätigen. In jeder Hütte taten zwei Priester Dienst, deren Miene die Gleichgültigkeit von Ochsen zeigte; ihre Hände aber waren hart wie Eisen. Es ließ sich erkennen, daß die lieben Kranken in tödlicher Angst vor ihnen waren; denn welcher Art ihre Krankheit auch sein mochte, sie zuckten zusammen angesichts dieser Priester und wimmerten. Der Gestank aus den Hütten jedoch war so mächtig, daß er einem auf zwanzig Schritt Entfernung ins Gesicht schlug; in den Hütten gar war es fast unmöglich, zu atmen, und die lieben Kranken, viele von ihnen nackt oder in halb verrotteten Fetzen, waren beschmiert mit eigenem Kot und mit Rotz und mit Speichel, und manche lagen wie tot da.
Ich fragte die Priester nach Tamar, der Tochter Davids. Sie öffneten ihr Maul wie in stummem Lachen, und einer von ihnen sprach: »Was besagt ein Name? Wir haben hier einen König von Persien, und zwei Pharaonen, und mehrere Engel des HErrn, darunter zwei weibliche, und andere mehr, die vorgeben, Propheten zu sein und Gesichte zu haben. Soll ich dir Ashtareth zeigen, die Göttin der Liebe? Die Brüste sind ihr verdorrt, ihr Haar ist wie Spreu, ihre Zehen sind abgefault, aus ihren Augen tropft Eiter. Tamar, die Tochter Davids! Warum nicht Eva, das Weib Adams?«
Ich nahm Lilith bei der Hand und flüchtete mit ihr aus der Hütte, und aus dem Hof des Tempels, und den Berg hinab, bis wir zu den Feldern gelangten; und dort fiel Lilith zu Boden und verbarg ihr Gesicht. Ich aber gedachte der Wege des HErrn, und wie sehr schwierig und gewunden sie seien. Doch siehe, da kam eine Frau entlang des Pfades, die trug ein buntes Kleid, wie des Königs Töchter tragen, so sie noch Jungfrauen sind. Ihr Kopf war ganz sonderbar geneigt, und sie sang mit dünner, kindlicher Stimme:

... Tue mir auf, liebe Freundin, meine Schwester,
meine Taube, meine Reine; denn mein Haupt ist voll Taues,
und meine Locken voll Nachttropfen ...

Und ich sah, daß ihr buntes Kleid zusammengestückelt war aus allerart Flicken, und ihr Gesicht war alt und abgehärmt und verzerrt, und ihre Augen starrten ins Leere. Lilith hatte sich erhoben und sagte ehrfürchtig: »Tamar, Davids Tochter ...«
Die Frau aber schlurfte blind an uns vorbei und sang:

Ich öffnete meinem Liebsten;
aber mein Liebster war weg und hingegangen.

Da erstarb meine Seele nach seinem Wort;
ich suchte ihn, aber ich fand ihn nicht,
ich rief, aber er antwortete mir nicht.

Und Lilith eilte ihr nach und faßte sie an: »Tamar, liebe Schwester, meine Liebste ...«

Die Frau ging weiter.

»Hör mich an, Tamar. Dort steht Ethan, mein Geliebter; er ist sanft und gut, und seine Hände sind wie der Wind, der von der See her das Gesicht fächelt ...«

Etwas schien sich zu verändern in der Haltung der Frau.

»Mein Herz wendet sich dir zu, Tamar. Ich will dich halten. Dort steht Ethan, mein Geliebter; er weiß einen Zauber, der den bösen Geist vom HErrn von dir vertreiben wird ...«

Die Frau blieb stehen.

»Er wird einen Zauberkreis um dich ziehen, und Ruhe wird zurückkehren in dein Hirn und Frieden in deine Seele. Schau mich an, kannst du mich sehen ...«

Die Frau nickte.

»Und kannst du Ethan sehen, meinen Geliebten, der weise ist in den Wegen des HErrn, und weise in den Wegen der Menschen ...«

Die Frau blickte sich um. In ihre Augen war Leben gekommen. Ich tat einen Schritt auf sie zu. Sie hob die Hände, als wollte sie einen Schlag abwehren; dann sanken ihr die Hände herab, und die schreckliche Verzerrung, die ihr Gesicht entstellte, begann sich zu lösen.

Und Lilith küßte sie, wie eine Schwester die andere, und die Frau folgte uns.

Worte der Tamar, der Tochter Davids, gesprochen zu Ethan ben Hoshaja, da sie im Gras lag auf dem Felde, den Kopf im Schoss Liliths, seiner Kebse

... o GOtt es ist ja nicht was er mir antat und wie er es tat er warf mich einfach aufs Bett und hielt mich und riß mir die Kleider vom Leib und fügte mir Schmerz zu auch schlug er mir ins Gesicht weil ich schrie das war schlimm genug aber noch nicht das Schlimmste obwohl ich Jungfrau war wahrhaftig war ich und wußte ohne Jungfernhaut war die Tochter eines Königs nicht mehr viel wert ich wußte so manches die zahlreichen Töchter im Haus und alle das heiße Blut Davids in den Adern da wußte man schon wenn man acht oder neun war und hatte Erfahrungen in meines Vaters Harem besuchten die Mädchen einander des Nachts und tranken Wein und kosteten Haschisch und trieben ihr Spiel mit den Dienstmägden und krochen zueinander ins Bett das alles sah ich und wäre vielleicht auch geworden wie viele von ihnen und hätte

Frauen geliebt wäre nicht Maacah gewesen meine Mutter welche die Tochter des Königs von Geshur war und zu mir sprach Tamar ich peitsche dich aus wenn ich dich im Bett finde mit einer von diesen oder feststelle daß das Häutchen weg ist du bist auf Vaters und Mutters Seite vom Blut der Könige und nicht vom Blut der Emporkömmlinge und Neureichen ach wie oft wünschte ich dein Vater wäre anspruchsvoller gewesen bei der Wahl seiner anderen Frauen so also war meine Mutter und ich fürchtete mich vor ihr nicht aber mein Bruder Absalom der war ein wilder Knabe und ließ sich das Haar wachsen und wenn sie ihn tadelte stieß er nach ihr mit den Füßen und biß sie da sagte sie's meinem Vater und der ließ ihn auspeitschen wo war ich ja also ich war noch Jungfrau da Amnon mein Bruder von einer anderen Frau meines Vaters von der Jesreeliterin Ahinoam mir nachzustellen begann und mich in den Garten führen und betasten wollte aber ich sagte ihm so nicht Amnon nichts gegen eine angenehme und liebevolle Bruder-Schwester-Beziehung aber mir die Hand in den Busen stecken und sich an mir reiben nein auch schwitzt du und hast einen üblen Geruch das verdroß ihn der mürrische Ausdruck aber machte ihn noch unangenehmer er war blaß von Natur und hatte häßlich geschürzte Lippen da wurde er krank oder tat als wäre er's wodurch die Furcht des HErrn in meinen Vater fuhr der gerade den Kleinen von Bath-sheba verloren hatte obendrein benahm sich Ahinoam Amnons Mutter als sei ihr Lieblingsjunge ein hilfloser Säugling und füllte den ganzen Palast mit ihrem Wehklagen und trieb meinen Vater zur Verzweiflung so kam er zu mir und sprach Tamar meine Tochter du kennst die Schwierigkeiten die ich hatte darum daß der HErr Anstoß nahm an mehreren meiner Taten und nun ist Amnon erkrankt und sagt mir er sterbe vor Verlangen nach ein paar Fleischklößchen wie nur du sie zu bereiten verstehst aus fein gehacktem Fleisch und gewissen Gewürzen und das Ganze in dünnen Teig gerollt und in Hühnerbrühe serviert wenn du ihm solche Fleischklößchen bereiten tätest er würde gesund werden da sagte ich zu meinem Vater wenn das alles ist was er will ich werde ihm gern die Klößchen bereiten und hinübersenden in sein Haus aber er möchte daß du selber kommst und sie in seiner Küche bereitest sagte mein Vater und sie ihm mit eignen Händen vorsetzt da sagte ich warum soll ich er ist nicht der Liebenswürdigsten einer er sollte sich freuen wenn ich ihm die Klößchen bereite und nicht noch Bedingungen stellen aber sagte mein Vater er ist ein sehr kranker Jüngling Kranke haben ihre Stimmungen außerdem ist er dein Halbbruder darum sei ihm eine gute Schwester und geh hin zu seinem Haus und bereite ihm das Fleisch was sollte ich tun ich ging zu Amnons Haus wo er im Bett lag und krank aussah und so leise sprach daß man's kaum hören konnte ah Fleischklößchen und hebt die Hand die meine zu berühren aber die Hand gleitet ihm herab und die Diener schütteln den Kopf und sagen wie schwach ist der arme Amnon durch seine Krankheit und beeilt Euch mit den Fleischklößchen oder er stirbt uns noch er aber stöhnt o mein Kopf mein armer Kopf er verträgt es nicht wenn gesprochen wird sagen die Diener und erheben sich und gehen fort und da steh ich mit meinen Töpfen und Pfannen und meinen Fleischklößchen samt Brühe Tamar liebste Schwester seufzt er nur ein klein bißchen als Anfang vielleicht kann ich's essen wenn es dargeboten ist von deiner zarten Hand komm her komm näher nein verschütt mir die Brühe nicht sage ich ihm er aber zieht mich an sich jetzt hast du's wehklage ich welch ein Unglück und alles über die Bettdecke was tust du da plötzlich hat er seine ganze Kraft wieder und zerrt mich herab auf sein Bett mitten zwischen die Fleischklößchen und spricht komm liege bei mir meine Schwester ich antworte nein nein mein Bruder schwäche mich nicht denn solches tut man nicht in Israel tu nicht eine solche Torheit und ich wohin soll ich mit meiner Schande und was dich betrifft du würdest sein wie einer der Narren in Israel darum also bitte ich dich sprich mit dem König er wird mich dir nicht versagen er aber wollte nicht auf mich hören und als der Stärkere überwältigte er mich und schwächte mich und da er genug hatte wandte er sein Gesicht ab und sprach weißt du du bist nicht wie eine Frau eher bist du wie ein hölzernes Brett gar nicht sage ich was erwartest du von einer die du vergewaltigst sie soll noch Leidenschaft zeigen ferner hast du mir Schmerz zugefügt beim Zerreißen meines Häutchens und außerdem habe ich in Hühnerbrühe und Fleischklößchen gelegen versuch mich ein ander Mal es gibt kein ander Mal sagt er scher dich fort wie denn sage ich du vergewaltigst die eigene Schwester und weisest sie von dir wie eine Hure vergewaltigen sagt er du warst nur zu willig lagst da und ließest mich tun nach meinem Wohlgefallen das war nachdem du mich schlugst sage ich da war ich halb ohnmächtig Tamar sagt er du wußtest als du kamst was ich wollte und lacht eine die sich hinlegt vor dem ersten besten ist keine Frau für den nächsten König von Israel also steh auf und troll dich da sagte ich zu ihm dies Übel daß du mich verstößt ist größer denn das andere das du an mir getan hast er aber gehorchte meiner Stimme nicht sondern rief seine Diener und sagte zu ihnen treibt diese hinaus und schließt die Tür hinter ihr und er warf mir mein buntes Kleid zu und die Diener schoben mich hinaus und ich hörte den Riegel ins Schloß fallen und ich schrie auf und zerriß mein buntes Kleid und warf Asche auf mein Haupt und ein Schmerz entstand in meinem Hinterkopf und breitete sich aus bis er den ganzen Schädel füllte und herausbrach aus meinen Augen und mir das Gesicht hinabrann und es verzog und verzerrte und da war mein Bruder Absalom und sprach ist dein Bruder Amnon bei dir gewesen ich sah ihn an er sprach still meine Schwester schweig von der Sache er ist dein Bruder ich sagte nichts er sprach nimm dir's nicht so zu Herzen ich sagte nichts er nahm mich bei der Hand und führte mich zu seinem Haus und sprach hier kannst du bleiben ich sagte nichts aber der Schmerz in mir breitete sich immer weiter aus und ich sagte nichts ... nichts ...

21

ANFLEHUNG GOTTES UM GNADE UND UM HILFE IN SCHWERER BEDRÄNGNIS
EIN MASCHIL ETHANS AUS ESRAH

Hab Mitleid, o HErr, mit den Geschöpfen deines Geistes, mit denen, die du geformt hast aus dem Lehm dieser Erde.
Du gabst ihnen den Verstand zum Verständnis, und ihre Zunge, daß sie damit sprächen; du gibst und nimmst fort nach deiner Weisheit.
Und auch das Herz hast du ihnen gegeben, welches nur einmal bricht; sei gnädig, o HErr, verschließe dich nicht dem Leid und dem Schweigen.
Siehe, dort geht sie in ihrem bunten Kleide; sie hat gesprochen vor dir, jetzt aber wendet sie sich und ist fort, ihr Elend verschlossen in ihrer Brust.
Wie ist die Tochter des Mächtigen erniedrigt: ihre Augen sind tot, ihre Hände greifen ins Leere.
Ich aber lauschte den Stimmen, die da kommen von dunklen Ufern, und dem Gestammel der Irren, und ich bete zum HErrn in den Höhen um meine Seele.
Eile, o GOtt, mich zu erretten; mir zu helfen eile dich, o HErr.
Laß die zu Scham und Schanden werden, die meiner Seele nachstellen; die mir Übles wünschen, kehre sie um und schlag sie in Verwirrung.
Denn ich bin arm und verlassen. Eile zu mir, o GOtt; du bist mein Helfer und Erretter; o HErr, zaudere nicht.

Aber des Nachmittags an dem Tage hob sich eine Säule von Staub, und ein Geschrei war in der Ebene, und zahlreiche Kampfwagen wurden gesichtet und Reiter, die gen Beth-shan zogen.
Und Lilith sprach: »Warte nicht, Ethan, mein Freund, bis die Krethi und Plethi den Tempel und dessen Umgebung erreichen, sondern laß uns den Esel satteln und weiterreisen.«
Darum kauften wir gesalzenes Fleisch von den Leviten, und Brot; und Lilith bestieg den Esel und zog sich den Umgang über den Kopf. Worauf der Levit, der das Fleisch abwog, zu mir sagte: »Eine schöne Tochter ist ihrem Vater wie ein Juwel; wer seine Schätze vor den Soldaten verbirgt, der ist wohlberaten.«
Lilith kicherte unter ihrem Umhang; ich aber wurde ärgerlich

und zog dem Esel eins über mit der Rute, so daß er sich in Bewegung setzte, und ich erklärte Lilith, daß es mit den Männern so wäre wie mit dem Weine: ein junger wirft Blasen und verursacht Kopfschmerzen; ein Wein aber, der seine Zeit gelagert hat, ist mild auf der Zunge und tut doch seine Wirkung.
In der Nacht schliefen wir neben dem ausgetrockneten Bett eines Baches, vor Blicken geschützt durch mehrere Ginsterstauden; und am nächsten Tag erreichten wir das Vorgebirge und kamen nach Gilo, woher Ahitophel stammte, der Ratgeber König Davids, der sich auf die Seite Absaloms schlug. Ahitophel hatte ein großes Haus besessen, und der HErr hatte ihm Reichtümer verschiedener Art verliehen; er aber hatte einen ruhelosen Geist. Ich fragte einen Verkäufer von eingemachten Oliven, wo das Haus Ahitophels denn stünde; der jedoch erhob die gespreizten Hände gegen mich und sprach: »Ahitophels Haus? Eher möchtest du nach dem Haus des Belial fragen, der alles Übel verkörpert; Ahitophel nämlich ist nach Verordnung der Ältesten von Gilo aus dem Gedächtnis der Menschen gestrichen. Auch die früher nach ihm benannte Straße heißt jetzt Straße der Ruhmreichen Errungenschaften Davids, und das Waisenhaus, welches er gründete und unterhielt, wurde geschlossen, so daß heutzutage die Waisen von Gilo betteln gehen und später zu den Räubern laufen, die Mädchen aber werden Huren. Doch das Haus eines Ungenannten steht jenseits des Hügels dort, du kannst es nicht verfehlen, denn die eine Mauer ist eingestürzt, und Unkraut wächst im Hofe; und da ist auch der Turm, in welchem sein Gespenst bei Neumond umgeht.«
Wir folgten den Weisungen des Verkäufers von eingemachten Oliven und gelangten nach kurzer Zeit zum Hause des Ahitophel. Die Sonne stand hoch am Himmel, kein Blättchen rührte sich in der Wildnis, die einst ein Garten gewesen, und nur das Zirpen der Grillen war zu hören. Wir durchstreiften die leeren, vereinsamten Räume, unsre Schritte hallten von den gekachelten Wänden und den durch Einlegearbeit nach Art von Sidon und Tyrus verzierten Decken. Und ich gedachte des Mannes, der dies alles erbauen ließ, und der gemeinsame Sache gemacht hatte mit den Aufrührern gegen König David, und der seinem Leben ein Ende setzte, da er erkannte, daß die Rebellion fehlschlug und all sein Bemühen vergeblich gewesen: was für ein Mensch war er? und welches waren die Kräfte, die ihn und Absalom und wohl auch den König David bewegt hatten?
Ein Hüsteln ließ Lilith erschreckt zusammenfahren.
Ich wandte mich um. In der Tür zum Garten, scharfer Schatten gegen grelles Mittagslicht, stand ein dürres Männlein. Das Männlein hatte etwas Spukhaftes an sich, als möchte es sich so plötzlich, wie es erschienen, auch wieder verflüchtigen. Es blieb aber, kratzte sich das Kinn, und erkundigte sich demütig nach dem

Zweck unsres Kommens: seit laut Verordnung der Ältesten von Gilo der Name Ahitophels aus dem Gedächtnis der Menschen gestrichen wurde, habe kein Besucher das Haus betreten.
Ich sagte, die Dame in meiner Begleitung und ich seien auf Reisen, teils aus geschäftlichen Gründen, teils auch zu unserm Vergnügen; wir hätten das Haus aus der Entfernung erblickt und seinen Standort reizvoll und seine Bauweise interessant gefunden, so daß wir uns entschlossen, es zu besichtigen.
Das Männlein trat näher. Das Haus könne nicht günstiger gelegen sein, bestätigte es, und Gilo und Umgebung seien berühmt für ihre gesunde Luft. Einige Instandsetzungsarbeiten mochten notwendig sein; wer aber über ein paar Schekel verfügte, konnte aus dem Besitz ein wahres Paradies machen, denn das war es auch gewesen, bevor der frühere Eigentümer sich durch einen bösen Geist vom HErrn verleiten ließ, sich auf die Seite des langhaarigen Absalom zu schlagen und aufzustehen gegen König David. In Anbetracht der Größe des Grundstücks und seiner anmutigen Lage sei das Ganze spottbillig; fast schäme er sich, die Summe zu nennen: um so vieles lag diese unter dem wahren Wert. Wir mochten nun die Frage stellen, wieso er bereit sei, zu einem so lächerlichen Preis zu verkaufen. Er wolle ehrlich mit uns sein; wir sähen wie gottesfürchtige Menschen aus; außerdem würde uns ein jeder in Gilo von dem einzigen Nachteil des Hauses berichten: dem Gespenst des früheren Eigentümers, das im Turm bei Neumond umging. Doch brauchten ernsthafte Interessenten sich nicht zu sorgen, da das Gespenst völlig harmlos war; es rasselte weder, noch nieste oder heulte es; es erschien einfach, weiß und stumm, am Fenster des Turms, in welchem der frühere Eigentümer sich erhängt hatte.
Ich dankte ihm sehr für das Angebot und sagte, ich möchte es später in Betracht ziehen; wer aber sei er denn, und mit welchem Recht suche er Haus und Grund und Boden zu verkaufen?
»Ich heiße Jogli, Sohn des Ahitophel.« Er zuckte traurig die Achseln. »Ich bin der Letzte der Familie, der auf dem Besitz verblieben; und auch ich gehe fort, sobald alles verkauft ist.«
Ich hatte eine plötzliche Eingebung vom HErrn. »Jogli«, fragte ich, »sind Haus und Garten alles, was dein Vater Ahitophel hinterließ?«
»Da waren noch sein Staatsgewand, und seine goldene Amtskette, und sein Becher und Teller und ein paar schöne Kunstgegenstände; aber diese sind längst zu den Geldverleihern gewandert.« Er dachte nach. »Doch hinten im Werkzeugschuppen stehen noch Fässer, die angefüllt sind mit Tontäfelchen. Ich habe versucht, sie zu verkaufen; aber mir wurde gesagt, daß alle Schriften aus dem Besitz des Ahitophel mißfällig sein müßten im Auge des HErrn und gegen die Herrschaft des Königs gerichtet.«
»Jogli«, sagte ich, »wie sich's trifft, bin ich ein Sammler von alten

Schriften. Wenn du mir die Fässer zeigtest, und die Tontäfelchen darinnen, so könnten wir vielleicht ins Geschäft kommen. Aber laß dich warnen: ich mag nur wenig finden oder auch gar nichts, was den Kauf lohnte, und meine Mittel sind begrenzt.«

Jogli ben Ahitophel hörte schon nicht mehr. Achtlos der Ranken, die ihn behinderten, achtlos des dichten Gestrüpps und der Disteln eilte er uns voran auf einen verfallenen Schuppen zu, welcher von roten Blüten überwuchert war. In dem Schuppen standen drei festgefügte Fässer. Jogli nahm Werkzeug zur Hand und arbeitete voller Eifer; und kaum daß ein Faß geöffnet war, gab er mir die zuoberst liegenden Täfelchen.

Auf dem ersten stand: *Aufzeichnungen Ahitophels, des Giloniters, Königlichen Ratsherrn, über die Herrschaft König Davids und den Aufstand seines Sohnes Absalom; ferner Gedanken des Verfassers zu Verschiedenen Allgemeinen Fragen.*

Ich hörte, wie mir das Herz klopfte. Lilith fragte, ob mir unwohl wäre. Ich murmelte etwas von schwüler Luft im Schuppen und trat ins Freie. Sobald ich wieder klar denken konnte, sagte ich: »Jogli, dies ist nicht wie ein Stück Lamm oder ein Kuchen, welche sich beurteilen lassen, indem man einen Bissen davon kostet. Wenn du willst, daß ich das eine oder andre Täfelchen käuflich erwerbe, werde ich diese in Ruhe prüfen müssen, und hier im Hause bleiben, in einem Gemach, das vier Wände und eine Decke hat, so daß der Regen nicht auf die junge Dame regnet, in deren Begleitung ich reise, und die Sonne ihr nicht die Haut verdirbt. Auch werden wir etwas zu essen brauchen und einen Krug Wein oder zwei. Glaubst du, das läßt sich beschaffen?«

Jogli ben Ahitophel verbeugte sich, und seine Hände zitterten vor Aufregung. Wir könnten das ganze Haus haben, solange es uns gelüste, sagte er; er werde uns Stroh bringen, darauf zu schlafen, und sein Brot und seinen Käse mit uns teilen, und wenn ich ihm einen halben Schekel gäbe, so würde er hinab nach Gilo laufen und einen Bocksbeutel recht anständigen Weins holen.

Also hatten wir nicht nur eine Zuflucht gefunden, sondern auch Lesestoff von Wichtigkeit für den König-David-Bericht, so daß man sagen konnte, meine Reise diene auch weiter den Zwecken des Königs.

Was aber die Erscheinung des Ahitophels anging, so versicherte ich Lilith, daß es noch mehrere Wochen hin wäre bis zum Neumond, und daß wir längst abgereist sein würden, bevor das Gespenst, weiß und stumm, am Fenster des Turms geisterte.

Aus den Aufzeichnungen des Ahitophel aus Gilo

ÜBER DEN MENSCHEN DAVID

Anfangs glaubten wir alle an ihn.

Er war der Erwählte des HErrn, die Verkörperung der großen Veränderung, aus welcher das Volk gestärkt und geläutert und der Zukunft zugewandt hervorgehen sollte, damit sich das Versprechen erfülle, welches der HErr unserm Lehrer Moishe gab: daß er nämlich die Söhne Israels mehren werde in allen Werken ihrer Hände, an der Frucht ihres Leibes, an der Frucht ihres Viehs, an der Frucht ihres Landes, auf daß es ihnen zugute komme.

Das hieß, den Stammesältesten ihre Macht zu entringen und ihnen ihre Vorrechte und Befugnisse zu nehmen; die Priesterschaft auf die Tempel zu beschränken; einen Staat zu errichten, der die Reichen besteuern, die Armen beschützen, Gerechtigkeit geben, Handel und Wandel fördern, und ausländische Kriege führen würde. Das verlangte die volle Hingabe all jener, die der Sache des HErrn verschworen waren.

Und wir hatten kaum etwas, woran wir uns halten konnten. Das Gesetz des HErrn, welches er unserm Lehrer Moishe gegeben, war verkündet worden in der Frühzeit, da noch kein Grundbesitz bestand und ein jeglicher tat, was ihn recht deuchte, und Frieden herrschte unter dem Volke. Aber sobald das Land in die Hände einzelner geriet, entstand Ungerechtigkeit, und einer wurde des anderen Wolf. Also verkündeten wir: *Ein jeglicher unter seinem Weinstock und unter seinem Feigenbaum, von Dan bis gen Beer-sheba.*

Nun behaupten einige, David habe sich diese Worte zu eigen gemacht, nur um Anhang im Volk zu gewinnen, und die große Veränderung sei ihm nur ein Mittel gewesen, um selbst an die Macht zu gelangen, und er hätte kein Verbrechen gescheut, solange es diesem Ziel diente.

Ich meine, das ist zu einfach betrachtet. Eines Nachts, auf dem Dach seines Palasts, las mir David einen neuen Psalm vor, den er geschrieben:

> *Ich bin tief in den Morast gesunken, wo kein Grund ist; ich bin in tiefe Wasser geraten, und die Flut will mich ertränken.*
> *Die mich ohne Ursache hassen, derer sind mehr, als ich Haare auf dem Kopf habe; die mich verderben wollen, sind mächtig.*
> *Die im Stadttor sitzen, sprechen gegen mich; die Betrunkenen in den Schenken johlen Spottlieder über mich.*
> *Ich habe mich müde geweint; mein Hals ist heiser; meine Augen ertrüben, daß ich so lange muß harren auf meinen GOtt.*
> *Denn um seiner trage ich Schmach; Schande bedeckt mein Angesicht.*
> *Um seiner ward ich fremd unter meinen Brüdern, und uneins mit den Kindern meiner Mutter.*

Nun ist vieles in Davids Dichtung Scheinheiligkeit; diese Verse nicht. Dies ist die Sprache eines Menschen, der Niedriges tat für einen hohen Gedanken.

Gespräche über David

Anfangs glaubten wir alle an ihn. Später, als es klar wurde, daß der Erwählte des HErrn zum Despoten geworden war, ging jeder einen anderen Weg.
Josaphat ben Ahilud sprach zu mir: »Du erwartest zuviel, mein Freund. Selbst wenn David der Mann wäre, für den du ihn gehalten, könnte er dir nicht die Welt schaffen, die du dir wünschst. Ich bin dafür, daß wir das unter den Umständen Erreichbare hinnehmen: ein Israel, stark und unteilbar.«
»Was hilft es uns«, sagte ich, »einen großen Gestank einzutauschen gegen tausend kleine Fäulnisse? Siehst du denn nicht die Spannungen, unter denen das Königreich auseinanderbrechen wird? Wenn wir die Dinge nicht von Grund auf ändern, wenn wir David gestatten, immer stärker zu werden und weiterzugehen auf seinem Weg, nur ein Urteil gültig, seines, nur ein Wort das zählt, seines, dann wird dein geeintes Israel zersplittern wie ein verrotteter Baum im Sturm.«
»Ich bezweifle das.«
»Oder die Sache stirbt an ihrer eignen Erstarrung; und alle Tänze des Königs, und all seine Reden, und all seine Gebete und Gedichte vermöchten nicht, ihr wieder Leben einzuhauchen.«
»Tugendhaftigkeit geziemt der Braut«, sagte er, »aber im Kampf der Männer kann sie dich den Kopf kosten.«
Joab ben Zeruja sagte zu mir: »Er ist das Haupt. Das Haupt weiß mehr als die Glieder.«
»Aber du hast Augen zum Sehen«, sagte ich, »und ein Hirn in deinem Dickschädel zum Denken.«
»Ich bin Soldat«, sagte er.
Hushai aus Arach, der Freund Davids, hörte mich verständnisvoll an und sagte: »Auch ich merke, daß nicht alles so ist, wie es sein sollte. Ich wäre dir dankbar, wenn du mich auf dem laufenden hieltest über deine Pläne.«

Die Unzufriedenen mehren sich

Ich aber erkannte, daß die Sache des HErrn die Abschaffung der Herrschaft Davids erforderte. Zu diesem Zweck mußte man ein Bündnis schaffen, das jeden Unzufriedenen im Land erfaßte, und einen Mann an dessen Spitze stellen, der die Herzen des Volks entflammen konnte.
Der HErr sorgte dafür, daß durch Davids eigenes Wirken die Zahl der Unzufriedenen sich ständig mehrte. Da waren die Stammesältesten mit ihren Sippen und Gefolgsleuten, die erleben mußten, wie ihnen Macht und Besitz aus den Händen glitten, sie

aber waren verpflichtet, David die Mannschaften für seine ewigen Kriege zu liefern; da waren die großen Landbesitzer und Viehzüchter, die scheelen Auges sahen, wie die königlichen Domänen sich auf Kosten ihrer Ländereien ausbreiteten; da waren die Priester der örtlichen Heiligtümer, die von den Plänen für einen Haupttempel vernahmen und um ihre Einkünfte bangten; da war die Riesenmenge der Bauern, Handwerker, Lastträger, Händler, Treiber und so fort, die den Steuereinnehmer im Nacken hatten und deren Schulden anschwollen, bis sie gezwungen waren, sich selbst in die Leibeigenschaft zu verkaufen; und die Hände der Diener des Königs mußten geschmiert werden, wenn ein Sohn Israels geboren wurde und wenn er starb, wenn er heiratete und wenn er umzog, an den Toren der Städte und an den Toren der Gerechtigkeit. Und da war die Jugend, die in diese Welt hineinwuchs, und die folglich nur Hohn übrig hatte für die Lehren der Väter und die verheißene große Veränderung.
Der Abgott dieser Jugend aber war Davids Sohn Absalom. Sein Name schon versetzte die Töchter Israels in Entzücken: von der Sohle seines Fußes bis zu seinem Scheitel war kein Fehl an ihm; und wenn man sein Haupt beschor, was gemeiniglich alle Jahre geschah, am Ende des Jahrs, denn das Haar wurde ihm einfach zu schwer, so wog sein Haupthaar zweihundert Schekel nach dem königlichen Gewicht.

Wer auf Löwenjagd geht, stelle nicht Hasenfallen

Absalom war nicht durchaus dumm; aber er sah stets nur das Naheliegende, und war eigensinnig.
Ich suchte ihn auf, seine Meinungen zu erkunden. Er hatte dieser nicht viele, auch nicht über seinen Vater, König David; doch war ihm der König zuwider geworden, da er nichts unternahm gegen Amnon, nachdem dieser die Tamar geschändet; seinen Halbbruder Amnon aber haßte er über alles. Absalom hätte sich verschworen, GOttes Blitz vom Himmel zu rauben, könnte er Amnon nur damit treffen; vergebens legte ich ihm dar, daß man nicht Hasenfallen aufstellt, wenn man auf Löwenjagd geht, und daß er Amnon zugleich mit viel größerem Wild erlegen würde, wenn er sich nur die Mühe machte, die Dinge einmal zu durchdenken.
Er jedoch ersann seinen großen Plan. Mich weihte er nicht darin ein, aber seine zahlreichen Andeutungen veranlaßten mich, das Schlimmste zu befürchten. Da ich nicht wünschte, in den Verdacht der Mithilfe bei seinem zweifellos unreifen und wilden Vorhaben zu geraten, zog ich mich eine Zeitlang nach Gilo zurück, mich meinen Rosen zu widmen, und erfuhr von den Vorgängen erst später.
Wie ich hörte, begab sich Absalom zu seinem Vater, dem König, und lud ihn und alle Königssöhne, seine Halbbrüder, zum großen

Fest der Schafschur ein auf seinen Landsitz nahe Baal-hazor, welches an Ephraim angrenzt. Nun wußte er recht gut, daß David zu beschäftigt sein würde, um zu kommen; doch würde der König die Freundlichkeit zu schätzen wissen und mochte den Söhnen das Vergnügen gewähren. David hatte tatsächlich Zweifel, ob Amnons Anwesenheit bei dem Fest ratsam wäre; Absalom aber erklärte dem Vater, es seien nun schon mehr als zwei Jahre vergangen seit dem Zwischenfall mit Tamar, und wer weiß, ob der Fehler ausschließlich auf seiten Amnons lag, und was ihn beträfe, so hege er nur die herzlichsten Gefühle Bruder Amnon gegenüber. Wohl denn, und GOtt segne dich, sagte David; und mit Ausnahme Salomos, der noch in den Windeln stak, bestiegen sämtliche vierzehn Söhne des Königs ihre Maultiere und ritten hin zu Absaloms Landsitz bei Baal-hazor.
Absalom gab ihnen ein prachtvolles Mahl. Er war nicht geizig, und er wollte sie satt und trunken haben, besonders Amnon, denn er hatte seinen Dienern geboten: Merkt auf, wenn Amnons Herz fröhlich wird vom Wein, und wenn ich euch sage, erschlagt Amnon!, dann tötet ihn und fürchtet euch nicht; denn ich habe es euch geheißen; seid getrost und frisch daran.
Und die Diener besorgten ihr Geschäft rasch und gründlich: Amnon wußte nicht, wie ihm geschah. Da erhoben sich alle Söhne des Königs, und ein jeglicher bestieg sein Maultier, und flohen.
Auch Absalom floh: nach Syrien, zu Talmai, dem König von Geshur, seinem Großvater mütterlicherseits.
Ich aber hatte den Führer meines geplanten Bündnisses gegen König David verloren, welcher die große Veränderung und die Sache, für die er erwählt war, zum Gespött gemacht hatte.

Zeit lindert allen Schmerz

Amnon wurde auf die übliche Weise betrauert: der König zerriß sich die Kleider, und lag auf der Erde, und alle Söhne des Königs und alle Diener des Königs zerrissen sich ihre Kleider und erhoben die Stimmen und weinten. Aber den wenigsten war es leid um Amnon: die Leute kannten ihn als einen Dummkopf und üblen Gesellen.
»Ahitophel«, sprach David zu mir, »mein Herz will nicht mehr froh werden. Ich habe es mit Beten versucht, und mit Gedichten, und mit Plänen für neue Kriege. Aber nichts hilft.«
»Zeit lindert allen Schmerz«, sagte ich. »Eine Truppe von Tänzern ist eingetroffen aus Babel, und werden höchlichst gepriesen. Laßt sie auftreten im Palast: ließ nicht auch Euer Vorgänger, König Saul, Euch vor ihm aufspielen und singen?«
»Es ist mir nicht nur um Amnon«, erwiderte er nachdenklich. »Wie ich beim Tode des Kleinen schon sagte, des Erstgeborenen Bath-shebas: kann ich ihn zurückholen? Doch Absalom! Ich hatte so viel Hoffnung gesetzt auf den Jungen.«

Er wartete, daß ich spräche. Ich schwieg; ich wollte später nicht als derjenige gelten, der die Rückkehr Absaloms vorschlug.
»Ich habe schon daran gedacht, mir ein Orakel von dem Priester Abiathar oder auch von Zadok geben zu lassen«, sprach David, »oder eine Prophezeiung von Nathan; aber ich kenne die Wege der Männer GOttes: sie werden versuchen, lieber meine Wünsche zu erraten als den Willen des HErrn.«
Also machte ich mich auf und besuchte Joab und sagte zu ihm: »Du weißt, daß der König noch sehr erzürnt ist ob deines Mordes an Abner ben Ner.«
»Aber das ist doch lange her!« rief Joab. »Inzwischen habe ich ihm Jerusholayim erstürmt, und ihm viele große Siege errungen, und den Uria beseitigt, damit er der Bath-sheba beiliegen konnte; außerdem hat er mich in den Rang des Feldhauptmanns erhoben.«
»Dem mag so sein«, erwiderte ich. »Doch sprach der König erst neulich davon, und war sehr böse. Aber ich weiß, wie du Gnade finden kannst in seinen Augen.«
Joab beschwor mich, es ihm zu sagen.
»Es ist ganz einfach«, sagte ich. »Es lebt da eine weise Frau in Thekoa. Wenn du zu ihr hingehen wirst, und zu ihr sprechen wirst so und so, wie ich dich lehren werde, und sie herbringst, so bin ich sicher, du wirst nicht nur wieder in des Königs Gnade aufgenommen werden, sondern wirst auch eine Großtat getan haben für das Volk Israel und für die Sache des HErrn.«
Und Joab lauschte meiner Belehrung, und er machte sich auf und brachte die weise Frau von Thekoa zum König.

Über die Nützlichkeit von Gleichnissen

Das Gleichnis verhält sich zum Leben wie das Modell zum vollendeten Bau.
Das Gleichnis, welches ich dem Joab auf den Weg gab, damit er es der weisen Frau von Thekoa berichte, so daß diese es König David wiedererzählen könne, war klar in seiner Bedeutung. Sie solle dem König sagen, sie sei Witwe und hätte zwei Söhne gehabt; der eine aber hätte den andern erschlagen und ihn getötet. Und nun hätte sich die Sippe erhoben und fordere von ihr, den, der seinen Bruder erschlug, ihnen auszuliefern, daß sie ihn töteten für die Seele seines Bruders, den er getötet; was sie wiederum ihres letzten Sohns und Erben berauben würde, und von ihrem Mann bliebe dann nichts übrig auf Erden, kein Name und kein Gedenken.
Es war ein echter Widerstreit: das alte Gesetz der Blutrache gegen das neue Eigentumsrecht. Und ich wußte, wofür David sich entscheiden würde.
Die weise Frau von Thekoa machte ihrem Ruf Ehre. Nachdem David erklärt hatte, er werde es nicht zulassen, daß die Bluträcher noch mehr verdürben, und kein Haar vom Haupt ihres Sohnes

solle zur Erde fallen, damit ein Erbe bleibe für das Eigentum und den Namen ihres Mannes, da hob die Frau die Hände und sprach: »Nun also, da mein Herr König geurteilt hat in meinem Falle, warum wendet er's nicht an in seinem eignen, indem er seinen Verstoßenen wieder heimbringt?«

David war überrascht; und da er Joab nahebei stehen sah, grinsend wie ein satter Kater, sprach er zu der Frau: »Verbirg nicht vor mir, ich bitte dich, was ich dich fragen werde.«

Und die Frau sagte: »Mein Herr, der König, spreche.«

David sprach: »Ist nicht die Hand Joabs mit dir in diesem allen?«

Auch dieser Schwierigkeit zeigte die weise Frau sich gewachsen. »So wahr meine Seele lebt, mein Herr König«, sagte sie, »links oder rechts, niemand und nichts kann dem Scharfsinn meines Herrn Königs entgehen: denn in der Tat, Euer Diener Joab hat mir's geboten, und hat all diese Worte in den Mund Eurer Magd gelegt. Mein Herr aber ist weise, nach der Weisheit eines Engels GOttes, und merkt alles auf Erden.«

Man kann sich vorstellen, wie diese Worte David eingingen: wer zum Despot geworden, lebt von Schmeichelei. Endlich sprach er zu Joab: »Geh drum, und bring mir den jungen Mann Absalom wieder.«

Da fiel Joab auf sein Antlitz zur Erde und sprach: »Heute erkennt Euer Diener, daß er Gnade gefunden hat vor Euren Augen, mein Herr König.«

Also zog Joab gen Geshur und brachte Absalom zurück nach Jerusholayim.

22

Aus den Aufzeichnungen des Ahitophel aus Gilo
(Fortsetzung)

Die Vereinsamung König Davids

Zu dieser Zeit war König David erfüllt von Mißtrauen gegen jedermann; hilflos gegenüber dem Groll, der da hochkochte, wo immer David sich zeigte im Lande, fühlte er sich nur seiner Krethi und Plethi sicher, die keine Söhne Israels und daher gefeit waren gegen die Stimmungen im Volke. So sah er sich denn allein in dem, was er für die Sache des HErrn hielt, und er ward bitter und zog sich zurück in sich selbst; als Absalom nach seiner Rückkehr aus Geshur zu ihm kam, sich seinem Vater zu Füßen zu werfen, verweigerte David sich ihm und sprach: »Er hat seinen Bruder Amnon erschlagen: was würde ihn davon abhalten, die Hand auch gegen mich zu erheben?«

Aber Absalom fürchtete sich, einen Schritt zu tun, bevor er nicht gänzlich wieder in Gnaden war. »Du hast von dem neuen Hauptmann gehört, den mein Vater ausgewählt hat, ihn über die Krethi und Plethi zu setzen«, sagte er zu mir. »Dieser Benaja ben Jehojada ist schlau und ohne Skrupel.«

»Veranlaßt Joab, beim König für Euch zu sprechen«, schlug ich vor. »Er hat es schon einmal getan.«

»Da ich noch immer bei meinem Vater in Ungnade bin«, sagte Absalom, »meidet mich Joab, obwohl ich schon zweimal nach ihm sandte.«

»Grenzen Eure Felder zu Baal-hazor nicht an diejenigen Joabs?« sagte ich. »Jetzt ist die Zeit der Gerstenernte. Laßt Eure Knechte eines von Joabs Feldern abbrennen.«

Und Joab machte sich auf und eilte hin zu Absaloms Haus und verlangte zu wissen: »Warum haben Eure Knechte mein Feld in Brand gesteckt?«

Absalom erwiderte: »Ich will deine Gerste bezahlen. Doch warum kamst du nicht, da ich dich rufen ließ? Ich bitte dich, gehe zum König und sprich zu ihm in meinem Namen: Warum bin ich von Geshur gekommen? Hat sich das Herz des Königs verhärtet gegen seinen Sohn Absalom? So lasse mich nun das Angesicht des Königs sehen; ist aber eine Missetat an mir, so töte mich.«

Also ging Joab zum König und sprach zu ihm, und seine Worte müssen sehr überzeugend gewesen sein, denn David ließ Absalom zu sich kommen.

Und Absalom trat vor seinen Vater und fiel auf sein Angesicht zur Erde vor ihm: und David war so gerührt, daß er nicht sprechen konnte. Er hob Absalom auf und küßte ihn und schluchzte: »O mein Sohn Absalom, mein Sohn, mein Sohn.«

Absalom macht sich beliebt

Ich suchte Absalom auf und sagte ihm, die Lage im Lande verschärfe sich rasch; hohe Zeit, sagte ich, daß er sich einen guten Ruf schaffe auch unter jenen in Israel, die ihn für einen Bruder Leichtfuß und Hitzkopf hielten.

»Das Volk muß anfangen, in Euch seinen Vorkämpfer zu sehen«, riet ich ihm, »einen Menschen, dessen Herz für Gerechtigkeit schlägt, und für den kleinen Mann, und der begabt ist mit der Umsicht und Besonnenheit des gereiften Führers. Lernt, wie man Hände schüttelt und selbst die von Schwären zerfressene Wange küßt, leiht Euer Ohr auch den unbedeutendsten Klagen und macht Versprechungen, so daß alle befriedigt sind. Sprecht die Sprache der einfachen Leute, zwinkert aber denen zu, die von Vermögen sind. Lächelt stets und spart nicht mit Hinweisen, daß die, so Euch folgen, gedeihen werden.»

Absalom war kein Meister auf dem Gebiet, aber er mühte sich. Er erhob sich früh am Morgen, und trat an den Weg bei dem Tor.

Und wenn jemand einen Handel hatte, daß er dem König vor Gericht kommen sollte, rief ihn Absalom zu sich und sprach: Aus welcher Stadt bist du? Dann sagte der wohl: Euer Knecht ist aus der Stämme Israels einem, und ist in dieser und dieser Sache gekommen. Darauf nickte Absalom verständnisinnig, oder wendete den Blick hinauf zum HErrn; und er sprach zu dem Manne: Siehe, deine Sache ist gut und gerecht, aber es ist keiner vom König bestellt, dich zu hören. Und weiter sprach Absalom: Oh, daß ich zum Richter im Lande gemacht würde, daß jedermann zu mir käme, der eine Klage oder einen Rechtsfall hat, ich würde ihm zu seinem Recht verhelfen! Und wenn jemand zu ihm trat, um sich vor ihm niederzuwerfen, streckte Absalom rasch die Hand aus, und ergriff ihn, und küßte ihn. Mitunter jedoch verzog er sich in die Kammer über dem Tore, und spülte sich den Mund mit wohlriechendem Wasser, und gurgelte, und spie aus.
Nach einer gewissen Zeit ward mir berichtet, daß es von Dan bis gen Beer-sheba hieß, was für ein tüchtiger Mann Absalom doch wäre, und daß die Krone Israels recht gut zu seinem reichen Haarwuchs passen möchte. Unter denen aber, die Absalom am Tor geküßt hatte, befanden sich auch etliche Diener des Benaja ben Jehojada; und ich erfuhr, daß Benaja sich vorbereitete, mit König David über die Sache zu sprechen sowie darüber, daß Absalom sich Wagen und Pferde gekauft und fünfzig Läufer angestellt hatte, vor ihm einherzutraben.
Nachdem ich Vorteil und Nachteil gegeneinander gewogen, entschied ich mich daher zum Handeln.

Wie ein Feuer im Busch

Es war verabredet, daß ich mich nach Gilo begeben und dort warten sollte, während Absalom sich vom König die Genehmigung verschaffte, nach Hebron zu reisen, wo einst David selber den Kampf um die Macht über ganz Israel angetreten hatte. Absalom sollte seinem Vater erklären, er habe, da er zu Geshur in Syrien Flüchtling war, ein Gelübde getan, des Wortlauts: Wenn der HErr mich zurückführt nach Jerusholayim, so will ich ihn anbeten in seinem Heiligtum zu Hebron und ihm opfern auf dem Altar, den unser Vorvater Abraham dem HErrn allda errichtete.
Und David schenkte Absaloms Worten Glauben und sprach zu ihm: »Ziehe hin in Frieden.«
Absalom nahm zweihundert Bewaffnete mit auf den Ritt. Diesen wurde vorher nichts gesagt über Gründe und Ziel der Reise, damit keiner sich vor den Dienern des Benaja ben Jehojada verrate; doch da sie die Grenze nach Juda überschritten hatten, wurde es ihnen gesagt, und sie blieben sämtlich bei Absalom: so wurde ersichtlich, wie wenig der König auf die Treue seiner Truppen zählen konnte, ausgenommen der Krethi und Plethi, und der Gathiter, welche gleichfalls Söldlinge waren.

In Hebron brachte Absalom GOtt Opfer dar; und er sandte nach mir; auch schickte er in alle Stämme Israels Kundschafter, denen er auftrug: Wenn ihr der Posaune Schall hören werdet, dann verkündet, Absalom ist König geworden zu Hebron.
Da ich in Hebron eintraf, fand ich die Stadt im Zustand des Tohuwabohu: die Menschen im Lande hatten gehört, daß Absalom Leute sammelte; viel Volk kam gen Hebron geströmt, lagerte vor den Wällen und drängte sich in der Stadt; Absalom aber hörte nicht auf, Vieh auf den berühmten Altar zu häufen und zum HErrn zu beten.
»Dieserart werdet Ihr die Schlacht verlieren, bevor sie noch begonnen hat«, sagte ich ihm. »Seid sicher, Benaja hat längst mit Eurem Vater gesprochen; und habt Ihr Euch einmal gefragt, wie viele von denen, die in den Toren Hebrons herumlungern, von Benaja geschickt wurden und für ihn tätig sind?«
»Was also sollen wir tun?« fragte er, wobei er sich das Haar hochband, das fast wieder reif war zur Schur.
»Marschieren.«
»Marschieren? ...« wiederholte er, als hätte er das Wort zum erstenmal gehört.
»Wenn der Tag morgen graut, marschieren.«
So zogen wir denn aus von Hebron, fünfzehnhundert zu Fuß, und einige wenige zu Pferde, und etwa ein Dutzend gepanzerte Wagen; aber wie das Feuer sich ausbreitet im Busch, so wuchsen wir mit jeder Meile Wegs. Da wir nach Beth-zur kamen, waren wir sechstausend, und zehntausend in Bethlehem, dem Geburtsort König Davids, wo wir anhielten, um die Tiere zu füttern und zu tränken und unsre Leute in Hundertschaften und Tausendschaften zu reihen und Hauptleute über sie zu setzen; und Absalom umarmte mich und sprach: »Deine Weisheit, Ahitophel, ist wie die Weisheit eines Engels des HErrn.«
Und ich erwiderte: »Ich bitte Euch, vergeßt nie, daß Ihr diese Worte gesprochen habt.«
Und immer mehr Menschen stießen zu uns: Jünglinge wie auch Männer in gereiften Jahren, arme Leute meistens, aber voller Hoffnung und Glauben an die Sache des HErrn.

Eine wahrhaft königliche Leistung

Da wir uns, von Bethlehem her, Jerusholayim näherten, siehe, da kamen Boten aus der Stadt. Diese berichteten, David sei geflohen; er habe bereits den Bach Kidron überschritten mit seinen Weibern und seinen Priestern und seinem Gefolge, mit den Krethi und Plethi, und mit denen aus Gath; und daß er die Bundeslade GOttes mit sich geführt; zehn seiner Kebsweiber aber habe er daheim zurückgelassen, damit sie sein Haus und alles, was darin war, bewahrten.
Ich fragte die Boten: »Die Stadt ist doch unschwer zu halten;

machte da der König keinerlei Anstalten, Jerusholayim zu verteidigen?«
»Nein, nein«, antworteten sie, »der König erkannte, daß das Volk Absalom zufiel; und er besprach sich mit Joab, und mit Benaja ben Jehojada; und sie waren in großer Furcht, daß sie den Feind außerhalb wie innerhalb der Wälle haben möchten.«
Da riet ich Absalom: »Laß die Posaunen erschallen.«
Darauf öffneten sich die Tore Jerusholayims, und wir zogen ein zum Schall der Hörner und zum Schlag der Trommeln, und mit Zimbeln und Tamburinen und Schellen und Harfen. Die Menschen traten aus den Häusern und begrüßten uns freudig als ihre Befreier; und die Töchter der Stadt umarmten unsre jungen Männer. Da wir zum Palast kamen, sprach ich zu Absalom: »Laßt uns die zehn Kebsweiber holen, die Euer Vater König David zurückgelassen hat, damit Ihr Euch vor dem Volke Israels bestätigen könnt an seiner Statt.«
»Muß das sein?« fragte Absalom. »Ich bin ermüdet vom Marsch, und von den Begrüßungen, und mein Hinterer ist wund von dem Ritt auf dem Maultier.«
»Wer die Weiber des Königs in Besitz nimmt, nimmt seinen Thron in Besitz«, antwortete ich. »Ihr kennt den Brauch.«
Also wurden die zehn Kebsweiber geholt. »Gott!« rief Absalom, da er sie erblickte, denn der König hatte seinem rebellischen Sohn nur solche unter seinen Kebsen hinterlassen, die schon älter waren und dem Auge unerfreulich; die anmutigen und wohlgestalteten aber hatte er mitgenommen. Absalom jedoch tat, was er tun mußte und begab sich zusammen mit den Kebsen auf das Dach des Palastes, wo allen sichtbar ein Zelt errichtet war unweit der Stelle, von der aus David die Bath-sheba, Urias Frau, bei ihren Waschungen beobachtet hatte.
Und Absalom ging vor den Augen ganz Israels in seines Vaters Kebsweiber ein. Es senkte sich aber ein Schweigen über die Menge, da die Zeit verstrich; als Absalom dann aus dem Zelt trat und sich den Massen zeigte, rief alles Volk: »Gepriesen sei der HErr!« und: »Möge die Stärke Eures Herzens sein wie die Stärke Eurer Lenden!«
Absalom aber fiel nieder auf sein Angesicht vor GOtt und dankte ihm.

Die Lade Gottes kehrt zurück

Plötzlich waren Abiathar und Zadok, die mit dem König geflohen waren, wieder da, und auch Hushai aus Arach kehrte nach Jerusholayim zurück, und sie huldigten Absalom.
Absalom jubelte: »Siehe«, sprach er zu mir, »sie haben die Bundeslade mitgebracht, welche mein Vater fortnahm aus dem Tabernakel des HErrn. Die Lade GOttes ist wie GOtt selbst, und das Volk wird darum Mut fassen. Ferner können Zadok und Abiathar

uns Orakel geben, so daß wir erkennen mögen, wann und in welcher Richtung wir losschlagen müssen.«
»Ich habe mein Orakel im Kopf«, sagte ich, »und in allem, was Euch betrifft, hat es stets richtig geweissagt.«
»Du bist weise wie ein Engel des HErrn«, erkannte er an.
»Außerdem«, sagte ich, »solltet Ihr Euch nicht fragen, warum die zwei Priester zurückkehrten, und warum Hushai zurückgekommen ist, obwohl sie zunächst einmal mit Eurem Vater flohen? Hat der König sie vielleicht geschickt, damit sie ihm Kundschafterdienste leisten und ihm Nachricht zukommen lassen von Euren Plänen und Absichten? Oder sollen sie Euch falsche Ratschläge geben, die Euch in den Untergang führen?«
»Ich werde mit Hushai reden«, sagte Absalom.
Und Hushai kam zu Absalom und begrüßte ihn: »Glück zu, Herr König, Glück zu, Herr König.«
»Du warst bekannt als des Königs Freund«, sagte Absalom. »Ist das deine Treue zu deinem Freund? Wieso bist du nicht mit deinem Freund gezogen?«
Hushais Antwort klang aufrichtig: »Meine Treue gilt nicht einem einzelnen. Sondern welchen der HErr erwählt und dies Volk und alle Männer in Israel, dessen will ich sein und bei ihm bleiben.«
Ich sah, wie Absalom schwankend wurde.
»Zum andern«, fuhr Hushai fort, »wem sollte ich dienen? Sollte ich dem Sohn meines Freundes nicht dienen? Wie ich Eurem Vater gedient habe, so will ich auch Euch sein.«
Das überzeugte Absalom. Er hatte erlebt, wie die Menschen ihm zuströmten, und glaubte, keiner könne sich seinem Zauber entziehen.

Den Sieg vertan

»Der HErr hilft denen, welche sich selbst helfen«, sagte ich Absalom, »wer aber auf seinem Hinteren sitzen bleibt, ist bald verloren.«
»Was verzehrst du dich?« antwortete er. »Mein Vater streunt durch die Wildnis mit einer Handvoll von Leuten und ist abgeschnitten vom Volke, während ganz Israel sich uns zuwendet und ruft: Absalom, unser Führer! Absalom, unser König!«
»Ein Wolf, der von fernher heult, ist gleichwohl ein Wolf«, sagte ich. »Wir haben kostbare Tage vertan, indem wir in Jerusholayim saßen; wollen wir unsern Sieg vertun? Darum laßt mich zwölftausend Mann auslesen und mich aufmachen, und David nachjagen noch heute nacht; ich werde über ihn kommen, solange er ermattet ist und seine Kräfte wenig zahlreich; alles Volk, das bei ihm ist, wird fliehen; so kann ich den König allein erschlagen. Ist er einmal aus dem Wege, so kann ich seine Leute zurückführen, und Israel wird Frieden haben.«
Die Stammesältesten, die sich Absalom angeschlossen hatten,

stimmten mir bei; sie fürchteten David und wollten ihn rasch beseitigt wissen. Aber Absalom hatte gespürt, wie süß die Macht schmeckt; und er fürchtete, er werde ohne genügenden Schutz in Jerusholayim zurückbleiben, wenn ich mit zwölftausend ausgesuchten Männern David nachjagte.
In seiner Ungewißheit schlug er vor: »Laßt uns auch Hushai rufen, den Arachiter, und hören, was er sagt.«
Hushai kam, und Absalom teilte ihm mit, was ich geraten. Dann fragte er: »Sollen wir tun nach Ahitophels Ratschlag? Wenn nicht, rede.«
Hushai strich sich den Bart. »Der Rat, den Ahitophel Euch gab, erscheint weise, ist aber zu dieser Zeit nicht gut. Ihr kennt Euren Vater und seine Leute: sie sind Kriegsmänner und erzürnt in ihrem Gemüt wie eine Bärin, der die Jungen auf einem Felde geraubt sind. Und mit seiner Kriegserfahrung wird Euer Vater sich auch kaum bei seinen Mannschaften aufhalten, sondern sich in einer Höhle verbergen oder sonst einem geheimen Ort.«
Absalom wurde nachdenklich, und die Männer um ihn nickten.
»Und es möchte gar geschehen«, fuhr Hushai fort, »daß welche von den Eurigen den erfahrenen Kriegsleuten Davids begegnen und abgeschlagen werden; dann werden alle, denen es zu Ohren kommt, ein Geschrei erheben: Es ist ein Gemetzel unter denen, die Absalom folgen! Und dann würden auch die verzagen, die tapfer sind und ein Herz haben wie der Löwe; denn ganz Israel weiß, daß David ein großer Feldherr ist und die mit ihm wackere Helden.«
Absalom kaute auf seiner Lippe, und die Männer um ihn blickten trübe drein.
»Daher ist mein Rat«, sprach Hushai gewichtig, »daß Ihr die Aufgebote ganz Israels, von Dan an bis gen Beer-sheba, zu Euch sammelt, an Menge so viel wie der Sand, der am Meere ist; und daß Ihr in eigener Person mit ihnen ins Gefecht zieht. So werden wir über David kommen, wo immer wir ihn finden, und werden auf ihn fallen wie der Tau, der zur Erde fällt: und von ihm und den Seinen wird nicht einer überleben. Sollte er sich aber in eine ummauerte Stadt zurückziehen, dann wird ganz Israel mit Stricken kommen und die Stadt in den Fluß schleifen, bis auch nicht ein Stein von ihr übrig ist.«
Und Absalom sagte: »Amen, und möge der HErr GOtt es wahr werden lassen«; und die Männer um ihn atmeten auf.
Vergeblich gab ich zu bedenken, daß es Monate dauern würde, bis ein solches Massenaufgebot gesammelt war: inzwischen würde David sich ein festes Lager schaffen, Verstärkungen heranholen, und seinen Gegenschlag vorbereiten.
Aber Absalom sprach: »Der Rat Hushais ist besser denn Ahitophels Rat.«
Und ich konnte nichts weiter sagen, denn nun galt Absaloms Wort.

Ich unternahm einen letzten Versuch.
Ich sammelte eine Anzahl von tüchtigen jungen Männern um mich, die sich unauffällig zu bewegen wußten, und wies sie an, dem Hushai aus Arach auf all seinen Wegen zu folgen.
Bald kehrte einer meiner jungen Leute zurück zu mir und sagte: »Hushai hat sich aufgemacht und sich an geheimem Ort mit dem Priester Abiathar und mit Zadok getroffen; darnach kam eine Magd aus dem Hause und verließ Jerusholayim durch das Tor und begab sich zum Brunnen En-rogel. Dort am Brunnen traf sie mit Jonathan zusammen, dem Sohn des Abiathar, und mit Ahimaaz, dem Sohn des Zadok; worauf diese zwei in Richtung des Flusses Jordan zogen; wir aber folgten ihnen auf dem Fuße.«
»Du hast dich verdient gemacht um die Sache«, sagte ich. »Habt ihr die Magd in Gewahrsam genommen?«
»Das haben wir«, sagte er.
Die Dirne ward hereingeführt. Sie sah mitgenommen aus infolge der Behandlung, die ihr zuteil geworden, und sie fürchtete sich.
»Nun, was hast du Jonathan und Ahimaaz gesagt, den Priestersöhnen, als du sie zu En-rogel trafst?« fragte ich sie.
Sie warf sich mir zu Füßen und winselte: »Eure Magd hat ein Gelübde gelobt vor GOtt und vor seinen Priestern Abiathar und Zadok.«
Und sie ließ sich weder durch Freundlichkeit noch durch Vernunftgründe überzeugen; darum bestellte ich mehrere Diener, die kräftig gebaut waren, und befahl ihnen, die Dirne zum Sprechen zu bringen. Diese waren bei ihr die ganze Nacht; sie aber wollte nicht sprechen, und gegen Morgen verstummten ihre Schreie, und sie war tot.
Doch am Mittag kehrte ein anderer meiner jungen Leute zurück zu mir und sprach: »Wir verfolgten die Priestersöhne bis zu der Stadt Bahurim, welche an der Grenze von Juda liegt, wo sie in ein Haus hineingingen. Wir umstellten das Haus und drangen darin ein und durchsuchten es, und fanden sie nicht; die Frau des Hauses aber sagte uns, sie wären über den Bach gegangen. Da es Nacht war warteten wir bis zum Morgen, um die Spuren ihrer Füße zu finden, und sahen keine, und die Leute verlachten uns und sagten, die Knechte Davids hätten sie gedrückt, die Buben Absaloms aber nähmen ihnen alles; darum kamen wir zurück, Euch zu berichten.« Später ward festgestellt, daß die beiden Priestersöhne sich im Brunnen jenes Hauses zu Bahurim versteckt hatten, über welchen die Frau eine Decke gebreitet und darauf Grütze gestreut. So also gelangte die Botschaft Hushais über den Jordan nach Mahanaim, wo David sich festgesetzt hatte, und David konnte entsprechende Maßnahmen treffen; ich aber hatte keinerlei Beweise vor Absalom gegen Hushai, oder auch gegen die Priester Abiathar und Zadok.

Und ich sah die lässige Art, in der das Heer des Absalom gesammelt wurde, und daß da Streit und Zank waren, und wenig Vorräte, so daß die Bewaffneten über die Dörfer herfielen und vom Volke nahmen, und raubten und soffen und hurten; und viele gingen nach Hause, ein jeglicher zu seinem Zelt. Und wenn einer redete für die Sache des HErrn, ward er ein Narr und ein Eselskopf geheißen, und verlacht.
Aus all diesen Zeichen erkannte ich, daß der HErr es so bestimmt hatte, daß mein guter Rat in den Wind geschlagen würde, zu dem Ende, daß der HErr Unglück über Absalom brächte. Und während Absalom an der Spitze seiner buntscheckigen Haufen endlich Anstalten traf, über den Jordan zu setzen, sattelte ich meinen Esel, und machte mich auf, und begab mich nach Hause, nach Gilo. Ich hatte noch einiges zu schreiben, ein paar Kleinigkeiten zu ordnen, ein paar Bestimmungen zu treffen, bevor ich mir einen guten, festen Strick suchte.

Ich legte das letzte Täfelchen weg; mir war, als hätte ich jene Tage an der Seite Ahitophels verlebt.
»Ich sehe, du hast geendet«, sagte Jogli. »Du willst die Täfelchen doch haben?«
Und ob ich sie haben wollte! Sie gaben mir die Antwort auf so manches, was mir unklar gewesen war bei David. Aber die Summe der Schekel, die ich bei mir hatte, war nicht hoch und mußte mir noch eine Zeitlang reichen. Und wie sollte ich in meiner schwierigen Lage für die Beförderung so seltener und heikler Schriften sorgen?
»Ich mache dir einen guten Preis«, sagte Jogli. »Zweihundertundfünfzig Schekel.«
Ich lächelte zerstreut.
Er zögerte. »Zweiundzwanzig.«
Ich blickte zur Decke des Gemachs.
»Du raubst mich aus. Zweihundert.«
»Jogli«, sagte ich, »würdest du wohl die Täfelchen für mich aufbewahren, wenn ich dir eine kleine Anzahlung gäbe?«
Er machte ein langes Gesicht. »Wie klein?«
»Zwanzig.«
»Zwanzig! Mein Vater Ahitophel, GOtt hab ihn selig, würde aus dem Grab steigen. Zwanzig! Er würde uns heimsuchen nicht nur am Neumond, sondern allnächtlich, den Sabbat ausgenommen ...«
Er brach ab.
»Was war das?« sagte Lilith.
»Pferde«, sagte ich. »Ein Trupp Reiter.«
Liliths Lippen bewegten sich in stummem Gebet.
»Gib mir die zwanzig«, sagte Jogli.

Die Reiter kamen näher.
»Gib mir fünfzehn. Rasch. Ich verstecke die Täfelchen für dich. Ich verdecke die Fässer, daß keiner sie sieht. Gib mir zehn. Gib mir ...«
Die Reiter waren vorm Tor, riefen: »Wo ist Jogli? Wo ist der Sohn jenes, dessen Name aus dem Gedächtnis gestrichen wurde laut Verordnung der Ältesten von Gilo?«
»Hier bin ich«, stammelte Jogli.
Staubbedeckt kamen mehrere Bewaffnete hereingestapft. »GOtt tue mir dies und das«, rief der an der Spitze aus, »wenn wir nicht den Vogel gefangen haben, der dem Käfig entfloh, ohne seinem Freund Benaja ben Jehojada auch nur Pieps zu sagen. Mein Herr Benaja aber befahl seinen Dienern und sprach: Durchstreift das Land von Dan an bis gen Beer-sheba und schafft mir Ethan herbei, den Sohn des Hoshaja, aus Esrah; und wer immer ihn zu mir bringt, soll entsprechend belohnt werden. Also, gehen wir.«
Er band mir die Hände hinter dem Rücken; die Hände meiner Kebse Lilith aber wurden nicht gebunden, und sie folgte mir.

23

Gepriesen sei der Name des HErrn, der den Menschen wägt mit Gewichten, die Schmerz heißen, und Kummer, und Verzweiflung. Meine Häscher führten mich vor das Angesicht des Benaja ben Jehojada, und ich fiel vor ihm zu Boden. »Herr«, sagte ich, »seht die Handgelenke Eures Dieners, wie sie bluten, und meine Füße, die offen sind bis zu den Knochen, und meinen Leib, welcher mehr schwarz und blau ist als seine natürliche Hautfarbe. Denn ich wurde grausam getrieben, und mußte neben den Pferden einhertraben, und ich erhielt nur einen Becher stinkenden Wassers und nicht genug Brot, um einen Hund damit am Leben zu erhalten; und so ich vor Schwäche umfiel, wurde ich gestoßen und geschlagen und verflucht. Meine Kebse Lilith aber mußte auf meinem Esel sitzen, und sie wurde verlacht und mit Ausdrücken belegt, wie sie keine Tochter Israels von Rechts wegen hören dürfte, den ganzen Weg bis nach Jerusholayim.«
Benaja runzelte die Stirn im Zorn gegen den Hauptmann der Begleitmannschaft. »Habe ich dir befohlen, schonend mit Ethan zu verfahren und entsprechend seinen Verdiensten?«
»Wahrhaftig«, antwortete der Mann, »so sprach mein Herr; und wir haben ihn behandelt entsprechend den Verdiensten einer Person der Gruppe Schriftgelehrte von fragwürdiger Denkart.«
Benaja gebot ihm, die Fesseln an meinen Händen zu lösen. Mir aber gestattete er, mich zu erheben, und bot mir Leckerbissen aus

Fleisch an, und Süßigkeiten, und wohlriechendes Wasser, und er sprach: »Wie leicht doch werden die Worte der Mächtigen von ihren Dienern mißdeutet! Aber betrachte es als nützliche Erfahrung, wie denn der Spruch sagt: Gibt dem Weisen Belehrung, so wird er noch weiser werden; lehre den Gerechten, so wird er in der Lehre zunehmen.«

Ich zügelte meine Zunge, und dachte mir dabei: eine Hyäne, die lächelt, zeigt auch ihre Zähne.

»Nun denn«, Benaja entließ sein gesamtes Gefolge, »nimm Platz auf den Polstern hier, Ethan, und hör mir gut zu, denn nicht aus einer Laune heraus ließ ich dich suchen von Dan bis gen Beersheba und nach Jerusholayim zurückbringen.«

»Euer Diener lauscht Euren Worten«, versicherte ich.

»Wenn ich mich recht entsinne, habe ich in einer Sitzung der Kommission bereits erwähnt, daß ich Joab vor Gericht zu bringen gedenke.« Er mahlte mit den Kinnbacken. »Nachdem nun Adonia, des Königs Bruder, das Seine erhalten, hat König Salomo mein Vorhaben gebilligt.«

»Die Weisheit des Weisesten der Könige ist unvergleichlich«, bestätigte ich.

»Und da Joab dir einmal vertraut hat«, fuhr er fort, »und da du außerdem großen Anteil nahmst an der unerlaubten Beziehung Adonias zu der Dame Abishag von Shunam, dich dabei aber strafbar machtest, indem du versäumtest, mir deine Beobachtungen mitzuteilen, so habe ich vor, dich als Zeugen in diesem Verfahren zu benutzen.«

Er beobachtete mich, als wäre ich eine Fliege, die sich im Sirup gefangen hat.

»Aber gesteht denn nicht Joab alles, was Ihr von ihm wünscht?« fragte ich und versuchte, ruhig zu erscheinen. »Wer braucht bei einem solchen Angeklagten noch Zeugen?«

»Wer braucht Zeugen!« wiederholte Benaja grimmig. »Geständnisse haben wir in der letzten Zeit überreichlich. Wir erheben Anklage gegen jemand wegen Denkens unerlaubter Gedanken: schon gesteht der Mann. Wir klagen ihn an der Abweichung, Gruppenbildung, Unterwanderung, Verschwörung, Empörung: wieder gesteht er. Das Volk Israel zweifelt nicht einmal mehr an all den Geständnissen; es zuckt einfach die Achseln. Wo geraten wir da hin mit dem Gesetz des HErrn und unserm ganzen Gerichtswesen? Das ist der Grund, weshalb der König hier einen Zeugen braucht, dessen Name noch nicht zum Gespött wurde in den Toren der Städte, einen Zeugen, der im Ruf zugleich der Gelehrsamkeit und der Ehrbarkeit steht.«

»Sollte ein Zeuge vor Gericht nicht auch Zeuge der angeblichen Tat gewesen sein oder Kenntnis davon aus erster Quelle haben?« fragte ich bescheiden. »Denn es steht geschrieben: Du sollst nicht falsch Zeugnis ablegen gegen deinen Nächsten.«

»Nicht um meine Seele würde ich von dir fordern, falsch Zeugnis abzulegen«, sagte Benaja. »Du erfährst deine vollständige Aussage von mir und wirst wahrheitsgemäß berichten, was du von mir gehört hast. Das ist alles, was von dir verlangt wird.«

»Und welches wäre die Aussage, die Euer Diener wahrheitsgemäß zu machen hätte?« fragte ich.

Benaja ben Jehojada rief nach seinem Schreiber, und dieser kam mit etlichen Tontäfelchen, die er mir vorlegte. Benaja aber griff nach einem Stück aromatischen Kaugummis, welcher aus verschiedenen Harzen hergestellt wird, steckte es sich in den Mund, lehnte sich bequem in seine Polster und sagte zu mir: »Lies!«

Vorgesehene Zeugenaussage des Ethan ben Hoshaja gegen Joab ben Zeruja, der über das Heer gesetzt war zur Zeit König Davids, wie sie ausgedacht von Benaja ben Jehojada und dem Ethan vorgezeigt worden, dazu Ethans eigene Gedanken in Klammern gesetzt

Vor dem hohen Gericht und dem Volke Israel lege ich hiermit Zeugnis ab wie folgt:

Da David nach Mahanaim gelangte, ließ er alles Volk zählen, das sich bei ihm befand, und er setzte Hauptleute von Hundert und Hauptleute von Tausend über sie, und stellte seine Streitkräfte in drei Kampfsäulen auf, eine unter Joab, eine andere unter Joabs Bruder Abishai, und eine dritte unter Ittai, dem Gathiter, dem Führer der Söldner aus Gath.

Und der König sprach zu dem Kriegsvolk: Ich bestehe darauf, zusammen mit euch in den Kampf zu ziehen.

(Ein schöner Zug in Anbetracht der Tatsache, daß David in der letzten Zeit seine Kriege von seinem Palast in Jerusholayim aus geführt hatte.)

Aber das Volk antwortete: Du sollst nicht in den Kampf ziehen. Du bist unser zehntausend wert; daher ist es besser, du feuerst uns von der Stadt her an. Also stand der König an der Seite des Tors, da sein Heer auszog in Hundertschaften und Tausendschaften. Und es gebot Joab und Abishai und Ittai, und sprach: Verfahrt mir schonend mit dem jungen Absalom. Und alles Volk hörte, was der König seinen Hauptleuten gebot bezüglich Absaloms.

(Selbst angenommen, daß ein so unerbittlicher Mensch wie David in einem solchen Augenblick seinem rebellischen Sohn gegenüber zum sorgenden Vater geworden sein sollte, warum die auffällige Art der Befehlserteilung? Oder ist dies nicht vielmehr eine im voraus gelieferte Beteuerung seiner Unschuld am Tode Absaloms?)

Dem hohen Gericht und dem Volke Israel ist der Ausgang der Schlacht bekannt, die da im Walde Ephraims stattfand: zwanzig-

tausend von Absaloms Truppen fielen den Tag, und durch den Wald kamen noch mehr um denn durch das Schwert. Was nun Absalom betrifft, der floh auf seinem Maultier; das Maultier geriet unter die dicken Äste einer großen Eiche, und Absaloms langes Haar verfing sich in der Eiche; so schwebte er zwischen Himmel und Erde, das Maultier unter ihm aber trottete davon.
Da das ein Mann sah, berichtete er es dem Joab. Joab sprach: Du hast ihn so gesehen; warum erschlugst du ihn nicht auf der Stelle? Ich hätte dir zehn silberne Schekel und einen kostbaren Gürtel gegeben.

(Joabs unter den Umständen selbstverständliche Antwort wird hier zum ersten Beweispunkt seiner Alleinschuld.)

Der Mann sagte zu Joab: Wenn Ihr mir tausend Silberschekel in die Hand gewogen hättet, so wollte ich diese Hand doch nicht an des Königs Sohn gelegt haben; denn vor unser aller Ohren gebot der König Euch und Abishai und Ittai, und sprach: Hütet euch, daß mir keiner den jungen Absalom anrührt.

(Davids Unschuld wird neuerlich betont.)

Darauf sagte Joab: Ich kann mich nicht aufhalten mit dir. Und er nahm drei Pfeile zur Hand und stieß sie Absalom durchs Herz, da dieser noch lebend an der Eiche hing. Und zehn Jünglinge, die Joabs Waffen und Abzeichen trugen, umringten Absalom und schlugen auf ihn ein, bis er tot war.

(Die Waffen und Abzeichen können, wenn notwendig, als weiterer Beweis der Schuld Joabs dienen.)

Und sie nahmen Absalom, und warfen ihn in eine tiefe Grube im Wald, und häuften eine große Menge Steine auf ihn; Absaloms Scharen aber zerstreuten sich und flohen, ein jeglicher in seine Hütte. Da aber König David, der im Tor der Stadt verweilt hatte, von dem Boten erfuhr, daß der HErr ihn des Tages an allen gerächt hatte, die sich gegen ihn erhoben hatten, und daß der junge Absalom tot war, da stieg er hinauf in die Kammer über dem Tor, und weinte, und im Gehen sprach er: Mein Sohn Absalom, mein Sohn, mein Sohn Absalom! Wollte GOtt, ich wäre für dich gestorben, o Absalom, mein Sohn, mein Sohn!

(Der Schmerz scheint ihn jetzt wirklich gepackt zu haben. Davids Klage klingt echt, obwohl sie sich im Grunde nur wenig von denen unterscheidet, die er beim Tode Sauls und Jonathans anstimmte, oder beim Tode des Abner ben Ner, oder beim Tod all der anderen, die dem Erwählten des HErrn störend waren und darum beseitigt werden mußten.)

Benaja ben Jehojada ging so weit in seiner Huld, daß er mich in einer Sänfte zur Königin-von-Saba-Gasse No. 54 tragen ließ. Und mir war, als hätten meine Augen seit langem nichts Lieblicheres erblickt als dies schiefe Häuschen mit seiner zerbröckelnden

Außenwand und seinem sinkenden Dach, für das ich dem König eine viel zu hohe Miete zahlte.
Und da erwarteten mich meine Kebse Lilith, die schon vor mir nach Haus gekommen war, und meine Söhne Shem und Sheleph, und Hulda, deren Mutter; aber Esther, meine Frau, stand nicht in der Tür, mich zu grüßen.
Ich fragte nach ihr und wurde an ihr Bett geführt. Sie lag da und lächelte zu mir auf; doch wie war sie verfallen in der Zeit meiner Abwesenheit! Die Decke hob sich kaum über dem Bett: so schmal war ihr Leib geworden.
»Esther«, sagte ich, »ich hätte dich nie allein lassen sollen.«
Sie streichelte mir die Hand.
»Ich will zum Tabernakel gehen«, sagte ich, »und einen Widder der feinsten Art hinbringen, mit fettem Schwanz; und ich werde mir von den Leviten Tränke und Salben geben lassen, die dir sicher helfen werden.«
Sie bedeutete den anderen, uns zu verlassen, und mir, mich neben sie zu setzen, und fragte: »Wie war es? Erzähl.«
Ich ließ alles wie ein vergnügliches Erlebnis erscheinen: den Tempel zu Beth-shan mit seinen schlauen Priestern; die Fleischklößchen, die sich als der Verderb Tamars erwiesen, der Tochter Davids; die Geschäfte, die mir Ahitophels Sohn Jogli anbot; und der große Fund, den ich in seinem Werkzeugschuppen machte. Von dem Verfahren gegen Joab aber, das Benaja ben Jehojada durchzuführen gedachte, und von dem Anteil daran, der mir zugedacht war, sprach ich nicht. Und Esther, meine geliebte Frau, hörte mich an, und ein wenig von dem Licht, das einst in ihren Augen geleuchtet, kehrte dahin zurück. Und ich faßte neue Hoffnung, so als könnte sie wieder gesunden, und würde es auch tun; und ich sagte ihr's.
»Werde ich's sehen?« fragte sie plötzlich mit dünner, kindlicher Stimme.
Dies aber war die Stimme, mit der sie gesprochen, da wir noch jung waren und uns gegenseitig vorspielten, daß uns etwas Großes und Wunderbares widerfahren würde durch den HErrn.
»Werde ich's sehen?« fragte sie noch einmal.
»Bestimmt«, sagte ich.
Sie wollte lachen, glücklich, wie einst, aber es drang nur ein Rasseln aus ihrer Kehle. Das Leben, das auf ihrem Gesicht gewesen, wich grauem Schrecken; sie umklammerte meine Hand.
»Esther!« rief ich.
Sie kämpfte um Atem. Mehrmals sank ihr der Kopf zur Seite, schien sie das Bewußtsein zu verlieren. Ich fühlte ihr den Puls: der schlug wild.
»Luft!« keuchte sie.
Ich stieß die Fensterläden auf, da ich Bedenken hatte, Esther aufs Dach zu tragen. Ich sandte Shem und Sheleph zu einem leviti-

schen Arzt, der in dem Ruf stand, sich seiner Kenntnis des menschlichen Körpers mehr zu bedienen als altheiliger Gebete. »Drängt ihn zur Eile«, trug ich ihnen auf, »ich zahle, was er auch fordert, in Silber.«

Und dann wartete ich an der Seite Esthers, deren Liebe zu mir tiefer war denn die Brunnen der großen Tiefe; ich wischte ihr den Schweiß von der Stirn und den Speichel von den Lippen, und sah hilflos zu, wie sie mit dem Engel des Dunkels rang.

Der Levit kam, ein kleiner schmieriger Mann, der sich zunächst im Hause umblickte, als schätze er die Einrichtung ab. Darauf untersuchte er die Bewegung des Auges der Kranken; dann drückte er ihr sein dickes Ohr auf die abgezehrte Brust. »Sie hat Wasser auf den Lungen«, sagte er endlich.

»Kannst du ihr helfen?«

»Sie braucht Luft.«

»Wird sie leben?«

»Wir müssen sie vorsichtig ins Freie bringen und sie aufrichten und ihr Kissen hinter den Rücken legen.«

»Wird sie leben?« wiederholte ich.

»Bete zum HErrn«, gab er zur Antwort, »und bete tüchtig.«

Gebet um Hilfe in grosser Not von Ethan ben Hoshaja

O HErr, mein GOtt, der du gekleidet bist in Licht, der du die Himmel ausbreitest wie einen Teppich und auf Wolken fährst wie auf einem Wagen und einherschreitest auf den Fittichen des Windes:

Neige dein Ohr deinem Diener, der zur Erde gebeugt ist vor dir.

Mein Herz ängstigt sich in meinem Leibe, des Todes Furcht ist auf mich gefallen.

Schrecken und Zittern sind mich angekommen, und Grauen hat mich überwältigt.

O HErr, verbirg dich nicht vor dem Flehen deines Dieners, der dich ansucht um einen Tropfen deiner ewigen Gnade, um nur so viel als nötig, damit das Leiden deiner Magd erleichtert werde, deren Liebe zu mir tiefer ist denn die Brunnen der großen Tiefe, und damit ihr geholfen werde, diese Nacht zu überstehen.

Du bist groß, o HErr, und groß sind deine Werke, und du vollbringst Wunder: warum also nicht dies eine, welches gering ist und nur eines Winks bedarf deines Fingers?

Ich aber will mich hüten, daß ich nicht sündige mit meiner Zunge; ich will meinem Mund einen Zaum anlegen, solange ich die Gottlosen vor mir sehen muß.

In stummem Schweigen stand ich, verhielt mich still; und die Sorge in mir wuchs.

Das Herz in der Brust wurde mir heiß; während ich noch zögerte, brannte das Feuer.
Darum will ich nun meine Zunge sprechen lassen zu ihm, der bedroht ist von den Gottlosen, und ihn warnen, daß er sie fliehe, bevor sie ihn richten; so will ich mich reinigen im Auge des HErrn, und recht tun, und das Werk meiner Feinde zuschanden machen.
Und jetzt, HErr, wessen warte ich noch? Ich hoffe auf dich.
Hör mein Gebet, o HErr, und vernimm meinen Aufschrei; schweige nicht zu meinen Tränen; denn ich bin ein Fremdling nur auf Erden, ein Durchreisender wie alle meine Väter.
Verschone das Flämmchen, das meinem Herzen teuer ist und das schwach nur noch flackert, und lasse es weiter leuchten; und verschon mich, daß ich mich stärke, bevor ich von hinnen gehe und nicht mehr bin.

Als aber das erste zarte Rot den Morgen verkündete, da atmete Esther, meine Frau, leichter, und ihr Herzschlag verlangsamte sich und wurde stärker, und sie schlief ein. Ich fiel zu Boden vor GOtt und dankte ihm; und ich zahlte dem Leviten volle fünf Schekel Silber für seinen Rat, und für die Salbe, die er Esther auf die Brust gerieben, und für die Tropfen, die er ihr eingeflößt. Dann trank ich etwas gewärmte Milch, und machte mich auf, und verließ die Stadt durch das Südtor in Richtung des Hauses aus verschiedenfarbigen Ziegeln, in welchem Joab umherkroch. Und ein Widerstreit von Stimmen erhob sich in mir, ob ich ihn denn wirklich warnen und ihm zureden sollte, vor dem Gerichtstag zu fliehen: war er nicht ein ebenso großer Verbrecher wie die anderen? Außerdem fürchtete ich die Wachen vor dem Haus und den Zorn des Benaja. Aber die Stimme, die mich meines Gelübdes gemahnte und der großen Hilfe GOttes, diese Stimme erwies sich als stärker.
Da ich mich dem Hause näherte, siehe, da war ein Auflauf, und ein großes Hin und Her von Menschen, und ich wurde von einem Diener des Benaja ben Jehojada gepackt, der wissen wollte, wer ich denn sei und was ich hier zu suchen habe. Ich erwiderte, ich sei aus der Stämme Israels einem, und mit ein paar Freunden nach Jerusholayim gekommen; und daß wir uns gestern auf den Heimweg machten, ein jeglicher nach seiner Stadt, und in einem Gasthaus am Wege zum Abschiedstrunk einkehrten; doch ein Trunk folgte dem anderen, und Lieder wurden gesungen und allgemeine Fröhlichkeit herrschte; am Morgen aber fand ich mich wieder im Graben am Rande der Straße, allein und in der traurigsten Verfassung meines Lebens, denn ich sei sonst gut beleumdet, und ein braver Ehemann, und zahlte meine Steuern und Abgaben getreulich. Worauf der Diener Benajas mir empfahl, mich zum Teufel

zu scheren; und ich machte mich eilends davon. Am Südtor hatte sich inzwischen eine Menge von Menschen angesammelt, die erregt aufeinander einsprachen; es hieß, Joab sei aus seinem Haus entflohen und man habe gesehen, wie er zum großen Tabernakel des HErrn hinlief, welches König David errichtet hatte. Und Wetten wurden abgeschlossen, ob Joab zum Tabernakel gelangen würde, oder ob die Diener des Benaja ben Jehojada ihn unterwegs festnehmen würden.
Ich aber gedachte in Dankbarkeit der Weisheit des HErrn, der mein Gelübde gnädig aufgenommen und den Engel des Dunkels zurückberufen hatte, und der die darauf folgenden Ereignisse so verlaufen ließ, daß mir unnötige Schwierigkeiten erspart blieben.
Ich schloß mich also der Menge an, die an der Baustelle des Tempels vorbei zum großen Tabernakel hin strömte; und überall legten die Arbeitsleute ihr Werkzeug nieder und die Krämer machten ihre Buden zu und kamen mit.
Die Tore des Tabernakels standen weit offen; und da war Joab und klammerte sich an die Hörner des Altars, seine Kleidung zerfetzt, das Haar wild, sein Blick der Blick eines Irren; und nahe Joab harrten Zadok und andere Priester, und wußten nicht, was sie tun sollten. Und Joab kehrte sich hin zum Volk Israel und rief: »Höre, Israel, das wahre Geständnis Joabs, des Sohns der Zeruja, einstmals ein Mann und der Sache des HErrn verschworen, jetzt aber ein gebrochenes Wesen, ein Opfer der Herrschaft, die er selber zu gründen half.«
Zadok und die anderen Priester erhoben die Hände und schrien zu HErrn Jahweh und versuchten, die Stimme Joabs zu übertönen; und ich bedachte, wie diese Wendung der Dinge die Pläne Benajas für das Verfahren gegen Joab verwirren würde.
»Ich wurde geschlagen, o Israel«, rief Joab lauter noch denn die Priester, »und gequält an Geist und Körper, bis ich schwach wurde vor dem HErrn und die schlimmsten Verbrechen gestand, und die Schuld anderer auf mich nahm, und auf mein Haupt das Blut, das an den Händen Größerer klebte als ich. Jetzt aber erfuhr ich, daß mir ein öffentliches Verfahren gemacht werden soll vor dem König, durch Benaja ben Jehojada, und daß falsche Zeugen auftreten werden ...«
Da kamen Läufer, die bahnten sich mit ihren weißen Stöcken einen Weg durch die Menge; und hinter ihnen rollte ein von weißen Pferden gezogener gepanzerter Wagen. Benaja zügelte die Tiere und klomm schwerfällig vom Wagen herab: er trug Helm und Brustpanzer und sein Langschwert.
Am Tor trat ihm Zadok entgegen, der ihn mahnte: »Nicht mit dem Schwert! Nicht im Heiligtum GOttes und vor seinem Altar und der Bundeslade!«
Benaja schien zu zögern. Dann rief er in das riesige Zelt hinein: »Joab! So befiehlt der König. Tritt heraus!«

Und Joab sprach: »Nein, lieber will ich hier sterben.«
Da setzte eine Stille ein, die reichte vom Tor des Tabernakels bis hin zur Baustelle des Tempels; nur die Krähen, die stets in der Nähe der Opferstätte sitzen, krächzten.
Und Benaja wandte sich um und bestieg seinen Wagen, und fuhr davon.
Die Hände Joabs aber klammerten sich immer noch an die Hörner des Altars. »Höre, o Israel«, fuhr er fort, »ich ziehe meine sämtlichen Geständnisse zurück, die mir in der Einsamkeit meines Hauses abgenötigt wurden unter dem Stiefel Benajas und unter den Fäusten seiner Diener. Gewiß, das Blut des Krieges ist an meinen Händen und an meinem Gürtel und in meinen Schuhen, und auch das Blut derer, die ich, wie ich vermeinte, im Dienste der Sache erschlug. Aber dieses Blut lege ich zurück auf das Haupt Davids, der die Morde befahl, und auf das Haupt seiner Nachkommen ewiglich: denn es wurde nicht vergossen für die Sache des HErrn oder für sonst ein edles oder notwendiges Anliegen, sondern zur Vergrößerung der Macht Davids, und um ihn auf den Nacken Israels zu setzen und seine Herrschaft zu befestigen.«
Doch nun hatte Zadok sich besonnen, und er und die anderen Priester füllten den Raum mit ihren Beschwörungen und ihrem Flehen und mit allgemeinem Getöse; und das Volk verlangte, Joab zu hören, und rief ihm zu; und der Lärm war gewaltig.
Dann waren die Läufer wieder da und schlugen mit ihren Stöcken auf die Leute ein, und riefen: »Aus dem Weg, Gesindel! Platz da für Benaja ben Jehojada, der über das Heer ist, und über die Krethi und Plethi, des Königs Garde!«
Noch einmal trat Zadok Benaja entgegen und ermahnte ihn ob der Unverletzlichkeit des Heiligtums, und daß der Altar des HErrn und all die, die sich an ihn klammerten, unantastbar seien.
Benaja aber zog sein Schwert und sprach: »Hat nicht Joab selbst erklärt, daß er hier sterben will? Ich überbrachte sein Wort dem König; und der König sagte mir: Tue denn, wie er gesagt hat, und schlag ihn und begrabe ihn, daß du das unschuldige Blut, das Joab vergossen hat, von mir nimmst und von meines Vaters Hause. Und der HErr bringe Joabs Blut auf dessen eignes Haupt, der Männer mit dem Schwert erwürgte, die gerechter und besser waren als er, mein Vater David aber wußte nichts davon. Ihr Blut komme darum zurück auf das Haupt Joabs, und auf das Haupt seiner Nachkommen ewiglich: doch auf David und auf seinen Nachkommen und auf seinem Haus und seinem Thron soll der Friede des HErrn sein für immer und alle Zeit. So sprach König Salomo.«
Benaja ben Jehojada schritt vorbei an dem Priester Zadok und den anderen Priestern, und mit dem Schwert in der Hand trat er zum Altar des HErrn; die Priester aber beeilten sich, die großen Vorhänge zu senken, um derart das Tabernakel zu schließen und alles, was darin war, vor der Sicht des Volkes zu verhüllen.

24

Nach der Tötung des Joab am Altar des HErrn erzitterte ganz Israel. Keiner wußte, wer als nächster ergriffen werden mochte, und welche Verbrechen er zu gestehen und welches Schicksal er zu erleiden haben würde: die einen kamen in die Gruben am Roten Meer, wo des Königs Kupfer und Eisenerz gefördert wurden; andere in die Steinbrüche, um dort die Quadern zu hauen zum Bau des großen Tempels und der neuen Städte für des Königs Wagen, Reiterei und Vorräte; andere wieder endeten ohne Kopf, den Leib an die Stadtmauer genagelt.

Mir blieb nur, mein Los abzuwarten. Benaja selbst hatte mir gegenüber geäußert, ich wisse zuviel: zuviel nämlich über die Wege der Mächtigen, welche diese zu verbergen trachten. Auch erfuhr ich, daß die Königsbarke Ägyptens, darauf die Prinzessin Hel ankamen, die Tochter Pharaos, bereits in See gestochen war, denn König Salomo hatte sich endlich doch entschlossen, ägyptischen Waren freien Durchzug durch Israel zu gewähren. Der Tag meiner Ehrung nahte heran, da der König meine Kebse zur Spielgefährtin der fremden Prinzessin ernennen und danach Trost suchen würde in Liliths Armen für die frostigen Liebesbezeugungen seiner Braut, welche in dem Ruf stand, Frauen mehr zu begehren denn Männer.

Und da war das Leiden Esthers, meiner Frau, deren Herz den nächsten Anfall schon nicht mehr überstehen mochte.

So arbeitete ich denn, bis ich erschöpft aufs Lager sank, in der Hoffnung, dadurch den Sorgen meiner Tage und den Ängsten meiner Nächte zu entgehen. Wohl bezweifelte ich, daß mir vergönnt sein würde, mein Werk am König-David-Bericht zu vollenden, und ich befürchtete, daß ein anderer, noch feilerer als ich berufen werden möchte, das Buch abzuschließen und die paar Wahrheiten, die ich zu vermitteln hoffte, herauszustreichen; dennoch verbrachte ich den größten Teil meiner Stunden in dem Stall, in dem die königlichen Archive lagerten, und vergrub mich in den Tonscherben und Täfelchen und Lederrollen, um so meine Kenntnisse von den letzten Jahren der Herrschaft König Davids zu vervollständigen.

Stichwortartige Aufzeichnungen des Ethan ben Hoshaja über die letzten Jahre der Herrschaft König Davids

Unterdrückung des Absalom-Aufstands beseitigt keine der diesem zugrunde liegenden Ursachen: weder den Groll der verarmten Massen gegen den wachsenden Reichtum der Bodenbesitzer und des königlichen Hauses, noch die Feindseligkeit der Stammesältesten und Priester im Lande gegen die wachsende Macht der königlichen Amtleute und Verwalter – daher neue, zumeist kleinere und miteinander nicht verknüpfte Aufstände gegen David – deren bedeutendster jedoch, geführt von einem gewissen Sheba (seine Losung: »Wir haben kein Teil an David noch Gewinn am Sohn des Jesse«), wird eine Zeitlang von sämtlichen Stämmen mit Ausnahme Judas unterstützt – diesmal hält David Jerusholayim und das Gebiet zwischen der Stadt und dem Jordan – da es Sheba, wie vor ihm schon Absalom, an erfahrenen Kriegsleuten und Unterführern mangelt, wird er von Joab gezwungen, sich in den umwallten Ort Abel, nahe Beth-maachah, zurückzuziehen – Joab läßt die Gräben auffüllen, Böschungen anlegen, die Wälle berennen – die Stadt wird von einer weisen Frau gerettet, die mit Joab verhandelt und ihm Shebas Haupt anbietet – der Kopf des Sheba, von den Stadtbewohnern flugs abgehauen, wird dem Joab über die Mauer zugeworfen; Ende des Sheba-Aufstands – David belohnt Joab mit dem Rang eines Feldhauptmanns auf Lebenszeit und wiegt diese Gunst durch die gleichzeitige Bestätigung Benajas als Befehlshaber der Krethi und Plethi auf – Vorbereitung der Davidischen Umgestaltung des Heers (dessen Aufgebote bis dahin abhängig von dem guten Willen der Stammesältesten) und der Verwaltung (die bis dahin gehemmt durch Mangel an zuverlässigen Zahlenangaben über Bevölkerung, Eigentumsverhältnisse, Gütererzeugung, Handel, Besteuerung, und so fort) – Davids Beschluß, seine Untertanen zählen zu lassen, bringt ihn in Gegensatz zu großem Tabu (der uralte Wunsch des Volkes, Schutz in der namenlosen Masse zu finden, wird von HErrn Jahweh in folgende Worte gekleidet: »Es soll aber die Zahl der Kinder Israels sein wie der Sand am Meer, *den man weder messen noch zählen kann*«) – David befiehlt der Heeresleitung, die Zählung durchzuführen – Feldhauptleute widerwillig; Joab zu David: »Mein Herr König, sind sie nicht alle die Diener meines Herrn? Warum also verlangt mein Herr solches? Warum soll diese Schuld auf Israel kommen?« – David beharrt auf seinem Willen – nach neun Monaten und zwanzig Tagen ist die Bevölkerung gezählt, ausgenommen der Stamm Benjamin (Bergbewohner, die sich den Zählern entziehen) und der Stamm Levi (dessen Angehörige weder Waffen tragen noch Land besitzen dürfen) – Ergebnis, kleinere Ungenauigkeiten eingerechnet: Israel, elfhundert mal tausend Mann, so das Schwert ziehen; Juda, vierhundertundsiebzig mal tausend – Davids Vergehen gegen das Tabu erfordert Strafe GOttes – minderer Prophet Gad (Nathan vermeidet es, in den schwierigen Fall einzugreifen) mit Botschaft von Jahweh: »So spricht der HErr: Dreierlei biete ich dir; wähle dir deren eines, daß ich es dir tue (a) sieben Jahre Hungersnot im Lande oder (b) daß du drei Monate vor deinen Widersachern fliehst, welche dich heiß verfolgen, oder (c) drei Tage Pestilenz in deinem Land –

David wählt die Pest, da diese in den Städten stärker wüten wird als unter der Landbevölkerung, die Städte aber großenteils (mit Ausnahme seiner eigenen Stadt, Jerusholayim) noch von verarmter kanaanitischer Urbevölkerung bewohnt sind, deren Verlust dem Volke Israel unwesentlich – innerhalb von drei Tagen verenden von Dan bis gen Beer-sheba siebzigtausend Menschen an der Seuche – doch siehe, da der Engel der Pest zur Druschtenne eines gewissen Ornan gelangt und (laut Königs Davids eigner Beschreibung) »zwischen Himmel und Erde steht, ein bloß Schwert in seiner Hand ausgereckt über Jerusholayim«, da reut es Jahweh des Übels und er befiehlt dem Engel: »Es ist genug, laß nun deine Hand ab« – auftritt Prophet Gad mit neuerlicher Botschaft GOttes: David möge einen Altar errichten auf der Tenne Ornans – David erwirbt die Tenne und das sie umgebende Land, die zukünftige Baustelle des großen Tempels des HErrn, für fünfzig Schekel Silber laut Eintragung in den Archiven (elfte Boxe der dritten Reihe, auf der rechten Seite des Stalls) oder sechshundert Schekel Gold laut einer anderen Eintragung (zwölfte Boxe der dritten Reihe, gleichfalls auf der rechten Seite: dies wahrscheinlich eine spätere Einfügung als Beweis von Davids Großzügigkeit in seinen Geschäften mit dem HErrn, denn kein Grundstück in Jerusholayim oder in der Nähe der Stadt war je sechshundert Goldschekel wert) – nach Erwerb der Baustelle des Tempels entwickelt David, gleich vielen anderen Despoten, eine große Vorliebe für die Baukunst – er überwacht die Arbeit an den Entwürfen für den Tempel, läßt Zehntausende von Zwangsarbeitern Steine hauen, häuft Bauvorräte an: Zedernholz, Eisen, Kupfer, Nägel, Haken – zur selben Zeit weitere Veränderungen in der Verwaltung, um durch geschickte Verteilung von Ämtern und Pfründen neue Bindungen an das Königshaus zu schaffen – zahlreiche Priester und sämtliche Diener des Königs werden neu eingeteilt und verschiedenen Orts eingesetzt (von insgesamt achtunddreißig mal tausend Leviten vierundzwanzigtausend im Tempeldienst, sechstausend als Amtleute und Richter, viertausend als Türsteher, und viertausend als Lobsänger des HErrn mit Saitenspiel) – ein Schatzamt wird geschaffen (unter Shebuel ben Gershom), ein Amt für auswärtige Angelegenheiten (unter Chenanja aus Jizhar) – Stammes- und Sippenälteste werden durch »Oberster Vater« geheißende Amtleute ersetzt, die sämtlich von Davids eigenem Stamm, Juda, gestellt sind (eintausendsiebenhundert unter Hashabja aus Hebron für die Stämme westlich des Jordan, zweitausendundsiebenhundert unter Jerija aus Hebron für die ostjordanischen Stämme Ruben und Gad und den halben Stamm Manasse) – Umgestaltung des Heeres wird vollendet: David hat nun zur Verfügung eine stehende Truppe aus Söldnern (Krethi, Plethi, Königliche Garde und so fort) zur Sicherung im Innern und zum sofortigen Einsatz im Felde, und die Heerscharen der

Tapferen, eingeteilt in zwölf Ordnungen von je vierundzwanzig mal tausend, die in Friedenszeiten alljährlich einen Monat zur Übung einberufen werden – zur Deckung der wachsenden Kosten des königlichen Glanzes werden die königlichen Domänen vergrößert und ihre Betätigungsgebiete ausgedehnt: Anbau von Weizen und Wein, Kellereien, Gewinnung von Olivenöl, Viehzucht (in Sharon und in den Tälern), Zucht von Rassekamelen und Eseln – David wird zum größten Unternehmer in Israel – Teil seines persönlichen Vermögens als Beitrag zur Ausstattung des künftigen Tempels bestimmt: nach Aufzählung in den Archiven (zweite Boxe, erste Reihe auf der rechten Seite) siebentausend Zentner lauteres Silber und dreitausend Zentner Gold (von dem Gold aus Ophir) für Leuchter und Lampen, für die Tische der Schaubrote, für Kreuel, Becken und Kandeln, für Becher, für die Cherubim an der Bundeslade, und für Wandschmuck – Verschlechterung der königlichen Gesundheit: Klagen über Müdigkeit, Kälte, Impotenz; dazu Reizbarkeit, Mißstimmung – Jungfrau wird gesucht, daß sie vor dem König stehe, ihm wohltue, in seinen Armen liege, sein Blut anrege – Abishag aus Shunam versagt trotz all ihrer zärtlichen Bemühungen – David zum HErrn: »Wir sind Fremdlinge vor dir, und Durchreisende, wie all unsre Väter; unsre Tage auf Erden huschen vorbei wie ein Schatten, und keiner von uns ist bleibend.«

Die grüne Sänfte mit den Goldleisten und dem roten, gefransten Dach wurde niedergesetzt vor der Tür des Hauses, und ein Diener zeigte den Besuch Amenhotephs an, des königlichen Obereunuchen. Ich verspürte eine Schwäche in den Knien, da Amenhoteph der Sänfte entstieg, mir die Hände entgegenstreckte und verkündete: »Frohe Botschaft, Ethan, mein Freund, von dem Weisesten der Könige, Salomo.«
Duftend nach den feinsten Wohlgerüchen Ägyptens trat er ein und überwältigte alle mit der Liebenswürdigkeit seiner Nachfragen: bei Esther, bezüglich ihres Wohlergehens, bei Hulda, bezüglich ihrer Freude an ihren Sprößlingen, bei Lilith, bezüglich ihrer kürzlichen Reise, bei Shem und Sheleph, bezüglich ihrer Fortschritte in der Schule; und zu ihnen allen sprach er freudig von der hohen Ehre, die mir zuteil werden sollte.
Dann wandte er sich mir zu und sagte: »Ich höre dich niedergeschlagenen Blicks vor dich hinmurmeln; sprichst du ein Dankgebet zu deinem Gott Jahweh?«
Ich hatte in der Tat gebetet: daß der Herr ihn tot umfallen lassen möge, und ebenso den Weisesten der Könige und die gesamte Kommission zur Ausarbeitung des *Einen und Einzigen Wahren und Autoritativen, Historisch Genauen und Amtlich Anerkannten Berichts über den Erstaunlichen Aufstieg* und so fort.

Amenhoteph aber legte mir seinen Arm um die Schulter und schob mich sanft in mein Arbeitszimmer, wo er mir mitteilte, daß angesichts der nahe bevorstehenden Ankunft der Tochter Pharaos gewünscht werde, ich möge meine Kebse Lilith zum königlichen Palast bringen, bevor noch die Sonne sich ein ander Mal senke, damit König Salomo mich ehren könne, indem er sie zur Spielgefährtin seiner zukünftigen Gemahlin ernannte. »Und nun berichte dem Fräulein von seinem großen Glück«, beschloß er seine Rede, »denn ich bezweifle nicht, daß es sich sehr freuen wird.«
Ich erwiderte, es wäre vielleicht besser, Lilith allmählich vorzubereiten; sei es doch bekannt, daß Frauen durch solch plötzliche Kunde schon Schaden erlitten hätten, die einen, indem sie die Sprache verloren, die anderen, indem sie ein Zucken entwickelten oder gar völlig blöd wurden. Der Eunuch aber verdrehte seine Hände in einer Weise, die keine Widerrede duldete, und ich erhob mich und begab mich zur Tür meines Arbeitszimmers und rief Lilith herbei.
Und Lilith kam, und ich nahm sie bei der Hand und führte sie hin zu Amenhoteph, und ich sprach zu ihr mit einer Stimme, die wie die Stimme eines Fremden war: »Als ich dich von deinem Vater entgegennahm, Lilith, meine Liebste, da gab ich als Entgelt zwölf Schafe guter Sorte und vier Ziegen und eine Milchkuh; du jedoch wurdest meinem Herzen lieb und bist die Freude meiner Lenden, so daß ich dich nicht wieder hergeben würde für alle Herden in Israel. Aber jetzt ist einer gekommen, der mächtiger ist denn ich, und der dich von mir fordert. Bereite dich darum, meine Tochter, und tue Myrrhen auf dich und Öl von Rosen, und verschließe dein Herz vor mir, denn du und ich müssen scheiden, und ein jeglicher seines Wegs gehen, ich in ein freudloses Alter, du aber –«
»Ethan!« rief sie aus.
»– du aber zum Palast.«
»Ethan, Geliebter«, sagte sie, »als du anderen Tags fortgingst aus Jerusholayim und ich auf dich wartete bei dem großen Felsen, welcher sich neben der Straße erhebt, da redete ich zu dir, und sagte, daß ich dir wie ein Schatten sein würde; und wie kein Mensch seinen Schatten von sich reißen könne, so würdest auch du mich nicht von dir reißen können, es sei denn, du erklärtest, daß du mich nicht liebst. Liebst du mich nicht mehr?«
Ich sprach ihr von den Vorteilen des Lebens im Palast, wo sie den Schutz der Tochter Pharaos genießen und dem Antlitz des Weisesten der Könige ständig nahe sein würde.
»Liebst du mich nicht mehr?«
Ich erklärte ihr, daß das, was wir beide gehabt hätten, ewiglich bleiben würde im Auge des HErrn und in unsern Herzen; daß das menschliche Sein aber in dauernden Veränderungen bestünde, denen keiner von uns sich entziehen könne.
»Liebst du mich nicht mehr?«

Ich setzte ihr auseinander, was es mir, in meiner Lage, bedeuten mußte, mir König Salomo zu verpflichten, und daß sie, wenn sie mich wirklich liebte, nicht nur an sich und ihre Gefühle denken dürfe.
»Liebst du mich nicht mehr?«
»Ich liebe dich nicht mehr«, sagte ich.
»Dann werde ich mich töten«, sagte sie ruhig, »denn durch dich ist mir mein Leben erst gegeben worden.«
»Ich habe so etwas befürchtet«, sagte Amenhoteph. »Es gibt derart Frauen: nicht viele, Dank sei den Göttern Ägyptens und deinem Gott Jahweh, aber genügend, um lästig zu sein und ganze Fässer voll Tontäfelchen mit ihren gefühlvollen Geschichten zu füllen. Ich mache dich verantwortlich, Ethan, mein Freund, daß dem Fräulein nichts zustößt, bis es sich in meinen Händen befindet, im königlichen Palast.«
So mußte ich selbst dem Opfer meines Verrats verwehren, sich dessen Gestank zu entziehen. So wurde ich zum Wurm, der seinen eignen Dreck frißt.
Und was gewann ich dabei?

Da begab ich mich zum Hause Nathans, des Propheten, und saß vor seiner Tür wie ein Bittsteller, um vor sein Angesicht zu gelangen.
Der Diener jedoch sagte mir: »Mein Herr ist anderweit beschäftigt.«
Ich sagte: »Richte ihm aus, daß ich einen Traum hatte vom HErrn, ihn betreffend.«
Nach einer Weile kehrte der Diener zurück und sprach: »Tritt ein.«
Nathan hockte in seinem Gemach und sah aus, als wäre er krank; die früher so glatte Haut seines Gesichts war schlaff geworden; seine Augen huschten umher wie zwei Mäuse in der Falle. Und ich erriet, daß auch er sich fürchtete vor den Dienern des Benaja ben Jehojada.
»Was für einen Traum hattest du?« fragte er. »Kam ein Engel des HErrn darin vor, und wenn ja, erschien dieser von rechts oder von links, und waren seine Flügel ausgebreitet oder angelegt, und trug er ein Schwert? Denn auch ich hatte einen Traum, darin schwebte der schwarze Engel des HErrn herab zu mir aus der Höhle, ein feuriges Schwert in seiner Hand ausgereckt gegen mich.«
»Möge GOtt meinem Herrn gnädig sein«, rief ich aus, »denn ein solcher Traum kann einen Menschen zu Tode erschrecken. Mein Traum aber war ein Traum des Lebens, und der Anteil meines Herrn daran war durchaus erfreulich, denn in meinem Traum begabt Ihr Euch zu König Salomo mit Eurem berühmten Gleichnis.«

»Wirklich?« fragte er zweifelnd.
»Und Ihr spracht zum König so wie Ihr zu seinem Vater David gesprochen: nämlich von dem Reichen, der sehr viele Schafe und Rinder besaß, und von dem Armen, der nichts hatte denn ein einziges kleines Schäflein; und wie der Reiche, da er einem Gast von außerhalb ein Mahl richten wollte, sich's ersparte, von seinen Schafen und Rindern zu nehmen, nein, sondern des armen Mannes Schäflein nahm und es zurichtete für den Mann, der zu ihm gekommen war.«
»Und ich darf annehmen«, sagte Nathan, »daß in deinem Traum der Weiseste der Könige, Salomo, ebenso erzürnt war wie seinerzeit sein Vater David, und sprach: So wahr der HErr lebt, der Mann, der solches getan hat, soll sterben, darum daß er kein Mitleid hatte; worauf ich in deinem Traum dem König erwiderte, daß glücklicherweise die Sache diesmal noch rechtzeitig ins Lot gerückt werden könne, wenn er nur auf das Vergnügen verzichtete, Lilith, die Kebse Ethans, zur Spielgefährtin der Tochter Pharaos zu machen.«
Ich beglückwünschte Nathan zu seiner großen prophetischen Gabe und zu seinem tiefen Einblick in die Herzen der Menschen.
Nathan aber sprach: »Du bist ein Tor, Ethan. Selbst wenn ich ein Gleichnis fände, welches zehnmal besser und ursprünglicher wäre als das von dem einzigen kleinen Schäflein, und es Salomo erzählte, so würde er mich doch zum Teufel schicken. Sein Vater, König David, war ein Dichter und besaß die Vorstellungskraft eines Dichters. So kam es, daß er sich in einer besonderen Beziehung zu GOtt sah: als den Erwählten des HErrn, und dennoch als GOttes Diener, der aufgerufen war, sich im Dienst der Sache zu verschleißen. König David konnte daher den armen Mann mit seinem einzigen kleinen Schäflein verstehen. Dieser aber? –« Nathan spuckte aus – »dieser ist nur ein Nachäffer, eitel, ohne Erleuchtung, seine Träume mittelmäßig, seine Verse seicht, seine Verbrechen Ergebnis seiner Furcht, nicht seiner Größe. Er lechzt nach Anerkennung. Dauernd muß er beweisen, daß er wichtig ist. Darum sammelt er: Gold, Bauten, Heere, ausländische Gesandtschaften, Weiber. Er braucht deine Lilith. Er muß sich selber beweisen nicht nur, daß er weiser ist als du, sondern daß er auch der bessere Mann ist.«
Nathan hatte sich erhoben, wahrhaft der Prophet GOttes. Aber sein Feuer war nicht von Dauer. Was ihn auch immer getrieben haben mochte, den Stab über König Salomo zu brechen, verflüchtigte sich, und zurück blieb ein kleiner, jämmerlicher Mann. »Du darfst meine Worte niemandem wiederholen, Ethan«, flehte er. »Denn ich werde ableugnen, daß ich sie je sprach. Ich werde behaupten, du hast sie mir eingesagt. Es waren deine Gedanken, werde ich schwören, die ein böser Geist des HErrn in mein Hirn

übertrug; denn mein Hirn ist nur ein Gefäß, welches darauf harrt, gefüllt zu werden.«
Ich bat ihn, sich nicht zu beunruhigen, und erhob mich und ging meines Weges.

Die Tochter Pharaos traf in Jerusholayim mit sehr großem Gefolge ein, mit Kamelen, welche Gold trugen und kostbare Steine und Linnen aus Byssus und andere Gewänder, und Wohlgerüche; und sie brachte Damen mit, welche sich um sie bemühten. König Salomo empfing sie am Tor der Stadt zusammen mit all seinen mächtigen Männern, und mit Trommeln und Trompeten, und Zimbeln, und Hörnern aller Art, so daß der Lärm gehört ward von einem Ende Jerusholayims bis hin zum andern. Und das Volk kam zum Tor gelaufen, und stand zu seiten der Straße zum Palast, um die Prinzessin freudig zu begrüßen und um die Weisheit des Weisesten der Könige und seine Macht zu preisen: all dieses aber war ihnen eingeübt worden von den Dienern des Benaja ben Jehojada und auch von den Leviten.
Esther, meine Frau, sprach zu mir: »Es ist Zeit, Lilith zu kleiden.«
Also wusch sich Lilith und ölte sich die Haut; ihr Haar aber wurde ihr von Hulda gerichtet, so daß es glänzte wie das Mondlicht auf den Wassern des Sees Kinnereth. Auch wurden ihr die Lider und Lippen bemalt, und ihre Wangen mit rotem Puder bestäubt, damit sie Farbe erhielten. Und Lilith steckte sich ein Bündelchen Myrrhen zwischen ihre Brüste, die wie zwei junge Rehzwillinge waren; und sie besprengte sich mit Rosenwasser vermischt mit Zimt. Dann tat sie ein Gewand an aus Grün und Scharlach, und Sandalen aus weichem Leder, welche die schöne Form des Spanns und der Zehen hervorhoben. Bei allem aber war ihr Gesicht starr und ihr Blick ohne Ausdruck, so daß sie mir eher wie ein bemalter Leichnam erschien denn eine lebendige Frau.
Nun hatte Amenhoteph, der königliche Obereunuch, Lilith seine Sänfte gesandt, und sie nahm Platz darin und wurde davongetragen. Ich aber schritt neben ihr einher, um diese letzten Augenblicke mit ihr zu verbringen, und weil Amenhoteph mich für sie verantwortlich gemacht hatte, bis sie sich in seinen Händen befände, im königlichen Palast.
Wir bahnten uns unsern Weg durch die Menschenmenge, die von der Begrüßung der Tochter Pharaos am Tor der Stadt und am Palast zurückkam. Doch ich sah weder das Volk noch die Träger der Sänfte: vielmehr heftete ich meinen Blick auf die roten Fransen, um Lilith nicht sehen zu müssen, meine Kebse, die mich geliebt hatte und die ich verhökerte um die unsichere Gunst König Salomos und um eine Gnadenfrist. Es war mir, als schritte ich in einem Begräbniszug. Ein Teil meines Lebens wurde zu

Grabe getragen zusammen mit meiner Würde als ein Menschensohn.
Doch durch die Gnade des HErrn, gepriesen sei sein Name, habe ich die Gabe, mich selbst beobachten zu können zu zeiten innerer Erschütterung, was sehr nützlich ist, wenn man bei Verstand bleiben will. Und obwohl ich keinen schönen Anblick bot, da ich neben der Sänfte dahinschlurfte, erkannte ich doch auch, wie sehr ich gefangen war in meiner Zeit und außerstande, ihre Begrenzungen zu durchbrechen. Der Mensch ist wie ein Stein in der Schleuder, und wird geworfen auf Ziele, die er nicht kennt. Was kann er mehr tun denn versuchen, daß seine Gedanken ihn um ein weniges überdauern, als Zeichen, als undeutliches, den kommenden Geschlechtern. Ich habe es versucht.
Möge man mich entsprechend beurteilen.

25

HErr Jahweh aber sandte Esther, meiner Frau, einen gesegneten Schlaf; sie schlief die ganze Nacht hindurch, und erwachte des Morgens erfrischt und sagte, sie fühle sich beinahe wohl.
Da wiegte ich mich in dem Glauben, daß meine Gebete zu GOtt und die Tränke und Salben des Leviten und der zähe Lebenswille Esthers allsamt den Engel des Dunkels bezwungen hatten, so daß er davonging. Denn ob wir gleich wissen, daß der Tod kommen muß, so bleibt er uns doch unfaßbar, und auch der Weiseste söhnt sich mit ihm nicht aus.
Esther sprach zu mir: »Dein Werk naht sich dem Ende, Ethan, mein Gatte, und der *Bericht über den Erstaunlichen Aufstieg, das Gottesfürchtige Leben, die Heroischen Taten* und so fort wird bald abgeschlossen sein, so daß wir nach Esrah zurückkehren können, zu unserm Haus, welches da im Schatten der Olivenbäume steht, die wir gepflanzt haben. Ich sehne mich nach einem Trunk aus seinem Brunnen, denn das Wasser daraus ist süßschmeckend und gesund und das beste Heilmittel.«
Ich antwortete, bald würden wir heimkehren, und unter den Olivenbäumen sitzen und unter dem rankenden Wein, und dem Plätschern des Brunnens lauschen.
»Im Monat Zif möchte ich wohl da sein«, sagte sie sinnend.
Doch da erhob sich ein Lärm wie von Fäusten, die gegen das Tor schlugen, und Shem und Sheleph kamen ins Zimmer gestürzt und riefen, die Diener des Benaja wären da mit Schwertern, und mit Pferden und einem Wagen. Esthers Hand, die ich immer noch hielt, zitterte.
»Öffnet ihnen«, sagte ich Shem und Sheleph, »ich komme sofort.«

Ich bemerkte, daß ich sehr ruhig war, und daß ich alles um mich herum mit großer Klarheit sah: die Flecke an der Wand, den Leuchter, die Bettdecke, die sich kaum hob über Esthers abgezehrtem Leib.
Da ich aber aufstand, um zu gehen, sagte Esther mit dünner Stimme: »Willst du mich nicht ein letztes Mal küssen, Ethan?«
Hastig wandte ich mich ihr wieder zu. »Aber das ist doch nicht das letzte Mal, Esther! Ich werde bald wieder hier sein: die Diener des Benaja, die kommen, einen festzunehmen, diese klopfen bei Morgengrauen ans Tor.«
Ich küßte sie sanft, wobei ich mich ein wenig beschämt fühlte, daß meine Gedanken so sehr mir selber galten im Augenblick der Prüfung; Esther aber hob die Hand und strich mir über Braue und Schläfen.
Dann ging ich, mich dem, was mich erwartete, zu stellen.

Nun fuhren die Diener des Benaja durch Jerusholayim mit Geschwindigkeiten, die alle Begrenzungen überschritten; dabei ließen sie die Peitschen knallen und stießen ein entsetzliches Gebrüll aus, daß ihnen Platz gegeben werde. Und wer nicht rechtzeitig beiseite sprang, wurde zu Boden gerissen oder überfahren, so daß ein jeder Wagen eine Schleppe von Schmerzensschreien und Flüchen hinter sich herzog.
Oben auf dem Wagen hielten mich zwei Bewaffnete fest, während wir um die Ecken kreischten und bergab und wieder bergauf ratterten, bis wir endlich vor einer Seitenpforte des königlichen Palasts zum Halten kamen. Darauf wurde ich von denselben zwei Bewaffneten über Treppen und durch Gänge geschleift, vorbei an stummen Wachen, und in eine Kammer gebracht, die ihr einziges Licht von einer schmalen Öffnung nahe der Decke empfing. Und dort verblieb ich, so schien es mir, eine lange Zeit.
Und ich sprach zu HErrn Jahweh: Halte deine Hand mir hin, und führe mich durch den Abgrund, damit ich deine Sonne wiedersehe und das Licht deines Tages. Verwirf mich nicht; beachte nicht meine Sünden und meine Fehler, sondern gedenke freundlich meiner, und meiner Bemühungen. Denn was ist der Mensch in deinen Augen, und was mehr ist seine Seele als ein Widerschein deines Wesens; in dir, o GOtt, erreichen wir unser volles Maß, ohne dich jedoch sind wir verloren wie ein Sandkorn im Meer. Verlasse mich nicht, o Herr, lasse mich nicht versinken in den Tiefen, sondern erhebe mich zu deinen Höhen, und zu deinen Heiligtümern, damit ich stehen mag unter deinem Himmel und dein Lob singen.
Da war ein knarrendes Geräusch, und ein Teil der Wand glitt zur Seite, und eine Stimme sprach: »Tritt vor, Sohn des Hoshaja!«
Ich befand mich in einem Raum von größeren Ausmaßen. Ich

traute meinen Augen nicht und schüttelte den Kopf, denn mir war, als hätte ich das Ganze schon einmal gesehen: König Salomo auf seinem Thron zwischen den Cherubim; neben ihm Josaphat ben Ahilud, den Kanzler, dann den Priester Zadok und den Propheten Nathan und Benaja ben Jehojada; und Elihoreph und Ahija b'nai Shisha, die Schreiber, die etwas weiter weg saßen mit ihren Wachstäfelchen und Griffeln, um niederzuschreiben, was gesagt würde. Hier und genauso hatte alles begonnen; nur war der König noch gelber im Gesicht geworden, und sein Blick noch stechender, und sein Mund noch schiefer, so daß sein Antlitz einer jener Masken glich, welche von den Unbeschnittenen benutzt werden, um die bösen Geister vom HErrn zu verscheuchen; in der Tat hatte die Zeit ihre Spuren auf einem jeden im Kreise hinterlassen; nur Benaja bildete eine Ausnahme, wie denn der Spruch sagt: Wer nicht fühlt, altert nicht.
Ich aber warf mich in den Staub vor König Salomo und sprach: »Siehe, mein Herr, Euer Diener ist vor Euch wie eine Fußbank, auf die Ihr nur treten mögt; aber vernichtet mich nicht ganz und gar, denn ich bin Euch nützlich gewesen und könnte es wieder sein.«
Da ich aufblickte, sah ich, daß der König und seine Mächtigen völlig ungerührt geblieben waren, und ich erkannte, daß dies ein Gerichtshof war, und ich der Angeklagte, und daß die Waagschalen sich gegen mich neigten.
Josaphat ben Ahilud gebot mir, mich zu erheben, und sprach: »Bitte spiele hier nicht den Harmlosen, Ethan, denn der Weiseste der Könige, Salomo, hat deine Künste und Listen durchschaut. Darum lege lieber ein Geständnis ab. Ein volles Geständnis, das nichts verschweigt und die Namen deiner Mitverschworenen preisgibt, kann dir nur helfen, und mag den Weisesten der Könige bewegen, dir Gnade zu erweisen.«
»Wenn es meinem Herrn König und den Herren hier gefällig ist«, erwiderte ich, »ich würde sofort ein volles Geständnis ablegen, gäbe es nur etwas zu gestehen. Aber Euer Diener fühlt sich frei von Schuld, denn ich habe mit Eifer und gewissenhaft bei der Zusammenstellung und Abfassung des König-David-Berichts gearbeitet und mich dabei buchstäblich und sinngemäß nach den Weisungen gerichtet, welche mir von meinen Herren erteilt wurden und von dem Weisesten der Könige, Salomo.«
»Ethan«, sagte der König, »von dir hätte ich Einfallreicheres erhofft: denn heutzutage erklären mir alle Übeltäter, sie möchten nur zu gern gestehen.« Und zu Josaphat gewandt: »Verlies die Anklage.«
Die Anklage war ein längeres Schriftstück, voller Bezüge auf die Worte des HErrn und auf die Weisheit des Weisesten der Könige, und wand sich durch eine Wirrnis behördlicher Wortungeheuer, aus der einige Ausdrücke wie Verleumdung, und Wühlarbeit, und

Ehrabschneidung, und Verfälschung, und Irreführung, und literarischer Hochverrat herausragten.
Da Josaphat geendet hatte, verkniff der König die Augen und stellte die Frage: »Sohn des Hoshaja, bekennst du dich schuldig, im Sinne der Anklage, des Hochverrats, begangen in Rede und Schrift durch die Einstreuung von Zweifeln und unerwünschten Gedanken und ruchlosen Auffassungen in den *Einen und Einzigen Wahren und Autoritativen, Historisch Genauen und Amtlich Anerkannten Bericht über den Erstaunlichen Aufstieg, das Gottesfürchtige Leben, sowie die Heroischen Taten und Wunderbaren Leistungen des David ben Jesse, Königs von Juda, während Sieben und beider Juda und Israel während Dreiunddreißig Jahren, des Erwählten GOttes und Vaters von König Salomo,* sowie durch Verkleidung besagter Zweifel und besagter unerwünschter Gedanken und besagter ruchloser Auffassungen in eine Sprache, welche sich harmlos gibt und dem Auge des HErrn wohlgefällig?«
»Nicht schuldig«, sagte ich.
Darauf Schweigen. Benaja mahlte mit den Kinnbacken, Nathan blickte mich ängstlich an, und der König spielte mit den Nasen der Cherubim. Schließlich sagte er zu mir: »Sprich.«
Ich dachte mir, wenn ich denn schon gehängt werden sollte, dann mochte ich auch wirklich sprechen, und ich begann: »Es lebte einst ein weiser Mann in Ur in Chaldaea; woher unser Urvater Abraham stammt. Dieser Mann war so weise, daß er alles beweisen konnte, was auf der Erde und unter der Erde und in den Himmeln war: das Gras, das Kraut, das sich besamt, die Bäume, die da Frucht tragen, ein jeglicher nach seiner Art, die großen Walfische, die im Meere schwimmen, und das gefiederte Vogelvolk, das über der Erde fliegt, und alles Lebendige, das sich bewegt. Er konnte sogar beweisen, was nicht sichtbar war, den Gedanken im Kopf, den Wunsch im Herzen, die Furcht in den Eingeweiden. Und es kam ein Engel des HErrn, den Weisen zu versuchen, und sprach zu ihm: Du kannst alles beweisen, was da ist? Der weise Mann sagte: Mein Herr spricht wahr. Der Engel sagte: Kannst du aber auch das beweisen, was nicht ist? Kannst du den Gedanken beweisen, der nie gedacht, den Wunsch, der nie gehegt, die Furcht, die nie empfunden wurde? Da fiel der Weise zu Boden vor dem Engel des HErrn, und er rief aus: GOtt allein kann beweisen, was nicht ist; möge der, welcher dich gesandt hat, mir gnädig sein, denn ich bin nur ein Mensch. Nun, wenn es meinem Herrn König und meinen Herren gefällig ist, wie soll dann ein armer Sohn Israels wie ich tun, was der weise Mann aus Ur vor dem Engel des HErrn nicht tun konnte? Wie soll ich zu Eurer Zufriedenheit den Zweifel beweisen, der nie gezweifelt, den Gedanken, der nie gedacht, den Plan, der nie geplant wurde?«
»Wir können lesen«, sagte Benaja, »sogar zwischen den Zeilen.«

»Das Wort des HErrn ist mein Leitfaden gewesen«, erwiderte ich, »wie auch der Wunsch des Königs, einen Bericht zu erhalten, der für unsere und alle kommenden Zeiten Eine Wahrheit aufstellen und dadurch Allem Widerspruch und Streit ein Ende setzen und Allen Unglauben bezüglich Davids ben Jesse beseitigen würde.«

»Du scheinst andeuten zu wollen, daß da ein Widerspruch besteht zwischen dem Wort des HErrn und dem Wunsch des Königs«, bemerkte Josaphat.

»Das Wort des Weisesten der Könige ist seinen Dienern Gesetz«, sagte ich, »und hat nicht mein Herr Josaphat selbst in einer der ersten Sitzungen der Kommission dargetan, der König wünsche, daß wir auf subtilere Art vorgehen, und einen Mann, so dessen Ruf vernichtet werden soll, geschickt verdächtigen, und die Wahrheit, so sie gebeugt werden muß, nur geringfügig beugen, damit das Volk auch glaube, was geschrieben steht.«

»Was du offenbar als Freibrief betrachtetest, deine schädlichen Gedanken einzufügen«, sagte der Priester Zadok, »um derart Widerstreit zu schaffen, Unglauben zu erwecken, Zweifel zu erregen, und überhaupt dem erklärten Zweck des Werkes entgegenzuarbeiten.«

»Wie meine Herren wohl wissen«, verteidigte ich mich, »schabte ich von den Tatsachen so manches ab, was zu schroff war und was übel roch, und was dem Auge des Königs mißfallen mochte. Aber man kann die Geschichte nicht gänzlich von den Tatsachen trennen und erwarten, glaubwürdig zu bleiben. Wer kann kochen ohne Feuer? Wer kann einen waschen, ohne ihn zu nässen?«

»Ich bin gleichfalls eine Art Historiker«, sagte Nathan, »dennoch enthält mein Buch der Erinnerungen nur die edelsten und erhebendsten Gefühle. Wichtig ist die Einstellung dessen, der da schreibt, und ob er in erbaulichem Sinne denkt oder übermäßig kritisch.«

»Zählt nicht auch die Einstellung des Lesers?« gab ich zu bedenken. »Was dem einen geziemend dünkt, mag dem andern böse erscheinen.«

»Es gibt eine Schreibweise«, sagte Josaphat ben Ahilud, der Kanzler, »die keine Deutungen zuläßt.«

»Mein Herr spricht wahr«, stimmte ich ihm bei, »aber solche Schriften sind wie fauler Fisch auf dem Markte, den keiner kaufen will, und der weggeworfen wird; der Weiseste der Könige aber, Salomo, wollte ein Buch haben, das alle anderen überdauert.«

Die Kinnbacken Benajas kamen zur Ruhe. »Bist du bereit, beim Namen des HErrn und beim Leben deiner Frau Esther zu beschwören, Ethan, daß nirgendwo im König-David-Bericht sich auch nur eine Andeutung findet des Sinnes, daß die Dinge nicht ganz genau so waren, wie geschrieben steht?«

Ich dachte an Esther, die da krank lag und abgezehrt, und an die

große Gnade des HErrn; aber ich sah auch die Männer, vor denen ich stand, und die waren ohne Gnade.
»Nun?« fragte Benaja.
»Wie die Sonne durch die Wolken bricht«, sagte ich achselzuckend, »so wird die Wahrheit durch alle Worte hindurchscheinen.«
»Das dürfte genügen«, sagte Josaphat.
»Seine Einstellung«, sagte Nathan, »ist alles andere als erbaulich.«
Der Priester Zadok richtete seinen Blick himmelwärts und sprach: »Und wir werden hier monatelang sitzen müssen wie die Läusesucher, um diesen Wust nach wühlerischen Bemerkungen und anderen Ruchlosigkeiten zu durchstöbern.«
Und Benaja sagte lächelnd: »Wissen ist ein Segen des HErrn, wer aber zuviel weiß, ist wie eine schwärende Krankheit, und wie ein Gestank vom Munde. Darum gestattet mir, daß ich diesen Ethan erschlage, damit sein Wissen mit ihm ins Grab sinkt.«
Ich aber warf mich König Salomo ein ander Mal zu Füßen und küßte seine fetten Zehen, und ich sprach: »Höret Euren Diener, o Weisester der Könige, denn ich schreie auf zu Euch nicht nur als dem Herrscher, sondern auch als dem Dichter. Laßt mich Euch bitte vorlesen aus meinem Psalm *Zum Preise des HErrn, und zum Lobe Davids,* und dann urteilt über meine Person, und ob ich verdiene, von Benaja erschlagen zu werden.«
Bevor der König ja oder nein sagen konnte, zog ich aus meinem Gewand einen Streifen dünnen Leders, auf den ich meine Verse geschrieben hatte, und begann zu lesen.

Zum preise des herrn, und zum lob davids
Maschil von Ethan, dem Esrahiter
(Der HErr spricht:)
Ich habe einen Bund gemacht mit meinem Auserwählten,
ich habe David, meinem Knecht, geschworen:
Dein Same soll sich fortpflanzen ewiglich,
dein Thron bestehen für und für.
Ich habe meinen Knecht David gefunden,
mit meinem heiligen Öl ihn gesalbt.
Meine Hand soll ihn erhalten und mein Arm
soll ihn stärken.
Kein Feind soll ihn überwältigen, kein Sohn des Übels
ihm Schaden tun.
Sondern ich will seine Widersacher schlagen vor ihm,
und die ihn hassen, will ich mit Plagen verfolgen.
Und ich will ihn zu meinem Erstgeborenen machen,
und ihn erhöhen über alle Könige auf Erden.
Meine Gnade will ich ihm sichern auf ewig,
und mein Bund mit ihm soll bestehen.
Sein Same soll lebendig sein durch die Zeiten,

sein Thron dauern, solange die Sonne vor mir scheint,
und soll erhalten sein solange wie der Mond,
der als getreuer Zeuge steht in den Wolken.

König Salomo klatschte höflich Beifall, ebenso die anderen Herren; und die Schreiber Elihoreph und Ahija wollten wissen, ob sie eine Abschrift des Gedichts erhalten könnten, um sie ihren Aufzeichnungen beizulegen.

Ich erklärte, ich würde ihnen freudig eine Abschrift anfertigen, sofern ich lange genug am Leben blieb. Worauf König Salomo seine goldbestickte Kappe nach vorn schob, sich die Kopfhaut kratzte und sein Urteil verkündete, wie folgt:

SALOMONISCHES URTEIL

In Erwägung, daß ein jedes Wort, welches dem König und der gesetzlichen Obrigkeit mißfällt, den Tatbestand des Hochverrats erfüllt,

Und in Erwägung, daß gewisse, von dem Angeklagten Ethan ben Hoshaja, aus Esrah, in den *Einen und Einzigen Wahren und Autoritativen, Historisch Genauen und Amtlich Anerkannten Bericht über den Erstaunlichen Aufstieg, das Gottesfürchtige Leben, sowie die Heroischen Taten und Wunderbaren Leistungen des David ben Jesse, Königs von Juda während Sieben und beider Juda und Israel während Dreiunddreißig Jahren, des Erwählten GOttes und Vaters von König Salomo* eingefügte Worte dem Auge des Königs und der gesetzlichen Obrigkeit mißfallen haben,

Und in Erwägung, daß der Angeklagte der in der Anklageschrift angeführten Missetaten für schuldig befunden wurde,

Darum nun verurteile ich, Salomo, der Weiseste der Könige, kraft der durch den Bund mit dem HErrn mir verliehenen Macht den genannten Ethan ben Hoshaja zum Tode.

»Sehr gut«, sagte Benaja, und zog sein Schwert. König Salomo aber hob die Hand und fuhr fort.

SALOMONISCHES URTEIL

(Fortsetzung)

Da der leibliche Tod des Angeklagten Ethan ben Hoshaja dem König jedoch nicht angebracht erscheint, indem er nämlich übelmeinenden Menschen Anlaß geben könnte zu der Behauptung, der Weiseste der Könige, Salomo, unterdrücke Gedanken, verfolge Schriftgelehrte, und so fort,

Und da es aus dem genannten Grund gleich ungünstig erscheint, den Angeklagten Ethan ben Hoshaja in unsere Gruben oder Steinbrüche zu verschicken, oder ihn bei den Priestern von Beth-shan oder in einer ähnlichen Einrichtung unterzubringen,

Darum nun soll er zu Tode geschwiegen werden; keines seiner Worte soll das Ohr des Volkes erreichen, weder durch münd-

liche Übertragung, noch auf Tontäfelchen, noch auf Leder; auf daß sein Name vergessen sei, so als wäre er nie geboren worden und hätte nie eine Zeile geschrieben;
Aber der Psalm, welchen er uns vorlas, *Zum Preise des HErrn, und zum Lobe Davids,* und welcher im Geist und in der Art all jener verfaßt ist, die wie die niedrigsten Bediensteten schreiben, seicht und voller Plattheiten und bar jeder Gestaltungskraft, dieser Psalm soll seinen Namen tragen und bewahrt werden für alle Zeiten.

»Wie mein Herr König befiehlt«, sagte Benaja und stieß sein Schwert in die Scheide zurück. »Doch halte ich das direkte Verfahren immer noch für das beste.«

In jener Nacht betrat der Engel des Dunkels das Haus und breitete seine Schwingen, und ihr Schatten fiel auf Esther, meine geliebte Frau.

Ich sah die Veränderung, welche der Engel über ihr Gesicht gebracht hatte, und ich schrie auf und fiel zu Boden neben ihrem Bett: ich wußte, was geschehen war, und verstand es doch nicht.

Mein GOtt, mein GOtt, sprach ich zu dem HErrn, wie kann es sein, daß ihr Lächeln nicht mehr sein soll, und der Ton ihrer Stimme, und die Berührung ihrer Finger. Wie kann ihre Liebe so gänzlich verschwunden sein im Düster Sheols, und die große Helligkeit ihrer Seele verloschen sein gleich einer Talgkerze? Ohne sie werde ich sein wie ein Bach ohne Wasser, wie ein Knochen, dem das Mark entzogen ist. So nimm doch eine meiner Hände, o HErr, nimm mein Auge, nimm die Hälfte meines Herzens, aber lasse sie auferstehen von diesem Bett und leben, sei's für fünf Tage, oder drei, oder auch nur einen. Du hast die Welt erschaffen und alles Leben darin: was bedeutet's dir, dies eine Leben wiederzuerstatten? Denn ich habe traurig versagt, indem meine Liebe zu ihr gering war verglichen zu der, welche sie mir gab: wie kann ich's ihr vergelten, und in welcher Münze, wenn sie tot ist? Im Baum ist Hoffnung, daß er wieder sprieße, auch wenn die Axt ihn abschlug: soll diese Frau, deren Herz war wie ein Quell klaren Wassers, soll sie dir weniger sein als einer deiner Bäume? Bedenke, ich flehe dich an, daß du sie geschaffen hast, und jeden Gedanken, den sie dachte, jede Regung ihres Herzens; warum willst du all das wieder zu Staub machen. Du hast sie ausgestattet mit Haut und mit Fleisch, du gabst ihr das Licht in den Augen, das mir den Weg erleuchtete; warum willst du das Werk deiner Hände zerstören, o HErr, und dein Ebenbild? Wenn ich gesündigt habe, dann strafe mich; sprich mich nicht frei von meinem Unrecht. Wenn ich Übles tat, wehe mir: doch warum ihr das Leben nehmen, die gerecht war, und den Menschen ein Wohlgefallen; warum sie zu den Tiefen senden, woher keiner zurückkehrt?

So rang ich mit dem HErrn; Jahweh aber hüllte sein Schweigen um sich, und das Gesicht Esthers, meiner Frau, war mir schon fremd.
Dann kamen Shem und Sheleph, meine Söhne, und Hulda, ihre Mutter, und geleiteten mich in mein Arbeitszimmer. Ich zerriß mir die Kleider, und streute mir Asche ins Haar. Später füllte sich das Haus mit Nachbarn und mit Leviten. Sie verhüllten Esthers Gesicht und ihren armen, ausgezehrten Leib, und sie wehklagten; außerdem aßen und tranken sie und klopften mir auf die Schulter und sprachen vom Willen des HErrn, und daß ein jeder von uns dahingehen müsse in das Land des Dunkels und in den Schatten des Todes; doch all dies glitt an mir vorbei.
Am nächsten Tag aber nahmen sie Esther und luden sie auf einen Karren, der von zwei jungen Milchkühen gezogen wurde, und karrten sie durchs Tor hinaus aus Jerusholayim, und senkten sie hinab in ein Loch in der Erde.

26

Nichts hielt mich mehr in Jerusholayim; außerdem drängten mich die königlichen Amtleute, das Haus No. 54 in der Königin-von-Saba-Gasse zu verlassen. Du stehst nicht mehr in den Diensten des Königs, sagten sie, beeile dich darum, daß du fortziehst. Also verkaufte ich meine wenigen Habseligkeiten oder verschenkte sie; meine Notizen aber und Archive verbarg ich an geheimem Ort.
Und ich begab mich ein letztes Mal an die Grabstätte Esthers, meiner Frau, dort zum HErrn zu beten. Angesichts des Steins kamen mir die Worte Davids in den Sinn, welche er gesprochen hatte beim Tode seines Erstgeborenen von Bath-sheba; und ich sprach leise: »Du kehrst nicht wieder zu mir; ich werde wohl zu dir fahren.«
Dann machte ich mich auf zum Tabernakel des HErrn. Für einen Teil der wenigen Schekel, die mir geblieben waren, kaufte ich ein Stück Lamm und legte es als Brandopfer auf den Altar, vor welchem Joab kürzlich von Benaja ben Jehojada erschlagen wurde. Der Rauch kräuselte sich gen Himmel, und ich erkannte, daß HErr Jahweh mein Opfer annahm und mir eine sichere Reise gewähren würde.
Auf dem Rückweg verharrte ich eine Weile, um den Fortschritt bei den Arbeiten am Tempel zu betrachten, den König Salomo dem HErrn errichten ließ; und ich sah die riesigen Steinblöcke, die maßgerecht behauen und einer auf den andern getürmt wurden, und den Säulenvorhof, und die Knäufe der Säulen, verziert

mit geschnitzten Granatäpfeln und Lilien; aber ich sah auch die zerschundenen Rücken der Menschen, die all das erbauten, und ihre ausgemergelten Gesichter und gequälten Augen.
Der HErr aber sandte einen Engel zu mir, der stellte sich neben meine Schulter, und sprach: »Was ist Stein, was sind Eisen und Kupfer, und was sind die Throne der Könige und die Schwerter der Mächtigen? Zu Staub werden sie werden, sagt der HErr; aber das Wort, und die Wahrheit, und die Liebe, das bleibt.«
Wir trugen unsre Habe auf dem Buckel; trotzdem hielt man uns an am Stadttor, geradeso als kämen wir mit vierzig Lasteseln beladen mit Truhen und Teppichen und Kisten voller Archive. Der kretische Wachtposten holte seinen Hauptmann herbei, und der Torhauptmann kam und rief aus: »Ist's möglich, unser Historiker! Und in solchem Aufzug, zu Fuß und sein Bündel auf dem Rücken!«
Ich wies auf meine Ausweise, auf das königliche Siegel, auf die Erlaubnis zur Ausreise, und bat ihn, uns ohne viel Aufhebens passieren zu lassen, da der Tag heiß zu werden versprach und wir uns auf den Weg machen wollten.
»Ich sehe, du bist fertig mit deiner Arbeit«, sagte der Hauptmann weniger für meine Ohren denn für die all der Strolche und Müßiggänger und Spitzbuben und andres Gelichters am Tore, »und du hast diesen Menschen gegeben, wessen sie am nötigsten bedürfen: eine Geschichte.« Er wandte sich hin zur Menge. »Bedankt Euch hier bei Ethan ben Hoshaja, denn durch seine unermüdlichen Bemühungen habt ihr nun zusätzlich zu euren Schwären und eurem Mundgeruch eine Darstellung eurer Tugenden.«
Sie klatschten sich auf die Schenkel und wälzten sich auf dem Boden vor Vergnügen; und drängten sich dicht an mich und meine Söhne Shem und Sheleph und an Hulda, deren Mutter, heran.
»Erzähl den Leuten mal«, sagte der Hauptmann zu mir, »hast du sie dargestellt als das erwählte Volk, das nach dem Wort HErrn Jahwehs lebt und nach seinem Gesetz, oder hast du von ihrer Bösartigkeit und ihrer Dummheit geschrieben?«
»Das Volk«, sagte ich, »ist der Ursprung von Gut wie von Böse.«
»Da hört ihr's, wie wankelmütig ihr seid«, sagte der Hauptmann und ließ die Peitsche über den Köpfen der Menge knallen, »der König aber ist von GOtt, und das gleiche trifft zu für die Hauptleute des Königs und all seine Diener.« Er schenkte dem Murren, das sich erhob, keine Beachtung und wandte sich wieder mir zu: »Was jedoch bist du dann? Weder gehörst du zum Volk, noch bist du GOttes. Du zählst nicht zu den Herrschenden, und bei den Beherrschten findet man dich auch nicht. Du bist wie eine Schlange, welche die Frucht vom Baum der Erkenntnis darbietet; und du weißt, daß die Schlange verflucht wurde von GOtt, dem HErrn,

auf dem Bauch zu kriechen und Staub zu fressen ihr Leben lang, und der Mensch soll ihr den Kopf zertreten.«

Bei diesen Worten drang die Menge, heiß und stinkend, auf uns ein. Ich sah den Haß in den eitrigen Augen, die drohend erhobenen Armstrümpfe. Shem und Sheleph schrien auf; Hulda zerkratzte denen, die sich ihr zu nahe wagten, das Gesicht; und ich, in Erkenntnis der Wirkungslosigkeit meiner Fäuste, blickte mich um nach Hilfe. Und ich sah Läufer nahen, die trugen weiße Stäbe, und ihnen auf dem Fuß die grüngoldene Sänfte mit den roten Fransen am Dach.

Und siehe, die Bettler und Gaffer und Diebe waren auf und davon wie Vögel, da Krethi und Plethi das Tor von Volk säuberten. Geleitet vom Torhauptmann schritt Amenhoteph, der königliche Obereunuch, die Stufen herab und kam und beugte sich vor Hulda, und er griff Shem und Sheleph scherzhaft unters Kinn; zu mir aber sagte er mit der anmutigsten Neigung der Hände: »Ich wollte dich nicht ziehen lassen, Ethan, mein Freund, ohne Abschied von dir zu nehmen. Wir beide waren in mehr als einem Sinn Fremdlinge in Jerusholayim. Darum habe ich dich und deine Tätigkeit mit Wohlwollen betrachtet, und jetzt, da du uns verläßt, werde ich die Lücke spüren. Wenn es dir ein Trost ist, kann ich dir berichten, daß Lilith, deine frühere Kebse, sich gut eingelebt hat bei Hofe und sich wohlfühlt, während sie sich zärtlich um König Salomo bemüht und gleichfalls um dessen neue Gemahlin, die Tochter Pharaos. Ferner singt Lilith vor dem König die Liebeslieder, die du sie gelehrt hast, und der König ist sehr von diesen eingenommen und hat veranlaßt, daß sie niedergeschrieben, gesammelt, und unter dem Titel *Das Hohelied Salomos* veröffentlicht werden. So hoffe ich denn, daß du mein Abschiedsgeschenk in dem Geist, in dem es gemeint ist, und als Zeichen der Freundschaft von mir entgegennimmst.«

Er entnahm den Falten seines Gewandes ein Fläschlein. »Ich erhalte das direkt vom Hersteller«, erwähnte er, »einem sehr guten Haus in der Stadt des Sonnengottes Ra in Ägypten. Möge sein Duft dich stets erfrischen, und möge es dich daran erinnern, daß es sich in einer Welt von Eunuchen nicht lohnt, sich als Mann zu verhalten.«

Ich nahm das Fläschlein und wandte mich und ging meines Weges.

Als wir aber den Bach Kidron überquert und die Höhe am andern Ufer erklommen hatten, hielt ich an, um einen letzten Blick auf die Stadt Davids zu werfen. Und ich sah sie liegen auf ihren Hügeln, und ich wollte sie verfluchen; doch ich konnte es nicht, denn ein großer Glanz des HErrn lag über Jerusholayim im Lichte des Morgens.

Brigitte Reimann

Franziska Linkerhand

Roman, 584 Seiten, Leinen

Eine junge Frau blickt zurück auf ihr bisheriges Leben: Ihre Kindheit mit vagen Erinnerungen an das blutige Kriegsende, die zunehmende Entfremdung zu ihren in den Westen verzogenen Eltern, ihre ungewöhnlich starke Bindung an ihren Bruder. Dann ihre Ehe mit einem adonischen, aber geistig völlig unterlegenen Mann, die in Ekel und Scheidung mündet und schließlich ihre berufliche Verpflichtung in eine Kleinstadt, die fast eine Flucht aus dem bisherigen Leben ist. Aber ihre Arbeit als Architektin bleibt unbefriedigend, weil ihre Pläne durch zu viele unüberwindliche Verordnungen eingeengt und blockiert werden. Doch die Begegnungen mit anderen Menschen haben ihr Leben stark beeinflußt: Da ist ihr Vorgesetzter Scharfheutlin, der von einer fast schmerzlich zu nennenden, aussichtslosen Zuneigung zu ihr erfaßt wird, dann die seltsame Beziehung zu der Sekretärin Gertrud, die in ein tragisches Abhängigkeitsverhältnis gerät und deren Selbstmord sie schwer erschüttert. Aber da ist vor allem auch Ben, der Undurchschaubare, Verschlossene, der schon bald zum Angelpunkt ihres Lebens wird. Eine durch nichts zu beirrende und doch aussichtslose Liebe. Sie ist es, die diesem Rückblick bei aller Realität einen unwiderstehlichen Zauber verleiht.

verlegt bei Kindler

FISCHER
TASCHENBÜCHER

Romane und Erzählungen.

Ilse Aichinger
Nachricht vom Tag. Bd. 1140
Die größere Hoffnung. Bd. 1432

Alfred Andersch
Mein Verschwinden in Providence
Bd. 1400

Jerzy Andrzejewski
Ordnung des Herzens. Bd. 1316

Johannes Bobrowski
Levins Mühle. Bd. 956

Beat Brechbühl
Kneuss. Bd. 1342

Michail Bulgakow
Der Meister und Margarita. Bd. 1098

Elias Canetti
Die Blendung. Bd. 696

Truman Capote
Die Grasharfe. Bd. 1086

Joyce Cary
Damals in Dunamara. Bd. 1179

Alba de Céspedes
Die Bambolona. Bd. 1277

Joseph Conrad
Der Geheimagent. Bd. 1216
Almayers Wahn. Bd. 1354
Die Schattenlinie. Bd. 1355

James F. Cooper
Conanchet oder die Beweinte von Wish-Ton-Wish. Bd. 1287

Walter Matthias Diggelmann
Ich heiße Thomy. Bd. 1412

Ota Filip
Das Café an der Straße zum Friedhof. Bd. 1271

Otto Flake
Das Bild und andere Liebesgeschichten. Bd. 1209

Max Frisch
Mein Name sei Gantenbein. Bd. 1000

Günter Bruno Fuchs
Der Bahnwärter Sandomir. Bd. 1396

Franz Fühmann
König Ödipus. Bd. 1294

William Golding
Herr der Fliegen. Bd. 1462

Günter Grass
örtlich betäubt. Bd. 1248

Lars Gustafsson
Eine Insel in der Nähe von Magora. Bd. 1401

Peter Handke
Der Hausierer. Bd. 1125

Ernest Hemingway
Wem die Stunde schlägt. Bd. 408

Hermann Hesse
Schön ist die Jugend. Bd. 1273

Aldous Huxley
Schöne neue Welt. Bd. 26

Janosch
Cholonek oder Der liebe Gott aus Lehm. Bd. 1286

Uwe Johnson
Mutmaßungen über Jacob. Bd. 457

Franz Kafka
Das Urteil u. a. Erzählungen. Bd. 19
Amerika. Bd. 132
Der Prozeß. Bd. 676
Das Schloß. Bd. 900
Sämtliche Erzählungen. Bd. 1078
Tagebücher 1910–1923. Bd. 1346
Briefe an Milena. Bd. 756

FISCHER
TASCHENBÜCHER

Romane und Erzählungen.

Hermann Kant
Die Aula. Bd. 931

Marie Luise Kaschnitz
Ferngespräche. Bd. 997

Valentin Katajew
Kubik. Bd. 1281

Walter Kempowski
Im Block. Bd. 1320

Ivan Klima
Liebende für eine Nacht – Liebende für einen Tag. Bd. 1345

Alexandr Kliment
Eine ahnungslose Frau. Bd. 1308
Anständige Leute. Bd. 1481

Pavel Kohout
Weißbuch in Sachen Adam Juráček kontra Sir Isaac Newton. Bd. 1359

Günter Kunert
Tagträume in Berlin und andernorts Bd. 1437

Selma Lagerlöf
Der Fuhrmann des Todes. Bd. 1461

Siegfried Lenz
So zärtlich war Suleyken. Bd. 312

Jack London
Goldgräbergeschichten. Bd. 1431

Curzio Malaparte
Kaputt. Bd. 1090
Die Haut. Bd. 1176

Adolf Muschg
Mitgespielt. Bd. 1170

Leif Panduro
Fern aus Dänemark. Bd. 1322

Vladimir Páral
Privates Gewitter. Bd. 1347

Boris Pasternak
Doktor Schiwago. Bd. 587

Ernst Penzoldt
Die Powenzbande. Bd. 1406

Luigi Pirandello
Novellen für ein Jahr. Bd. 1336

Hans Werner Richter
Rose weiß, Rose rot. Bd. 1399

Luise Rinser
Mitte des Lebens. Bd. 256
Die gläsernen Ringe. Bd. 393
Der Sündenbock. Bd. 469
Hochebene. Bd. 532
Abenteuer der Tugend. Bd. 1027
Daniela. Bd. 1116
Die vollkommene Freude. Bd. 1235
Gefängnistagebuch. Bd. 1327

Joseph Roth
Das Spinnennetz. Bd. 1151

Hans-Jürgen Schmitt (Hg.)
19 Erzähler der DDR. Bd. 1210

Arthur Schnitzler
Casanovas Heimfahrt. Bd. 1343

Alan Sillitoe
Der Tod des William Posters. Bd. 1236
Ein Start ins Leben. Bd. 1391

Alexander Solschenizyn
Der erste Kreis der Hölle. Bd. 1410

Martin Walser
Das Einhorn. Bd. 1106

Wie ich zuhaus einmarschiert bin
Bd. 1363

Gabriele Wohmann
Ernste Absicht. Bd. 1297

Arnold Zweig
Der Streit um den Sergeanten Grischa Bd. 1275
Junge Frau von 1914. Bd. 1335
Furchen der Zeit. Bd. 1407

FISCHER TASCHENBÜCHER

Literatur der Gegenwart.

Alfred Andersch
Mein Verschwinden in Providence
Erzählungen
Bd. 1400

Beat Brechbühl
Kneuss
Roman
Bd. 1342

Die Exekution des Mythos fand am frühen Morgen statt
Neue Texte aus Griechenland
Hg.: Danae Coulmas
Originalausgabe. Bd. 1398

Günter Bruno Fuchs
Der Bahnwärter Sandomir
Lesebuchroman mit Kapitelzeichnungen des Autors
Bd. 1396

Günter Grass
örtlich betäubt
Roman
Bd. 1248

Franz Fühmann
König Ödipus
Erzählungen 1954 – 1965
Bd. 1294

Lars Gustafsson
Eine Insel in der Nähe von Magora
Gesammelte Erzählungen und Gedichte
Deutsche Erstausgabe
Bd. 1401

Walter Kempowski
Im Block
Bd. 1320

Horst Krüger
Fremde Vaterländer
Reiseerfahrungen eines Deutschen
Bd. 1389

19 Erzähler der DDR
Hg.: Hans-Jürgen Schmitt
Originalausgabe, Bd. 1210

Hans Werner Richter
Rose weiß – Rose rot
Roman
Bd. 1399

Wie ich zuhaus einmarschiert bin
Kubanische Erzählungen
Hg.: Peter Schultze-Kraft
Originalausgabe
Bd. 1363

Gabriele Wohmann
Ernste Absicht
Roman, Bd. 1297

Gerhard Zwerenz
Kopf und Bauch
Die Geschichte eines Arbeiters, der unter die Intellektuellen gefallen ist.
Bd. 1360

Deutsche Lesebücher

Deutsches Lesebuch
Herausgegeben von
Walther Killy

Das Zeitalter des Barock
Hg.: J. Anderegg. Bd. 990

Auf dem Wege zur Klassik
Bd. 991

Klassik und Romantik
Bd. 992

Das 19. Jahrhundert
Bd. 993

Von 1880 bis zum 2. Weltkrieg
Bd. 994

Deutschland erzählt
Ausgewählt und eingeleitet
von Benno von Wiese

Von Johann Wolfgang von Goethe bis Ludwig Tieck
Bd. 738

Von Georg Büchner bis Gerhart Hauptmann
Bd. 711

Von Arthur Schnitzler bis Uwe Johnson
Bd. 500

19 Erzähler der DDR
Hg.: Hans-Jürgen Schmitt
Bd. 1210

Versäumte Lektionen
Entwurf eines Lesebuches
Hg.: Peter Glotz und
W. R. Langenbucher
Bd. 1163

FISCHER
TASCHENBÜCHER

FISCHER
TASCHENBÜCHER

Thomas Mann

Königliche Hoheit
Roman
Bd. 2

Der Tod in Venedig
und andere Erzählungen
Bd. 54

Herr und Hund
Ein Idyll
Bd. 85

Lotte in Weimar
Roman
Bd. 300

Bekenntnisse des Hochstaplers Felix Krull
Der Memoiren erster Teil
Bd. 639

Buddenbrooks
Verfall einer Familie
Roman
Bd. 661

Der Zauberberg 1 und 2
Roman
Bd. 800/1 u. 800/2

Joseph und seine Brüder
Roman Tetralogie
Bd. 1183/1184/1185

Doktor Faustus
Das Leben des deutschen Tonsetzers Adrian Leverkühn erzählt von seinem Freunde
Bd. 1230

Tonio Kröger /
Mario und der Zauberer
Bd. 1381

Der Erwählte
Roman
(erscheint Nov. 74)

FISCHER
TASCHENBÜCHER

F. M. Dostojewski

Werke in Einzelausgaben
in der Übersetzung von E. K. Rahsin

Der Doppelgänger
Roman. Band 1250

Onkelchens Traum
Roman. Band 1251

Die Dämonen
Roman. Band 1252

Arme Leute
Roman. Band 1253

Das Gut Stepantschikowo und seine Bewohner
Roman. Band 1254

Der Jüngling
Roman. Band 1255

Der Spieler
Roman. Band 1256

Die Erniedrigten und Beleidigten
Roman. Band 1257

Die Brüder Karamasoff 1/2
Roman. Band 1258

Njetotschka Neswanowa
Roman. Band 1259

Der ewige Gatte
Roman. Band 1260

Der Idiot 1/2
Roman. Band 1261

Aufzeichnungen aus einem Totenhaus
Roman. Band 1262

Erzählungen
Band 1263

Die Gelehrtenrepublik
Kurzroman aus den Roßbreiten
Bd. 685

Seelandschaft mit Pocahontas
Erzählungen
Bd. 719

Tina / oder über die Unsterblichkeit
Nachrichten von Büchern und Menschen
Bd. 755

Das steinerne Herz
Roman
Bd. 802

Sitara und der Weg dorthin
Eine Studie über Wesen, Werk & Wirkung Karl Mays
Bd. 968

Sommermeteor
23 Kurzgeschichten
Bd. 1046

KAFF auch Mare Crisium
Bd. 1080

Orpheus
Fünf Erzählungen
Bd. 1133

Nachrichten von Büchern und Menschen 1
Zur Literatur des 18. Jahrhunderts
Bd. 1164

Nachrichten von Büchern und Menschen 2
Zur Literatur des 19. Jahrhunderts
Bd. 1217

Aus dem Leben eines Fauns
Kurzroman
Bd. 1366

Brand's Haide
Kurzroman
Bd. 1420

Leviathan und Schwarze Spiegel
Bd. 1476

FISCHER
TASCHENBÜCHER

FISCHER
TASCHENBÜCHER

Tschechische Erzähler

Ota Filip
Das Café an der Straße zum Friedhof
Roman
Band 1271

Vilém Hejl
Die gesammelten Verbrechen des Vladimir Hudec
Roman
Band 1339

Ivan Klima
Liebende für einen Tag – Liebende für eine Nacht
Erzählungen
Band 1345

Alexandr Kliment
Eine ahnungslose Frau
Roman
Band 1308

Anständige Leute
Erzählungen
Band 1481

Pavel Kohout
Weißbuch in Sachen Adam Juráček kontra Sir Isaac Newton
Band 1359

Vladimir Páral
Privates Gewitter
Roman
Band 1347

Tschechoslowakei erzählt
Hg.: Franz Peter Künzel/
František Kafka
Originalausgabe
Band 1129

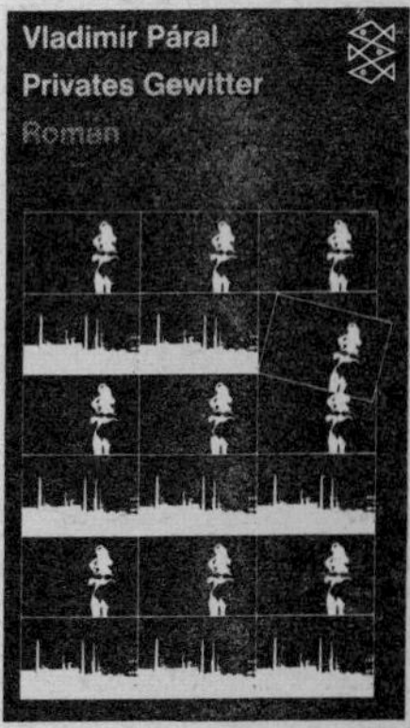

FISCHER
TASCHENBÜCHER

Erinnerungen – Autobiographien.

Alexander Bek
Die Ernennung
Roman
Bd. 1430

Ulrich Bräker Lesebuch
Hg.: Heinz Weder
Originalausgabe
Bd. 1371

Gottfried Bermann Fischer
Bedroht – Bewahrt
Der Weg eines Verlegers
Bd. 1169

Pablo Casals
Licht und Schatten
auf einem langen Weg
Erinnerungen.
Aufgezeichnet von A. E. Kahn
Bd. 1421

Françoise Gilot / Carlton Lake
Leben mit Picasso
Bd. 855

Danielle Hunebelle
Dear Henry
Bd. 1442

Franz Kafka
Tagebücher 1910–1923
Bd. 1346

Marie Luise Kaschnitz
Tage, Tage, Jahre
Aufzeichnungen
Bd. 1180

Deutsche Literatur im Exil
Briefe europäischer Autoren
1933–1949
Hg.: Hermann Kesten
Bd. 1388

Nadeschda Mandelstam
Das Jahrhundert der Wölfe
Eine Autobiographie
Bd. 1341

Henry Miller
Meine Jugend hat spät begonnen
Dialog mit Georges Belmont
Bd. 1380

Anne Moody
Erwachen in Mississippi
Eine Autobiographie
Mit einem Vorwort von
Heinrich Böll
Bd. 1293

Luise Rinser
Gefängnistagebuch
Bd. 1327

Das Tagebuch der Anne Frank
Vorw.: A. Goes
Bd. 77

Carl Zuckmayer
Als wär's ein Stück von mir
Horen der Freundschaft
Bd. 1049

Walter Fähnders/
Martin Rector
Literatur im Klassenkampf
Zur proletarisch-revolutionären Literaturtheorie 1919-1923
Eine Dokumentation
Band 1439

Arbeitersongbuch
Band 1403

2 große sozialistische Utopien

Edward Bellamy
Ein Rückblick aus dem Jahre 2000
»Fischer Orbit«, Band 30

Werner Illing
Utopolis
»Fischer Orbit«, Band 37

Literatur der Arbeitswelt

Werkkreis Literatur der Arbeitswelt

Helmut Creutz
Gehen oder kaputtgehen
Band 1367

Liebe Kollegin
Band 1379

Stories für uns
Band 1393

Schichtarbeit
Band 1413

Herbert Somplatzki
Muskelschrott
Band 1429

Der rote Großvater erzählt
Band 1445

Geht dir da nicht ein Auge auf
Band 1478

Josef Ippers
Am Kanthaken
Band 1489 (August)

Heiner Dorroch
Wer die Gewalt sät
Band 1510 (Oktober)

FISCHER
TASCHENBÜCHER

NEUE RUNDSCHAU

Begründet von S. Fischer im Jahre 1890.
Herausgeber:
Golo Mann · Rudolf Hartung · Peter Härtling · Herbert Heckmann · Gottfried Bermann Fischer

Eine Zeitschrift für moderne Literatur, Politik und geistiges Leben. Die repräsentative Vierteljahrsschrift, in der Autoren von Rang sich mit den aktuellen Problemen unserer Zeit kritisch auseinandersetzen.

Erzählungen · Gedichte · Essays · Berichte · Rezensionen · Glossen

»Was die ›Neue Rundschau‹ auch heute zu leisten vermag, das zeugt von höchst verantwortungsbewußter Redaktionsarbeit, sorgfältiger Beobachtung des Zeitgeschehens und des Zeitgeistes, vernünftiger Aktualisierung, die sich gleichwohl nicht in sinnlose Konkurrenz mit Tages- oder Wochenzeitungen einläßt. Ich weiß, wie sehr Kulturzeitschriften hohen und höchsten Anspruchs um ihr Leben kämpfen müssen. Wer ständig über die Illustriertenpresse, die mittlerweile langweiligen Nackedeis, das längst ordinäre Niveau der Unterhaltungspresse ächzt, dessen anspruchsvolles Gejammer wird eigentlich doch erst glaubwürdig, wenn der Betreffende es einmal mit einer wirklich empfehlenswerten Zeitschrift versucht, wenn er beispielsweise eine Zeitschrift wie die ›Neue Rundschau‹ unterstützt, also tatsächlich abonniert, bezahlt und sorgfältig liest. Es lohnt sich.« Joachim Kaiser, Bayerischer Rundfunk.

Einzelheft DM 7,–/Jahresabonnement DM 24,–/
Vorzugspreis für Studenten DM 22,–.

SFV S.FISCHER